福学家
谋杀案

[美] 格拉汉姆·摩尔 著
朱琳　陈雍容 译

人民文学出版社

著作权合同登记号　图字01—2011—6582
THE SHERLOCKIAN by Graham Moore
Copyright © 2010 by Graham Moore
Chinese (Simplified Characters) copyright © 2015
by People's Literature Publishing House Co., Ltd.
Published by arrangement with International Creative Management, Inc.
through Bardon-Chinese Media Agency, Taiwan
ALL RIGHTS RESERVED

图书在版编目(CIP)数据

福学家谋杀案/(美)摩尔著；朱琳，陈雍容译. —北京：人民文学出版社，2015
ISBN 978-7-02-010820-6

Ⅰ.①福… Ⅱ.①摩…②朱…③陈… Ⅲ.①侦探小说—美国—现代 Ⅳ.
①I712.45

中国版本图书馆 CIP 数据核字(2015)第 047227 号

责任编辑　翟　灿
装帧设计　李思安
责任印制　王景林

出版发行　人民文学出版社
社　　址　北京市朝内大街166号
邮政编码　100705
网　　址　http://www.rw-cn.com

印　　刷　北京新魏印刷厂
经　　销　全国新华书店等

字　　数　277千字
开　　本　880毫米×1230毫米　1/32
印　　张　12.25　插页3
印　　数　1—10000
版　　次　2015年7月北京第1版
印　　次　2015年7月第1次印刷

书　　号　978-7-02-010820-6
定　　价　32.00元

如有印装质量问题，请与本社图书销售中心调换。电话：01065233595

《福学家谋杀案》是一部历史小说。

小说里所有的当代角色都是作者想象力的产物。

献给我的母亲。

在我八岁时,她引导我走上了热爱推理之路。

我们曾躺在床上反复传看、轮流朗读阿加莎·克里斯蒂的《三幕悲剧》。

她使这一切成真。

第一章	莱辛巴赫瀑布	001
第二章	贝克街小分队成员	005
第三章	最后一案	011
第四章	遗失的日记	015
第五章	服　丧	024
第六章	……直至今日	030
第七章	吸血鬼	043
第八章	幽暗的房间	049
第九章	耸人听闻	057
第十章	运用演绎法	063
第十一章	苏格兰场	068
第十二章	一项提议	074
第十三章	白色长裙	085
第十四章	服丧中的詹妮弗·皮特斯	097
第十五章	爱的宣言	106
第十六章	答录机	116
第十七章	暴行清单	122

第十八章　　休闲阅读 | 133

第十九章　　坏掉的发夹 | 140

第二十章　　追　逐 | 149

第二十一章　黄泉岸上的维吉尔和但丁 | 158

第二十二章　大裂谷时期 | 175

第二十三章　妇女参政论者 | 182

第二十四章　血字的果实 | 197

第二十五章　监　视 | 210

第二十六章　罗恩·罗森博格的理论 | 218

第二十七章　艾米丽·戴维森的奇异故事 | 221

第二十八章　思　考 | 231

第二十九章　回到苏格兰场 | 241

第三十章　　《英国鸟类》《卡图卢斯诗选》和《圣战》 | 247

第三十一章　与爱德华·亨利初次会面 | 254

第三十二章　图书馆 | 262

第三十三章　纽盖特 | 269

第三十四章　唯有心之所信才为真实 | 275

第三十五章	求　助	280
第三十六章	无解的问题	289
第三十七章	家族中的死亡	300
第三十八章	小梭鱼酒馆	310
第三十九章	印刷工	317
第四十章	古老的时代	323
第四十一章	不计代价	334
第四十二章	夏洛克·福尔摩斯博物馆	346
第四十三章	凶　手	358
第四十四章	现在轮到你来杀我了么？	361
第四十五章	亚瑟·柯南·道尔遗失的日记	366
第四十六章	莱辛巴赫瀑布	370
第四十七章	告　别	373

作者手记 | 377

致谢 | 381

第一章　　莱辛巴赫瀑布
The Reichenbach Falls

> 所以请以你的思维的触手攫住事实吧，
> 木偶与他的创造者从来都不是同一人。
> ——亚瑟·柯南·道尔爵士
> 《伦敦意见》，一九一二年十二月十二日[1]

一八九三年八月九日

亚瑟·柯南·道尔蹙紧眉毛，想的只有谋杀。

"我要杀了他。"柯南·道尔说，双臂抱在宽广的胸前。亚瑟高立在瑞士阿尔卑斯山之上，风轻轻拂动他足有一英寸厚的胡须，一路钻进他的耳朵。亚瑟的耳朵位置比较靠后，看起来总是昂首翘尾，像是在聆听着别的事情，某些远远在他身后的事情。对这样一个健壮结实的男人来说，他的鼻子轮廓锐利得引人注目。头发最近才开始有些许发灰，亚瑟对此寄予厚望。尽管才三十三岁，他已经是个颇有名气的作者了。这年头，受到全世界瞩目的作家顶着轻赭色的头发，不如看起来皱皱巴巴的好，不是么？

亚瑟的两个旅伴登上了他所在的石台，莱辛巴赫瀑布的最高点。塞拉斯·霍金既是位牧师，也是在亚瑟所处的伦敦境内颇有名气的小说家。亚瑟给他最近的宗教文学作品《她的班尼》以很高的评价。爱德华·班森是霍金的熟人，而且要比他这位热衷社交的朋友安静得多。虽说亚瑟今天早上在策马特的拉斐尔·阿尔旅馆吃早饭时才认识这两人，但眼下他已经觉得他们值得信赖，自己可以一吐真心。他能告诉他们自己所想的事，他的黑暗计划。

"事实上，他已经成了一块摆脱不掉的心病了，"亚瑟继续说着，"我想了结他。"霍金站在亚瑟边上气喘吁吁，盯着他们身下阿尔卑斯山巨大的脉络。脚下的积雪融化汇成壮观的溪流，沿着几千年来在山脉间所开辟的道路奔流，轰然灌注到下面翻滚起泡的大池子中。班森沉默着把满手的雪压揉成雪球，动作古怪地扔进峡谷中。雪球坠下的过程中，风撕裂了它，直到它消散在空中，化成一阵白风。

"要是我不动手，"亚瑟说，"他会害死我的。"

"你不觉得这么对待一位老朋友太狠了么？"霍金问，"他给了你名誉和财富。你们俩堪称天作之合。"

"自从把他的名字涂抹在伦敦每一本廉价侦探读物之上，我所给予他的名誉就已远远盖过了我自己的名声。你知道，我收到这样的信件：'我的小猫咪在南汉普斯蒂德失踪了。她的名字是雪莉·安。你可以帮我找到她么？'或者是这种，'我妈妈在皮卡迪利大街走下一辆双座马车时，她的钱包被抢走了。你能推理出犯人是谁么？'关键是，这些信不是写给我的——他们写给他的。他们以为他是真的。"

"是啊，你那些可怜的、满怀钦慕的读者们，"霍金恳求，"你为他们想想？人们爱那家伙爱得不行。"

"爱他远远多过爱我！你知道么，我甚至还收到了来自我自己妈妈的信。她要——她明知道只要她开口我什么都会答应——她要我为她的邻居贝蒂在书上签下夏洛克·福尔摩斯的名字。你想象得到么?签的是他的名字,而不是我的。我妈妈讲的就好像她是福尔摩斯的妈妈,而不是我的。嘿!"亚瑟努力克制他突如其来的怒气。

"我那些更杰出的作品都被忽略了,"他继续,"《迈卡·克拉克》?《白色纵队》?我跟巴里先生"合作的有趣短剧?都硬是被一些病态的故事给盖过去了。更糟糕的是,他在愈发浪费我的时间。我被迫去编那些扭曲的情节——总是从屋子里面锁上的卧室门,死者匪夷所思的留言,因为一开始就搞错了所以没人猜到显而易见的答案——这是浪费精力。"亚瑟低头看着自己的靴子,精疲力竭,"直说了吧,我恨他。为了保证我不疯掉,我要看着他死。"

"那你要怎么做?"霍金打趣,"一个人要如何杀掉伟大的夏洛克·福尔摩斯?在他心口捅一刀?划开他喉咙?来个绞刑吊死他?"

"绞刑!哎呀,这些说法简直是止痛良药。但是不行,不行,它得更宏大点——怎么说,他都是个英雄。我会给他最后一个案子。一个坏蛋,这会儿他需要一个穷凶极恶的坏蛋。一位奋斗至死的绅士,他为崇高的目标牺牲了自己,两人同归于尽。像这种类型的故事。"班森揉起又一个雪球,轻轻地把它抛向空中。亚瑟和霍金看着它自由地划了道弧线,消失在空中。

"要是你想省下葬礼开销的话,"霍金轻笑出声,"你总是可以把他扔下悬崖的。"他看看亚瑟的反应,但是那人脸上却不见丝毫笑意。正相反,亚瑟紧紧地蹙起眉,就像是他正陷入最深的思索之中。

他看着下面峡谷张着的大口。他听得到喷涌而下的水流猛然撞击岩石满布的河口,怒吼声震天动地。亚瑟体会着自己突如其来的恐惧。他想象着自己死于这些巨石之上。作为一名医生,亚瑟比谁都了解人类身体的脆弱。从这样的高度坠落……他的尸体将一路拍上岩石,爆炸，碎裂……哀鸣堵在口中……撞击在大地上，支离破碎，他的血迹点缀于成簇的草丛……而现在，在他脑海里，他自己的身体消失，取而代之的是更为消瘦的一个人。更高的个子，身形瘦削进食不多的男人，戴着猎鹿帽，身穿长大衣。

谋杀。

I 出自一九一二年柯南·道尔的《致一位无鉴别力的评论家》，登载在《伦敦意见》上。

II 詹姆斯·巴里（1860—1937），英国小说家、剧作家，《彼得·潘》的作者。

第二章 贝克街小分队成员

The Baker Street Irregulars

> "我是夏洛克·福尔摩斯,
> 知道别人不知道的东西是我的分内之事。"
> ——亚瑟·柯南·道尔爵士
> 《蓝宝石案》

二〇一〇年一月五日

那枚五便士硬币翻滚进哈罗德的掌心。它着陆时的感觉颇有分量,哈罗德抬起头,合拢手指,握住那枚温暖的银币。他捏着它,几秒钟过后,才意识到自己的手在颤抖。房间里爆发出一阵掌声。

"万岁!"

"欢迎入会!"

"祝贺你,哈罗德!"

哈罗德听见笑声,还有愈发热烈的掌声。一只手拍在他背上,还有一只则温暖地握在他肩头。但是哈罗德脑海中只有右手握住的这枚硬币。在左手上,哈罗德抓住的是他那崭新的资格认证书。硬币本来是被马马虎虎粘在那张纸左下角的,在哈罗德过于兴奋地抓起那张纸的时候脱落了下来。硬币坠下,哈罗德在掉落中途抓住了它。他低头看着这枚银质硬币。维多利亚时代的一先令,那个年代只值五便士。

现在它要值钱得多了，而对哈罗德来说，这简直是无价之宝。他眨眨眼，摆脱眼角业已成型的水汽。硬币意味着他已抵达。他已经如愿以偿。他已经属于这里了。

"欢迎你，哈罗德。"他身后响起一个声音。有人弄乱了他脑袋上顶着的猎鹿帽，"欢迎来到贝克街小分队。"

这句话，哈罗德期盼了好久好久，当他最终听到它的时候，有种陌生而奇怪的感觉。所有这些人——两百人，欢笑、打趣、拍背——他们都在为哈罗德鼓掌。这位哈罗德。哈罗德·怀特，二十九岁，有点小肚子，眉毛粗浓，眼睛散光，一双手汗湿、颤抖。

哈罗德不敢相信自己有资格获得这一切。但是他做到了。他属于这儿了。

贝克街小分队是世界上致力于夏洛克·福尔摩斯研究的组织中最为杰出的一个，哈罗德是它最新的成员。两年前，哈罗德发表了他在贝克街小分队季刊《贝克街杂志》上的第一篇论文。哈罗德将其命名为《血迹的日期测定：福尔摩斯与现代法医学的建立》。它探究了福尔摩斯在《血字的研究》中的首次实验与爱德华·皮埃特维斯基的成果的历史联系（"皮埃特维斯基医生曾于十九世纪九十年代敲打幼兔的头部，记录下血液从头骨迸发时造成的血迹形状。福尔摩斯的实验也带着点类似的血腥，但是他至少足够正派地使用了自己的血，以及自己的脑力劳动。"哈罗德如此写道。他觉得这是文里最令人赞叹的一段）。哈罗德在那之后又在较小型的福学研究家杂志上发表过另外两篇。今晚是他第一次参加小分队只限受邀人士参与的年度晚宴。能成为小分队晚宴的来客之一已经是个极大的殊荣，更不要说在这么年轻的时候，在只有如此短的学术研究历史的时候被邀请入会了。哈罗德想不出还有谁曾经这么快获得会员资格——在仅仅参加了一次晚宴之后。

哈罗德·怀特，套着一套松松垮垮的廉价黑色西装，打着一条小鸡花纹的领带，正置身他人生中最引以为傲的时刻。他正了正那顶高贵地坐落在自己脑袋上的格子猎鹿帽。这帽子是迄今为止他最爱的东西。他十四岁的时候就拥有了它，从他开始着迷夏洛克·福尔摩斯，万圣节用它把自己打扮成名侦探的时候起。等到他对福尔摩斯的热情从孩童时的迷恋转变为成熟的学术研究，曾经不过只是戏装道具的帽子最终成了他的日常装束。他从普林斯顿大学毕业时就骄傲地顶着这顶帽子，甚至为了照顾现场需要还临时在上面点缀了流苏。当哈罗德从他紧张不安的青春期步入沉闷的二十岁，这帽子便伴着他出席了各种鸡尾酒会、秋日野餐会，还有越来越频繁的友人婚礼。他接受第一份与未来息息相关的职业，成为一名纽约出版商助理的时候就戴着它。他跟相处最长久的女友阿曼达分手时也戴着它。他从来都不谈起她。

小分队的晚宴今年在四十四街的阿冈昆酒店举行，在盛大的福学家狂欢周之中。在以福尔摩斯的生日一月六日为核心的四天时间里，世界上所有热爱夏洛克·福尔摩斯的组织都会聚集到纽约。讲座、巡回演出、签名售书、维多利亚时代古董以及初版书的贩售——对于福尔摩斯狂热分子来说，这就是天堂。

然而在与会的上百个福学家组织之中，贝克街小分队是目前为止最古老、最资深、也最排外的一个。会员中曾有杜鲁门、罗斯福和艾萨克·阿西莫夫。只有小分队成员，以及他们邀请的几位嘉宾才有资格参与年度晚宴。他们为数不多的邀请是全世界范围内所有福学家最为狂热渴望的目标。所有人都知道，就连福尔摩斯的生日是一月六日都是由小分队拍板的。亚瑟·柯南·道尔爵士实际上从来没有在"圣经正典"——即组成原版福尔摩斯探案集的四部长篇小说和五十六个短篇——中写下一月六日这个日期。但是小分队创始人之一克里斯多夫·莫利凭借大量而深度的阅读推论出一月六日最有可能是福尔摩斯的生日。其他的组织都被视为小分队的衍生组织，成立时还需要得到小分队的官方认可。申请成为小分队一员其实是不存在的事——要是你真的在福学研究领域有独到造诣的话，他们会来找你的。要是小分队的领导者认为你有资格，你将会收到一枚先令作为会员标志——就像哈罗德发白的指节间捏住的这枚褪色而古老的银币。

掌声消融成喧哗。椅子从桌边拉开，白色的亚麻餐巾掉到吃了一半的鸡块和水煮蔬菜上。成杯的苏格兰威士忌被大口吞掉。握手。互相道别。

哈罗德突然觉得有些蠢，他紧紧地握住那枚先令。自从他听说了小分队，他就幻想过这一刻。现在它结束了。他想知道接下来做点什么才能让这感觉回来。他想再多握住他的成功一会儿，不要让它们退回到日常生活的呆板和喧闹中。哈罗德看着侍者收拾银餐具，把发钝的黄油刀跟用过的叉子扫进塑料桶中。

哈罗德居住在洛杉矶，是一名自由职业的文学研究者。他主要的雇主是电影制片方，他们的法律部门雇用他为侵权诉讼做辩护。比如一位愤怒的小说家控诉暑期档最为热门的大片其实是剽窃二十年前他所撰写的默默无名的政治悬疑小说。哈罗德的工作是写份言简意赅的声明，表示不对，实际上这两部作品都取材于本·琼森一部几乎不为人知的剧本，或者是陀思妥耶夫斯基晦涩的短篇故事，再或者是另一部在公有领域并且同样难以理解的作品。哈罗德做得不错，制片方的法律部门对他赞不绝口，除了极少数他们起诉同行的案子。

哈罗德获得这职位的最主要资质是他什么都读。他只是读过很多书——很多小说——比他或他的雇主所遇到过的任何人都多。以他的年纪能做到这一点完全是凭借快速阅读的本事。小时候，当他孜孜不倦地攻读夏洛克·福尔摩斯每一本故事的每一页的时候，他渴望——他的动物本能——想知道接下来发生的一切，这就造成了一个问题：读完故事所花的时间长得他不能忍受。所以他用一本邮购的自助手册来训练自己快速阅读。同龄人会因此嘲笑他，因为他们难以想象有人能在两小时内读完一本四百页的书，甚至还能清楚记得书里的内容。但是哈罗德可以。他向他们证明了这一点，当面读完书然后让他们随便提问情节或者书里的描述。毫无疑问，哈罗德记得多，记得快，数量和速度都远远胜过他在芝加哥的学校、在普林斯顿大学以及成年生活中所见到的任何人。

"哈罗德！"身后有个低沉而洪亮的声音叫他。一双手按上了哈罗德的肩头。他转过身，抬头看到了杰弗里·恩格斯的脸。白发的加利福尼亚人，脸上总是挂着几乎万年不变的笑容，杰弗里无疑是在场最受欢迎和尊重的福学家。哈罗德怀疑，实际上就是杰弗里设法促成了他加入小分队。但他知道最好不要问，无论如何，杰弗里也不会告诉他的。

"谢谢你。"哈罗德说。

杰弗里没理会哈罗德说的话。他脸上也不见通常的笑容，取而代之的是阴沉的盯视。

"事态不妙。"杰弗里轻声说。

"出什么事了?"

"谋杀!"杰弗里回答。

第三章　　　　最后一案
The Final Problem

> "你知道魔术师一旦把自己的戏法说穿，
> 他就得不到别人的赞赏了。"
> ——亚瑟·柯南·道尔爵士
> 《血字的研究》

一八九三年九月三日

亚瑟借着一盏油灯的光亮杀掉了福尔摩斯。

置身于书房沉重的木门背后，亚瑟安静地写着。书桌之上悬挂着一盏油灯，为摆满书的四壁洒上淡淡的黄色光泽。莎士比亚、卡图卢斯[1]，以及亚瑟会毫无顾忌地坦承自己喜爱之情的爱伦·坡。这三位是他的最爱，但是亚瑟很少会借鉴那些著作。他写起来很自信。他不是那种会把写作素材像铺床单那样摆满桌子，紧紧抓着查阅、弄脏和弄皱它们的作者。《哈姆莱特》正安坐在它该在的地方——从下面数第三行，从门口顺时针数过来四分之一左右的位置——而且当亚瑟引用它作为福尔摩斯的又一警句之时，他并不追求一字不差……好嘛，小说而已。

亚瑟品尝唇间的谋杀味道，甜美。他垂涎不已。他的笔重重地挥舞在粗硬的指间，并没有划破纸面。它划在纸面上，将黑色的墨迹从头到尾地填充进去。情节，迷惑人的骗局和真相，都早已成竹在胸。

现在，在他职业生涯的中间点，亚瑟无疑已经是英格兰伟大的推理小说家了。确实，自从爱伦·坡创造了这一小说类型后，这个国家便一直没有出现过有一定水准的推理小说家，亚瑟觉得，说自己是世界上最精通于此的人也不过分。写推理小说自然是有技巧的，亚瑟并不羞于承认自己颇有心得。这跟成百上千的厅堂魔术师和画着鬼脸的马戏团小丑们沿用的其实是一样的把戏：障眼法。

亚瑟在他的读者面前清晰、沉着、高效地铺陈出案子的线索。没有任何重要线索被遗漏，而且——是的，这正是手艺人的高超技艺所在——也并没有带进去太多不重要的线索。靠一堆不必要的描述和事件把读者弄昏头是很容易的；而对亚瑟而言，挑战性在于呈现一个简洁的故事，只放进少数几个显眼的角色保证故事进行，却依旧可以使读者难以觅到真相。关键在于行文，在于如何铺陈信息。亚瑟令读者的注意集中在那些令人兴奋、非同一般，但本质上不重要的事实上，而最重要的细节则留给福尔摩斯去演绎，仿佛魔术一般。

拼凑起这些情节，对亚瑟来说是场比赛。他在与观众们对抗，作者注定与他的读者无休止地斗争，只有一方最终胜出。要么是读者提前猜到结局，要么亚瑟成功地迷惑住他，直到最后一页。这是一场智慧的较量，亚瑟可不会轻易输掉。

当然，要是读者足够聪明，他也可能仅读了开头几页就分析出了整件事的来龙去脉。但是亚瑟心里清楚，读者并不真的想赢。他们想要跟作者来场较量，来测试下自己的脑力，而且他们想输掉，想让自己头晕目眩。所以亚瑟的努力太过漫长，更多的时候，这令人疲惫得要命。他已经开始意识到，拼凑起一部体面的推理小说是件可憎、冗长而乏味的事。他在这磨坊一般的苦差上操劳已久，厌烦令他累积起的对福尔摩斯的憎恶已多到难以忍受。现在他的憎恶不仅仅是冲着这位面目可憎的侦探了，它已经波及了这帮倾慕他的读者。而此刻，感谢上帝，终于，在他最后的福尔摩斯故事里，亚瑟能一劳永逸地跟他们全体做个了结了。

时间已晚，亚瑟听到了楼上孩子们的喧闹。他能模糊听到女仆凯瑟琳让他们闭嘴，以免惊醒他们的妈妈。托伊现在应该睡得很熟，就像她在今天大多数时间里那样。她的肺痨并未严重恶化，但是显然瑞士的气候并没能改善她的健康状况。她很少离开屋子，到城里去更是不可能。在她的脆弱面前，亚瑟反而变得意志坚定。他会照顾好虚弱的、亲爱的托伊，十九岁就成了他的新娘的托伊。要是为了她的健康他们必须分开休息，要是需要奶妈来照顾孩子，要是她已经步入了生命旅程的冬日……那么，就这样吧。亚瑟会好好写作。他喜欢维持日常生活习惯，白天工作，但是今晚不一样。有些写作是要在黑暗中进行的。

亚瑟的下笔即使到了最后一页也并没有变得仓促。他写下了他一贯的字迹。言语来到他身边，先是进入他的脑海——规矩的名词，阐明的动词，偶然到来但受到欢迎的形容词——一个接一个，他忠实地将它们记录在手稿上。字迹落成后，他不会回头去看那些句子。他不会删减修改，像他的好朋友巴里先生跟奥利弗先生那样，他们总是无休止地把写好的词替换成最新想到的、更为贴切的字眼。那是犹豫不决的作者的标志，亚瑟觉得。他不会为了写后面的内容再回头去看前面的段落。他全都了熟于心。

在写下故事的最后一点点时，他的手很稳。一封来自墓穴的信，在来信人逝去后得以开启。"我所知道的最好的人，最明智的人。"亚瑟写道。恰如其分的致敬，极好的告别。他写完最后一个字后稍坐片刻，然后才把它和先前的手稿放到一起。他仔细地把一沓手稿整理成整洁完美的一叠，翻动着页面。《最后一案》，首页上的大标题如此写着。*确实如此*，亚瑟想。随即，奇妙的是，他微笑了。他甚至允许自己哈哈大笑了出来，反正他是一个人在这里。他的妻子孩子，甚至母亲都不知道，亚瑟在这些年里头一次，终于得到了自由。

他站起身，开心地晃晃悠悠走向门口。还得——哦！他差点就给忘了。

亚瑟几乎是跳回桌边的。他这是怎么了？人见了会觉得他活脱就是个热恋中的少年，正走在去见他的爱人"的路上呢。

亚瑟打开左下方的抽屉，拿出一个掩在一堆本子下面的黑色皮封本。他打开那个本子，翻到已有字迹的最后一页。他抓起笔记下日期。虽说大多数晚上，亚瑟会花一个小时记录下全天的工作和最为私密的想法，今晚他只在日记上写了一句话。

"杀了福尔摩斯。"他写道。

亚瑟感觉很轻松。他的肩头放松下来。他合上眼，深吸了口气。他如此幸福。

他仔细地将珍贵的日记锁回书桌里，然后走进走廊去寻觅白兰地。

I 古罗马诗人。
II 原文为法语。

第四章　　遗失的日记
The Lost Diary

> "华生会告诉你,我总是忍不住想把事情做得带点戏剧性。"
> ——亚瑟·柯南·道尔爵士
> 《海军协定》

二〇一〇年一月五日,接上文

"谋杀!"杰弗里·恩格斯强调了一遍,声音回响在阿冈昆酒店。

哈罗德愣住,事情不太对劲。

"事态不妙?谋杀?"杰弗里复述了一遍,有点犹豫。

哈罗德笑了。"出自《六座拿破仑半身像》,"他说,"你该请我一杯。"

"干得好!"杰弗里面露喜色,"我是该请你一杯。"

"但是我想你该请我两杯。引用可不够准确。正确的应该是'事态大大不妙',不是'不妙。'"

杰弗里想了想。

"喔唷,你才进小分队不到两分钟,看看你!已经在挑老人的错了。好吧,好吧。照这个速度我得供你喝苏格兰威士忌喝到天亮。"

当年,哈罗德第一次参加见面会的时候就碰上了福学家的引用大比拼。四年前,他还没为《贝克街杂志》写过任何东西,也没见过任何小分队成员。他当时置身于洛杉矶当地的衍生组织——贝克街的好奇收集者协会。他们是个小组织,声望远不如分队。集会是对公众开放的。在一家种着成排橡树的酒吧,喝过几轮带有泥炭气息的苏格兰威士忌之后——哈罗德感觉所有福学家都觉得冰块被掺了毒药,并因此而疑神疑鬼——他们大声喊出夏洛克·福尔摩斯故事里的句子。比如一位成员叫喊一句:"我从来不猜想,猜想是很不好的习惯,它有害于做逻辑的推理。"然后坐在他右边的男人或者女人就得说出这句话出自哪个故事——在此例中是出自《四签名》。要是答对了,那么就轮到他来喊出一句引言,然后右边的人提供答案。最先答错的人就得担负起下一轮的酒钱。鉴于大多数福学家喜爱上等的苏格兰威士忌,而且喝得也不少,初来乍到又毫无经验的新人们很快就会发现自己的美国运通卡达到透支上限。

"这是我加入小分队的第一晚,"哈罗德说,"而且我猜你在里面出力不少。该是我请你一杯才对。"

杰弗里再次笑了起来:"我可完全不知道你在说什么,小鬼。来,让我们去吧台吧。"

几分钟后,哈罗德坐在杰弗里旁边的凳子上,啜饮波旁威士忌。一群狂欢的人以非暴力形式占据了酒吧钢琴,反复唱着一首古老的福尔摩斯小调。酒保半是不满半是困惑地看着他们。

"为所有那些经典角色,我们的朋友/无论他们身处犯罪界的哪一边/我们举起杯盏/致福尔摩斯与华生的时代。"那帮人醉醺醺地唱道,和着《友谊地久天长》的调子。不在调上,节奏也不对,不过哈罗德得承认,自己似乎就没听到过认真唱合拍了的福尔摩斯歌曲。

哈罗德和杰弗里很快就谈到了日记,他觉得今晚每个人谈的大概都是这个。看似又喝又唱,但在阿冈昆酒店数百个福学家的脑子里,盘旋不去的其实就一件事:亚瑟·柯南·道尔爵士失踪的日记。那本日记终于被找到了。

柯南·道尔去世后,他的一卷日记失踪了。这位作家坚持写日记,详细记录自己每天的生活,坚持了一辈子。但是,在他去世后,他的妻子孩子整理资料的时候,却有一本诡异地失踪了。这本磨损的皮革日记墨迹斑斑,理应记载从一九〇〇年十月十一日到十二月二十三日发生的一切,却是遍寻不着。在那之后的整整一个世纪里,无数的学者和他的家人都想要找到这本日记,但无一例外地失败了。这本遗失的日记是福学研究的"圣杯"。它值很大一笔钱——放到苏富比拍卖行的话大概可以卖到一千万美元。但是,更重要的是,它将提供一窥世界上最伟大的侦探作家巅峰时期头脑的机会。一百年来,学者一直在推论日记里究竟有什么。一份遗失的故事手稿?柯南·道尔的秘密自白?还有,它到底如何消失得一干二净?

在阿冈昆酒店晚宴三个月前,所有的小分队成员都收到了一份撩人简信,来自同是小分队成员的亚历克斯·凯尔。"伟大的谜题已经破解,"他如此写道,"我已找到日记。请在今年年会上做好必要安排,我可能会展示日记,以及其中的秘密。"

即使对喜爱戏剧性的亚历克斯来说,这也是个颇具娱乐性的秘密。很快,一大波电子邮件席卷全球:"他是在开玩笑吧?"……"他说的不会是那本日记吧?"……"他已经找那鬼东西找了二十五年,现在才找到?"贝克街小分队成员的反应充满怀疑,这只是缓冲了他们接下来的震惊之情。随后的三个月里他们将经历各个阶段——愉悦、焦虑、翘首以盼，以及在黑暗角落中藏着的嫉妒之意。

亚历克斯·凯尔本就是福学家中的佼佼者。很难否认他是这世上研究夏洛克·福尔摩斯的顶级专家，尽管小分队中不乏一些专家对此持有异议。但是当然了，他的竞争对手说，能找到亚瑟·柯南·道尔的日记的人，肯定得是亚历克斯·凯尔。他有那么多钱，那么多空闲时间，他父亲身后留给他的信托基金永不垮塌。

然而此刻，哈罗德、杰弗里，以及正在阿冈昆酒店里喝酒、大笑、熟睡，甚至更少见地正在做爱的福学家们，他们脑海中悬着的其实就只有一个问题：亚历克斯在哪儿找到了日记，他是怎么找到的？

在发出最早那封信之后，亚历克斯再也没回复过任何一封邮件。他不回电话，不回信件，尽管他一贯以老式书信写作为傲。最终，经过杰弗里·恩格斯不懈地努力沟通，亚历克斯回了条消息——如果这能被称作消息的话。

"被跟踪，"亚历克斯写给杰弗里，"很快会有消息。"言简意赅，像封电报，导致杰弗里不知道亚历克斯是在开玩笑，还是真的神志不清了。他把消息转发出去，大家一致认为亚历克斯这次在这个迷人的秘密上面玩得太过火了。日记当然很宝贵，但是谁——什么样的鬼祟人物——会跟踪亚历克斯，在他位于伦敦的房子周边转悠？凯尔一定是在捉弄人，他们想。不过颇爱想入非非的哈罗德心里有些担忧。会不会真的有人想要伤害亚历克斯·凯尔呢？

"要我猜，"杰弗里说，"那是个故事。一份遗失的手稿。柯南·道尔一定是觉得自己写得太垃圾，于是就把它藏起来了。他可不想别人找到它，把他的残次品给出版了。"

"或许是吧。"哈罗德说，"但是柯南·道尔出版了那么多作品，而且，无意冒犯，它们可并非篇篇都是精品。《狮鬃毛》？《王冠宝石案》？我说真的。"

杰弗里大笑。

"我一直觉得那些可怕的晚期故事根本不是柯南·道尔自己写的。读起来实在不像他的风格。但是，日记是从一九〇〇年秋天开始的，那时他正准备写《巴斯克维尔的猎犬》呢。要我说，那可是他最好的作品。"

"是啊，"哈罗德说，"我不知道……我只是不觉得它会是个故事。我觉得它是……"哈罗德的声音越来越小。他觉得把这些话大声说出来很蠢。

"它是……？"杰弗里追问。

"我的意思是，它是个……它里面有个秘密。有些他不想让别人知道的事情。他为自己写下一些事情，只为他自己。他是个作家，并且热爱记日记，他喜欢把事情记到纸上，这是一种治疗方法。但是在那之后，他不想让全世界知道日记里到底有什么。"

杰弗里的电话响了，声音像是吱吱又像是嘟嘟。他看看手机屏幕，向哈罗德做了个抱歉的手势，接起了电话。

"喂？"杰弗里就说了这么一句，然后过了一会儿说，"谢谢。"哈罗德疑惑地看着他。

"那么，你觉得那本日记里有个秘密？"杰弗里说，"那好，小鬼，我们为什么不去弄个清楚呢？"

哈罗德仍是一头雾水。

"刚才的电话是这里的门房打来的，"杰弗里解释，"我跟他说，只要亚历克斯·凯尔登记入住，就立即联系我。"他再次微笑，颇为自得,"凯尔在大堂。想去解谜么?"

哈罗德从高脚凳上跳起来,差点打翻自己的杯子。

他就像追着莫里亚蒂教授的福尔摩斯似的,飞奔出宽大的双开门。杰弗里还在笑,跟着他走进了灿烂生辉的大厅。

亚历克斯——杰弗里是对的,亚历克斯·凯尔的确正在前台登记——穿着一件厚防水短上衣,扣子一直扣到顶端,右手拎着一个看起来沉甸甸的公文包。他填完入住表格后,把公文包换到了左手。疲态毕露,但感觉友好,亚历克斯这种类型的人举办许多派对,也参加许多派对,他颇善于确保每个人都深感宾至如归,即使在非他举办的派对上也是如此。在之前的福学家聚会上,哈罗德曾经见过亚历克斯,而且当然,他知道亚历克斯的名字,几乎跟他知道夏洛克·福尔摩斯的名字一样久远。但是他跟他并不熟。

"亚历克斯,老朋友,你终于到了!"杰弗里嚷着。亚历克斯转过身来,看到向他走来的这两个人,他似乎并不怎么高兴。

"先生们。"亚历克斯轻声说。在大部分成员都是美国人的小分队里,他的英式口音很是少见。亚历克斯既没有放下公文包,也毫无动一动身去拥抱两位同僚的意思。他站在那里,就像一张湿纸巾,潮湿而疲软。外边一定有场暴风雨。哈罗德没有注意到。亚历克斯的瞳孔放大,似乎缺乏睡眠。他的视线像是越过了他们。

"这个星期你都跑哪儿去了,老家伙?我们想死你了。昨天我们跟劳瑞·金聊得很棒,关于'那个女人'[1],还有她在'大裂谷时期'[2]所起的作用之类的,有趣极了。"

"很遗憾我错过了。"亚历克斯说这话的时候明显缺乏诚意。他一定知道,哈罗德想,他们根本不想跟他聊这个。他们想跟亚历克斯谈论的,是所有人都想跟他聊的事——那本日记,明天的演讲,百年谜团的答案。

"你是谁?"亚历克斯问道。他问的时候都没劳神抬眼直视哈罗德。

"哈罗德。我是哈罗德·怀特。我今晚刚刚加入小分队。"哈罗德做出握手的姿势,但是亚历克斯一动不动,"实际上我们之前见过。在加利福尼亚,你在加州大学洛杉矶分校做过演讲,对吧?"

"对,是的。"亚历克斯说,"我记得。很高兴再次见到你。"亚历克斯显然不记得了,看起来也不怎么高兴。

"新人越来越年轻了,对吧?"杰弗里热情地说。

哈罗德试着不让自己生气。

"实际上我没那么年轻,"哈罗德反驳,"我已经——"

"别回头。"亚历克斯突然说。

哈罗德糊涂了:"你说什么?"

"别回头。"亚历克斯又说了一遍。哈罗德和杰弗里都是背对酒店正门,两人条件反射地偏头看过去。"有人在外面,窗户外面。别回头,你叫什么来着——哈利?——我刚跟你说什么来着?现在,我要稍微移到右边。好,现在你们俩也这么做。好,再来一次。看到什么人了么?窗户那里?"

哈罗德试着不动脑袋只动眼睛,这让他有点头疼。他看见暴雨敲击高窗。他看到四十四街上的路灯黯淡的白光条纹映在玻璃上。他没看到窗外有任何像人脸的东西在邪恶地窥视着大堂。

哈罗德困惑了,同时也开始担心——担心亚历克斯的神志,而不是他的安全。杰弗里好像也没看到酒店外有什么不速之客,而且他也不确定该如何反应。

"拜托,"杰弗里说,"别耍我们了。来喝点东西,你可以跟我们讲讲你的冒险。"

亚历克斯或是无视或是根本没听到他的话,他眼神锐利,飞快地扫视着大堂其余地方。

"跟我们说说日记里有什么,"杰弗里接着说,"拜托,在明天到来之前,让我们先睹为快。"

亚历克斯无声地盯着杰弗里看了一会儿。他看似真心感到困惑。

"你们真想知道日记里有什么?"亚历克斯说。

这问题过于简单,答案过于明显,反让他们花了点儿时间才做出反应。

"是的。"这两个人异口同声地说。亚历克斯第一次和哈罗德对上了视线,这令人紧张。

"我怀疑你们是不是真心如此,"亚历克斯说,"遇到一个谜团,你会想要知道答案是什么,这出乎本能。不过,如果你们觉得今晚能睡得着的话,可以考虑一下这个问题——有时候,谜题本身是不是比答案更加令人愉悦?你们能肯定,日记中的秘密会像一直猜测日记内容那样令人心满意足吗?"他后退一步,离他们远一点,把公文包换到另一只手上。他将公文包举到自己胸前,用手轻轻拍了拍,"然后,我想你们明天就会知道了。"

亚历克斯快步走过硬木地板,哈罗德注意到他一路留下的潮湿足迹。鞋印留下的水迹迅速汇在一起,原本的形状汇成一道闪耀着的水痕。

哈罗德听到大堂里的窃窃私语。福学家们纷纷转头。等等,刚才站那儿的是亚历克斯·凯尔吗？带着公文包的那个男人？但是在任何人接近他之前，亚历克斯走进了电梯。

"天哪，"哈罗德说，"他说那些话是什么意思？"

"就是说等到明天这个时候，"杰弗里答道，"我们就已经解开亚瑟·柯南·道尔最后的伟大谜题了。"

[I] 指艾琳·艾德勒，福尔摩斯小说中最著名的女性角色。

[II] 福学家们所称的"大裂谷时期"，是从福尔摩斯在《最后一案》中失踪并被假定死亡（1891年）到他在《空屋》中重新出现（1894年）的这段时期。

第五章　　服　丧

Mourning

> "小小的偷盗，肆意的暴行，
> 意图不明的逞凶——对于一个掌握线索的人来说，
> 所有这一切都可以连成一体。
> 对致力于高等犯罪领域的学生来说，
> 欧洲没有哪个都会能够提供伦敦所拥有的优势。"
> ——亚瑟·柯南·道尔爵士
> 《诺伍德的建筑师》

一八九三年十二月十八日

亚瑟走出笼着橘色晨光的查令十字街火车站，圣诞时节的干冷扑面而来。尽管时值深冬，伦敦降雪依旧很少。每个人都估计着迟早会有一场大风雪来临。冷风吹扬起亚瑟的长外套，溜进他的袖口，吹动鞋带，刺疼着他的耳垂，没多久，他的耳尖就冻得红透了。

无雪十二月的第二周，亚瑟谋杀——他执意这么形容——夏洛克·福尔摩斯一事已经广为人知了。"名侦探逝世"，《泰晤士报》头条大声吼道。亚瑟被这超乎寻常的愚蠢搞得有些尴尬。那帮蠢货甚至给那人发了讣告。给一个小说人物发讣告，还登报了。亚瑟觉得，这足以证明跟这家伙有关的事已经失控了。显然终结此事是对的。那人是个祸害，伦敦的好市民理应读到更好的小说。至少到了最后这狂热会消失的。某些新的探险家会从《斯特兰德》杂志的页面上一跃成为热门，登上全民舞台；说不准就是威利·赫尔南[1]在写的，那个叫拉菲兹的。不到一年夏洛克·福尔摩斯就会被忘个干净。亚瑟坚信这点。

两年半以前，亚瑟从蒙塔格广场的狭小寓所里搬出来，住到了八英里外乡下南诺伍德的一栋可爱的四层小楼里。他当然不会想念那些噪音，或是每次出门时都得面对的匆忙喧闹的大街。但他确实怀念每天路过大英博物馆，沿着将博物馆围成 U 形的石墙散步。他曾时不时徜徉在那里，凝视灰色石砖间的宽大空隙，直到石墙尽头显现出简洁的门梁之下林立的爱奥尼亚石柱。檐口是如此宽广纤巧，每当亚瑟看着它，他都觉得就像是头顶的云朵幻化成了上帝之手，将博物馆深深地压入了大英帝国的土壤。

搬到南诺伍德是一大改善。再也不必每天被城市的烟尘呛到——"伦敦城帮人省了一大笔烟草钱"，他想跟巴里这么打趣，估计那人只会亲切地笑笑——而且坐火车去查令十字路也不过几分钟的事。他给自己和托伊买了一辆双人三轮车，托伊借此锻炼得不错。要是赶在下午茶结束时开始骑，到晚饭前他们可以骑上十五分钟。还有房间给亚瑟的姐姐康妮住，亚瑟和妈妈不再让她逗留在葡萄牙找乐子了。她把亚瑟的孩子罗杰和金斯利照顾得很好。金斯利只有一岁，还没有一个抱枕大。

亚瑟离开街道中心的商区，向南边走去，远离查令十字路旅馆的方向。他路过一个独腿报贩，那人冲他挥舞手里的报纸。他们的视线没有接触。

一连串马车沿着斯特兰德大道咔哒咔哒跑过。马在冷风中大喘着气，像老人似的，疲劳而暴躁。信童四处跑来跑去地送便条。路边坐落着一列三层或四层的小楼，挂着鲜红的"亟待出租"告示，提供在电报局、商店、律师事务所楼上的长长一溜房间。亚瑟背对特拉法加广场闲逛着。

乡下虽是一番享受，但亚瑟还是想念城里。他喜欢为了差事到城里闲逛。他浸润在城市的能量、尖叫和怒吼之中，过后再心满意足地返回诺伍德。回到托伊身边。回到三轮车那里。

他此刻很满足。他沿着大道走了几步，转悠着手里的手杖。若他是那种爱吹口哨的家伙的话，他现在的心情就颇为适合呼哨。这是个美好的早晨。

"你这个**混蛋**！"一位老妇人咆哮着，随即她的手包力道十足地砸在了亚瑟的脑袋上，擦伤了他的鼻子，把帽子都敲掉了。亚瑟绊了一下，虽没受伤，但是吃惊不小。她至少六十岁高龄，弯腰驼背，肩头都和脚趾尖平齐了，看起来无比脆弱。不知道她哪来那么大力气去砸亚瑟。她身着黑外套，胳膊上戴着黑色臂纱，像是在服丧。亚瑟结巴了。

"我……夫人，我……我很抱歉，我……我冒犯您了？"

"你这个**魔鬼**！"她大骂，再次抡起包。颇具重量的包缓缓地在空中划了道长弧，蓝色的包身在厚重云朵的映衬下格外显眼。这回有准备了，亚瑟后退一步躲开了这一击。他有那么一会儿举起手杖想自卫，但随即醒悟又放回地上。他是个有竞技精神的男人。他不能对一位思维混乱的老妇人举起手杖。

"夫人，我不知道您把我当成谁了，但我确定我之前从未见过您。"

一名报童停下了匆忙的脚步，看着这场景。一位戴着时髦礼帽的高挑女士也凑了过来，尽管今天多云寒冷，她还是撑着一把阳伞。一个接一个地，人越来越多。

"我很清楚你是谁，道尔医生，别以为我不知道你做了什么。"亚瑟没被她的双重否定绕晕，但他被指名点到自己弄懵了。亚瑟不习惯被人认出来，尽管去年确实有些他的照片见报。大卫·汤姆森去年为《每日纪事报》拍了张照片，拍的是伏案写作中的亚瑟，拍得相当不错。

亚瑟听到人群里窃窃私语。"道尔……道尔……道尔……"

"我确信我不知道您指的是什么，"他辩解道。他看向人群寻求支持，想表明比起这个疯婆娘，自己才是神志清醒的那个。他发现交头接耳的人群里很多人戴着同样的黑臂章。整座城市都在服丧。他敢手按《圣经》起誓自己读过今天的报纸……他错过了什么坏消息？某个伟大政客去世了？塞西尔"是老了没错，但是还没老到……那么，是女王的母亲？不，不对。如果是的话他肯定会听说的！

"你杀了他，你杀了他这件事就跟我现在站在这里一样确凿！"老妇人嘶吼。

"你为什么那么做？"有人大喊——可能是任何人——质问来自人群。

"我杀了……？"亚瑟气急，难以置信而可怕的想法浮现在脑海中，"你不会是想说你生气是因为我——"

"你杀了夏洛克·福尔摩斯。"

亚瑟顿时呆住了。老妇人再次砸向他时，他既未言语，也未解释。有人开始劝她，但其他人更关注亚瑟。他们想要知道为什么。没有为什么。

亚瑟气得双颊鼓起。

两个月前，十月份，他父亲死在了克莱顿的一家精神疗养院里，距离亚瑟在爱丁堡的童年老宅往南八英里的地方。查尔斯·道尔的酗酒和疯癫使他没能亲近自己的长子，多年来他从疗养院给亚瑟写信。亚瑟每次看到门前那些笔迹潦草的、盖着敦夫里斯郡邮戳的信件就会紧张。他的父亲从来不会写像样的信，只有涂鸦。可怖的自画像，亚瑟的肖像，动物图像。混迹于巨大昆虫间的小精灵。巨大得近乎荒诞的蜈蚣蜿蜒压在残忍的暗黑色冠蓝鸦身上。父亲逝世的消息一经传来便带来了某种解脱感。由于亚瑟很少去探望，直到查尔斯去世他才知道，父亲为亚瑟取得的成就做了详尽的记录。查尔斯剪下了有关亚瑟每一部作品的所有评论，收集了一本剪贴簿。那本簿子里还有一张全家围坐在餐桌边的素描，那还是当年在爱丁堡那栋两层老宅的厨房里的情景。不管不时发作的酗酒和疯言疯语，一直忠于自己丈夫的妈妈在查尔斯的遗物里发现了这本簿子，随即便一言不发地送到了儿子那里。直到那时，亚瑟才明白自己失去了什么。爸爸生前知道么——亚瑟已经结婚了；亚瑟有两个孩子了；以及第二个孩子由于早产的缘故，在医院里多待了两个月，亚瑟才得以把他抱回来的事情。

查尔斯去世一周后，亲爱的托伊在一个漫长的下午接受了家庭医生的检查。会面结束的时候，医生从托伊在二楼的卧室步伐缓慢地走下来，告诉亚瑟，她的咳嗽已经无法可治。肺结核，最多还有几个月时间。那人彬彬有礼，术业娴熟，这令亚瑟愈发羞愧。作为接受过专业训练的医生，妻子被肺结核折磨了这么多年，亚瑟却一直以为那不过是生完孩子后身体的自然虚弱。他的羞愧有时都快要压倒他的哀痛了。他们会更多地骑着三轮车去乡下。亚瑟会努力蹬车，每一次出行都很重要。

查尔斯·道尔是真实的。托伊是真实的。他们的死是悲剧。夏洛克·福尔摩斯不过是微不足道的想象。他的死是种消遣。那喋喋不休的老妇人和她身后那群越来越多的人不知道亚瑟的父亲——他们连他的名字都不知道。查尔斯·道尔的死,《泰晤士报》《每日电讯报》,甚至《曼彻斯特卫报》,统统一个字都没提。托伊的病也将一直不为人知。不,这些人——这些可鄙可怜的人——对亚瑟一无所知。他们只知道福尔摩斯。

亚瑟面对谩骂一言不发,直到附近一个巡警走了过来。

"散了吧,现在,都散了吧。"他疏散了人群,言词间的理解多过斥责。人们服从了,老妇人走开的时候还在声声不停地咒骂亚瑟。巡警——矮小、瘦削、专业——为亚瑟捡起了帽子。

"谢谢你,警官。"亚瑟说,思绪回到了现实。

"不要忧心,道尔医生,"巡警说,"我想你给了我们的老相识福尔摩斯先生一个妥善优美的告别。只是见他离开,有点遗憾。"他脱帽致意,然后走开了。

[I] 欧内斯特·威廉·赫尔南(1866—1921),英国诗人、小说家。他撰写了一系列以绅士怪盗拉菲兹为主角的小说。他的妻子是柯南·道尔的妹妹。

[II] 加斯科因—塞西尔(1830—1903),第三代索尔兹伯里侯爵,英国19世纪著名政治家,曾三任英国首相。

第六章　……直至今日
...Until Now

"世间满是凶手及其受害者;
而他们是何等渴求地寻找着彼此!"
——一般认为来自安布罗斯·比尔斯[1],可能为误传

二〇一〇年一月六日

哈罗德走进阿冈昆酒店二楼的会客室,里面的声音像是热锅上的一群鸭子。跟预想中一样,福学家们正聚在一起,冲着彼此呱呱直叫。说他们"聚在一起",其实只能说他们是同时待在四面墙里罢了。满堂哄笑,大声嚷嚷,呼朋唤友,活像一群暴民。一点儿开会的样子都没有。

在座的这几百人皆是福学家中的精英人物,但没人老实坐着:在哈罗德看来,他们就像是悬浮在座位上方一英寸处,摇来晃去。他们四处探头,飞速地从一侧转向另一侧,询问旁边的人眼下有无新消息。从半打各式各样的对话里,哈罗德零散捕捉到了几个词:"迟到""亚历克斯""失踪"。

正要走向空座的哈罗德戳了戳一位年长英国人的肩膀,他记不清这人的名字了。那女人转过身来,紧密的灰色头发转到一边,露出一

副眼镜，厚度远超常人想象中一个女人能戴的眼镜厚度极限。无论如何她戴上了。

"出什么事了？"哈罗德问，努力表现得漠不关心，好像自己还没消息闭塞到无可救药的地步。

"亚历克斯迟到了，"她语速飞快，"有人试过往他房里打电话，但听筒没有挂好。他失踪了。"

"神啊。"哈罗德喃喃道。

他想起了前一晚亚历克斯的神经质。亚历克斯认为有人在跟踪他。该不会……

一名娇小的年轻女士坐到了他左边，哈罗德不认识她。她转身时，大把棕色卷发扫落到一边，哈罗德看到她的双眼，睁得大大的，仿佛把这世界收入眼底是场不断的探索。轻柔的蓝色裙装令她看起来比实际年轻。一条粉黄相间的围巾绕在她脖颈，瞬间使得她看起来就像是枚未开包的糖果。

"天哪，这儿乱死了！"她说。她是在跟哈罗德说话么？她探着脑袋，扫视着整间屋子。

"是啊。"哈罗德说，声音很小。

她转头看他，猝然对上的视线让他小小地吃了一惊。

"抱歉，"她语气友善，"你刚刚说什么？"

"我……呃，是的。是啊。"

"抱歉，这儿太吵了，我刚刚没听到你说话。你说什么了？"

"是啊。"

她顿住："是啊？"

"是的，我说……是啊。就是，是啊，这儿乱糟糟的。这里。"

她打量了他一会儿。

"哦。"她说,又转回身去了。

哈罗德脸红了。然后他开始说话,就好像有强迫症。他有个坏毛病,一紧张,不知道该说什么的时候,他就会连着说一大串毫无干系的事,就像是指望里面至少有一句能顶用。

"你来听讲座?我是哈罗德。外面还在下雨么?哈罗德·怀特。"

女子抬眉思索,她大概是在考虑接哈罗德哪句话。

"哈罗德,"她说,"你认识亚历克斯·凯尔么?"显然她跳过了以上所有选项。

"我们是朋友,"他回答,很高兴有了个自己还算有把握的话题,"嗯,我们关系不错。我昨晚见过他。在酒店。"

"他昨晚在这儿?"

"是的。他淋了点儿雨。"哈罗德默默懊恼自己又在讲雨的话题。他相信自己可以跟这位女子聊些有趣得多的事,"其实,他看起来很紧张,说有人跟踪他。但你知道的——他喜欢戏剧化。"

女子看了看哈罗德的猎鹿帽。她抬起右侧眉毛,示意他那顶帽子。

"在我看来你们俩都喜欢。你觉得真有人跟踪他么?"

这个问题很难回答。也许是她能提出来的最难的问题。

"不。也许是。我是说,那岂不是很棒么?呃,算不上很棒,要是真出事了的话。但……值得关注。你知道我的意思。"她身上有些什么使得哈罗德想要跟她聊——一直聊下去。这是种吸引人的特质。很有用,对于……记者来说?

几个月前,自从亚历克斯·凯尔宣布了自己的发现,贝克街小分队就被来自媒体的大量申请函淹没了——他们想参加一月的大会。好吧，至少根据福学家的标准来说是被"淹没"了。专业的福尔摩斯爱好者是不热衷于寻求媒体关注的。不过他们还是特意为此立了条规矩——任何非已认证福学家组织成员的人都不得参与本周末的大会。所有申请一律驳回。

"抱歉，"哈罗德回过神来，"你是谁？"

"莎拉·琳赛，"那女人愉快地说，"很高兴认识你！"她伸手作势要握手。

"你属于哪个组织？"

"哦，不属于任何一个。"她说，"我是个记者。我在做亚历克斯·凯尔和失踪日记的相关报道。"

"你怎么进来的？"

莎拉耸肩。"杰弗里·恩格斯，"她说，"我们用电子邮件联系了一段时间，他放我进来的。"

哈罗德觉得有点奇怪——杰弗里决定这次给莎拉开个特例的话，他怎么从来没提过？

"杰弗里真是个可爱的家伙，"她继续说着，"你也是分队的人么？"

"是的。"哈罗德意识到，自己已经把知道的亚历克斯的事都说漏嘴了——他昨晚的奇怪举动和妄想。莎拉会把亚历克斯还有分队写得像傻瓜。她会嘲讽他们的扮装，把偶然的失态写成难以解释的研究风范，他们"喜欢戏剧性"，就像哈罗德刚刚说的。他神情紧张起来。

"你担心我在这里的事？你不用担心的，我保证。"

"不，我……我不知道你在说什么。只是，我们对记者是有规定的。实际上是对任何外人的规定。我不——"

"哈罗德，没事的。你担心什么？我会嘲笑你的帽子？还是这里一半以上的男人兜里都揣着的那个小烟斗？"

哈罗德笑了。她很风趣。

"拜托，"他回答，"我们是在夏洛克·福尔摩斯大会上。要是我不戴顶猎鹿帽的话，岂不是有点奇怪？"

"非常奇怪。如果你想成为十九世纪侦探小说专家的话，我想你是得装扮起来。但是你作为分队成员有点……太年轻了吧？"

"我可能是最年轻的分队成员，但我知道的一点不比别人少。"

"我相信，"她说，"我正该请你证明自己呢。"

他们被房间前面传来的声响打断。杰弗里正在讲台上测试麦克风。

"好，测试。一，二，什么什么的。喂？你们能听到么？很好。"杰弗里深吸口气，在面前摊开稿子，"女士们，先生们，在我们等待今天上午的荣誉嘉宾，姗姗来迟的亚历山大·凯尔的时候，请允许我做一下开场白。我本打算等他到了再讲，但我确信凯尔先生不需要再听我陈述一遍他的成就，也不会想再听我讲很多个夏天以前，我们一同在苏塞克斯喝酒的那个晚上的有色笑话了。"

屋子里响起咯咯笑声，还有很多心知肚明的放声大笑。

"那故事很有趣，"哈罗德解释给莎拉，"深夜去参观马厩，但计划做得不太好。"

"一九三〇年七月七日，用亚瑟·柯南·道尔爵士自己的话说，在他的灵魂变更了寓所之后，他留下了二十八本小说，一百多部短篇故事,七本唯灵论的著作,四本回忆录,以及随即受到了研究者们密切关注的不计其数的书信集和日记。从他的书信集和日记中,我们了解到一个与其公众形象大为不同的柯南·道尔:我们曾见他作为一名孩童,幻想着成为一名骑士,跳出来拯救受困无助的少女。我们曾见他满怀浪漫与挣扎,在他妻子因病衰弱慢慢逝去的时候,陷入了与一位年轻姑娘的热切的精神恋爱中——而所有证据表明,他们的关系从未超越精神范畴。我们也曾见他作为满腔妒火的创造者,对着他在书页间细致描写、光彩夺目的主人公大发雷霆。凭借这些丰富的资料,学者们得以汇编出众多极好的传记。"杰弗里前倾身体,"本人深感荣幸的是,其中好几位学者正隶属于颇具威望的本组织。安德鲁·莱西特,约翰·迪克森·卡尔",马丁·布斯,以及可能是最确定的一位,丹尼尔·斯待肖,都为约翰·华生的这位友人兼文学代理人精心描绘出了极为杰出的肖像画。"

莎拉一脸困惑:"友人兼文学代理人?"

"嗯,欢迎见识杰弗里狡猾的一面。"哈罗德悄声说,"大多数福学家都多少……呃,佯装……福尔摩斯是真实存在的人物,而柯南·道尔是为了保护他的隐私才以小说的形式记述他的历险故事。与之相反则是那些自称道尔派的,他们认为福学家很愚蠢。要是杰弗里承认道尔是故事作者的话,屋里有一半人都会嘘声抗议。最好顺着福学家的意思,他们比道尔派更爱抗议。"

"幸亏我不是来这儿开你们玩笑的。"莎拉说。

"……我们所见到的这些有关柯南·道尔的生活和那个年代最为详尽的记录,正是斯待肖辛勤工作的体现,"杰弗里继续说道,"然而,一份真正完整的人物传记总是难以企及的。在柯南·道尔去世后,他所有的文档资料都整整齐齐地码放在林下居的书房里,除了一九〇〇年十月到十二月的日记。一时流言四起,有人猜测他的儿女们藏匿了那份日记,好私下卖掉。但是此事未曾出现过任何实证。除了一些很快被戳穿的伪造,在过去的八十年里从未出现过有关日记下落的任何线索。"杰弗里顿了顿,深吸一口气,露出了微笑,"直至今日。"

房间里爆发出一阵掌声。为了追求效果,杰弗里得意扬扬地再次强调:"直至今日!你们当中很多人都认识的,也因其举世无双的福学家及评论家地位而为人熟知的亚历山大·凯尔先生,二十多年来他一直致力于寻找日记下落。他视解开柯南·道尔的最后谜题为其毕生使命。而最近,他的确做到了。他今天就在这里——"杰弗里随即看向自己身后,确认亚历克斯进来了没有,他还没到,"——为我们呈现那失踪已久复又出现的日记,解开它的所有秘密。当然,最重要的是日记为何没能与其他的文档放在一起,这些年里它又被藏在哪儿?而对于日后的福学研究而言,或许有更深远影响的问题应当是,在那短短几个月里,柯南·道尔到底遇到了什么事。"

"记载断层出现在柯南·道尔从南非回来之后,他在那里救治在布尔战争中受伤的英国士兵。爱国人士柯南·道尔结束了作为医生的行程,在夏天回到了英格兰的土地上,试图使他的同胞信服大英帝国事业的正义。他在自己的家乡爱丁堡参加了议会选举,并与胜利失之交臂。他专心于政治,写作历史小说和戏剧。福尔摩斯那时已经去世七年,而据我们所知,这位伟大的作家从未想念过这位侦探。"

"随后在一九〇一年三月,《斯特兰德》杂志的 H. 格林豪·史密斯先生突然收到了一封信。在信里，柯南·道尔称他想要连载一个新的福尔摩斯故事，故事的时间设定在福尔摩斯死前。这个故事，《巴斯克维尔的猎犬》，标志着这一经典著作的新高潮。随后的一个短篇则使整个伦敦为之疯狂——《空屋》，时间设在一八九四年，夏洛克·福尔摩斯起死回生。从这个故事里我们得知了福尔摩斯为瞒过莫里亚蒂的党羽，在一八九一年伪造了自己的死亡。他在隐姓埋名环游世界三年后回到这里，让一切回到正轨。这段神秘而令人费解的福尔摩斯流亡他乡、假死时期，正如你们所知，被称为**大裂谷时期**。但是在这一时期，我们对柯南·道尔的所作所为的了解程度甚至远不如福尔摩斯的那段经历。究竟是怎样的变故使他决意将福尔摩斯带回人间？他当然不是缺钱，尽管出版商们曾不断登门拜访，求他续写福尔摩斯的传奇。那么，为什么选在那个时候？又为什么如此突然？为什么又提笔重写推理小说——他曾称之为'廉价惊险小说'——还带回了这位，我们必须承认，这位令他颇有一些反感的主人公？这一时期柯南·道尔的所思所想正是我们最想了解的，可他的想法对我们却是完全封闭的。直至今日。"

"他刚才是不是说过一遍了？"

"嘘。"

但是接下来就没了。杰弗里最后又回头看了一次，确认亚历克斯还是没有走进大厅。在下面又开始吵嚷的时候，杰弗里转身回到讲台边，用自己的镇定来安抚室内的躁动。

"女士们，先生们，看来我们手头又有了一个新的谜题！"屋里笑声寥寥，"如果你们能原谅再一次的推迟，我将马上对此展开调查。"

在杰弗里走下讲台之前，又一阵吵闹席卷了房间。几个兴奋的福学家站起来，随即意识到他们无处可去。哈罗德认出了石井悟，这个沉默寡言的人是东京最大的福学组织的首领。他全神贯注地站在人群前头，几乎无法压抑自己想要赶紧做点什么的冲动。

"好吧，看来你的稿子有了些激动人心的内容，"哈罗德这话是对莎拉说的。只是当他转过身去的时候，莎拉已经不在那儿了。抬头四望，他发现她正踩着笨重的平底鞋，踢踢踏踏地走向光滑的木地板另一头。她快速的步伐毫无疑问是冲着杰弗里去的，那人一如既往地礼节周全，正试图避开一堆福学家到屋外去，他们吵闹个没完，都等着问他同一个问题。

哈罗德并没意识到自己跟着莎拉过去了。之后他会跟自己说，这是为杰弗里着想——这会儿让她的问题打扰杰弗里可不太好——但是实际上，哈罗德是急切地想帮她的忙。

面对这一大群执着于追讨答案的推理狂热分子，莎拉迅速改变了方向，从厚实的门间悄无声息地溜了出去。哈罗德小心地往前挪动，踮着脚从一位胡子拉碴的德国人的足间穿过，接着又跨过了一位穿着颇有学者派头的粗花呢服装的娇小美国女士的膝盖。哈罗德小声念叨着"抱歉"和"请原谅"，并没有使屋里的喧闹加剧几分。

他晃出门外，外面的走廊安静得吓人。没有莎拉的身影。

无论是错综复杂的走廊还是另一头熙熙攘攘的大堂，哪里都觅不到莎拉的踪迹。哈罗德看向电梯间，一眼瞥见了开着的电梯门里莎拉那扬起的头发。他立刻紧追了上去。

一路加速，等他到电梯的时候，几乎是在狂奔了。一种古怪的感觉从他的小腿猛窜到膝盖。哈罗德想了想，觉得这种他很久没体验过的感觉,一定就叫作"奔跑"。他气喘吁吁地把手及时扒在了电梯门上,非常高兴地听到门再次打开发出"叮"的一声。

"你在跟踪我?"她问。

哈罗德上气不接下气地迈进电梯,靠在金色的扶手上站稳。

"深呼吸,"她说,"很快就缓过来了。"

"我们……哈……我们应该……哈……回楼下……嗯。"这是哈罗德尽最大努力做出的回应。

"说得好。"面对莎拉的不领情,哈罗德决定先缓过气来再开口劝她别上楼。然而随着他的呼吸放慢,另一声机械的"叮"声响起,十一层已经到了。莎拉穿过铺着浅色地毯的走廊,哈罗德无奈地跟了上去。

到了1117房间,莎拉在猫眼边上敲了两下,轻快有礼。门把上挂着"请勿打扰"的牌子。他们等待着。

"你怎么知道他住这个房间?"

莎拉微笑:"我很礼貌地问了。"

她再次自信地敲门:"亚历克斯?"她若无其事地问道。哈罗德也开始和她一起叫门。

"亚历克斯,我是哈罗德·怀特!你醒了么?"门内仍然毫无反应。哈罗德凝视着"请勿打扰"的牌子,它也似乎在回瞪他,用它那平平无奇的功效嘲笑着他。

当这种静默开始让哈罗德感到越来越不安的时候,他听到走廊那边传来一阵拖沓的脚步声。哈罗德和莎拉转过身去,看到一个穿黑西装的男人。杰弗里跟在那男人身后,就像哈罗德之前跟着莎拉那样。他一定是酒店经理,哈罗德想。

"你是谁？"杰弗里问莎拉。

"你好，"她回答，"我是莎拉·琳赛。我们之前就这个周末相关事宜互通过邮件。"

杰弗里脸色一沉。"确实，"他说，"而且我记得我告诉你了，斩钉截铁地告诉你，你并没有获准参加今天的演讲。你在这里做什么？"

莎拉仅以微笑作为回应。

"记者，"杰弗里说，"不会把'不行'当成一个答案，对吧？"

她转向跟杰弗里一起的那个人。"没人应门，吉姆。"男人没有答话，只是迈步走到她身边，坚定地敲了一阵门。

"凯尔先生？"他说。又是一阵漫长且令人不适的停顿，"凯尔先生，我是吉姆·哈里曼，酒店的住宿品质主管。"

哈罗德猜想那是"经理"的另一种说法。

"您的朋友恩格斯先生告诉我您没有按时赴约，所以我要进来确认没出什么问题。凯尔先生？"依旧没有任何回应。吉姆从钱包里取出一张条码电子门卡，划过门锁。

"请见谅，"哈里曼说，手握在门把上等候。

"开门吧，"莎拉说，"这些是他的朋友。如果出了什么事他们还能帮得上忙。"

哈罗德不禁留意到她根本没提自己在这里的角色。

哈里曼审视了莎拉真诚的脸，随即把目光投向杰弗里寻求回应。杰弗里毫无反应。稍作思考后，经理压下了钩形的门把手。

哈罗德感到肩上升起一股寒气，战栗着贯穿他的后背，带着刺痛一路到达他的脚趾和刚刚变冷的指尖。甚至于，在走廊里的灯光还未照进灰暗的房间之时,他就知道了。出事了。

当他的眼睛适应了昏暗,哈罗德看到了凌乱的梳妆台,抽屉被拉出翻倒。他看到倒在地上的灯罩,灰褐色的地毯上还有一堆深色的东西,应该是礼服衬衫。衣柜半开,衣服被成堆扔在地上,纸张四散,仿若雪花遍地撒落。

哈罗德走了进去,跟在莎拉、杰弗里,还有经理哈里曼身后。四人都双腿僵直,几乎步调一致地往前迈。

"亚历克斯?"

"亚历克斯。"

"亚历……克斯……"

"……亚历克斯。"他们轮流唤着那名字,仿佛这个词能唤他现身。它变成了一首赞美诗,一种轮唱,一个咒语。

混乱使得房间更显狭小。沉重的百叶窗严严实实地合着,锁住了黑暗。哈里曼走过狭窄的玄关,经过浴室和衣柜,朝右侧墙边的梳妆台走过去,木质的书桌立在最远处的角落里。朝着左边,房间豁然开朗——那边一定是床。

哈罗德看着吉姆转过角落时震惊地放慢步速,然后杰弗里也是如此。杰弗里的眉头蹙起,摇着头,一阵轻微的震颤传遍这位长者的全身。莎拉走到杰弗里边上,转过身去,猛地倒吸一口气。她脸上没有任何表情,在黑暗的柔焦效果下看起来稍显缓和。

哈罗德低下头,在迈出下一步前稳定了自己的情绪。他侧身站到了莎拉身后,下意识地把身子压低了一英寸。他越过莎拉肩头看过去——她突然显得特别高大。

他的视线先落在乱糟糟的床上,枕头从枕套中被扯了出来。视线移到床头柜上,上面有一部卡其色的旅馆电话,听筒没有挂上,红色的讯号灯正以一种悠长的节拍闪烁,几乎跟哈罗德的呼吸同步。躺椅和软凳上散落着更多纸张、一条工作裤和几本书。最后映入眼帘的是地板,和地板上躺着的,亚历克斯·凯尔的尸体。

---

[1] 美国作家。生于俄亥俄州,参加过美国南北战争。以短篇小说闻名,其小说以恐怖和死亡为题材,讽刺辛辣,语言精炼。

[2] 约翰·迪克森·卡尔(1906—1977),推理小说黄金时期的一位重要作家,以密室题材的构思见长。曾著有《亚瑟·柯南·道尔爵士的一生》。

第七章　吸血鬼

The Bloodsucker

> "(他)是一个忠实的朋友和慷慨的绅士,"
> 福尔摩斯抬起手做了一个制止的手势,
> "这对我们来说就足够了。"
> ——亚瑟·柯南·道尔爵士
> 《显贵的主顾》

一八九三年十二月十八日,接上文

对亚瑟来说,伦敦已变成了一片陌生之地,满是行事古怪的怪胎。而自己就像尼摩船长,漂流出文明世界后,被怪兽团团包围。在他辗转度过的那天余下的时间里,人们的目光似乎一直黏在他身上,跟着他走过斯特兰德大道,甚至在他到辛普森之家吃晚餐的时候也不放过。在那里,当他翻着报纸吃腰子馅饼时,每个昏暗的角落都有人对他指指点点。他翻到《泰晤士报》的封底,发现就连伦敦的漫画家都出了一份力。一张粗糙勾勒出的图里,一个小男孩读着福尔摩斯故事的最后一卷,他的脸因悲痛和幻灭而扭曲着。于是亚瑟现在还背上了破坏一代人童年的罪名。

他对着那张画念叨着,一滴汤汁溅到了报纸上。热腾腾的肉汤模糊了那小男孩的脸,油墨晕开,扭曲了脸部线条。那孩子的皮肤也变成了棕色。亚瑟玩心顿起,拿起汤匙又舀了一勺,把两粒豌豆和一片胡萝卜捡回盘子里,然后在报纸上多滴了几滴褐色稠汁。接着再来几滴,直到那湿透了的廉价报纸被满满一勺汤汁弄得又皱又破。

亚瑟环视了下餐厅,想看看有没有人注意到他的任性小动作。没人注意到。或者所有人都注意到了,现在正在对他生气嚼舌。这可说不好。

回到街道上,亚瑟开始四处奔走,忙一些杂事。去见他的律师,去药店。还有家重要商店,几个小时前他就知道自己得过去一趟,但是却又一时难以想起。

一种令人困惑的孤独感击中了他。亚瑟此前无疑也经历过独自一人的时候,然而,孤身一人置身于人群中,在一片疯狂中作为唯一一个神志清醒的人——这才是孤独。当然,这些孤独的光景在他过去的岁月里也曾不时出现。在亚瑟行医的头一年——好吧,其实总共也就一年——他独自坐在明亮空荡的办公室里,记录过一个又一个漫长的下午。他坐在自己廉价的书桌前,徒劳地等待着病人。于是他开始利用那些时间来写小说:一部叫作《白色纵队》的长篇和若干标志着某位咨询侦探首次出场的短篇。那时它们还是如此地令人心情愉悦,不过是小小的消遣——他那位喜欢沉思又不好相处的侦探,还有那位健忘的、笨手笨脚的助手。福尔摩斯太过于冷血而有距离感,以至于亚瑟没法喜欢他。但是华生!好吧,华生总是招人喜欢的。他是亚瑟的化身,福尔摩斯不是;是华生拥有了与作者共同的经历,共同的声音,共同的热情而浪漫的苦恼。华生才是他此刻会想念的人。但即便在那段伏案疾书的时光,当他耐着性子,希望能听到来访者按响门铃的时候,亚瑟也从未感到过这般的孤独。

他朝着兰心剧院走去，迈过鹅卵石道上兰心剧院六根高大石柱投射下的长影子。宽广的门廊下光线昏暗，屋檐隔开了亚瑟与临近傍晚的阳光。置身于荫蔽中却感觉更为温暖。

"唷，唷，"身后响起一个幽灵般的声音，"你看起来好吓人。有人死了？"

亚瑟转过身去。一个身板厚实，肩膀宽大的男子从第三根柱子后面走到阳光下，就像是鬼魂变成了实体。他的两颊胡子拉碴，过时的短发贴附在他脑袋上，从左侧较深的边际分开。他穿着大衣和燕尾服，深黑的鞋子直接闪入了亚瑟的视线。他穿得像是要参加国葬——或者，就他的情况而言，是为了首场演出。几秒过后，亚瑟从惊吓中平静下来，认出了自己的老朋友。

"布拉姆，"亚瑟深深地吸了口气稳住，"你吓到我了。"

"致以我最诚恳的歉意。"布拉姆·斯托克上前跟亚瑟握手，"只是你看起来如此苍白——我几乎认不出你了。"

"是么？"亚瑟倚上兰心剧院冰冷的墙壁，"今天……今天太奇怪了。"突然，剧院中央的大门打开，一位光彩照人的女士跑下门廊。

"那么，六点，说定了？"她叫住布拉姆。伴着跑下台阶的步伐，她帽子边沿下露出的棕色卷发一颤一颤的。她对亚瑟笑了笑，了然地挑了挑黑色的眉毛。

"六点。"布拉姆确定地回答。那女人——亚瑟不得不承认她的确相当出色——继续朝着斯特兰德大街走去。在她走到大街上，消失在人群中之前，亚瑟一眼瞥到了她胳膊上的黑纱。他再次咬了咬牙。

"你一定还记得爱伦·泰瑞[III]吧。"等她走到远处,布拉姆开口问道,"我确定你已经多次见她登台。"

"哦,对。当然。当然了,是的。"

"那女人快被朱丽叶搞疯了。"他咧嘴笑道,"亨利演的罗密欧吸引了所有人眼球,可怜的姑娘也有点儿渴望得到注意。说真的,倒不是说亨利得到的媒体关注就都是好的。"

这是布拉姆一贯的话题。作为兰心剧院经理,抚慰手下焦躁不安的演员是他生活的重要组成部分——特别是亨利·欧文[IV],布拉姆亲自督导的这位。随着欧文年纪愈长,他变得益发颐指气使,甚至更为虚荣。年届五十五岁的他登台扮演罗密欧未免有年龄太大之嫌,但他绝对听不进去布拉姆的任何反对意见。当剧评出现——亚瑟当然已经读过了——布拉姆的观点就被证明是正确无误的……好吧,这只会让这位暴躁的演员更加生气。布拉姆是位尽职的佣人,在见到主人之后就一直恪尽职守,尽管亚瑟怀疑,自从接受了这份职务,他的朋友整整十五年都没过上好日子。

布拉姆一直想成为一位作家。亚瑟觉得这应该就是症结所在,它解释了自己在友人身上不时会发现的淡淡苦恼。他的工作不被领情,却极耗损精力,在这种重压之下,布拉姆紧紧抓住自己对文学鲜为人知的热情,不肯放手。他通常早早起床,在前往兰心剧院解决今天的财政危机、奉承欧文直到自己嗓子干痛之前,布拉姆会草草写下一些以死亡为主题的幻想故事——真正血腥的那种——然后把它们藏进抽屉。他只给亚瑟看过一次,亚瑟被布拉姆仅在小说里秘密表现出来的暴力吓到了。偶尔晚上一起喝酒的时候,布拉姆会跟亚瑟讲述他在写的一部长篇小说,一部永远都写到一半的小说,讲述不死的食尸鬼和来自欧洲大陆的吸血鬼伯爵。作为这样一个温文尔雅，甚至有些——他该这么说么？——柔弱而女子气得近乎可耻的男子，布拉姆是真的相当迷恋怪诞故事。

他们认识于两年前，当时布拉姆买下了亚瑟写的一部独角戏，供亨利·欧文演出。在共同度过了排练的漫漫长夜，以及在剧目开演后那些更为漫长的勃艮第葡萄酒的夜晚，他们很快结为好友。欧文是个浮夸的小丑，但是从这位和蔼可亲、还藏有一抽屉恐怖鬼怪小说的经理身上，亚瑟找到了知己。虽说这些年来布拉姆的故事从未赚得一分半厘，而与此同时亚瑟却过上了富足的好日子，这并没有给两人的关系造成任何一丝紧张。

"你现在有时间么？"亚瑟问。

"为你？"布拉姆回答，"总是有的。说说吧，是什么让你烦心？"

"我恨他！"亚瑟突然大吼。

布拉姆笑了："我们这是在谈论你的福尔摩斯？"

"我比谁都恨他！要不是我杀了他，他肯定会害死我。现在这些……这些人的举动就好像那男人是真实存在的，就好像我杀了他们的父亲，他们的妻子。"亚瑟说得飞快，怒气在他体内蓄积。他开始跟布拉姆咆哮这一切有多不公平，咆哮福尔摩斯是如何把公众的注意力从更好的事物上带走，咆哮着这一虚构的人物是如何开始让他的创造者失色，林林总总，罄竹难书。亚瑟的呼吸喷到冰冷的空气中，就像是烟斗中冒出的烟。

最后，布拉姆咯咯地笑了出来，像是狡黠的猫叫。亚瑟刹住车，从怒气中冷静下来。

"我恨他。"亚瑟又说了一遍。

"是你把那可怜的伙计一把推下了悬崖,"布拉姆说,"想想他对你是什么感觉吧!"

[I] 科幻小说《海底两万里》中的人物。

[II] 布拉姆·斯托克(1847—1912),爱尔兰作家,享有"吸血鬼之父"的称号,1897年出版的《德古拉伯爵》为魔幻经典之作。他影响了后世几代作家,其作品被不断翻拍,以其姓名命名的布拉姆·斯托克奖是恐怖小说界的最高奖。美国当代著名作家斯蒂芬·金曾获该奖。

[III] 爱伦·泰瑞(1847—1928),英国女演员。她因扮演莎士比亚剧中的角色成名,尤其是《威尼斯商人》中的鲍西娅以及《哈姆莱特》中的奥菲莉娅。

[IV] 亨利·欧文(1838—1905),英国演员和导演。1878年至1902年任兰心剧院经理,此时与女明星爱伦·泰瑞一起演出了一系列莎士比亚戏剧。

第八章　　幽暗的房间

The Darkened Room

"既然懂得了我的方法，那么就应用吧！"
——亚瑟·柯南·道尔爵士
《巴斯克维尔的猎犬》

二〇一〇年一月六日，接上文

在昏暗不明的房间，那最为黑暗的角落里，夏洛克·福尔摩斯的故事由此开启。朦胧而富有深意的煤气灯下，烟雾缭绕不断，福尔摩斯坐在那里，浏览着当日的报纸，不时抽一口他的长烟斗，或是给自己注射可卡因。他会在黑暗中吞吐着烟圈，等待着某事，任何事，冲进他书房的深处，许诺下一场冒险的开始；等待破解的线索；或者，他一直在渴望着的，一个他无法破解的谜题。在每一个故事之后他会回到这里，这昏暗的房间，在一日日的无聊中死去。他书房的黑暗既是他的牢笼，也是他天才的起源。当走进那房间——

哈罗德一阵战栗，把自己的思绪从幻想中拉回了1117房间，回到自己踩在长毛绒地毯上的运动鞋，回到他面前近在咫尺的莎拉肩头，回到他前方不到十英尺处的尸体。

亚历克斯·凯尔的尸体——只需扫视一眼就可以很清楚地知道那只可能是一具尸体——像一坨面团一样压在地毯上。他穿着一件双扣西装，宽大的黑色领结也不过是稍稍松开了一点。反常的是，在哈罗德看来，他反而像是一名仪表周全的送葬人。只是他的鞋子被脱掉了，整整齐齐地摆在一边，脚上露出几乎和西装一样黑的袜子。他是正在准备系鞋带的时候遇害的吗？

哈罗德向前走了一步，越过莎拉走向亚历克斯。他读过无数血腥故事，但从未亲眼见过真正的尸体。这带给他的惊吓比他原本想象的既多又少。一个自己认识的人毫无生命气息的样子——虽说不熟，但总归是在活着的时候认识——这让他眼眶湿润，迫使自己咬住下唇。而与此同时，满怀警觉地站在这儿，站在一个犯罪现场，这感觉却又自然得可耻。

"我去叫警察。"经理说。他把手伸向床头柜上的电话，却在离听筒还有一英寸的时候猛然停住。闪烁着的红色信号灯为他的脸笼上了一层魔鬼般的红光。他意识到最好不要弄乱现场。"请不要碰任何东西。"他的话带着意想不到的强势，紧接着就出了房间，去找大厅里的内部电话。

"我们走吧。"杰弗里说。他的目光呆滞，眼中含泪。

哈罗德知道，一个聪明人这会儿应该保持安静，低着头，同时怀着对死者的悲痛，默默走出门去。甚至，只要是个正常人，就会选择联系警察，然后等着读他们在不久后的晨报上公布的调查情况。一个有理智的人，无论何种情况下，都不该靠近亚历克斯·凯尔的尸体。

哈罗德往前走了一步。

"哈罗德，别。"杰弗里嗓音里的紧张显而易见。

"夏洛克·福尔摩斯会怎么做？"哈罗德问。他极其兴奋，态度认真。他得这么做，他得试试自己行不行。

"福尔摩斯会爬回他所属于的纸页间，因为他是墨水跟纸浆的产物。"

"要是他是真的，那些故事是真的。他会怎么做？"哈罗德抑制不住自己的好奇。

"哈罗德，这是病态的。我不会参与的。"

"在地上寻找脚印！这是他通常做的事。第一个福尔摩斯故事，《血字的研究》，他做的第一步侦查，就是检查地上的脚印。"

"这儿铺着地毯。"杰弗里回答。

哈罗德低头看了看。确实，整个屋子都铺着长毛绒的灰褐色地毯。目力所及之处没有任何脚印。夏洛克·福尔摩斯不是真实存在的。哈罗德也不是个侦探。

"但是福尔摩斯总能发现脚印。"哈罗德哀求。他没法让自己停下来。

莎拉用一种好奇混杂着惊愕的神情看着他。

"你不是在开玩笑。"她的笑意愈发明显。不用她开口，哈罗德都看得出来她的大脑正在飞速运转，权衡斟酌。

"你不会是认真的吧，"杰弗里说，"这简直疯了。你是个做文学研究的，不是什么天杀的侦探。"

哈罗德看看杰弗里，又看看莎拉，急不可待地想得到支持。浴室的门开着，他从门后悬挂着的大镜子里瞥见了自己。他看到自己脏兮兮的运动鞋，还有身后的死尸。他顺着自己笔直的背脊往上看，一直看到头顶上的猎鹿帽。哈罗德愣住，那幅图景牢牢地定住了他。

他像一个小孩子一样看向莎拉,渴求哪怕一丁点儿的支持。

"福尔摩斯第二步会做什么?"她问。

哈罗德和杰弗里瞪视彼此许久,哈罗德壮着胆子想在杰弗里面前大声说出答案。

"不准,"杰弗里坚决抗议,"该死的,你敢。"

"'夏洛克·福尔摩斯走到尸体跟前,跪下来全神贯注地检查着。'"哈罗德引用了小说里的话。

他弯下身子,像一个芭蕾舞者那样弯着腰。亚历克斯的左眼几乎合上了,但右眼睁大到令人吃惊的地步,感觉上比正常情况大得多——不过,说真的,这里还能有什么是正常的?亚历克斯的淡棕色头发厚重浓密,顶在脑袋上,在苍白得近乎透明的脸色映衬下,有种母鸡下蛋的诡异印象。他依然戴着他那有一毫米厚的钛材眼镜,没有弯曲,也没有打破。脖子上有一圈紫红色的勒痕,颜色渐变扭曲,形成了一种印象派瘀痕,令人印象深刻。一条细长的黑绳松松垮垮地围在痕迹边上,它看起来柔软得像布料。哈罗德单膝跪下审视它,在那时,他才闻到空气中萦绕不去的轻微排泄物味道。来自于尸体,哈罗德想。在他死亡的时候。

"他脖子上是什么?"莎拉问,她也跪到了哈罗德一侧。她没理会杰弗里的警告,这令哈罗德备受鼓舞,继续侦查。

哈罗德凑上去仔细看了看,伸手去摸那条绳子。

他的指尖感觉似乎是棉布。当他用手顺着摸下去的时候,他发现绳子一头有一个塑料尖梢。

"这是条鞋带。"哈罗德说。莎拉也伸手去摸,哈罗德去看那双被整齐码放在边上的鞋。显然,左脚那只没有鞋带。

"这是他的鞋带。"哈罗德说。

哪怕最微小的发现也会带来无法否认的愉悦——从昨天穿的裤子口袋深处挖出的屋子钥匙;失眠时听到无休止的神秘叮当声,检查后发现原来是浴室龙头在漏水;在长满青苔的远古精神桃源里,神奇地想起了母亲的旧电话号码。人类的心灵总会为一些小事激动不已,比如建立联系,发现、解决难题。哈罗德整个人都颤抖了。

"福尔摩斯接下来做了什么?"莎拉问。

"别再鼓动他了!"杰弗里求她,"警察就要来了。他们会派来真正的警探,还有货真价实的工具。这是犯罪现场,哈罗德——你不能再碰别的东西了。福尔摩斯没有指纹分析系统,但我们有。"

"说得好,"哈罗德思考着回答,"但是福尔摩斯没它的帮忙也做得很好,不是么?现在我们有 CSI 和静电指纹提取技术。但是纽约的谋杀案侦破率是……多少来着,百分之六十?我认为,福尔摩斯做得比这好得多,不是么?"

"这真是疯了,"杰弗里哀求,"你被吓坏了。这没什么,亚历克斯死了,你被吓坏了。但你不能再破坏犯罪现场,不然真正的警方就找不到凶手了。他们随时都可能到。"

"你说得对,"哈罗德回答,"他们很快就到。我们最好在他们到这里搞乱一切之前先检查完房间。在血字……好吧,天啊,半数的故事里——警方到了,然后把现场搞得一团糟,毁掉了所有真正的证据。我们不能错过任何线索。"

"你听到你在说什么了吗,哈罗德?你知不知道你听起来像什么?"杰弗里重重叹了口气,"我从来都不想这么跟你说,但是,你戴着那顶帽子,看起来真的是蠢透了。摘了它,我们走。"

哈罗德没有理会他，走到房间左边角落，从两面墙的交界处开始了对房间边边角角的系统性勘察。

"莎拉，我们时间不多。可以麻烦你找找日记么？不过，我不认为我们能找到——犯人似乎很彻底地搜查了房间，很可能找到他或她要找的东西了。"

莎拉并不是完全不需要时间考虑自己是否该积极地破坏谋杀案现场——她确实考虑了一会儿。她大概只花了不到一秒钟，时间简直微小到量子级别。在哈罗德看来，莎拉几乎是立即就开始翻动那些四散的纸张，一沓一沓地拾起来看，判断其重要与否。

"日记本是什么样子的？"她问。

哈罗德想了想："皮制封面，很旧，看起来就像是历经一百年之久的日记本。"

"我以为福尔摩斯说的是警句，而不是啰嗦的废话呢。"

"你看到它的时候就会明白的，行不？"

莎拉所找到的杂散纸张上没什么能引起一个业余侦探兴趣的东西——亚历克斯·凯尔还没写完的柯南·道尔传记，第七百零九页到第八百四十一页，看起来似乎已经无可挑剔，即将完工。她捡起尸体边一支古董钢笔，举起来给哈罗德看。是派克世纪系列的"大红"款，很有可能是二十世纪二十年代的产品——黑笔帽，红笔管。就是柯南·道尔会用来写福尔摩斯终章的那种笔。

她还发现了一打精装书——福尔摩斯故事全集，被翻得又破又脏，几乎要被那支古董笔写出的批注染成了硬邦邦的蓝色。几乎每一段都有句子被加了下划线，或者在页边草草记下了感慨。她在一把很低的椅子下发现了凯尔的公文包，当她把它拉到地毯上时，哈罗德认出那就是前一天晚上的公文包。它已经大开着了,是空的。

搜查地板的时候,哈罗德采用了某种啮齿动物的视角,这样可以看到灰褐色地毯跟磨白的墙纸相交处,在作为墙面主要装饰的垂直鸢尾花花纹下方。他伸手从自己的大衣口袋里摸出放大镜,它通常被用来在无聊或者紧张时拿到手里把玩。

看着哈罗德跟他的放大镜,杰弗里摇头,深以为耻。

哈罗德开始对客房墙壁进行系统检查。通过放大镜,他可以看到墙纸的褶皱,贴在干墙上而产生的参差不齐的凸起就像是一串连绵的沙丘。当福尔摩斯在他的第一个案子里搜查那栋重要的劳瑞斯顿花园街房子的时候,他是在寻找什么呢?那个房间残破不堪,满布灰尘,因为多年疏于打理而发霉长毛。福尔摩斯扒开灰尘,用火柴照亮漆黑的角落,发现了"RACHE"这个词——在德语中意为"复仇"——用血写在房间闲置区域的墙角。但哈罗德想,尽管意外得到这样一个线索的确激动人心,可是福尔摩斯发现它的时候是在寻找什么呢?你不能期待一个真正的谋杀犯会很方便地给你留个消息,解释自己的动机,不是么?哈罗德后退一步,目所能及之处都是干净的酒店壁纸,还有新吸过尘的地毯。毕竟,他不可能指望找着一个像福尔摩斯那样戏剧性的线索;这地方可没什么血字留下的信息。他得为自己的期望负责。但是福尔摩斯的方法——应该会生效。它就是得生效。那哈罗德到底应该寻找什么?

哈罗德一寸寸地来回看过去,一百八十度地横扫整个房间,一直到木制的桌椅。桌子上是一堆混乱的纸笔——不管是谁洗劫了这房间,他貌似特地确认了遗失的日记没有被藏在酒店的《按次计费频道指南》里。哈罗德拉开椅子,爬到桌子底下,继续检查。桌子下面有点暗,令事情有些棘手,于是他伸手拿起桌子上的台灯,准备用来照明。

他旋开开关,调整它的灯泡,使之朝向墙面。

然后他失手丢掉了它,身体出于震惊猛弹了下。灯泡碎了,惊动了沉浸在各自思绪中的莎拉和杰弗里,两人急忙跑到哈罗德身边。他们乍一眼看到的是白净的墙上似乎有块黑色污迹,小小的模糊不清。等跪到桌子下面后,他们认出那是红棕色的字母,乱糟糟地涂写在地毯边往上一点,似乎是用手指涂上去的。不需要放大镜也能读懂那仍未干透的字迹。

"基础。"[1] 如此写着。

是用血写就的。

---

[1] 原文为"ELEMENTARY"。

第九章　耸人听闻

Sensational Developments

> "你还不认识夏洛克·福尔摩斯……
> 你也许不会愿意跟他做一个长年相处的伙伴哩。"
> ——亚瑟·柯南·道尔爵士
> 《血字的研究》

一九〇〇年十月十八日

亚瑟信件里的邮包炸弹并没有照计划引爆。

离爆炸还有差不多十分钟的时候,他正在格子窗边坐下准备吃早餐。秋日暗淡的光线穿过被窗棂分割成九块的玻璃。在这样的日子里,分割玻璃的这些白木条看起来仿佛比日光还要亮一些。亚瑟舀着他的鸡蛋和西红柿。

夏洛克·福尔摩斯之死已经是七年前的事了。这七年里有新的故事、冒险以及亚瑟为自己构建的崭新生活,旧日生活被远远地撇开。他离开伦敦搬到了欣德海德,扔掉了福尔摩斯,做了更好的事情。这才是他梦寐以求的生活。

三年前他盖起了这大宅,起名林下居。建成时它便已经很宏伟了,并随着时间推移愈发壮观。这处房产拥有一种狂欢节的氛围。它有很棒的马厩,几乎每个周末都会引来城里的友人;亲爱的孩子们和远亲总在四处溜达；一个正好可以升起印度式篝火的壁炉；一间昏暗、宁静的台球室，亚瑟在那里常输给布拉姆和詹姆斯·巴里。一辆新的四轮马车，再装备上两匹马，共计一百五十磅，佣人们在上面绘上了家族徽章。实际上，亚瑟确保在新家里尽可能多的设施上绘上道尔家徽。这提醒着他自己的出身，还有他所取得的成就带来的自豪感。想来也觉得太神奇，这就是一个男人单靠在纸上写写画画，编造出地道的好故事所达到的成就。这栋靠虚构买来的房子；这栋由廉价惊险小说建起的房子。

已经七年了，万幸的是，夏洛克·福尔摩斯依旧被埋葬在莱辛巴赫瀑布的水下。没错，人们仍在谈起他。没错，人们——陌生人——仍然会写到他、谈论他、想念他，给每一个他曾出现过的杂志的编辑写信哀求让他回来。但不是这里。没有人敢在这屋里提起他。亚瑟在场的时候，绝不可以大声说出夏洛克·福尔摩斯这个名字，即使这栋豪华寓所是由这位侦探买的单。

离爆炸还有五分钟时，亚瑟离开了早餐桌，去前门廊的桃花心木小桌上取来今天的邮件。这是件他乐于亲自完成的事。走在自己宅第的大厅里让他感到一阵令人愉悦的满足感。一小群孩子跟他们的保姆风风火火地爬上楼梯，在八间卧室间重重地跑跳。在外面，马厩管理员正在喂亚瑟自己的马，名叫准将，是一匹八岁大的诺福克郡的良种。透过前窗，亚瑟可以看到他三层小楼上方的高大松树。也许等到冬天的时候，他们会从附近的林子里选一棵作为圣诞树摆到会客厅。

他把早上的一堆邮件夹在自己胳膊下，去书房阅读。他拆信速度飞快。有一张来自英尼斯的便条，关于选举。亚瑟挺感谢他，尽管他更倾向于不考虑这件事。他前几个月在爱丁堡参选议员时，施政纲领的一大重要内容就是对抗布尔人。当亚瑟今年早些时候从前线回来时，他写了一部从英国角度出发的战争史，以及许多宣传册子来鼓舞民众支持军方的努力。此后他开始参加竞选，觉得自己支持战争的观点肯定在威斯敏斯特用得上。在他的参选纲领中，亚瑟除了承诺不计一切代价压制下布尔暴乱外，还提出计划，拟提高对英国本地可轻易生产的粮食食品（小麦、肉类等）的国外进口关税，并降低本土不易生产的粮食食品（糖、茶）的进口关税。这一计划并没有成功地为他赢得选票，他还被牵扯进了一场有关妇女参政权的公开辩论中。虽说亚瑟无意就这一观点进行游说，但他是坚定的反对妇女参政者。当他被问及这一点时，亚瑟也并未避开这个议题。后来有人夸大了亚瑟的天主教倾向，还印成廉价宣传单四处分发，向各地散布谣言，他便以几百票之差失去了他在家乡的席位。亚瑟不愿和那些诽谤他是个信奉教皇制度的小丑的人一般见识，便退居欣德海德，退回到写小说的生活中。

他打开的第二封信来自H. 格林豪·史密斯，这位一直在《斯特兰德》任职的主编。信中为新的福尔摩斯系列故事提出九千英镑的价格——一个全新的高价。亚瑟把信揉成一团，直接扔进了垃圾桶。他甚至不会回复。美国的《科利尔周刊》为同样内容的美国版权出价两万五千美元。亚瑟展现了绅士的克制，只是单纯忽略了这些请求，而没有把合乎情理的回复写到纸上，告诉这两个人他们可以下地狱了。

他刚完成了两篇最新的杰拉德准将的故事，怎么就没人惦记它们（他是给马起了这角色的名字，而不是反过来那样）？无论他这辈子完成了何等功绩，那个福尔摩斯总是会在那儿，把他拽回到那些血腥肮脏的冒险故事里，如此渴望那些故事的公众都是些软弱的笨蛋。亚瑟稳住自己，缓缓做了几个深呼吸。他绝不会让有关夏洛克·福尔摩斯的想法进到这所房子里。

他暂时不去读信了。这堆信件底下是个相当大的包裹。他要先打开这个。

离爆炸还有不到一分钟的时候，亚瑟把这个包裹放到自己面前的桌子上。它沉得惊人，外面包着一层又一层的廉价牛皮纸，系着磨碎了的麻绳。邮戳显示是萨里郡，但是没有寄件人地址。

亚瑟力道恰好地扯断了麻绳，小心剥掉外面的牛皮纸，里面是个黑色的盒子。亚瑟找了一会儿便条或者卡片，或者商店账单之类的东西，但是一无所获，无从得知包裹的发件人是谁，抑或里面装的是什么。

他拉开盒盖的时候，听到了金属摩擦的声音，还伴随着尖锐的咔哒声。他低下头，看到填塞了皱报纸的盒子中间躺着根一英寸粗的炸药管，若隐若现，就像婴儿蜷缩在摇篮里。

在那一瞬间，亚瑟重新考虑了自己的反教皇立场，寻思着把政治上的诽谤放到一边的话，此刻面对此景，他所需要做的会不会就是再次成为虔诚的天主教徒。

亚瑟一动不动地站了几乎有一生那么久，站了几亿几万年，他度过了生命中最长的四秒钟。没有爆炸。他也没死。至于此事是确认了他对唯一真正的教会的信仰还是反对，亚瑟自己也不知道。

他也毫无任何动作的打算，生怕引起包裹晃动，敲到里面的火石，从而触发那根他第一眼竟没认出来的引信。他少得可怜的有关炸弹的知识——有关这一领域他所知的确实很有限——来自于他在非洲待过的抵抗布尔军团。然而这种邮包炸弹并非为当地反叛军常用，以至于亚瑟完全不知道如何才能拆除它。

他张嘴想呼救,却停住了:要是金斯利或者罗杰听到了呼喊跑进来怎么办?要是女仆进来了呢?他不能为了自己的命而拿别人的生命冒险。这一点亚瑟笃信无疑。

他凝视着包裹,寻找有关它构造的线索,好弄清楚怎么拆除它。一段很短的引信——最长只能撑几秒钟,亚瑟想——连接顶上的火石和炸药管。几条线盘在炸药外面,但他不确定用处是什么。垫在炸药下面的发皱报纸颤抖着,亚瑟很快意识到那是因为他自己的手在抖。他的手指抓着包裹的边缘,但是这颤抖似乎是来自他的肩头,一波波地沿身体传播。

他凑近去看那些报纸。在细小的印刷字间,他分辨出一张图。似乎是用以说明文章主题的插图,亚瑟想。这是政府的人?政治家?亚瑟把包裹拉近到眼前。

报纸上画着一个憔悴的男人,身着长风衣,脸型似鸟,眼神锐利得像是能刺穿人一般,戴着顶高高的猎鹿帽。是夏洛克·福尔摩斯。

炸药不是用报纸填充的;它是用《斯特兰德》的纸页填充的。福尔摩斯故事的纸页。亚瑟的恐惧开始被怒气取代。

"要是做了以后就全完了,那么还是快一点去做吧,"亚瑟想,一如既往地做了错误的引用。

他把包裹放在一旁的桌子上,炸药管轻微向右滚动了一下。

炸药管的移动没有引起一场爆炸,反而露出了它下面另一张纸。一个信封。看起来是封了口的。

他有胆量伸手去取么?他的确有。

亚瑟轻轻地从那根沉重的管子下面抽出信封。他可以看到信封前面写了些字,但他现在还认不出来。当他抽出那封信,盯着它看,就好像它是那把声名显赫的石中剑[III]，这时，炸药管碰撞在了什么坚硬的东西上。金属质地的东西。

他听到了另一声摩擦和咔哒一声响。藏在信底下的第二块火石被点燃了，紧接着，缠在管子上的引信也烧了起来。

亚瑟做出了当时唯一明智的事——转身就跑，竭尽他两条四十一岁的腿之力跑向另一个方向。当炸弹爆炸的时候，他已跑到了门口。他的耳朵仿佛要被那声响震聋了。桃花心木的碎片在书房四溅。窗户整个断裂，白色的窗棂向外伸出，玻璃碎片崩得到处都是。亚瑟倒在地板上，在大敞的书房门外。此时，门内持续不断地传来小规模的撞击声，花瓶、书、墨水瓶，还有一台从没用过的汽水制造机，纷纷从原位跌落下来。

他听见叫嚷声从四面八方传来，全家人正赶来看是什么闹出这么大的动静。他不敢回头看自己书房现在已经变成了什么样。

亚瑟仍在地上没动，身体还因为惊吓而紧绷。他看着还安然留在自己手里的信封。尽管信封被他抓得皱巴巴的，还沾上了汗渍，上面潦草写就的那个单词仍然不难辨认。

"基础。"[IV]它写着。

[I] 英国国会所在地。

[II] 出自《麦克白》第一幕，第七场。

[III] 石中剑，不列颠之王身份的象征。剑身上有这样的铭文："凡能自石台上拔出此剑者，即为英格兰之王。"

[IV] 原文为"ELEMENTARY"。

第十章　运用演绎法
The Applied Science of Deduction

"犯罪常有，逻辑难得。"
——亚瑟·柯南·道尔爵士
《铜山毛榉案》

二○一○年一月六日，接上文

哈罗德努力想要无视身边争吵着的福学家。尽管这帮人的音量和狂妄度愈发高涨，哈罗德一心把注意力集中到他午餐波旁威士忌中的三块冰块上，观察着它们的锐利棱角在融化时逐渐圆润下来。他晃动杯子，溅起的新鲜酒液浸过那些冰块，然后他又长长地啜饮了一口。时间接近正午。

他身后站着两个男人，都在一脸指责地用食指指着对方。在酒店其他地方，随着组织内长期紧张关系带来的各处断层开始垮塌，类似的争论也正在发生着。在这个组织里，幻想某天自己会如此这般地成为一名业余侦探的人，绝非只有哈罗德一个。酒吧里充斥着大肆空谈的福学家，他们在毫无实际证据的情况下，硬是用各种布局宏大的阴谋来解释这场犯罪。对权威典籍上的一些轻微分歧也成了残暴谋杀的理由。有些人试着在小团体里拼凑起他们的理论，希望通过聚集足够的才智跟专业知识寻觅到答案。有的则直接省去了"调查"阶段跳到了自己所创造的故事结尾，立马谴责起桌子对面某个人的卑鄙的背叛。而更过分的是，他们真的用上了像是"卑鄙的背叛"这种词。人人皆是嫌疑犯。而在这个聚集了这么多福学家的地方，每个人也同样是个侦探。

就他自己而言，哈罗德的脑力已然枯竭，只剩下了一些动物性需求（食物、安静和波旁威士忌）和动物性的声响（单音节的赞同和喉音的低声嘟囔）。他想回家。

他被吓坏了。死亡这一现实让他满头大汗。他紧张地把干巴巴的椒盐饼干从吧台上拿起来塞到自己嘴里，试图用大声咀嚼盖过周围的对话。哈罗德很久之前就意识到，大多数人受到惊吓抑或心事重重的时候，是会失去胃口的。他真希望自己也是这样，而不是在每个遭遇危机的焦虑之夜把自己埋进一大堆充气包装的零食里面。当哈罗德情绪低落的时候，他能够克制自己不去碰成堆的椰子冻酸奶。然而一旦他紧张起来，他就需要可以塞进嘴里的咸味碳水化合物：薯片、金鱼饼干、椒盐脆饼干。通常这种情况下他会避免饮酒，但是，鉴于就在不久之前，他跟自己刚刚认识的人的苍白冰冷的尸体来了个亲密接触，哈罗德破例用一桶十年陈酿来安抚自己的神经。

莎拉不知从哪儿冒了出来，坐到了他旁边的高脚凳上，伸手在他背上拍了拍以示安慰。哈罗德一般不喜欢被陌生人碰触，不过在这个特定的时刻，他觉得这里面蕴含着某种慰藉。

"这会儿才十一点半。"她微笑，冲他的酒杯点了下头。

"这可是个难熬的上午。"哈罗德回答。莎拉表示同意，并跟侍者要了点咖啡。她一直都没有开口，直到咖啡端上桌。

"警察对你很粗暴么?有时候他们有点……脾气不好,要是你不太习惯跟他们打交道的话。"

哈罗德不确定"脾气不好"这个词是否恰当地描述了扣留他的警察——"吓死个人"大概会好点。当他们到了犯罪现场,发现他正在检查没有用过的枕头上是否有毛发的时候,立即给他铐上了手铐。两名警察把哈罗德全身搜了个遍,并没有发现任何证物,却激发了哈罗德对陌生人碰触的恐惧。他被他们拍打着腰和大腿,全身僵硬。哈罗德被铐着带进走廊尽头的一间空屋子里,被审问了他跟亚历克斯的关系和他发现的凶手留言,感觉就像是在那儿熬了整整一天。随着哈罗德越发惊慌失措,再加上饥饿,他的回答变得更加不知所云,而他啰里啰嗦的毛病又导致他把简单的事实——即自己不仅没有杀害亚历克斯·凯尔,也完全不知道是谁做的——陈述得混乱不堪。最后他们从他的驾照上记下了所有信息,斩钉截铁地警告哈罗德在案件调查结束前不得离开这座城市,这才放了他。此时他才惊讶地发现,实际上整个审讯过程耗时还不到一个半小时。

"你习惯跟他们打交道?"哈罗德问。

"我在《塞勒姆新闻》工作过两年。在波士顿外边,在我更年轻的时候。当时我主要负责犯罪报道,但是,像那么小的一份报纸,报道犯罪新闻大多数时候意味着打电话给当地警局负责人,问他们昨晚逮捕了谁。那家伙是个混蛋——总是在其他警察面前管我叫'甜心'。但因为我需要用他的引语,我没法多说什么。无论如何,你得学着微笑,装得友好,让他们觉得自己是管事的——当然,他们的确是。"她啜了口咖啡,在凳子上转过身来直接面朝着他,这迫使哈罗德不得不也依照社交规则转过去直视着她的双眼,"你在那儿挺住了么?"

哈罗德不太确定如何回答。他实际上并不能说是挺住了,而且他也的确不太好。

"你觉得我真是嫌疑犯么?"他问。

"我不觉得。我肯定他们只是想教训你一下,让你别搅和犯罪现场。他们只是想吓唬吓唬你。"

"那他们成功了。"

莎拉笑了:"看起来所有人都已经有一套结论了。"她说,指了指周围争吵着的福学家,"你怎么想的?"

实际上,在过去的两个小时里,哈罗德一直在思索着这一切。但是他脑子里并没有什么看起来有希望或是让人愉悦的想法。

"你知道么,那个写在墙上的词'基础'……实际上只在一篇福尔摩斯的故事里出现过。"

"真的?"莎拉说,"这不是那些福尔摩斯名言其中的一句么?'基础而已,我亲爱的华生'?"

"是,所有人都知道那一句,但是实际上那并非出自原著。那是来自老版电影系列,以及杰瑞米·布雷特主演的电视剧。在所有书里,福尔摩斯只对华生说过一次这句话,出自《驼背人》。"

"哈!"

"这是一句特定的引言,来自一篇特定的故事。这很奇怪。还有它的位置——在《血字的研究》,福尔摩斯的第一个故事里,他发现了一个用血写在墙上的词。在一间昏暗的房间里最为阴暗的角落。"

"用来写字的血不是亚历克斯的。"莎拉说,"尸体上没有任何刺伤或者割伤的痕迹。我只从警察那儿得来这么多。"

"故事中也是这样的,血不是来自受害者,而是来自凶手。"

莎拉和哈罗德沉默地想着这一点，想了好久。

"你会把这事搞个水落石出的，不是么？"她最后说，"你将会解开亚历克斯·凯尔谋杀案。"她说着，好像这是一件再明显不过的事。哈罗德思考了一下，然后意识到，的确如此。

哈罗德是自亚历克斯·凯尔之后最年轻的贝克街小分队成员。他将通过接手凯尔未竟的工作，完成他已经开始的事业来带回凯尔。通过提供凯尔所未能给予的——那个答案。

莎拉微笑。"今天上午在这家酒店里有许多侦探。"她说，"但是我认为你是对的。我想，你会成为搞清这一切的人。"

哈罗德备受感动——并且备受鼓舞。

"我得知道谁会做这种事……谁会杀死亚历克斯？"他说，"谁会用这么诡异、可怕的方法杀人，还留下了一堆涉及夏洛克·福尔摩斯故事的线索？"

莎拉扫了眼屋子里吵来吵去的福学家。两个女人在一张餐巾纸上画了像是犯罪现场布局的图，固执地指给对方看，似乎是在证明自己有关犯罪手法的观点。

"某个读了太多悬疑故事的人。"莎拉说。

第十一章　　苏格兰场

Scotland Yard

"官方非常善于搜集事实,
可他们却不是经常能运用这些事实。"
——亚瑟·柯南·道尔爵士
《海军协定》

一九〇〇年十月十九日

"你瞧,"胡须茂盛的督察说,"看来他们并不打算杀你,他们应该只是吓吓你,嗯?"

亚瑟叹了口气,指尖敲击着督察的小桌。桌上搁着一副青铜色铭牌,上面大写的"**米勒督察**"显然新刻不久。钉在他领口上的两枚竖标进一步强调了这位愚蠢的警察的级别。

这是亚瑟第一次来新苏格兰场,它的总部在周三早上安静得有些出人意料。这栋楼建成不过几年,对楼里的工作人员而言似乎有些太过空旷。亚瑟可以听到警官标配的靴子重重地踏在地板上,那声响沿着长长的走廊,远远近近地传来,给这场令人烦躁的谈话增添了温和的敲击伴奏,像是一种土著部落的乐器,他在德兰士瓦搜寻布尔骑兵的时候可能曾听到过类似的声音。

"那是枚炸弹,长官,有人放到我的邮箱里。"亚瑟说,"它炸掉了我半张书桌。你该明白我有多惊慌。我一家老小都在家。"亚瑟努力克制自己的怒气。尽管米勒督察是个显而易见的蠢材,他那一脸烦人的乐观表情才是让亚瑟怒火中烧的所在。他满脸的络腮胡活像羊毛绒,让人觉得他虽套着警服,却是不堪一击。

"是的是的,道尔医生。没错。我们苏格兰场会竭尽全力逮住这桩恶行背后的那个混蛋。请相信,在铐上这家伙之前我们是绝不会休息的。我的意思是,先生,你用不着担心。炸弹做的相当没分量。的确,这东西动静很大,这没错,但是,这不过是些黑火药混上了一剂硫黄。我敢说,这东西顶多只能制造出来点烟雾,火都燃不起来多少。您明白我的意思吧。"

亚瑟从来没跟人提出过决斗。但就在这一刻,他深切地体会到了这项传统的合情合理。要么决斗,要么就直接给他一下子,但后者看起来不太像绅士所为。

为了克制自己,亚瑟放慢语速开口。

"那么,一并送来的信呢?你从中看出什么了吗?"他从米勒桌上拾起那个信封,举到那男人面前,像摇一把中国扇子一样晃来晃去。前一天,亚瑟匆忙之中从右边撕开了信封。里面没有信件,只有一小片从两周前的一份《泰晤士报》上剪下来的报纸。这是一篇关于伦敦东区谋杀案的短文,标题为《斯特普尼的邪恶谋杀:死于浴缸中的新娘》。它说的是一位年轻女性在鲑鱼街一处出租屋里的浴缸中溺毙。尸体旁摊放着一件廉价婚纱,但是没有任何能证明她或者她可能存在的丈夫的身份的信息——除了这位年轻姑娘身上的一处奇怪文身,是一只长着三个脑袋的乌鸦。由于如今伦敦东区出现无名女尸并不罕见,该案并未招来多少关注。由于文身的位置和尸体的摆放，苏格兰场便简单判断她是个娼妓，把案件当做又一个证明社会腐坏的悲惨案例。

"我只能说，这是什么人在跟您恶作剧，"米勒督察答道，"除了变态跟荒唐，我看不出来这有什么意义，让一位您这样身份的人注意到一个死掉的妓女。"

"说不定，正是谋害了这位无名无姓的可怜女士的凶手，炸毁了我的书房呢？"

"正如我刚刚所说，道尔医生，我们已经展开调查。您放心，形势已经得到控制。我敢保证，我们已经派出了我们最棒的警员来处理这件事。"米勒督察解开他外套下方的扣子，把身子挺直了几英寸，同时正了正仪表。然而这举动只能让他在亚瑟眼里愈发显得缺乏经验。督察松垮的黑色警服似乎是均码，对他那营养不良的体格来说未免有些太大。他看起来更像是个穿起父亲衣服过家家的孩子，而不是什么正义之士，受命捍卫社会远离邪恶的犯罪。如果说米勒真的是苏格兰场能派出的最佳人选，亚瑟想，那么那些黑暗中的罪行大概永远都见不到公正的曙光了。

"若您不介意的话，"米勒督察继续说，"您看，您就在这儿，而我又刚好受命负责您的案子……"他从一堆文档下面翻出一本老旧发黄的杂志，平展放好给亚瑟看，"那个，我的几个儿子，您看，要是您就站在我面前，我却没给他们弄份签名，回家后他们肯定会揪着我的胡子不放的。"

那是一八九三年十二月号的《斯特兰德》。主打故事是《最后一案》。对亚瑟来说，上一次见到刊登着他最后一部福尔摩斯故事的杂志已经是好几年前的事了。各种复杂又强烈的情绪从他心中涌起。

首先是一种自豪感，这让他的脊梁绷得更加硬挺，毕竟，是他努力得来的声誉让他今天在苏格兰场享有了尊敬。然而这感觉很快便被一种难以置信的愤怒取代了，这种情绪从身体内部涌出，碾压着亚瑟的脸，直到他的胡子根根竖起，刺挠到他的鼻尖。这真是蠢得不能再蠢了，在这种关头，福尔摩斯？他简直就像布拉姆故事里的活死人——一个可怕的吸血鬼，阴魂不散地尾随着亚瑟，而亚瑟永远都摆脱不掉他无所不在的怨恨。督察的激动根本就不是为了亚瑟；他是为了福尔摩斯。

亚瑟从桌子上抓起杂志，举到脸前。

"啊，还有，虽然有点奇怪，但是，能否麻烦您写上'给艾迪，一位侦探致给同行的问候'？若您觉得这不算太冒昧的话，先生。还有，您能不能签上'夏洛克·福尔摩斯'？"

这绝对是最后一根稻草。他把杂志摔回桌子上，挺起身，活像马撂蹄子。亚瑟盯着米勒督察，居高临下地开了口。

"长官，若是您不打算拿出应有的严肃态度对待这件案子的话，那么，我就不得不自己调查了。"亚瑟抓起信封，耀武扬威地塞进自己口袋，督察都没来得及表示反对，"我会推理出来的，到底是谁杀了那可怜的年轻新娘，还差点达成计划连我一并杀了。我会做到的，并且用不着麻烦您。祝您日安。"

亚瑟转身，怒气冲冲地走向门口。

"道尔医生，"督察希望亚瑟是在开玩笑，"我们对那个死去的姑娘的情况一无所知。没有随身物品，没有戒指之类的珠宝。经营旅店的人说她——等等，我就把它搁在这儿了，刚为您的案子查的档案。"米勒督察在纸堆里四处翻腾，直到找到了要找的东西。

"他说她是前一天晚上跟一个很瘦的高个子绅士一起来的。那男人一言不发。女孩子付了那一晚的三便士。她登记的名字是摩根·尼曼。查过后,基本可以确定是化名。房间里没有一样东西能提供女孩或绅士的名字。只有一件脏兮兮的婚纱,天知道那是哪儿来的。还有那个奇怪的文身,三头鸦,我认为这肯定是她某个客人给文上的。您知道那种事。他们说那个图案文了很久了,说明她已经做这行不短时间了。我的人临摹了一幅下来。"米勒督察举起一张白纸,上面画着那个死去女孩的文身图样。一眼望过去,亚瑟看到的似乎是一大块黑色污点,但是,当他贴近去看时,那黑点隐约浮现出了一只乌鸦的形貌,脖子上顶着三个脑袋。一只面向左边,一只朝前,一只朝右。让亚瑟想起了自己以前见过的一张战争时期美国土著的照片,他们的皮肤上便涂抹着类似的图样,充满怒气。

"更何况,"米勒督察补充道,"据说您很快就会被封为爵士了,我听说的。您真的要把自己牵扯进这种丑事里么?你有没有想过,为什么会有人淹死一个东伦敦的妓女,然后又冲您这样一位绅士投放炸弹么?而且,还让所有人都知道他做出了些什么事?拜托,理智地想一想。"

亚瑟停了下来,手握在门把上。督察说的有点道理。这摊水确实够浑。答案在遥远的地方晦暗不明,而对于如何才能找到抵达的路径,亚瑟一筹莫展。

"这案子倒是值得夏洛克·福尔摩斯亲自出马,"米勒督察微笑着说。

决斗的念头又回来了。今天势必得打一场。但不是跟这个蠢督察。

"不,"亚瑟说,"这不是给该死的夏洛克·福尔摩斯的案子。这是个值得他的创造者亲自出马的案子。"

说完这话,他便大步走了出去,摔上了门,独留米勒督察坐在那儿,苦苦思索自己刚刚到底犯了什么大错。

---

[1] 伦敦警察厅的别称。

第十二章　　一项提议

A Proposal

"我的业务报酬有固定数额。
我绝不加以变更,除了有时免费。"
——亚瑟·柯南·道尔爵士
《雷神桥之谜》

二〇一〇年一月六日,接上文

"这不是什么该死的谜题,"罗恩·罗森博格坚持道,为表示强调,他一掌猛拍在了吧台上。哈罗德打了个哆嗦。罗恩情绪一激动就会乱挥胳膊。他音调拔得越高,哈罗德就越得小心提防那随处挥动着的胳膊。

"你就要把这归罪于我了,我知道,我们都明白这是为什么。"罗恩继续说道。

"你瞧,"哈罗德回答,"我真的没想暗示你跟这事有任何关系。跟这个谋杀案。"

"嘘!"罗恩说,眼睛扫视着酒店吧台,"小声点。这事就咱们俩之间说。"

罗恩再次向外挥舞起他的胳膊,哈罗德躲避着。罗恩·罗森博格不属于哈罗德最喜欢的小分队成员之列,正是类似的时刻提醒了他原因何在。罗恩四十多岁,但看起来年纪要更大些。眯起的眼睛让他的脸看起来皱巴巴的。而他身上完美订制的三件套西服使罗恩的外表看似一位上了年纪的银行家。但他不是银行家。哈罗德隐约记得罗恩在伦敦拥有一家小型不动产公司,虽然他不确定是哪种。不过哈罗德可以确定,罗恩绝非任何人的调查重点。

几分钟前,罗恩坐到哈罗德旁边,在莎拉起身离开打电话后没多久。他一坐下就立马开始声明自己的无辜。随着时间一分一秒地过去,这人越发激动,为保私密,他都快贴到哈罗德肩头好继续自己的愤怒低吼了。这导致哈罗德觉得自己是在跟一只蜜蜂聊天——嗡嗡不停还震动个没完。

"你到底在担心什么?"哈罗德问。

"你发现尸体的时候他不是在那儿吗?他说什么了?我知道他谈到了我,别他妈的撒谎。"

哈罗德花了几分钟才反应过来罗恩指的是谁。

"杰弗里?你在担心杰弗里·恩格斯?"

为防偷听,罗恩再次扫视了酒吧。绝大多数桌边都围着三五成群、逗留不去的福学家。精心策划的阴谋气息,因为事态严重和疑神疑鬼而肃静下来——哈罗德和罗恩感到这种气氛正朝着自己飘了过来。

"你知道他跟我曾经……有过一些客气的争执。"罗恩说,"而且,好吧,其中一些不怎么客气。但是它们都是文明的,就这种事而言,不是么?我们俩是朋友。我完全可以称我们俩为朋友。你认为今天早上他做介绍的时候就已经知道凯尔死了么?"

哈罗德被最后一个问句惊呆了。

"不,"他回答,"我不这么认为。"

"那你也该知道他跟凯尔有分歧吧？对，没错，他们演了一出不错的友谊戏码，但这统统是垃圾。杰弗里一直在向他施压，逼问日记的消息，还有他打算在会上讲什么之类的，但是凯尔一个字都不肯说。杰弗里很不高兴，我敢打赌。"

"拜托，"哈罗德说，"我并不认为这事是你们中的某个人做的，明白么？"

罗恩一脸困惑。听到哈罗德这么说，他似乎真的很吃惊。

"真的？"他回答，"因为肯定得是我们中的一个人做的。"

哈罗德认识这些同伴的时间并不长，但他了解他们。而且他发自内心地喜欢这些人。喜欢跟他们在一起。他觉得跟他们在一起就像回到了家。前一晚交换那枚褪色的先令的时候，哈罗德几乎——几乎——找到了自己的归属之地。

他身边围着数十位同行，他所谓的朋友们，然而他是孤独的。这些人里，有一个人是凶手。也许不止一个，哈罗德得假定，如果他们读过《东方快车谋杀案》的话。他们当然读过。他们读的都是一样的书。他们都在心底铭记着同样的故事——克里斯蒂、钱德勒、哈米特，许许多多，可以列满好几张纸。他们中怎么会有人做出这样的事？

哈罗德在那天上午头一次感觉到了愤怒。他感受到了对那个杀人犯的愤怒，不只是因为那人杀害了亚历克斯·凯尔、拿走了日记。他为这人对贝克街小分队的影响而怒不可遏。这组织现在成了什么样子？哈罗德上次参加的福学家聚会是在洛杉矶，他们整晚畅饮苏格兰威士忌直到凌晨两点，嘲笑着《单身骑车人》中的一大情节漏洞。他们再也不会这么做了。他们怎么可能还做得到？

决不能轻易放过这个人。这一切对他来说实在意义重大——这个团体,这个俱乐部,这群人。没有人有权利让哈罗德再次回到之前那种孤寂的生活里。

他沉浸在不断高涨的怒火之中。

"杰弗里今天早上为什么发表了那样的演讲?"哈罗德说,飞快地思索着。

罗恩微笑了。"这个问题好极了。"他说,"为什么不等到他知道凯尔在哪儿?为什么要开始详细阐述大会主题,对着一屋子早已全然了解他所说的一切的人?"

"就好像杰弗里想要确保屋里所有人都知道,他仍然认为亚历克斯·凯尔还活着。"

"哈罗德,我很高兴你跟上我的思路了。"

这评价让哈罗德愣住了。跟上了罗恩的思路?不,这不是好兆头。要是哈罗德想做这事——哈罗德之前便心意已定——那么他最好冷静理智地去做。偏执妄想的理论最易得,也最容易让人在情绪上获得满足。

"我想我们应该——"罗恩这句话戛然而止。他目不转睛地盯着哈罗德的身后。

一只手从后面搭上了哈罗德肩头。他转身发现自己和一位比他矮几英寸、但年长十岁的英俊男子对上了视线。那男人弯起的黑色眉毛低低地压入女性化的瘦削鼻梁,使他看起来既漂亮又庄重。他衣着风格阔绰而休闲——未熨烫的卡其裤和一件黑领毛衣。稍后当那男人蓄意卖弄地点头示意的时候,哈罗德注意到他笨重的手表,毫无疑问是纯金的。

"你是哈罗德·怀特?"男人轻声说。

"是的。"哈罗德回答。

"我让你们俩单独聊聊,"罗恩说着溜走了。为什么罗恩要退走?这个人是谁?

哈罗德的视线越过这个英俊男人的肩头,看到了站在酒吧门口的莎拉。她在看着他们。

"我们能去别的地方谈谈么?"男人说,"我的名字是塞巴斯蒂安,"他伸出右手握住哈罗德的,左手盖住交握的两只手,加重力气稳住两人,"塞巴斯蒂安·柯南·道尔。"

* * * *

亚瑟·柯南·道尔的曾孙在哈罗德房间的淡奶油色地毯上来回踱步。他双手交握背在身后,收紧肩胛,接着又坚决地把胳膊抱到胸前。他一边说话,一边来回在这两种姿势中变动。

"你看,凯尔跟我争斗过,这不是什么秘密。我们为了那本日记已经公开争吵过好多年了,没必要假装我们没吵过。他错误地以为那是公共财产,当他找到它的时候,会把它捐给大学或者什么博物馆。显然,我相信你也能理解,日记分明是属于我的。它是我的曾祖父写的。那是我的财产。我来到纽约是打算跟凯尔讲讲道理,再跟他彻底解释清楚这个事实。"

塞巴斯蒂安·柯南·道尔看向哈罗德寻求赞同。哈罗德直直地坐在硬背的木质椅子里,仔细听着。他无意在这一点上跟这人争吵,但也不愿避而不谈。

"我理解您的处境,柯南·道尔先生。而且你看,我不是什么律师。我不知道遗产继承法里所有的细枝末节。但是似乎这本日记,在八十年里都没有出现在您的家族财产中。这完全取决于亚历克斯在哪里发现的它，而现在没人知道这事。您对它归属权的宣称并不会那么简单，我能说的就这些了。"

塞巴斯蒂安叹了口气，摇摇头。他转向安静地坐在床边的莎拉。她往后倾着身子，胳膊支撑在床上，不时轻轻踢动她悬空的腿。她微笑地看着塞巴斯蒂安，勉强晃了晃头，给了他一个颇具同情心的中立表情。

"有一点你说得很对，"塞巴斯蒂安转回去看着哈罗德，"你不是个律师。"

塞巴斯蒂安也不是，哈罗德想着，尽管他并不知道，这个生来便拥有相当资产的男人究竟是拿什么打发时间的。他确知的是，塞巴斯蒂安是已故的亨利·柯南·道尔的长子，他还有个妹妹，一个姑妈，以及四个还活着的柯南·道尔家的表亲。他的名字最经常出现在牵扯到他曾祖父遗产版权问题的相关报道上。这些年里，这个家庭里有过不计其数的为争夺福尔摩斯和华生文学版权以及每年所产生钱财归属的混战。柯南·道尔家族眼下的状况可说不上幸福，在哈罗德看来如此。尽管塞巴斯蒂安的姑妈哈瑞特·柯南·道尔女士过去一直对学者和公众颇为慷慨，但她跟塞巴斯蒂安基本是连话都不会说一句的关系。哈瑞特以及道尔家的年轻一辈之前都对日记问题持观望态度。但是亚历克斯·凯尔那封宣布日记已找到的电子邮件发出去还没几天，塞巴斯蒂安及他的律师便介入了。

"时机成熟时，法院会对这事做出一个判决的。"塞巴斯蒂安继续说，"我起诉了凯尔，你知道的，要是还有谁想把这日记捐出去，我他妈的一定打官司到底。但是……"塞巴斯蒂安在屋子中间驻足，鞋后跟并在一起，就像二战电影里的德国将军，"现在首要的问题是，找到它们。"

"警方依旧没能在凯尔的酒店房间里发现什么被藏起来的东西?"莎拉问。

"没有。杀了他的人一并偷走了日记。我只能从他们那儿弄到这么多消息。还有一些他们从酒店房卡记录上得到的基本信息,还有他们问询过的酒店工作人员的笔录。"

"房卡记录表明了什么?"哈罗德问。

"昨晚有三个人进过亚历克斯·凯尔的房间。看这儿。"塞巴斯蒂安从口袋里掏出一张叠起来的纸,递给哈罗德。

到底什么情况?为何塞巴斯蒂安·柯南·道尔会把谋杀案的警方记录给他?哈罗德一边在心里想着,一边看下去。

这张折叠起来的纸是一份酒店安保部门打印出的记录复印件。上面列了亚历克斯·凯尔房间钥匙卡的所有使用记录,1117房门的所有开关记录。"凯尔登记完以后,用房卡第一次打开他的房间是在凌晨12:46,"塞巴斯蒂安说,"还有其他三个人进入过凯尔的房间,分别是在凌晨3:51,4:05和5:10。"

"天哪!是用谁的房卡打开门的?"

"问题就在这儿。不是别人的房卡。每一次,门都是从里面打开跟关上的。"

"所以说有人敲了门,然后他放他们进去了?半夜三个不同的时间?"

"显然是,"塞巴斯蒂安说,"或者是某人来了,然后离开,然后又来一次。这三次门打开的过程中,我们没法断定哪个是来哪个是走。"

"他们确定死亡时间了么?"

"早上四点到八点之间。这些拜访者中的任何一个,假定不止一个拜访者的话,都有可能是杀了他的那个人。"

"摄像头呢? 走廊里的?"莎拉问。

"没有拍到。有些摄像头在大堂,但是它们只对着前门和登记台。"

"那前门有谁进来过?"哈罗德问。

"多得要命,哈罗德。这家酒店有两百间客房。一月五号的时候几乎满了三分之二。"

"有什么人是在亚历克斯见他的第一个拜访者之前一点时间进来的么? 3:40 或者 3:45 的时候?"

"好问题! 我很高兴找到了你帮忙。"哈罗德不想困扰于塞巴斯蒂安公然的傲慢。他的大脑正忙着考虑这个案子的细节。"没有。3:20 的时候有个外地商人从脱衣舞俱乐部回来,4:30 的时候有个福学家跌跌撞撞地从街上一家伏特加酒吧回来——来自日本的一位,我想不起他叫什么了。在此之间没有人进过酒店。"

"那么无论是谁杀了亚历克斯,他昨晚是住在酒店里的?"莎拉兴奋地说。

"确实。"塞巴斯蒂安说。

"或者,"哈罗德飞快地补充,"凶手早些时候便进了酒店,挑了个忙碌而没人会注意到他的时间段,然后等待时机。"

塞巴斯蒂安思考着:"我想这设想有些道理。"他满怀思绪地抓抓脖子,"让我对你把一切摊开了说吧,哈罗德。有人偷了我的财产。我想把它要回来。我愿意为此出一大笔钱。你明白么?"

"明白。"哈罗德说。他对上塞巴斯蒂安的视线,时间停驻片刻,哈罗德意识到还有一个没问出口的问题在空气中悬而未决,"你想让我为此做点什么?"

塞巴斯蒂安一脸苦相。他看起来不是时常需要跟周围人解释自己打算的人。而现在不得不这么做使他看上去不怎么舒服。

"我告诉他了。"莎拉说。哈罗德看向她,意识到她是对自己说的,而不是对塞巴斯蒂安,"我告诉了塞巴斯蒂安你的打算。你打算解决这个案子。你会的,不是么?"

"是的。"哈罗德警惕地说。

"很好,"塞巴斯蒂安简单地说了一句,"那么我将会尽力帮你做到。我要你找回日记。要是你同时能找出凶手,非常好。要是找不到,也非常好。我根本不在乎。但是要找到日记,并且还给我,还给它真正的主人。我会付你钱。一大笔钱。"

哈罗德看向莎拉,想确认塞巴斯蒂安不是在开玩笑。她嘴角弯起的小小微笑一如既往的难以解读。她怎么会认识塞巴斯蒂安?

"为什么是我?"哈罗德问,在一堆尖锐的问题里找了个显得稍稍不那么棘手的。

"实际上,这是莎拉的主意。过去几个月里,她为了她的稿子一直在采访我。我本来待在城里的另一家酒店。我一听说发生了什么事就打电话给她了。莎拉告诉了我你今天早上在凯尔的房间所做的事。这令我印象深刻。让我们坦白说吧——我认为是你们中的一个人做的。我认为,你的某个昏了头、满脑子妄想的同伴杀了凯尔,偷走了我的日记。大概是出于一些强迫症的、匪夷所思而毫无意义的理由。这个扭曲的变态说不准正在给那东西建个神坛,然后供奉起来,像拜象头神一样膜拜着它呢。我需要个能——我该怎么说?——有类似倾向的人去找回日记。用血写在墙上的'基础'？拜托。这是某个入了魔的福学家留下的讯息，等着另一个入了魔的福学家去追踪。当然，我并无冒犯之意。"

"我不介意。"哈罗德说，真心实意地。塞巴斯蒂安朝他走了几步，站在哈罗德面前，直视他的双眼："我有途径……好吧，我可以帮你弄到你需要的。告诉我怎么帮你。"

哈罗德忆起了自己在亚历克斯房间里感受到的那种探索的战栗感。那种把事情弄个水落石出、解决谜团的执念。他回忆起了自己对真相的渴望。

"'我的业务报酬有固定数额，'"哈罗德说，"'我绝不加以变更，除了有时免费。'"

"你说什么？"

"一句引言。来自《雷神桥之谜》。福尔摩斯故事之一。"

塞巴斯蒂安和莎拉一脸茫然地看着哈罗德。

"我会做这件事。"哈罗德解释，"而且我不需要你付我钱。但我需要一些东西。"

"很好。"塞巴斯蒂安说。

"我需要一份警方报告的复印件。尸检报告，完整的笔录，所有的一切。"

"没问题。"

"还有去伦敦的票，头等舱的。我可以在这儿全天询问福学家，但是这不会有什么结果。他们太精于此道了。我想案件的关键是日记。为了找到日记在哪儿，我们需要找到它是从哪儿来的。亚历克斯在哪儿找到它的？亚历克斯是怎么找到它的？我需要看看他的家，他的书房。"

"成交。"塞巴斯蒂安愉快地咧嘴一笑。

"两张票。"莎拉附和道。他们俩都转头看着她,被她的发言惊到,"我来这是为了写故事。现在你就是故事。"

哈罗德在这一刻前,一直不确定自己能否信任莎拉·琳赛。现在他完全确定自己并不信任她。

"你需要个华生,不是么?"她说,看出了他的忧虑。

塞巴斯蒂安低头看看自己的鞋子,似乎是想掩盖被牵扯进这样一场谈话的尴尬。重新想想,哈罗德想不出任何可以驳倒莎拉逻辑的论点。要是他要成为夏洛克·福尔摩斯,他的确需要个华生。不过……

莎拉对他绽开大大的笑容,于是他最后一点合理的谨慎也飞走了。

"游戏开始了!"哈罗德从椅子里站起来骄傲地宣称。莎拉闭上眼一秒钟,藏起一个得意的笑容。

哈米特(1894—1961),美国硬汉侦探小说作家,著有《马耳他之鹰》等作品。

第十三章　　白色长裙

The White Dress

"我的复仇才刚刚开始!
我已经谋划了好几个世纪,
时间站在我这一边。"
——布拉姆·斯托克
《德古拉伯爵》

一九〇〇年十月二十一日

"我们能不能先说明白,我到底是在这里做什么?"当他们来到斯特普尼站北面的约克街时,布拉姆·斯托克问道。尽管算不上拥挤,布莱克沃尔这条线上的车次比较少,发车也相隔甚久,因此这个下午去往东伦敦的旅途就显得相当耗时了,"提醒你一下,我还有场戏得筹备。亨利要一匹活马出现在明天的《堂吉诃德》的舞台上,所以我一定得从什么地方弄匹母马才行。"

"别管那个蠢货,布拉姆。"亚瑟一边费力走过脏兮兮的人行道一边嚷嚷,"我才不信苏格兰场有能力收拾这个烂摊子。"他徒劳地抬头寻觅指向目的地的路标。这里离斯特普尼站不过两条街,他却已然迷路了,"眼下正有个死去的姑娘迫切需要我们帮忙呐。袖手旁观岂是绅士所为。"

"她已经死了。我可不知道我们两个人之中有谁提供得了她所需要的帮助。除非,你被赋予了某种我不知道的神力。"

"那么就是为了正义。"亚瑟坚持,"我们要还她公道。"

布拉姆一脸怀疑。

"有人炸烂了我的书桌。就在我们一家人住的屋子里。我自己的性命安危暂且不提,我的全家老小你总该挂心吧?"

布拉姆叹了口气:"亚瑟,我到底是来这儿干吗的?"

亚瑟顿住了:"我需要你的帮助。"

"上帝啊。你想要我当你的华生,是吗?"

"我完全不知道你在说什么。"

"你觉得你用笔为福尔摩斯注入了生命,于是你自己也可以成为他。所以你需要个华生,而且,出于某些只有你才知道的原因,你挑上了我。为什么不是巴里,或者更好的,萧[1]?我敢说他肯定闲着没事做。"

"推理得不错。也许你才是那个幻想自己当侦探的。"

"很好,要是你想这么着的话,那么我们摊开了说吧。"布拉姆说,"作为文学写作的一种手段,华生那家伙物美价廉。他对福尔摩斯破案所起的助益,并不比一只十石重[ii]的踝部沙袋来得多。但观众需要他,亚瑟。观众需要华生,让他作为一个媒介,好使得福尔摩斯的想法永远遥不可及。要是你从福尔摩斯的视角讲故事,所有人都会知道,从头到尾这个天杀的天才在想些什么。他们在第一页就会找到犯人。但要是从华生的视角讲述,读者就会跟着这位笨拙的呆子在黑暗中四处追寻。华生是个有趣的装饰,一个幽默角色。好吧,我承认他效果显著。但是,我看不出来,你自己要这么个人有什么用。"

亚瑟对他的朋友开口解释,就好像他被迫第一百遍解释为什么天空是蓝色的。"听着,"他开口,"我这么做,绝无任何冒犯之意。我并不怎么精通——你明白的——这片区域",你明白吧?当然,我也不是那种唠唠叨叨的老太婆,所以我们说白了吧。我知道你曾经在这一带流连过,你可能跟本地的居民有些来往,在我们的调查过程中帮得上忙。这样可以吗?"

布拉姆对亚瑟的暗示感到生气。

"你误会我了,我的老朋友。我简直不敢相信我居然还站在这里,忍受你的讽刺。你很清楚什么样的女人把这里当作家,而像你我这样的绅士,到这儿来寻求的会是什么。你总该明白,你这么说有多么不友好。"

亚瑟死死地盯了布拉姆一会儿。他抬头察看周围的建筑物,发现除了几张威灵顿公爵雪茄、格鲁佛酸橙汁的广告外,没有任何路标。他又看了看手里一小片信纸上自己整齐打印出的地址,皱着脸,满是困惑。

"请接受我最为诚挚的歉意。我真的无意冒犯。我更不是想暗示你是那种会来这种道德败坏的荒唐地方寻求慰藉的家伙。他妈的,我真的糊涂了。这是鲑鱼街么?"

"不,"布拉姆不假思索地开口,"鲑鱼街是在旁边,从右手边走上去。你这是朝着——"布拉姆顿住,意识到自己说溜了嘴,"呃,稍等。这地方我不熟。"他装模作样地上演了一幕绝妙的情景剧——四处寻觅街道标志,然后惊讶地发现什么都没有。

"抱歉打扰了,女士?"布拉姆对路过的一位身着黑裙的年轻女子说,"请问鲑鱼街怎么走?"

这位年轻女子停下脚步,快速地上下打量了一番布拉姆,轻佻一笑。她笑起来的时候脸颊愈发明亮，比她裙子上的铜扣还要耀眼。

"我确实知道，先生，"她说，"你们可是在寻找去往发浅郡[IV]的路？"

亚瑟是真糊涂了；她到底在说什么？

"我很抱歉，女士，你误会了，"布拉姆匆匆说道，"我们只是在找鲑鱼街。是这边么？"他指指前面，指向那个他本已提出过的方向。

现在轮到这位年轻女士一脸疑惑了。

"怎么，对啊。"她说，"它就在那边，右转。"

"非常感谢，"布拉姆转身向那边走去。

"但是我觉得，"女士说，"像你们俩这样正派的绅士，想找地方放松放松的话，去更温和些的地方比较好，每个人三便士就够了。"

亚瑟搞明白这女人在说什么了。他被她的直言不讳吓到了。

"日安，女士，"他简单说着，朝着她还有布拉姆示意的方向大步走去。布拉姆快步追在他后面，又转身看看那位迷惑的女士，替自己粗鲁单纯的同伴回了一个歉意的表情。她耸耸肩，继续走自己的路。

几分钟后，亚瑟找到了地址所在，轻轻地去敲那扇小门。布拉姆不情愿地站在他边上，无聊地把重心从一只脚换到另一只脚。

亚瑟再次敲门，这次他用了自己的拳头去砸。门侧的油漆剥落，门嘎吱着打开了，一位矮胖、怒气冲冲的男人出现在门后。

"你俩到底是谁啊？"他叫嚷。他穿着马裤，工作衫外头套着一件敞开的黯淡灰色背心。他的头发用发油富有侵略性地从眉毛开始抹到脑后，就像是在向他的颈背冲刺。

"你好，先生。我们是来调查两周前发生的那起案子，一位可怜的姑娘在您的公寓被杀害的那件。"

"你们看起来不像是条子。"他说。

"不，我们不是。我们是——"

男人当着亚瑟的面迅速甩上了门。亚瑟惊呆了。

"先生！"过了一会儿，他朝里面大吼，"先生，要是您打开门，我保证这不会花您多少时间的。我们只是想看看您的房间。要是可能的话我们想看看犯罪现场。我们——"

"这位是亚瑟·柯南·道尔！"布拉姆冲着那扇无情的门吼道。亚瑟转脸看向他的朋友，惊讶于他的发言。

"我不觉得这有什么相关的。"亚瑟说。

但是还没等他说完，门打开了一半，那个愤怒的男人把脑袋探到门外。

"你是亚瑟·柯南·道尔？"他对布拉姆说。

"不。"布拉姆回答，"我是……我谁都不是。这位，"——他指指亚瑟——"这位是亚瑟·柯南·道尔。"

那男人盯着亚瑟，上上下下地打量了挺久。

"没错，"他看够了，开口说道，"看起来的确像你。不久前我在报纸上见过你的照片。你坐在书桌前，俯身握着纸笔，看起来就像是个肮脏的基佬。"

考虑到正事要紧，亚瑟竭力藏住怒气。

"先生，我们可以进去看看那个姑娘待过的房间么？"

矮个子男人把门开大了点。"像你这么一位出色的绅士，我没理由说不。"他说。他转过身，把身后的门开得大大的，示意亚瑟和布拉姆跟上。他们照做了，小心注意不被突起的门槛绊倒。三人进入了一间小厨房。房间另一侧的炉子传来轻微的暖意。

"你是在写新的故事么?"男人引领他的客人穿过厨房,走上后面的楼梯时问道。

"是的,"亚瑟说,"我想你可以这么理解。"

男人的脸因为激动亮了起来:"那你要这么做了,是吗?让他活过来?"

"抱歉,您的意思是?"

"夏洛克·福尔摩斯!"男人转身立在楼梯转角,居高临下地看着亚瑟,身边环绕着上面窗户透进来的光晕,"要是你问我的话,我会说,是时候让他回来了。他总是能让人很……你知道的,可以帮辛苦干活的人撑过一整天。我想念他,就像想念家人。"男人自嘲,"甚至胜过我自己的家人,对,我得说是这样。"

布拉姆一言不发地跟着亚瑟爬上二楼。他们可以听到一些动静——听不清但是挺近——从身后若干锁上的卧室里传出来。

"你这儿一般会有多少人?"亚瑟问,迫切地想换个话题。

"哦,看情况。"男人说,"我差不多有十个常客,基本每晚都过来,还有五到十个偶尔有兴致了就来。你可能会感到惊讶,不过确实是常客更麻烦。他们觉得自己可以拖着晚交一天租金而我不会注意到,或者觉得我愿意赊给他们一晚。每次我拒绝的时候他们都愤愤不平。倒是来了就走的知道要先付完钱。一晚上三个便士,连犹太人都不会讨价还价。"

"死了的那个女人是哪一类?"亚瑟问。

"说真的,哪个都不是。"男人说,"她只是在那一晚过来的。和一个绅士,我猜,但我没多注意他。"

"为什么会没多注意?"

"她先进来的,问我是不是还有房间给她跟她丈夫。'丈夫',她是这么说的!要是我见过的每个'丈夫'都给我一枚铜板的话——"

"但你从头到尾都没看到他的脸?"亚瑟打断他,努力尽可能少听这男人讲他生意的污秽细节。

"没有,先生。就像我说的,她先进来的,穿着件好看的白裙子,带着满口袋硬币,谈着丈夫的事。她有些晕乎,你知道,说话飞快,脸红着。就像我女儿复活节时候的样子,知道等她下楼后,有爸爸妈妈准备好的新鲜甜橙等着她。这女孩笑个不停,告诉我她叫作摩根·尼曼,写到了我的登记簿上,还——"

"我可以看看那个簿子么?"亚瑟插嘴。

"当然,等会儿走的时候我从楼下给你拿出来。"男人说。

"请继续说下去。"

"我带她到房间,"男人继续说,"她说一位绅士很快就会过来。我去忙我的去了,几分钟后我去了海蒂·斯塔克的房间,向她解释为什么女仆还没洗她的衣服。那女人在那儿小题大做,说她需要她的衣服,我跟她解释说她要是没在早上十点前把衣服送过去,女仆就只能第二天再洗。"亚瑟看着走廊一路锁上的卧室。目标卧室在远处的尽头。

"我们正吵个没完,海蒂常这样,然后我听到前门有人敲门,喊着要进来。起初听来是个女人的声音,说实话,音调又高又尖厉,但是那个'新娘'说那是她的丈夫,她要去开门放他进来。"

"她看起来是那种挺乖巧的女人,所以我放她去了。然后我听到她跟那个绅士笑着上了楼梯。我从海蒂的房间探出头,确认是只有他们两个——一个房间里进三个或者更多人要加钱,你知道的——然后我看着她带高个儿伙计进了卧室。我只看到了他的后背。黑色夜用斗篷,高帽子。走路样子看起来是正派人。然后我就回到了海蒂那儿继续听她发牢骚。我跟苏格兰场也就说了这些。"

亚瑟和布拉姆跟着男人走进那间狭窄的卧室。房间的右边角落里有一张铺好的床,紧紧贴着地面。床头的桌上放着一大罐水。左边角落里是一个污渍斑斑的浴缸,大概很久以前也曾经白得发亮过。

四处都没有血迹。没有任何迹象能说明两周前这里发生过的惨案。然而站在那里,想着眼前曾发生过的一切,还有那巨大的谜团,都让亚瑟战栗不已。空气中似乎回响着遥远的死亡之声,就像是发生在德兰士瓦战争中的远远的爆炸。

"你的故事是关于什么的?"亚瑟和布拉姆勘查现场的时候,男人问道。

"我的故事?"亚瑟说。

"你说你在写的那个!福尔摩斯是在追另一个小偷?还是个谋杀案?我最喜欢谋杀案了,要是你想听听我的意见的话。"

"我可不能告诉你。"亚瑟说,"会毁了这里头的悬念的。"

男人一边大笑一边拍着大腿,很享受的样子。

"你知道我读你的故事的时候,最喜欢干的事是什么?"他问,"我喜欢早早地开始猜结局。在福尔摩斯先生之前找到是谁干的。"

"你做到了么?"布拉姆也加入了聊天,"你能比夏洛克·福尔摩斯还聪明吗?"

"还没做到呢,"寄宿公寓的所有者说,"但是我有个主意,你知道么。关于你怎么复活他。"

"是什么?"

"你不需要一个巫师或者其他什么的。"男人说,"也许福尔摩斯先生根本就没死——这听起来如何？也许他根本就没掉落莱辛巴赫瀑布——要是他是假装的呢？比如说为了骗过莫里亚蒂？然后他一直在躲躲藏藏，在世界各地冒险。你把他带回伦敦是为了一次胜利的回归。我跟你说，这样才对。没人想看到福尔摩斯死掉。这让人不舒服。"

"这样啊？"布拉姆问，被男人漫无边际的闲扯逗乐了。

"以我的名誉担保。你大获成功，你习惯自己写啊写，以至于你都忘了去想想你的读者是什么感受。我们不想看到福尔摩斯死掉，无论那场斗争是多么精彩。我们想要福尔摩斯先生永远活着。"

"听着怎么样啊，亚瑟？"布拉姆说，故意刺激他的朋友，"砸开墓碑，复活那位非凡的夏洛克·福尔摩斯，这主意不错吧？"

"你所有的房间都有浴缸么？"亚瑟问公寓老板，"这看起来是个不错的特色。"

"不，不。只有这一间有。"男人答道，"这屋子以前是间盥洗室，在这栋房子刚建成的时候。现在我把它租出去，给那些层次高一点的顾客，您明白的。"

亚瑟走向浴缸，食指抚上那光滑的边缘。它冷冰冰的，像是下雪天的窗玻璃。

"他们在这里发现了她的尸体？"他说。

"我发现了她的尸体，我自己发现的。她躺在浴缸里，像个孩子似的浑身赤裸。她的脖子青紫，眼睛凸出，就像是被人紧紧地攥住了她的小喉咙，用力攥紧，直到她快爆炸。那件裙子摆在床边，像是在等着有人穿上它。"

"你注意到文身了么？在她腿上，鸦状，黑色，有三个头？"

"我看到了，是的，先生。"

"以前看过这种标志么？像是来自码头的混混的东西？"

"不，不，我没有见过。不过那样式很有意思。在她腿上往下，脚踝边上。"

"这房间里还发现了什么？有没有什么能表明这可怜女人身份的？"

"一点儿都没有。只有件漂亮裙子和一个死去的裸姑娘。"

接下来的十分钟里，亚瑟和布拉姆都在启发这男人再想起什么线索，好证实姑娘的身份，但他们一无所获。亚瑟随后让布拉姆趴在地上，仔细看看地板。布拉姆勉强同意，但整个搜索过程中，他都在抱怨裤子上沾上了地上的土灰。屋子主人找来了客户登记簿，在上面他们发现了"摩根·尼曼"的签名——字体高瘦，力透纸背，笔触又宽又重。虽说福尔摩斯是个字迹分析高手，能够从一个人的签名看出最能揭示其身份的线索，亚瑟可没这本事。他沉默地合上本子，放弃了这个谜题。

终于，亚瑟和布拉姆拖着沉重的步伐离开了公寓。再次踏上斯特普尼混乱的大道时，亚瑟的心情尤其酸涩。这事并未按计划发展。

"好吧，现在这事儿算完了吗？"布拉姆问。他在等一个合适的机会，好告诉亚瑟他们走错方向了，"你心满意足了吗？"

"我不会假装我料到这一天是这样度过的。"亚瑟说，"真的，这谜团似乎更加扑朔迷离了。我的夏洛克有可供他研究的线索。我们有什么？一条裙子。一个只见过谋杀犯后背的证人。一位从事夜间工作的无名女士。光是这片街区就得有无数这样的女人。我得说，恐怕这真是福尔摩斯探险领域之外的事。"

布拉姆想了很久，随后做出了一个非常重大的决定。

"亚瑟，我不喜欢你做这件事，而且，就我而言，我更想过得单纯安稳点,回我的剧院,那剧院好歹能够被描述为'安稳'。我觉得你正在拨弄潘多拉之盒的盖子。一旦你被牵扯进去,会冒出什么来,你是完全没有概念的。看看你现在正站在哪儿吧。这不是你该来的地方。你是个太善良的男人,亚瑟。我们其余的人……"布拉姆顿住,缄默了好长一会儿,"好吧,不是谁都像你那么善良。"

"谢谢。"亚瑟说,充满感情地注视着布拉姆,"但是,尽管我也看不到前面的路在哪儿,但我已经下了决心,不能再回头了。"

"很好,"布拉姆说,"既然如此,我刚好有两件事得告诉你。在两件事上你都走错方向了。首先,从字面意义上说,我们正在朝北走,而布莱克沃尔站在我们后面。"亚瑟抬头试图寻找路标,却一无所获。他点点头,转身走上回头路。

"第二件事,"布拉姆跟在亚瑟后面,"那个死掉的女孩子不是娼妓。"

这话让亚瑟猛地站住了。

"你这是什么意思?她在那样的屋子里被发现,和一个男的——"

"胡扯。"布拉姆说,"什么样的东伦敦妓女会拥有一件干净的婚纱?在她们之中,谁会有任何一件干净的裙装?这是个糟糕的活计,不是那种能拥有干净体面好衣服的差事。我们刚刚见到的那个可怕的矮个男人说,她冲进公寓,脸上挂着微笑,天真烂漫,然后先付了她晚上的房租。那个绅士过了几分钟才进来。如果她是出来卖的,原谅我的用词,她应该是拿了他的钱来付房租。那么,告诉我,什么样的娼妓,会预先拿了她客人的钱,快快活活地冲进廉价旅馆,为他们将要共度的时光付钱?如果她是按钟点计费的,恕我直言,我告诉你,她会偷了钱,趁男人不注意时赶紧溜之大吉。"

亚瑟开始深深思考这一点。要是死去的女孩子不是个妓女……

"如果不是……好吧,要是不是那个的话,那她是做什么的?"亚瑟问。

"我不确定,"布拉姆说,"我没有你那位富于表现力的侦探那么擅长推理。但是我不明白,为什么没人想到这么显而易见的事。"

"显而易见?"

"是的。正如她自己所说的,她是一位新娘。"

"要是她是一位新娘,"亚瑟说,脑海里一切拼凑成型,"那么那男的就是……"

"是的,"布拉姆说,领着他走过约克街广场,留心让沉浸在思绪里的亚瑟不被路过的马车撞到,"凶手正是娶了她的那个男人。"

[I] 指萧伯纳。

[II] 英国的一种重量单位,一石(stone)约等于十四磅。

[III] 斯特普尼在历史上是贫民区。

[IV] 当时英国对发廊的说法。

第十四章　　服丧中的詹妮弗·皮特斯

Jennifer Peters in Mourning

> "伦敦,这个大污水坑,
> 大英帝国所有的游民懒汉都会集到这里来。"
> ——亚瑟·柯南·道尔爵士
> 《血字的研究》

二〇一〇年一月九日

坐在英国航空767客机冷冽的机舱里,哈罗德试着多了解莎拉一点。但他并没有马上达到目的。

"以前来过伦敦么?"两人在皮质椅子里坐下后,他开口问。

她沉默了一会儿,随即浮现出一个古怪的笑容,脸上有了光彩。

"你干吗不说说看?"她回答。

哈罗德糊涂了:"什么?"

"所有的福尔摩斯故事里不都是这样的么?他看到陌生人,然后就能从他们的外表推测出他们的一切。像是鞋上的泥土啦,手上的茧子啦,这类东西。"

"所以说你其实读过福尔摩斯的故事?"哈罗德问。

"好极了!你的第一个推理是对的。"

他永远也没法分辨出来,莎拉是在跟他调情,还是在戏弄他。

"不过只读过一点，"她补充道，"作为混进福学家群体计划的准备工作。那么，跟我讲讲其他关于我的事情吧。"

哈罗德低头看看她的细高跟靴子，她的深色牛仔裤，她的竖领法兰绒格子衬衫。他觉得她穿着时髦，但是他讲不出为什么。

她显然是对的。福尔摩斯在每个故事里都上演过这种小把戏。一位新顾客走进他的客厅，不需多久福尔摩斯就能把这位绅士或者女士打探个彻底。在《四签名》里，福尔摩斯仅仅是检查了华生兄长的怀表，就能讲出那男人的整个人生。

这把戏要比哈罗德想的难得多。他的注意力先是集中在了莎拉的衣着上，但是它们并没有告诉他太多。它们看起来并不便宜，但也并不是贵得离谱。她的指甲长而不齐，鲜亮的大红色指甲油几乎快掉光了。

"福尔摩斯有个优势。"哈罗德说。

"诶？那是什么？"

"他生活在维多利亚时期的英国。他来自一个阶级非常分明的社会，以至于你可以凭人们的口音，判断出他们是在哪里成长起来的，甚至精确到几英里的范围。'伦敦腔'一词，原本指的是住在能听到圣马莉里波教堂钟声的地方的人。从衬衫袖口就可以看出你的身份。福尔摩斯之所以能够根据一根手杖说出那么多——比如在《巴斯克维尔的猎犬》里——是因为当时的绅士们会携带手杖。现在就没那么多规矩了。有无数的着装方式可供你选择。即使你的衣服看上去很贵，它们也有可能来自于二手店。我住在洛杉矶，那里的基本概念似乎是，你穿得看起来越休闲，那么你就越有钱。我们俩都是美国人，除了一些非常特别的地区，口音基本上没准的。特别是对经常搬迁的人来说。

你是个记者——你在多少个城市居住过？四个？六个？哪一个都可能是你的出生地。"

"借口，借口，"莎拉说，"你可不是唯一一个正在追查杀害凯尔凶手的福学家。但你是我压上筹码的那个。你不会想让我觉得自己押错人了，对吧？"

"你没押错。"

"很好。那么，我以前到底有没有去过伦敦？"

哈罗德顿住了。一名空姐把塑料香槟酒杯分别放到了他们面前的小几上。

哈罗德相信夏洛克·福尔摩斯。当然他知道他的故事不是"真的"——他并不以那样的方式信仰福尔摩斯。但他相信那些故事所呈现的。他相信理性，相信演绎法中精确的科学。既然夏洛克·福尔摩斯做得到，那么哈罗德也可以。

他审视着她。亮蓝色眼眸。细薄鼻梁。两个环状耳环坠在她耳垂。棕色的卷发拢成一把马尾，几缕发丝松散垂落。她耳朵后面有什么东西。他往前凑了凑，越过了一等舱席位之间的空隙。她左耳耳垂后面有个小小的文身。

"没错，"哈罗德说，"你之前去过伦敦。"

莎拉微笑了："你怎么知道的？"

"我并不知道。但这是个合理的猜测。你鼻子上有个小小的痕迹，应该是以前穿过孔。而你左耳后面有个小小的音符文身。谁会有音符的文身呢？显然是音乐家。所以你曾经是个音乐家。我想应该是摇滚乐队，因为你并不像古典音乐家那样仔细看护你的手，而且你还戴过鼻环。是贝斯手吗？你曾全心全意投身于这事业，不然你不会有这个文身。但是你后来不干了，成了记者。你是个自由工作者，这意味着要么你有点名气，要么就是你不赚多少钱。我不认为你很有名，不然我应该听说过你。所以你并不是因为需要钱才不做音乐，你也不是为了赚钱才做记者。所以我想你从来没有被钱的问题困住过。你是个家境富裕的孩子，至少是个相对宽裕的，追求着疯狂的梦想来刺激你的父母。在你童年时期，有一对只要想去就能带你去欧洲度假的父母，而做乐队要是足够上心的话，也肯定会有巡回演出的。你曾经去过伦敦，这点在逻辑上是站得住脚的。"

莎拉冲他露出微笑，并合手报以戏谑的悄声鼓掌。

"手风琴。"她说，"不是贝斯。我在一个朋克乐队演奏过手风琴。"

"你的朋克乐队有个手风琴手？"

"这很酷啊。但是我们从来没能走出东海岸。我在伯克利附近长大，我的父母过得蛮'舒适'，用他们自己的话来讲。在我还是个孩子的时候，他们带我去过三次欧洲。巴黎、马德里，还在意大利待了一周，从罗马到五渔村，中途取道佛罗伦萨。但是我们从来没去过伦敦。"

"但你说你去过。"哈罗德说。

"是的。"莎拉说，"我有个前任男友，他是英国人。他出生在伦敦。我们在纽约认识的，但是我们回去过几次，拜访他的家人。"

她举起她的香槟杯，碰了下哈罗德的。

"干杯，"她喝了一大口，"我想你的第一次做得不错。"

* * * *

他们到那儿的时候，亚历克斯·凯尔的妹妹正在哭泣。从她眼周的红肿看来，她似乎已经哭了一段时间。

门铃按到第三遍的时候，詹妮弗·皮特斯打开了她在伦敦场地公园里的那所宽敞公寓的门，放哈罗德和莎拉进去。尽管要比她的哥哥年轻几岁，詹妮弗看起来却年纪大得多。她的短发看起来有光泽，但有些受损，谈话间她还不断地去摸她耳后跳脱的发梢。她穿着牛仔裤，低领毛衣，还有厚厚的红袜子——没有穿鞋。要不是如此明显的悲恸，她看上去就像正在享受周日的早晨。

她的丈夫并没有在公寓里陪她，哈罗德也并没有问他的去向。这对夫妇没有孩子，大部分时间都待在国外。她前天才回伦敦，回来处理亚历克斯的财产，收殓他的尸体，看着他下葬在海格特公墓。他们家族几代人都葬在那里。詹妮弗是她的哥哥还活在世上的唯一直系亲属。

三人各自落座。哈罗德和莎拉坐在一张硬沙发上，詹妮弗坐进了一张宽大的白色长毛绒沙发。哈罗德觉得空气里像发霉了一般，蔓延着令人不适的悲痛。沙发又湿又黏。

哈罗德觉得自己是个大混蛋。不过他至少还有点判断力，把那顶猎鹿帽跟其他行李一起扔在旅馆没带来（事实上，这归功于他自己判断力的部分很小，很大程度上其实是因为莎拉的温和敦促，不过他依然觉得自己在这决定里有点功劳）。当亚历克斯的妹妹不得不面对家人所剩无几这一现实的时候，他却要强迫她谈论死去的哥哥，这让他没法不觉得自己是个盗墓贼。

"在您哥哥去世前，您最后一次跟他谈话是什么时候？"哈罗德问。

"我很抱歉，但你们到底是来做什么的？"詹妮弗的回答里满是哀恸。

"他是我的好朋友,"哈罗德含糊道,羞愧于这其中的夸大,"我们正试着弄清楚他出了什么事。"

詹妮弗又看了看莎拉,然后将目光从他们俩身上移开。她看起来很困惑,不是因为这问题有多难解,而恰是因为其简易明了。她的哥哥死了。这就是"他出了什么事"。

"哈罗德跟你的哥哥是一个圈子里的,"莎拉说,"关于凶手,我们认为,哈罗德也许能发现些警方没有发现的东西。"

"你是个侦探?"詹妮弗问哈罗德。

"不。不太确切。"

"那确切地说,你是做什么的?"

"我是个读者。"

"这是什么意思?"

"我读书……好吧,我读过很多很多书,用过去时态,我想这样比较准确。你看,我是个自由职业者,我为很多大型电影公司的法务部门工作,当有人因为版权纠纷起诉他们中某个的时候,我帮他们准备辩词,根据——"

"你是亚历克斯福学家朋友中的一个?"

"没错。"

她转向莎拉:"你是个记者?"

"对。"

詹妮弗叹了口气,架起腿来开始挑她红袜子上的线头:"我大约有一个月没跟我哥哥说过话了。我们不太……好吧,也并非如此。我们有我们自己保持亲近的一套方式。"

"你们都谈了些什么?有什么异常的事发生么?"哈罗德问。

"亚历克斯身上总是会有什么异常出现的。伟大的游戏永远在进行中，他总是在寻找某些文物，或者珍贵文档，或者别的什么。他总是距离完成他的传记如此之近，就差最后几英寸的距离。我记得那天，他说自从他发现日记之后，他就被跟踪了。我想，这是他典型的戏剧性夸张。"

"谁在跟踪他？他有说过什么关于他——或者她的事情么？"

"哦，这该死的谁知道啊？这又不是亚历克斯第一次觉得有什么神秘陌生人跟他过不去。有一次，当他还在大学里的时候，他怒气冲冲地打电话给父亲，声称两个跟他竞争的学生正谋划着要偷窃他的论文。这当然很蠢。他们根本就没打算做这种事。"

"要是他没被跟踪，那么您觉得会是谁杀了他呢？"哈罗德问，同时被自己的冒失吓到了。

"这不是很明显么？"詹妮弗说，"这不就是你们在这里的原因么？"

"什么意思？"

"你们之中有个人杀了他。你们是一群嫉妒的孩子。他有了块可口的糖果，你们都被迷得不行。'给我，给我。'"她放下她的腿，双脚踩到地面上，身子前倾，双手置于膝上，"你觉得这像是你朋友里哪一个做的？"

哈罗德想起了罗恩·罗森博格。杰弗里·恩格斯。一大堆其他的人。一阵怀疑的战栗感窜上哈罗德的脊背，他在座位里动了动，压下这种感觉。

"我不知道，"他说，"目前还不知道。"

莎拉接过话头："想想您跟您哥哥的最后一次对话吧。他透露过那个跟踪他的人的任何细节么?"

詹妮弗·皮特斯想了一会儿。"没有。"她说。

"我们想看看他的公寓,要是你不介意的话,"莎拉说。

"哦,没问题,我想。这能有什么坏处?"詹妮弗思考了一阵之后说,"我现在带你们过去。让我先找双鞋。"

谋杀在哈罗德所热爱的故事里是如此无关紧要。死尸是剧情转折点,是等待梳理的谜题,而不是哪个人的兄弟。剧情转折点不会留下找不到鞋子的满是悲恸的姐妹。

"您知道么,您的哥哥,"他过了一会儿开口,"他在我们的组织里是个传奇。还有,他最终发现了那本失踪的日记,我不知道这对您是否有些安慰,但是他完成了梦想。他发现了他一直在寻找的东西。他是幸福的,在他死去之前。"

詹妮弗大笑,摇头。

"幸福?"她说,试着从唇间吐出这个词,聆听着它的发音,"你真的觉得,人们得到了自己一直追逐的东西的时候是幸福的么?"她茫然地转动着左手上的婚戒。

"他不是,真的,"她继续说道,"我记得,发现日记那天,他打电话给我。他的声音如此之轻,我几乎听不清他在电话那端说了什么。他似乎很冷淡,非常官方。我提出应该喝杯香槟,说我要带他出去庆祝,这是他应得的。'不必了,'他说。"詹妮弗声音低下去,模仿着她死去的哥哥,"'不必了。'什么人会对他的妹妹这样说?"

詹妮弗从衣橱里摸出一双舒服的休闲鞋、一件沉重的冬季外套。她把自己包得严严实实,外套顶端的貂皮蹭着她的耳垂。

"他有没有告诉过您他是在哪儿找到日记的?"哈罗德问。他一直在等待合适的机会，好开口问这个问题。他现在明白了，合适的机会根本就不存在。

"他从未告诉我。"詹妮弗回答。

"您问过他？"

"我问过他很多次。'亚历克斯，你花了十年时间在这场该死的搜寻上，而现在，你甚至不肯告诉我你到底在哪儿找到的？'没有答案。我大致知道，他在剑桥待了一周，但不确定他为什么去了那里。他大多数研究都是在大英图书馆做的，那里有维多利亚时代和爱德华时代的众多藏书。你知道么，他从来都没有提到过，他已经那么接近，比任何他曾想象过的时刻都要接近那该死的东西。他只是某天打电话来说，'噢，詹妮弗，我发现了日记。它很棒。我将要完成传记，并在今年年会的时候揭开一切。'他声音听起来很悲伤，仿佛有人刚刚过世，而他正要去打印出临终祷词。"她皱起眉头，不再说下去。

"您觉得发现日记没有给他带来平静么，哪怕就一丁点儿？"莎拉问，"这是他一生工作的巅峰。"

"我认为，无论他发现了什么，它都让他陷入了痛苦，从他看到它的第一眼，一直到他死的那天。直到那本日记杀死了他的那天！"詹妮弗说，"我认为，找到柯南·道尔的日记是我哥哥这辈子遇到过的最糟糕的事情。你觉得它会给你带来什么呢？"

第十五章　　爱的宣言

The Allegations of Love

> "同时你必须承认，一位女士结婚
> 是她的朋友和亲属替她效力的最好时机。"
> ——亚瑟·柯南·道尔爵士
> 《米尔沃顿》

一九〇〇年十月二十一日，接上文

亚瑟离开滑铁卢车站的时候，威斯敏斯特教堂最高的尖顶正直直地刺进夕阳惨淡的黄色光晕中。傍晚穿行在威斯敏斯特大桥上的车辆就像是喷涌的急流——就像那可怕的莱辛巴赫瀑布，将涌动的人群和咔嗒作响的马车倾倒进稠密的城市中心。大本钟宣告现在已是五点二十分。

这城市里的某处，正藏匿着一个杀人凶手，"摩根·尼曼"的丈夫，亚瑟要把他揪出来。他的第一站是代理主教的办公室，这里每年都会以坎特伯雷大主教的名义签发两千多份结婚证书。一般来说，夫妻是应该在当地教区成婚的，但如果双方来自不同的教区，照法律规定，只有坎特伯雷大主教有权使他们的结合合法。这意味着，要是有人想秘密结婚的话，就可以在滑铁卢附近的代理主教楼里办。这是个公开的秘密，更是个众所皆知的讽刺，因为这社会里最不道德的婚姻却是在教会的最高等级办事处那里得到批准的。

婚姻记录最后会被送往图书馆妥善保管，但如果那个死去的姑娘是几周前才结的婚，那么，亚瑟很有可能可以在代理主教办公室找到一份她婚书的副本。

亚瑟和布拉姆在从布莱克沃尔回来的火车上想到了这个办法。之后布拉姆在百般请求之下回他的兰心剧院去了，去管理他的戏院和演员们。他还得去找匹倒霉的活马来登上《堂吉诃德》的台，伺候傲慢的明星。

在威斯敏斯特大桥上，亚瑟被星星一般的成串街灯的光芒打动了。它们的白色光泽落在沿途绅士们的黑色外套上，比罩在威斯敏斯特不规则尖塔上的月光更为丰满。亚瑟很快意识到，这些是新装上的电灯，伦敦政府正逐一在街道和广场上进行安装工作，以取代那些曾照耀了伦敦公共场所一个世纪的脏污煤油灯。这些新式电灯更加明亮，成本更加低廉，需要的保养也比较少。在昏黑的夜晚里，它们映照得更远，照出了人行道上的每一条裂缝，脚下石头的每一处圆润凸起。再见了，那明暗对比模糊的伦敦，那层叠的黑色下隐约描摹出的绅士和女士们的身影。再见了，雾霭和纽卡斯尔碳化煤的时代，布莱克法莱尔铸造厂的臭气。欢迎来到二十世纪洁净的光泽之下。

亚瑟把视线从泰晤士河对面的苏格兰场移开，叫住了一辆隆隆作响的马车。让苏格兰场见鬼去吧。

马车载着亚瑟去了肯辛顿，然后向右急转奔向兰贝斯路。兰贝斯宫踞坐在他们面前，它那中世纪式的城垛在这座不设防的现代都市里，因为风格过于军国主义而显得格外不合时宜。对亚瑟来说，这宫殿像是个脾气火暴怒气冲冲的爱尔兰人，正准备挑起一场跟北边圣托马斯医院大楼的打斗。在它旁边便是代理主教办公室。

教会办公室的大厅入口是一连串倒立的 V 形，每个都比前一个小几英寸。亚瑟觉得自己就像是走进了一条黑暗的隧道。

虽然算不上正统的教堂，这座建筑仍然有那种安详、庄严的沉静感，让亚瑟联想到天主教及圣公会¹。他对教会持有怀疑——真的，任何教会——而他依然得承认自己爱这些教堂。亚瑟欣赏任何能让自己碰触到古迹的事物，这让他觉得自己是连绵千年的大英帝国的一部分。比起上帝，他的信仰更多地根植于他的同胞和他们文明的典范。他对撒克逊人的爱远胜过对圣公会会员。

亚瑟的靴子踏在地板上的声音在长长的走廊里发出巨大的回响，这使他略微有些尴尬。身着长袍的修士们腆着肚子在他身旁走过，移动时却似乎没有发出一点动静。

守在婚姻事务处桌边的修士看起来年轻得足以当亚瑟的儿子。他的袍子是一种土褐色，表情坦率，脸上完全没有一丝皱纹，仿佛在这个世界上未曾经历过任何烦恼。他直直地对上亚瑟的视线，礼貌地没有眨眼，也没有把目光落在别处。他只是单纯地直视着亚瑟，带着确信而坚定的虔诚守在自己的岗位上。

"日安，先生，"亚瑟开口，"我希望能获许看看您的婚姻登记簿。"

"是您的女儿么？"年轻修士大胆开口询问。

"您说什么？"

"您的女儿。即使不是夏洛克·福尔摩斯，我也能看出来您是已婚人士。"修士微笑着垂下视线看向亚瑟的金质婚戒，"像你这样的先生——年长的绅士,头上有些许白发——来到这里,一般都是在找寻失踪的女儿。我的职责并不允许随意什么人来翻检文件,但是我想,我该为那些面貌和善、寻找他们亲爱的小女儿的人破例。您要是知道这样的人有多少,一定会吃惊的。"

亚瑟想了想,目前看来,理智告诉他说谎是最好的办法。

"是,我的女儿,"他说,"她失踪了。我怕她是跟她的情郎,一个卑鄙的家伙跑了。尼曼——这是我的姓氏。阿奇博尔德·尼曼。我亲爱的女儿叫作摩根。我能浏览一下你的登记簿,看看她有没有跑到这儿来登记结婚么?"

"我深表同情。"修士了然地说,"请跟我来,我们把文档存放在这里。"

年轻人领着亚瑟走到他桌子后面,走进婚姻事务处一间小小的接待室。房间相当封闭,四周是巨大的灰色石头砌成的墙。亚瑟觉得它们就像是从四面八方压了过来。他想起了爱伦·坡,还有《阿芒提拉多的水桶》"里那种甜蜜的恐怖。

房间里只放着一个巨大的木柜子,装有二十四个小小的滑屉。无论这柜子当初是用来做什么的,它眼下都被改成了储藏室,按字母顺序收藏着结婚宣言书——宣告一对恋人正式缔结婚姻的法律文书。

当亚瑟在修士面前翻检文档的时候,修士的桌子那头传来一对年轻男女的低声抱怨。修士转身去办理他们的事,留亚瑟独自在那儿。

在一个钟头的大部分时间里,亚瑟都在仔细查看抽屉里的文书。一开始,他的搜寻伴着修士桌边准新娘兴奋的咯咯笑声,还有她未婚夫平稳的作答声，他正冷静地提供必要的细节给修士：这对恋人的名字，父母的名字，出生日期和地点，新娘父亲签署的同意书。等他们离开后，修士又接待了更多的恋人，以及几名急切的年轻男子。有些男人独自来完成这件事，省却了未婚妻的麻烦。亚瑟能听到他们来来去去，就像是蜂鸟盘旋在附近的一棵树周围——他们到来时踢踢踏踏的脚步声，办理手续时的吱吱喳喳，以及心满意足离开时的轻盈步伐。

他眼前手写的文书所拥有的，正是政府官僚机构职责中浪漫的部分。虽然每一份都是由满怀爱意的新郎用右手心甘情愿地写下，这些宣言书读起来不太像莎士比亚，倒不如说更像遗嘱。

"一九〇〇年十月四日。"其中的一份是这样开头的，"这一日，萨里郡摩登区的小托马斯·斯泰西，二十四岁，单身，声明欲娶诺福克郡的玛丽·比奇，二十岁，尚未成年，未婚，得到其叔叔兼法定监护人理查德·诺里斯的同意，除此之外，她并无父母，或遗嘱，或其他监护人。"它还唠唠叨叨了整整一页纸，确定新郎新娘之前都没有结过婚，也没有"其他婚约的妨碍"，以及其他会阻止他们法定婚姻成立的理由。

亚瑟的思绪回到了他自己的婚礼，十六年前——天哪！默斯基尔那甜美的八月时光真的已经过去这么久了么？亚瑟在遇见托伊的时候还是个穷医生；又穷又可怜。他初出茅庐的行医只能赚得微薄收入，然而也只有在现在，多年之后，他才明白这也许跟自己缺乏医学天分有关。他遇见了他亲爱的托伊——那时她还叫路易莎·霍金斯，这名字现在听在亚瑟耳里是如此的陌生，听起来就像是别人的妻子——她的哥哥患上了脑膜炎，前来求助，成了亚瑟的住院病人。亚瑟每晚给他一份水合氯醛镇静剂,可是那男人不到一周就去世了。有时亚瑟仍然会想,像当初所想的一样,是不是他的治疗送了他的命——应该不是,他向自己保证。十六年后的今天,亚瑟知道了一剂水合氯醛确实会有些风险。但是他的病人在不时发作的精神错乱中日渐衰弱——镇静剂是必需的吧?医学真是一门不够精确的科学。它甚至比小说还要艺术化。

亚瑟好奇那些婚姻之后会是怎样,它们的开端正被他从木制的抽屉里取出,在指间滑过。他们都像他经历的那般幸福么,当他在圣坛边见到自己的新娘,当他对着观众席里抽泣的母亲眨眼的时候?这些激情,在十几年的时光里,会变成何种模样?

爱随着时光愈发温顺,就像是忠诚的猎犬。它变得弥足珍贵,被视若珍宝,像个珠宝盒子一样被藏在这个世界之外。爱变得相当可靠——爱是鸡蛋,爱是火腿,爱是晨间的报纸。他爱托伊,倾尽自己所能地爱她。不,更多。他会永远爱托伊。是的,在她生病后这些年里,他们减少了亲密的时光。他们也不能有更多的孩子了——但是仍然,亚瑟从他的家庭里得到了至高的幸福。他觉得他就像是跟托伊一起成长起来的,尽管他遇到她的时候已经二十六岁,而她那时已经二十八岁了——但那感觉就像他是在她身边成为一个成熟的男人的。托伊就好像是他亲爱的姐姐,在她面前他毫无任何秘密。

好吧,也许有个秘密。关于珍……

三年前,他遇到了美丽而才华横溢的珍·勒奇[3],她火花四射的谈吐,她的傲慢才智,她翕动的眼睫毛闪亮而浓密,让亚瑟觉得被征服了。她年轻,但是她如此聪明,且不惧于像个男人一样去思考,去探问,去表达自己。亚瑟从来都没有遇到过像她这样的女人,也坚信自己以后再也不会遇到了。当然，他对她的意图一直是完全纯洁的。他们的手从未碰触过。当两人同行时，他会挺起胸，胳膊背在身后，弯成九十度。他曾立下誓言，跟眼下他膝上这无数页纸上镌写的是同一个誓言。他将永远不会背叛它。但是他还会继续和珍见面，在保持正直关系的前提下，尽可能多地见见她。他会跟她一起长时间地漫步于乡野，而板球比赛的时候，她将在看台那边为他欢呼。

这，同样也是爱。而令亚瑟吃惊的是，这两份爱完全没有互相排斥。他对珍的爱只会使他对托伊的爱变得更多。他对她们的爱意是如此不同，它们互相放大了彼此，在他膨胀的心中映射出镜面般对称的神圣之美。有时，他觉得自己这具人到中年的身躯里满溢的爱意，会让自己膨胀、炸开。这油与水一般的爱意并没有融为一体，也并未引爆。它们各自平等地奔流在他的血液里。

一个男人可以在他的身体里面储存多少爱？他的爱意，会比在这些文书上附上名字的面带稚气的准新郎们更多么？他的爱，会比这些一想到即将成为某某太太便容光焕发、脸色羞红得像一整座六月里的玫瑰花园的准新娘们来得多么？所有的爱都是一个样子的么，像是拔了毛的白斩鸡？还是说，它们就像角膜、指纹、头盖骨那样截然不同？

亚瑟想到了在摩根·尼曼胸中死去的爱。这份爱被赤裸裸地扼死在了斯特普尼一个肮脏的浴缸里，任其腐烂。当公寓所有者发现她的时候，她死去还不久。她的腹部触碰起来也许还是温热的。她的心脏里还没有繁衍出白花花的小蛆虫。

亚瑟愤怒地翻阅着文书，寻找做下这一切的男人。在复仇的驱使下，他浏览着一页页纸张。

过了一阵子修士回来了。亚瑟并没有听到他进来,他全情投入到了检索姓名里。那男孩在亚瑟肩上轻拍了一下,想引起他的注意,亚瑟吓得跳了起来。他用手捂上胸口,一连做了好几个深呼吸。

"我很抱歉,先生!"修士说,"我没想吓到您的。"

"没事,"亚瑟喘气,"我也没想到会被吓到。"

"您找得怎样了?"

"恐怕是不太顺利,"亚瑟承认,"在这堆文书里,我还没有找到任何叫作摩根·尼曼的。她——我的女儿——她可能用了个假名。"

修士了然地点点头。

"我需要点线索,"亚瑟临时有了个想法,于是微笑着继续说下去,"你一定见过那么多来来去去的年轻男子……你该不会刚好对一个嗓子很尖的男人的名字或是长相有印象吧?他大概是在两周前的周二过来的。黑外套,黑礼帽。"亚瑟发笑——他的描述还能更笼统一点么?

修士的表情就好像是刚吞下了酸掉的牛奶。他好奇地看着亚瑟。

"有意思,先生……我想您在寻找的那个男人,问了我一样的问题。"

现在轮到亚瑟表情古怪了。

"你说什么?"他说。

"那个人。那个新郎。特别奇怪的一件事。一个男人来到这里,瘦削,尖尖的小嗓门,一身黑衣,大约两周前,就像您说的。当然我自己是不会多想的,只不过我觉得自己好像见过他。他看出来我有这感觉,还问了我,我说没错,我是这么觉得的。我确实说了,而他说不可能,这说不通,我赞同了他,然后就没了。"

"我很抱歉，我完全不知道你在说什么。"

"我认出了那个绅士是因为他之前来过，几个月之前。他填了一张宣言书，接着离开去结婚了。然后，几周以前，一个看起来一模一样的人进来了。我察觉到了，déjà vu[IV]，对么？是这个法国词对吧？我应该不记得他的，只是我心底有了这种奇怪的感觉，觉得自己见过他。我问他，我是不是见过他，他就变得非常紧张。"

"'你什么时候见过我？'"他问。

"'我不知道，'我说。然后我笑了，跟他开玩笑：'你之前结过婚么？'我是在开玩笑的，当然——他很年轻，不到三十岁，他怎么可能结过婚？但是他似乎变得很激动，很可怕。挥舞着他的双手，就像个失控的牵线木偶似的。"

"'我很确定，我的好修士，'他跟我说，'我很确定我完全不知道你指的是什么。'他的嗓音拔得那么高，就好像在弹奏威廉·伯德[V]似的。然后他就失控了，冲我一顿责骂。他用了些我不怎么乐意在这里听到的措辞，您明白么？单是出于我自己的考虑，我完全有理由觉得自己被冒犯了，应该给他点教训的。但我是在为上帝效劳。我忍了下来。他填完了他的宣言书。我在最后签上了我的名字，然后他走掉了。"

当亚瑟听着修士的独白，一种针刺般的感觉爬上他的脊背，眉毛都不由展开了。他感受到了发现真相的醉人悸动。

"你还记得那个年轻人的名字么？"亚瑟问，踮起脚尖，倾身凑向修士的方向。

修士低着头："不记得了，先生，我很抱歉。"

亚瑟的头脑像个陀螺似的转个不停，无数可能性一一掠过。"但你说他之前曾结过婚？"他问。

"呃，当时我并没有觉得有很大可能性，如果不是因为那男人态度粗鲁的话，"修士说，"但是现在……您觉得是这样吗？"

"我想，"亚瑟想这样说，但不能说，"那个男人对摩根·尼曼所做的事，先前也对另一个女孩做过。"

[I] 英国国教，英国在宗教改革中建立的民族教会。

[II] 《阿芒提拉多的水桶》是爱伦·坡的一篇短篇小说，首次发表于 1846 年。

[III] 一九〇七年道尔与其成婚。

[IV] 法语，认为自己曾经历过或见过某事物的幻觉。

[V] 英国文艺复兴时期的作曲家。

第十六章　　答录机

The Answering Machine

> 福尔摩斯若有所思地回答说:"间接证据是非常靠不住的,
> 它好像可以直截了当地证实某一情况。
> 但是,如果你稍微改变视角,那你就可能发现,
> 它同样可以明确无误地证实迥然不同的另一种情况。"
> ——亚瑟·柯南·道尔爵士
> 《博斯科姆比溪谷秘案》

二〇一〇年一月九日,接上文

从詹妮弗·皮特斯在伦敦场地公园的住所出发,前往亚历克斯·凯尔位于肯辛顿区的公寓,大约耗时三十三分钟。在前往那里的出租车上,哈罗德和莎拉了解到更多关于詹妮弗和亚历克斯家族的情况。

正如众所周知的那样,他们俩家境相当富裕。他们的父亲亨利·凯尔白手起家赚下了一大笔财富——他曾是个穷困的纽卡斯尔人,到死身上都沾着北部省份的乡土气息和对财富的阶级仇视。他不是个会坐吃山空的人,也不允许他的孩子如此。他见不得他们依赖着家里根基未稳的财富混日子。

哈罗德从詹妮弗痛苦而漫无边际的叙述中收集起来的这番说法很大程度上解释了亨利·凯尔在他的孩子们坚定地拒绝赚钱时的沉重和沮丧。就这一点而言,亚历克斯和他的妹妹都几乎一无是处——好大学,美国研究生院,这世上任何职位都向他们敞开大门。然而詹妮弗

一直在各种领域浅尝辄止:一个诗歌写作的研究生课程(她的父亲听到这消息的时候朝她大吼),一份面向六岁小孩的教职工作(那次她的父亲打碎了一个酒杯),第三世界债务免除运动中的一个管理职务(他威胁要从遗嘱名录上删掉她),这还直接导致她嫁给了这项运动的一个有钱的发起人(所有威胁至此终止,反正她也不需要他的遗产了)。詹妮弗现在管理着她丈夫的一项慈善基金。

亚历克斯·凯尔显然要比他妹妹来得更加有行动力,尽管这对老亨利的打击一点都没有减少。他曾经是个大有前途的孩子——机智灵敏,头脑好得足以胜任对数字和货币的各种计算。他在大学三年级的时候开始走向歧途,当时他提出休学去写完一部小说。他的父亲理智地结束了那场对话——他命令自己的秘书惠特曼小姐把亚历克斯请出了办公室。

几年后,当亚历克斯向他借钱要开书店的时候,亨利大受鼓舞。亨利并不知道对一家位于切尔西的小型二手书店来说,一九七三年的市场如何,但至少这孩子想开始做生意。凡事要知足。

书店维持了平淡无奇的二十八个月,便被租给了一家印度餐馆,业主把后面那间亚历克斯曾经的办公室,改造成了一间散发着诱人香味的厨房。在之后的几年里,亚历克斯有时候路过那家印度餐馆,会同时感到饥饿和怀念。詹妮弗记得,他曾经带着她跟她的丈夫去那家餐馆吃饭,就在它关门歇业前的那个晚上。随后它被一家法国兼亚洲风味,或其他什么类似的东西取代了(他们的父亲太忙了无暇顾及)。比起失去他自己的店面,失去那家印度餐馆似乎更使亚历克斯情绪低落。

更多的投资失利接踵而至,不过还不至于严重危害到他们父亲的财政。亚历克斯糟糕的投资包括一家刚起步的文学杂志,一堆十九世纪的古董收藏品,甚至,在令人费解的六个月时间里,亚历克斯跑去当了一位柳条编织家具工匠的学徒。要是有谁想给亚历克斯·凯尔写本传记，哈罗德想，里头大概不会提及这一细节，因为这实在没法用一般人的叙述思路来加以记述。

不过，当出租车掠过海德公园南边，哈罗德正看着那些枝干光秃秃的树时，詹妮弗解释说，亚历克斯人生的主题毫无疑问是夏洛克·福尔摩斯。他还是个孩子的时候就陷进去了，央求他的奶妈迪尔德利睡前一遍遍地给他念那些故事。他在学校的时候就开始写些柯南·道尔相关的东西，年仅二十四岁便加入了小分队。他在人生的每一个阶段，都会定期给《贝克街杂志》写稿子。在他全部的热情中，总有夏洛克的影子。

亨利·凯尔在一九八九年突发脑内动脉瘤去世，他的两个孩子不再受不认同他们的父亲牵制，开始各奔东西。他们也不再需要对方来共同对抗父亲。这就好像他们曾是战争中蹲在同一个战壕里的战友，而现在，炸弹已经停止轰炸，谁也不知道跟对方开口说些什么。詹妮弗有她的丈夫和他们的慈善基金，亚历克斯有他的福尔摩斯和他无休止的研究。

只有在他的父亲死后，寻找柯南·道尔失踪的日记才成为亚历克斯生活的全部。他此刻具备了用之不竭的财富，可以用来挖掘柯南·道尔的生活。从那时起，再无他物可以引开他的注意。再也没人对他说不。等到亚历克斯发现日记并完成传记，他的父亲将最终被证明是错的；亚历克斯将会有所成就，只是并非以他父亲所希望的方式。他本可以同时做到成功与叛逆。

哈罗德有点惊讶于詹妮弗·皮特斯此刻的坦白，虽然她讲话的古怪节奏使他不适。有时候她可以完美而痛苦地讲述她哥哥最深沉的感受，然后在某句话中间突然沉默下来,思路飘到了冬日灰色的天空上。一分钟后她会再次被迅速点燃,迸发出一些关于她哥哥的童年和他们家庭焦虑关系的句子。她让哈罗德想起了芝加哥河的闸门,那是他长大的地方——关起时蓄满了水,打开以后便倾倒出数千加仑的泥泞湖水。

出租车停在菲利莫尔街上一溜相仿的三层小楼外。高高的树木从房子的后院拔地而起,哈罗德可以看到它们从又陡又斜的屋顶后探出来。哈罗德用塞巴斯蒂安·柯南·道尔的钱付了出租车费用,三人走进了亚历克斯的公寓。

詹妮弗领他们走进的地方起初看起来就像是一座嘉年华的露天片场。神奇的玩具和中古的廉价小玩意儿扔得到处都是。一台闪耀着光泽的银质汽水制造机,一把观赏用的军刀,一盏铜质煤油灯,成打装着天晓得是什么的药瓶子,一把装在玻璃盒子里的左轮手枪,一套极其雅致的茶具,一把班卓琴,十四个颜色各异没有插花的花瓶,还有书,书,无数的书。各种尺寸、形状、设计的书。书架上整齐码放的书,散乱摞放着的书,诡异地扔在桌角或是脚凳上的单本书。哈罗德视野范围内没有任何书或者东西看起来是有序的——这是一场室内装潢的大乱奏,室内设计师的一次躁狂发作。

从走廊到客厅再到厨房一路下去,每一处的墙纸颜色都是不一样的。黄色、粉红、紫色。这公寓看起来就像是块巨大的糖果。哈罗德猜想威利·旺卡[1]的私人书房大概跟这看起来差不多。

"哇哦。"哈罗德只会说这个了。

"我想我哥哥的……怪癖这两年大概是更明显了。"詹妮弗答道。

"你介意我们四处看看么?"

"请随意,"詹妮弗说,"祝你们好运能找到点什么。"

在这般无组织的收集品中是没法子开展什么有组织的搜索的——哈罗德对脚下这堆乱糟糟的东西让了步，像只授粉的蜜蜂似的四处跳来跳去。他在黄色的书房里找来找去，挑出一本吉本的《罗马帝国衰亡史》。在紫色的房间里他打开一个古旧的雪茄盒，发现了一堆外国货币，美元、克朗，还有四种比索[1]，都被收集在一个干净的塑料袋里，绑着橡皮筋。莎拉和他分头行动。两人没有讨论他们在找什么——哈罗德也完全不知道该跟她说什么。他希望，等他们找到的时候会知道那是什么。

莎拉捡起一套盐罐和胡椒罐，猫咪造型的。她把它们整齐地放到桌子上，挨着一摞四乘六大小的相片。她把这摞散乱的相片弄齐整。哈罗德开始看她，对脚下这堆零碎的注意力很快便逐渐减少，更为专心地看莎拉查看屋子的路数。她几乎是在整理房间。当她走到一个蓝色系带松开了的明信片盒子旁边时，她重新给带子打了个结。她在把东西收拾妥当。哈罗德低头看了看自己脚下的混乱场面——他只是把东西捡起来，然后再放回原处。哈罗德做的事毫无系统性可言，只是心不在焉地无序查看。任何不是那份日记的东西，他都视若尘土。与此同时，莎拉在试着打理亚历克斯·凯尔这间混乱得要命的公寓，让一切变得好起来。

他们相对安静地搜寻着，詹妮弗时不时插进来讲个故事。哈罗德和莎拉拿起某个物件——某些小饰物或是褪色的纪念品——詹妮弗就会尽其所能地描述它的来历。她经常不知道东西是哪儿来的，但是她会试试看，根据她所知的自己哥哥旅行的大概情况，给它们添上个来路。那个不走了的时钟像是南美的；亚历克斯九九年或是九八年的时候去过，因此他一定是在阿根廷得到了它。

莎拉是第一个注意到电话答录机的人。她指着那个缓慢而稳定地闪烁着的红灯。

"你查过留言了吗？"她问詹妮弗。

"噢！"詹妮弗看起来很惊讶，"我没注意到它。"

"我可以听听么？"莎拉问。

詹妮弗点了点头，莎拉按下了播放键。答录机发出一声很响的滴答声，然后是一阵刺耳的蜂鸣。

"一条留言。"亚历克斯答录机的提示声是个年长女人的声音，断断续续地从机器里冒出来，"第一条。信息。收到时间。七点。四十一分。一月。四日。下午。二〇。一〇年。"

"凯尔先生，我是塞巴斯蒂安·柯南·道尔。"人声传出来。哈罗德觉得，虽说前一天才跟塞巴斯蒂安说过话，但此刻在磕磕绊绊的录音带上听到他的声音，着实令人毛骨悚然。塞巴斯蒂安听起来很生气。

"我相信你已经收到我的律师函。我知道你在躲着我。你不回我的信。你也不回复我的电话。你以为你在某个阁楼挖对了地方，就拥有了本属于我的东西。你这个卑劣的家伙。你能听见吧，凯尔？你现在是不是正在那儿听着我说话？吓得尿裤子了吧。好了，听着：要是你把那日记泄露出去，你会后悔的。我会保证你将极度厌恶柯南·道尔这个名字。"

随后又是一声很响的滴答声，留言结束。

[I] 《查理和巧克力工厂》中的天才巧克力制作者，在电影版中由约翰尼·德普扮演。

[II] 拉丁美洲一些国家和菲律宾的货币单位。

第十七章　　暴行清单
A List of Atrocities

"我们必须寻求一致性。
当事情不一致的时候,我们必须怀疑其真实性。"
——亚瑟·柯南·道尔爵士
《雷神桥之谜》

> 一九〇〇年十月二十一日,接上文

亚瑟·柯南·道尔把脑袋压在一摞乱糟糟的勒杀案件记录上,深吸了口气。

谁能料到侦探的工作居然如此沉闷得可怕?

亚瑟把一天里的大多数时间都花在了文书工作上。虽然代理主教办公室的那位修士很热情,但他从那里没得到更多的重要信息。他们一起翻检了文书,一直忙活到晚课时分,但是没有发现什么东西能让修士回想起那个杀人犯新郎的名字。代理主教办公室的线索挖得差不多了之后,亚瑟又步行去了趟苏格兰场。米勒督察不在——感谢上帝!——在那儿的人知晓亚瑟的名声,很高兴为他提供帮助。他在那儿花了几个小时查看苏格兰场的犯罪记录。要是这凶手真的犯过两次案,肯定会有他之前犯案的记录。然而,尽管过去一年里伦敦有相当多的女孩死掉,但没有哪个是在伦敦东区的廉价公寓被发现,全身赤裸,带着文身,还伴着一条全新的白色婚纱。

于是亚瑟让自己集中注意勒死这一死法,希望在这些可怕的资料里找到某种模式。用这种手法杀死了摩根·尼曼的人,会在他的另一件案子——或者,(但愿不会是)他的另一些案子里——使用相同手法,这种推论应该说得通吧?亚瑟不是很确定。犯罪者在心理上会倾向于使用相同作案手法么?亚瑟想知道谋杀犯是不是就像手艺人,每一个人都有一套自己中意的工具。皮革工人有他的锥子,恶棍有他的刀子。也可能恶徒们允许自己进行一些残忍的意外创新,随手抓起手边的任何东西,完成他们的屠戮。亚瑟真想用某种工具,打开伦敦杀人犯们的脑袋看一看,看看这些扭曲了的大脑是怎样引导他们走向谋杀的。要是有这样的设备就好了。

他听到靴子敲击在瓷砖上的声音,伴着茶杯碰撞茶碟发出的悦耳叮当声。他从成堆的文书上抬起头来,看到一位年轻的警官给自己端来了茶。这位警官脸方方的,看起来很专业且讨人喜欢。

"您的茶,道尔医生。"警官把盘子放到桌上。

"谢谢你。"亚瑟说,一边把手里那堆纸整理好。

年轻人踌躇了一会儿,等待着下一步的指令。确认没有任何指令后,他转身走向门口。亚瑟已经在这间大办公室耗掉了一整个晚上。不知何时已经入夜,窗外黑色的夜空使苏格兰场的建筑看起来更加庞大,也更加静谧。

"警官!"亚瑟说,唤着那年轻人的注意,"警官……?"

"宾斯,先生。弗兰克·宾斯。"他再次走近亚瑟的桌子。

"你见过杀人凶手么,孩子?"

弗兰克·宾斯警官开口前回想了一会儿。

"有那么几个,我敢说。上周我抓了一个在酒吧打架的家伙。在铁路工作的,要是我没记错的话。跟另一个铁路工人互殴,拿自己手里的一品脱苦味酒瓶砸了对方的头。场面相当残忍。"

"是,我知道,"亚瑟说,他对这答复并不满意,"但你跟真正的杀人犯打过交道么?天生的恶徒?"

"您的意思是指?"

"就像眼下,我在找一个杀了两个——至少两个——年轻姑娘的男人,非常冷血。一切都是他计划好的。他事先就知道自己要做什么。什么样的男人能用这种方式杀害可怜的女人?这没有道理。"

宾利警官在回答之前,先给自己找了把椅子坐下:"您介意我说个题外话么?"

"当然不。"亚瑟说,把椅子向后拉了几英寸。

"我在多塞特郡长大,"宾斯警官开口,"我在那儿有个伙伴,肖恩·鼻涕虫。鼻涕虫不是他的真名,我得说明一下,这是男孩子们给他取的外号,由于他的鼻涕水总是流个不停——一年四季都不停。总之,有一年,那个地区的羊突然被大量屠杀。所有人都大为光火。这种情况持续了六个月。没有任何解释——有人晚上偷偷摸摸在那儿转悠,划开我们饲养的边区莱斯特羊腿上的血管,然后站在那儿看着它们失血而死。母亲们把孩子们整天关在家里,怕那个神秘的羊羔杀手会把兴趣转到人身上。这个故事很长,不过最后警方抓了个现行——你知道么,是肖恩·鼻涕虫在杀那些羊。肖恩!我只去看过他一次,在他铐着手铐、被他们带走之前。我问他为什么这样做。'你为什么要杀那些羊,肖恩?'我问他。你知道他对我说了什么?"

"我不知道。"亚瑟说。

"他定定地直视着我的双眼，"宾斯警官说，"一脸困惑。就好像他在仔细想，真的很努力思考着。而最后，他好像是放弃了这个谜题。'我不知道，弗兰基，'他对我说，'你觉得我为什么会这么做呢？'"

亚瑟不知道怎么回应。他保持沉默，一动不动。

"我的观点是，不要让自己为了动机而烦心，道尔医生。谁知道人们为什么会做出坏事呢？没有法子能解释一个人脑子里在想什么。"他敲了自己脑袋两下，就好像示意头骨的厚度，"最好把时间花在思考这是怎么做的上面，以及这是谁做的。"

宾斯警官离开了，带着一串敲击地面的足音，亚瑟花了长长的一分钟啜饮他的茶。茶很糟糕——又淡又冷。他把盘子推到一边，继续浏览文档，把它们分门别类。

被刺死的姑娘。被枪杀的姑娘。被溺毙的姑娘。被勒死的姑娘。

* * * *

一九〇〇年十月二十四日

亚瑟面前是有选择的。他有一堆死者可以选择：茶馆的一个姑娘，最近刚结婚，被刺死在圣詹姆斯公园里；伦敦大学学院附近被一辆马车碾过去的一位护士；在肯辛顿区遭到殴打抢劫的女教师，不止一个，有两位。他觉得自己就像是在一盒装满了恐怖的巧克力盒子里挑挑拣拣。

把注意力集中到被勒死的女孩子们身上后，亚瑟发现了一些令人振奋的可能性。从苏格兰场回来之后，他花了几天时间进行了一些糟糕的走访。他访问她们的家，见她们的家人，去她们被杀害的地方。他每次都问着同样的问题："请原谅，您的女儿在死前结婚了么？"

以及:"我很抱歉让您想起这些事,但是您有没有注意过她尸体附近是不是有条婚纱?"还有:"我很抱歉,但是当你发现你妹妹的时候,她是赤裸着的么?"

这让他想起他行医时的出诊。他总是会在每间私人卧室里问着同样的问题:"今天感觉怎么样?"或者:"胃口如何?"要么:"您的牙还在痛么?哦,哈林顿夫人,说实话,您有没有按时服用我开给您的可卡因滴剂?"跟他现在问的这些犯罪相关问题比起来,他更喜欢那些医药方面的。

随着亚瑟一个个划掉名单上女孩子的名字,他的调查临近尾声。没几天,他就已经划完了可能性最大的所有案子。他开始调查那些看起来可能性不太大的——尸体在街上发现的那种。更多的无名娼妓。甚至还有意外窒息死在自己床上的老妇人。

接下来的那个周五,亚瑟的选项已基本穷尽,他又回到了伦敦东区。三个月前一个女孩的尸体出现在了沃特尼街后面的一条小巷里,靠近白教堂。验尸官报告上写着死因不明。女孩的气管被掐断了,然而她全身上下的伤痕如此之多,很难判定致命的是她脖子上的伤,还是她身上满布的蓝紫色瘀伤与血红的割伤中的某一处。她被发现时身上的衣服是齐全的。苏格兰场的记录里没有提到女孩子的物品里有没有一条婚纱。他们倒是知道了她的名字:莎莉·尼德林。她是个好姑娘。她的父母原以为她失踪了,当尸体被发现后,他们只看了一眼便认出来那是自己的女儿。他们住在遥远的汉普斯特德。年已二十六岁的她正快成为一名老姑娘,依然住在家里。他们有钱。有大块的好土地。她的父亲是名律师。这女孩子当然不是什么娼妓,而且正如她父母告诉苏格兰场的那样,他们根本想不通她怎么会出现在白教堂那边。

亚瑟找到了沃特尼街后面的那条小巷。他在那狭小昏暗的空间里转来转去。似乎有种可怕的味道从里面散发出来。亚瑟向里面走了几步，找到了味道的来源：巷子的另一侧有家屠户，后门门口堆着宰了一半的小乳猪和牛皮，都已经发臭。在这些腐坏的肉被运走之前，亚瑟推测应该就是因为这个了。巷子里很暗，但望出去便是繁忙的大路。往小巷深处走的时候，亚瑟还听得到沃特尼街上咔哒咔哒的马车声。这里毫无疑问是个公共场所，远不是摩根·尼曼送了命的那种租赁公寓里封闭的卧室。

亚瑟意识到这可能不是自己在找的东西。在巷子里被勒死的女孩可以弄出足够大的动静，街上的人会很容易听到。不论这里曾犯下的是何种暴行，他相信这跟自己手里那个谜题没多少关系。

正想到这里，亚瑟抬起了头。巷子上空悬着挂满衣服的晾衣绳，一头挂在巷子东边一扇窗上，另一头挂在它左边墙上的一个钩子上。绳子上挂着各式各样的衣服：羊毛裤子，亮色的衬衫式连衣裙，灯笼袖夹克，透湿的白衬衫，能想象得到的各式各样的长袜。这组合可真奇怪！

亚瑟退出小巷，找到那个窗外挂着衣服的房子，位于巷子东边。这栋四层砖房前面没有铭牌。像是某人的私人住处，但却有那么多衣服晾在外面。

亚瑟敲敲门。他没听到里面有任何动静。他又敲了敲。终于一个老妇人前来应门。她长了张刻薄的脸——塌鼻子，深凹下去的眼睛，嘴边永远皱着条不悦的纹路。

"干吗？你要干什么？"她嚷嚷。

"请见谅，女士，"亚瑟说，"这是您家么？"

"不，先生。这儿住的是英国女王，她现在正在里面做家务呢。"

亚瑟不为这女人的讥讽所动。

"我需要找个地方今晚歇息一下。"他回答，"如果我出一笔不错的报酬，您能否提供我一个房间？"

那女人扫视着周围的街区，像是在正午来往的人群里寻找某人。

"你听谁说的？"她问。

"我很抱歉，我不知道您在说什么。"

"谁告诉你来这儿找床位的？"

"没有谁。我路过这儿，而您可爱的房子看起来很合适。"

女人审视了亚瑟一番，然后哼了哼。"我偶尔也会给陌生人提供住宿，"她说，"只要他们看起来体面。你似乎算得上半个体面人，我想。"

女人转身，放亚瑟进来。

"您这儿有多少房间？"他问。

"我应该有间空房给你，只要你老实点。我想你也就需要关心这一间房的事就行了。"亚瑟觉得这女人行径十分诡异，但他什么也没说。事情有了进展。

她带着他穿过厨房，走进一条长长的走廊。房子里似乎很安静，至少对比亚瑟前一次在租赁公寓的经验来说，这里要安静得多。走廊两侧是不同的房间，亚瑟路过的时候，通过半开的门大致可以分辨出两间卧室和一间洗手间。走廊尽头看起来是间主卧室。房门大开着，亚瑟看到午间的阳光从外面倾泻进来。他们快走到那房间的时候，那女人向左转，一边说话一边走上了一道又窄又长的楼梯。

"你的房间在楼上。楼下这一层都满了。"亚瑟走到楼梯底端，侧过头看向右边那间亮堂的卧室。宽大的床上整洁地铺着白床单和一条蓝色毛毯。床头柜上摆着个油灯。在房间远处的一侧,是个大敞着的壁橱——实际上,它就没有门,一对无用的铰链从墙上过来。当亚瑟转过头正要上楼的时候,他才意识到壁橱里的东西是什么:一套清洁女工穿的深色衣服,破了的裙子,褐色的裙撑,以及一条亮白色婚纱。

亚瑟愣在楼梯下面。他转回头去看那个大开着的壁橱:白教堂的一个坏脾气的打杂女佣,怎么会有件那样的婚纱?亚瑟停在那儿,没再跟着那女人上楼。

"你从哪儿弄到那个的?"他轻声问。

女人转过身来,她看起来糊涂了:"弄到什么?"

"那间屋子里,我猜应该是你的卧室,壁橱里挂着件亮闪闪的白色婚纱。原谅我的无礼,但是显然,对你来说这尺码太小。那是谁的?"

女人脸上浮现出怀疑的神色。

"跟你有什么关系?"她嗓音里带上了怒气。亚瑟觉得,这时候讲实话的效果大概会比现编个谎话来得有效。

"我的名字是亚瑟·柯南·道尔。我在调查摩根·尼曼的谋杀案,现在我还同时调查莎莉·尼德林的案子。"

"那跟我有什么关系?"

"莎莉·尼德林死去的那个晚上在这儿过夜对么?她是你的租客之一。"

女人对上亚瑟深沉的视线,时间一点一滴地过去。没有一个人眨眼。女人拧起眉头,低声咆哮。

"给我滚出去,你个混蛋东西!"

"她的尸体是怎么从你的公寓跑到后面的小巷子里去的?我不认

为是你杀了她——是个男人做的。但是事情发生的时候你在这里。"

"我不管你是谁,是做什么的。门在那边。给我滚。"

亚瑟得想法子逼这女人开口。他想起在大门口时她的古怪。她把她的寄宿公寓看作一个秘密,就好像她不想让任何人知道她在这里面做什么。

"你在瞒着什么人往外租房子,对么?我敢打赌说是某个经常在这一带出现的人。嗯,那个……"亚瑟错开视线,搓着手,沉吟着拼凑起最可能的原因。

女人似乎并不理解他那番正义的事业。他得更坚定点。

"这地方相当大,不是么?"他说,"像你这样的女人却拥有这么大的地方?你手上并没有戒指……你不拥有这间屋子,是吧?你在替别人看房子,为了每周多赚几个先令你还出租了房间。但要是房子主人知道你在做什么,你的生意就得关门了,不是么?当然,我不是很乐意去当那个告密的人。"

亚瑟整整外套,挺起胸膛。

"我不会把它还回去的。"女人过了很长时间后开口,脸色随着自己的屈服沉了下来。

"我真的不在乎你会不会还回去。"亚瑟说,"但是我得知道你跟那个被谋杀的女孩之间发生了什么。"

"我没杀她!"

"我知道。"亚瑟说,"谁干的?"

"我几乎都没怎么打量过他,他来得很匆忙。他跟那个女孩一起进来的——你说她叫莎莉?她穿着那条裙子。你上一次见过那样的裙子是什么时候了?它在阳光下闪闪发光,就好像电一样放着光彩。那男的穿着黑外套，戴黑礼帽，没什么不寻常的地方。他一直低着头，眼睛躲躲闪闪。女孩给房间付的钱。我带他们上了楼。就这些。"女人坐到了楼梯上，把膝盖抱于胸前，蜷起腿。在亚瑟看来她就像是要把自己裹成茧。

"好吧，差不多就是那样了，"她继续说，"第二天早上我去了他们的房间，问他们要不要早餐，我做了些粥，还有些从对面屠夫那儿拿来的火腿。没人应门，所以我就打开了门。她……那个女孩，你知道的，她……而那条裙子，像垃圾一样被皱巴巴地扔在角落……该死的。"在背光昏暗的楼梯上，亚瑟分辨不出这女人是不是在哭。他觉得她是。

"你发现了莎莉的尸体，"亚瑟说，"她是完全光着身子的。她被勒死了。男人不见了。裙子在旁边。"

女人没说话，但她点头了，先是点了一次，接着点了许多次。就好像她既是在跟亚瑟确认，也是在跟自己确认。

"那是条很美的裙子，不是么？"她说，"你见过那样美的东西么？"

"你不想看着它被糟蹋掉，被警察拿走。你觉得也许能卖掉它，也许你会自己留着。这样的一条裙子肯定很值钱。所以你把它藏在了壁橱里。但是你得处理尸体，不是么？"女人现在是真的在哭了。亚瑟小步迈上几节台阶，一步步地走了上去。他从口袋里摸出一条手帕递给那个女人。她用它擦掉脸颊上流下的眼泪。

"你把尸体放到了你家附近的小巷里。你一定得把她拖下楼梯——她很重，对不对？下楼的每一步都磕磕绊绊的。这就是为什么警方发现她的时候会有那么多瘀伤。你意识到跟穿着整齐的女孩比起来，一个赤裸着死掉的女孩一定会引来警方更多的注意,所以你做了什么?你从自己柜子里取出衣服,给她套上了吧?我想这生意做得很值吧,为了她那条可爱的白裙子。"

女人把头埋在两膝之间继续哭泣。亚瑟想坐在她身边,给她个肩膀靠靠,但是狭窄的楼梯上没有空余的地方了。他不得不站在她面前,低头看着她的眼泪掉到她脏污的鞋上。

"你可以留着那条裙子,"他走下楼梯时说,"还有那条手帕。"

---

[1] 弗兰克的昵称。

第十八章　　休闲阅读
Pleasure Reading

"总之,毋庸置疑此事将有惊人发展。"
——亚瑟·柯南·道尔爵士
《诺伍德的建筑师》

二〇一〇年一月九日,接上文

随着亚历克斯·凯尔的答录机滴答一声关上,肯辛顿杂乱的公寓里一阵沉寂。作为这件案子的带头侦探,哈罗德觉得自己有责任说几句。

"那么,"他说,"发生了这么回事。"

"这该死的是什么?"詹妮弗怀疑地说。

"我们可别反应过度。"

"你知道那是谁?你认识那个男的么?"

"是的,严格来说,我有点像是在为他工作。"詹妮弗一脸震惊和恐慌地望着哈罗德。

"他的名字是塞巴斯蒂安·柯南·道尔,"莎拉打圆场,"他曾跟你哥哥有过公开争论。"

"我们知道他曾经威胁过亚历克斯,"哈罗德补充,"不过是合法的,通过信件互相表达的那种。我们并不知道他真的威胁过亚历克斯,像'我要杀了你'这种的。"

"让我们先坐下来,"莎拉说,"也许我们都该冷静一分钟。"

三人坐了下来。在接下来的十五分钟里,哈罗德和莎拉设法解释了他们所知道的有关塞巴斯蒂安·柯南·道尔的一切,以及他跟亚历克斯的分歧。他们谈到那些愤怒的信件往来,亚历克斯觉得自己被跟踪的恐慌,他们甚至还解释了自己是靠塞巴斯蒂安的钱来到伦敦的。不过,哈罗德很快补充说,他们在这场争论里并不站在他那边。他们只是想找出真相。还有日记。

詹妮弗似乎并不相信。她缓缓抬起双掌,阻止哈罗德说下去,就好像她在摸索着走过一间黑暗的房间。"嘘,别作声。"她说,"我只要个简单的答案。你认为是塞巴斯蒂安·柯南·道尔杀了我哥哥吗?"

哈罗德和莎拉迅速地对视了一下,莎拉极其轻微地微笑着颔首示意。这得由哈罗德自行决定。

"我不知道,"他在长时间的缄默之后开口,"他的确是最大的嫌疑犯。但一开始最明显的嫌疑犯从来都不是那个真正的犯人,不是么?如果这真的是个柯南·道尔的故事,我想塞巴斯蒂安只不过是用来转移注意力的。"

詹妮弗脸上的表情表明,哈罗德的分析显然不够分量。

"你能不能有那么一小会儿,怀特先生,不把它当成是一个柯南·道尔的故事?你能不能把这事当作,哦,只是为了方便讨论,把这当作发生在现实里的真事,发生在活生生的人身上?这样的话,你不觉得我应该把塞巴斯蒂安的留言告诉警方么?"

"是,当然应该,把这个留言告诉他们吧。但是你这么做的时候,能不能别提我们俩在这儿的事？别提我们俩找你谈过行么？纽约的警方有点……好吧，不准我出州界。你知道，只是暂时的。倒不是说我现在是个嫌疑犯什么的。不管怎么说吧。你明白的。我不是想让你误会——"

"哈罗德，"莎拉打断他，"深呼吸一下。回到你原来的思路上。为什么你不认为是塞巴斯蒂安杀了亚历克斯·凯尔？"

"有一堆理由。第一个，他为什么要那样做？为钱，当然，对，很不错的原因。但是现在亚历克斯死了，他要把日记卖给谁？谁都知道日记被偷了。而愿意出大笔钱购买的人都待在亚历克斯死掉的酒店里。而他们也都觉得很可能是塞巴斯蒂安杀了亚历克斯！他们永远都不会从他手上买走日记——他们更乐意把他交给警方，当回英雄。这让我想到第二点理由：要是塞巴斯蒂安杀了亚历克斯，他并没有想方设法去掩盖这事，对么？要是你计划谋杀某个人，你会在受害者的答录机上录下自己的威胁么？塞巴斯蒂安是个混蛋，但不是个笨蛋。所以说……第三点：他怎么做到的？酒店大堂里是有摄像头的。他声称自己昨晚没有来酒店，要是纽约警方在录像上看到了他的脸……那好，我们现在应该已经听到他被拘留的消息了。而且他要怎么进入亚历克斯的房间？没有强行进入的痕迹。亚历克斯自愿打开了门，甚至开了三次。他认识杀了他的那个人。要是他正如你说的，妄想偏执担心被跟踪的话……好吧，像我知道的那样，因为我见过他本人，那你觉得他有可能满面笑容地把塞巴斯蒂安·柯南·道尔迎进他自己的房间么？他可不会给这人泡杯热腾腾的加奶伯爵红茶，对吧？另外，现在到了第四点：那血淋淋的留言？拿鞋带当杀人武器？在你们任何一个人听来这真的像是塞巴斯蒂安的所作所为么？要是他的目标是设计陷害别人——别的福学家,坦白说就像我这种——那么,他这活儿岂不是做得相当糟糕?他的目标是暗示别的什么人,结果却只把自己圈在暗示范围里,这未免可笑。为什么不找个昏黑的街角,给他一枪,从他手里抢走装着日记的公文包,再把这一切归罪到强盗头上?为什么不直接闯入他在伦敦的住宅,偷走日记,然后把这事扣到入室抢劫团伙头上?要是塞巴斯蒂安真做了这事,那他可真是选了个最蠢的法子。"

哈罗德重重地呼出一口气,结束了陈述。他平时圆胖苍白的脸颊绷得紧紧的,泛着红。莎拉和詹妮弗都呆呆地盯着他。

"这可真是有条理得惊人。"莎拉最后说。

哈罗德用力闭了一下眼睛,然后瞟了她一眼,试图表明自己并不觉得她最后那句评论有任何实际意义。

"我可以理解为什么柯南·道尔先生雇了你。"又过了一会儿,詹妮弗说。哈罗德分辨不出来这是不是句赞美之词。

"皮特斯夫人,"他开口,"我还有一个问题问你。"

"一个?"莎拉低声说。

"在这栋公寓的所有书里,我没有发现任何一本亚瑟·柯南·道尔写的书。我也没有发现任何跟亚历克斯的毕生著作,柯南·道尔的那部传记相关的笔记或者材料。我知道他把日记原件带到了纽约,但是他总不能把所有辅助资料也带去吧?"

"不,"詹妮弗回答,"他把那些放在他的写作办公室。"

"他的写作办公室?"

"是的。我哥在这条街上有间写作用办公室,他在那儿工作。他不喜欢在自己住的地方写东西——这让他觉得有点幽闭恐惧,或者感到被关起来之类的。"

"那间满是书、放着大大的木质书桌的书房呢？那不是他的办公室？"

"那是他的读书办公室。或者说,曾经是他的休闲阅读专用办公室。我记不清他怎么称呼这个的了。但是所有夏洛克相关的材料都在写作办公室里。它其实就在这条街的另一头。我们可以现在出发去那儿,如果你愿意的话。"

正当詹妮弗穿起她沉重的大衣,哈罗德扣着自己外套的时候,莎拉以詹妮弗听不到的声音对他耳语。

"我只想知道,"莎拉说,"你们这些人里面,有谁没有任何稀奇古怪的强迫症么？"

亚历克斯·凯尔的写作办公室的确很近,就在北边相邻的街区。哈罗德不由注意到,这栋建筑看起来跟亚历克斯另一栋非写作用公寓简直一模一样——使这一笔花费显得更加毫无意义。

站在大门台阶前,詹妮弗在包里摸索着钥匙,哈罗德聆听着正午时分这栋大楼里的各种嘈杂声。她摸出了一堆私人物品——黑色方形化妆盒,圆形的隐形眼镜盒,弧形的金属制美容仪——然后再把它们放回包里,继续翻。哈罗德考虑要不要帮把手,但觉得向一位女士提出帮忙翻手包大概是粗鲁之举。他永远都不会应付这种处境。

但是在他开口之前,门便像是自作主张一般地打开了。里面出来一个男人,带着一个皮包,礼貌地为詹妮弗留着门。虽然他看起来很年轻——大概三十岁刚出头——他的发际线已经开始向边缘退去,只有中央部分顽强地留在眉毛附近。牛仔裤松松垮垮的,还有些脏,缀着点点蓝色油漆。他穿着一件没有图案的灰色毛衣,蓄着乱七八糟的山羊胡。

詹妮弗一边对他微笑着一边接过他撑着的门。他回应着笑了笑，一言不发地小步跑下门前的台阶。

"我也讨厌山羊胡。"在他们走进大楼的时候，莎拉对哈罗德说，仿佛她能够读到他脑子里在想什么似的，"就像是，要么好好留个络腮胡，要么就干脆清清爽爽的，你说是吧？"

等他们走到亚历克斯写作办公室的门前，詹妮弗终于成功地在包里找到了那串正确的钥匙。但是等她站在 2L 房间门前举起钥匙的时候，她猛地停了下来，意识到这已经不需要了：门已经半开了。

看起来就像是一只张大了嘴等着吃掉他们的猛兽。

"有人在么？"詹妮弗喊着，声音里有点恐惧，"嗨？！"

没人回答。

"有人在里面么？"

哈罗德转头看向莎拉寻求指示，但她的视线牢牢地钉在了打开的门上。

她做出了决定：这是*她*擅长的领域。莎拉看都没看他一眼，迈步上前推开了门。她走进了亮堂的公寓。

这里甚至比亚历克斯在纽约的酒店房间都要乱得多。从窗户投射进来的伦敦阳光遍布整个房间，照在一片书的海洋之上，它们都从原本的书架上被推到了地上。沙发垫子被扔在地上，内衬被划破了。成堆的白色绒毛——或者是什么其他的填充物——像雪花一般四散飞舞。哈罗德进屋后注意到了新近被挪空的书架，它们的内侧比外侧颜色要深得多，长年不见阳光的样子。他还看见中央起居室一侧的小厨房也是一团混乱。盘子碎了一地，瓷砖地面上胡乱扔着亮闪闪的银质餐具。房间另一侧的书桌每一个抽屉都被拉开了，有些甚至被抽了出来。打翻的墨水瓶流出的蓝色墨水洒满桌面。

詹妮弗站在门口,不敢进来。莎拉则在公寓里转了个彻底。

"没有人。"她宣布。

哈罗德看着桌子上的蓝色墨水滴到地面上。还没干。还在滴淌。

"山羊胡!"哈罗德大叫,一切都对上了。他在那个男人牛仔裤上看到的不是蓝色漆点。那是墨水。

他飞奔过詹妮弗身边,一步三个台阶地跑下楼梯,猛地一把推开大楼前门。但已经没用了。哈罗德扫视眼前长长的街道,门在身后咔哒一声关上。他连个鬼影都没看到。

第十九章　坏掉的发夹

The Broken Hair Clip

> "在苍白无色的生活纠葛里,
> 谋杀案就像一条红线一样贯穿其中,
> 我们的任务就是去解开它,
> 把它从生活中清理出来,彻底加以暴露。"
> ——亚瑟·柯南·道尔爵士
> 《血字的研究》

|一九〇〇年十月二十七日|

尼德林一家住在西汉普斯特德一座山脚下叫作米尔赫德的大宅子里。壮观的白色柱子拔地而起,撑起尖锐的屋顶,像是一支射向天堂的箭。柱子前是一排精致的树篱,两个空荡荡的花坛对称而立。远处是片崎岖的荒地,露出地表微微发红的岩石径直伸向云朵覆盖的天际线。

亚瑟在前一天就告知对方自己要前来拜访。他自己原本准备了一封电报,里面称呼莎莉·尼德林的父亲为"亲爱的先生",解释了他是谁,他怎么会牵扯上这桩"悲剧"之类的,然后请求允许自己登门拜访。后来亚瑟觉得毫无预警地送出这么一封信函会有点古怪,于是他再次赶到苏格兰场,请他们代为处理。这种尴尬的差事还是让警察干去吧,亚瑟觉得。米勒督察联系了莎莉的父亲伯特兰·尼德林,他很爽快地答应了。早上亚瑟送去了一封简短有礼的便条,感谢尼德林先生抽出时间,并告诉他自己会乘坐从国王十字车站四点零五分发车的那班火车抵达。他没直接提起莎莉,也没提那桩谋杀,更没提东伦敦那家廉价租赁公寓,还有那条在某间卧室壁橱里藏着的白色滚边婚纱。

亚瑟敲了敲沉重的青铜门环。声音在整栋房屋里回响。一会儿,一位仆人前来应门请他进去。一家人正在等他。

跟这家人的会谈紧张而安静,他们的声音轻得就像是私语。伯特兰·尼德林和克拉拉·尼德林分别坐在起居室两端。莎莉的两个兄弟不在家。也始终没有人告诉亚瑟他们去哪儿了。谈话时不时被诡异而突如其来的沉默打断。在描述她女儿短暂的一生时,尼德林太太时不时就会在恍惚中慢慢停下来,就像是蒸汽机冷却后吐出的最后一口气。但此时尼德林先生,这位毫无生气的律师却不会捡起话头,而亚瑟又不好意思打断这种沉默。于是长时间的缄默悬在空中,直到亚瑟觉得时机差不多可以问下一个问题。他问些不相关的话题,好让这看起来就像是前一个问题得到了满意的解答。他发现这一家人沉浸在一片悲恸的阴霾中,他不得不警觉而礼貌地在其中跋涉。

莎莉一八七四年出生在这栋房子里。她是个幸福的女孩子,尼德林太太向亚瑟保证。她曾经跑上房子后面的那座山,又跟着男孩子们一起滚下来。她穿的是哥哥们尺码过大的旧裤子,这样就不会弄脏她的裙子。八岁生日的时候,她曾苦苦乞求一枚在牛津街一家商店橱窗里看到的红宝石发夹。在她跟父亲磨了几次后,发夹最终被装在塞满了粉色棉纸的小盒子里,送给了尖叫连连的莎莉。她整天都戴着它,她妈妈在晚上不得不到床边取下它来。您猜得到吧?第二天莎莉跟她的哥哥跑去山上,头上依然别着发夹。当她像只小鸟般快乐地滚下山来的时候,发夹摔成了碎片。莎莉的心都碎了。当然,他们第二天就买了另一枚一模一样的发夹。她只是稍微再哄尼德林先生一下,他的妻子解释着,露出了那天下午她第一个笑容。

"道尔先生不需要听这些,"尼德林先生说得简洁而残忍,"他是要找出谁杀了她,不是要写她的传记。"

尼德林太太回应尼德林先生的突然爆发:亲爱的,我只是想解释……"然后她的句子戛然而止,凋谢在这憋闷的空气中。

"你们知道她有没有爱慕哪位绅士?她有很多拜访者么?"亚瑟说,换了个话题。最好由此展开,看这能不能引出关于莎莉短暂的一夜婚姻的对话。

"不,先生,"尼德林先生说,"她是个很安静的姑娘,你知道。大多时候待在家里。她很喜欢她的马。"

亚瑟了然地点点头。他们不知道她死的时候结婚了。她跟那个男人,那个凶手的关系是一个秘密,她的家人还蒙在鼓里。他应该再追问下去么?告诉一位母亲她错过了死于谋杀的女儿的婚礼,是一件可怕的事。

"不过她在城里确实有自己的朋友,"尼德林太太补充,"她们经常在一起。"

"她城里的朋友?"亚瑟询问。

"珍妮特和……艾米丽。没错,珍妮特和艾米丽——是这几个名字。抱歉,她谈起她们的时候只提起她们的教名。她们也从没来过这栋房子,莎莉总是会跑去城里见她们。她们会去参加类似聚会的东西。"

尼德林先生在椅子里轻轻挪动身体,显然是被对话的方向弄得有些坐立不安。但他没说什么。亚瑟无视了他的不适,继续向尼德林太太探询。

"那是什么样的聚会?"他故作随意地问道。

尼德林太太看向丈夫寻求意见，但是他拒绝对上她的视线。

"也许我该说，比起'聚会'更像是'座谈'。莎莉并不是其中活跃的成员，您明白的——她只是去听讲座的。当然还为了她的朋友。她喜欢跟别的年轻姑娘见面。"

"我们不想让您误解，道尔先生，就到这儿吧！"尼德林先生打断他们，"她是个好姑娘。一直是。您必须记住这一点。"

"当然了，尼德林先生。我确信您的女儿是西汉普斯特德的一朵鲜花。这就更让我必须要找到犯下这卑劣罪行的男人，务必让他受到惩罚。"伯特兰·尼德林看起来并未从亚瑟的话里得到安慰，"那么，那些……您女儿与她的朋友参与的座谈到底是什么内容？"

"妇女投票权，"尼德林太太坦然答道，"她参加的是有关允许妇女投票的座谈会。莎莉是个妇女参政运动的支持者。"

"好了好了，"尼德林先生说，"我们别再提这个了，行么，亲爱的？她参加了一些座谈。她有一些朋友。这都是相对无害的。但我自己是樱草会成员。"尼德林先生抬起右手，食指上的银戒闪过一道光芒。亚瑟往前倾身，认出了那熟悉的五瓣环饰戒指。"从迪斯雷利到我们的塞西尔，"尼德林先生继续说，"现在他们都是公认的伟大政治家了。我从来都不该让自己的女儿失足陷到那样的蠢事里去。我也读过您相关的著作了——您当然是站在我这边的。要知道，那只是一个姑娘年轻时走的岔路，就这样。没什么大不了的。"

"她是个妇女参政运动的支持者，"尼德林太太重复了一遍，"她每次一有机会就讲这个。"她丈夫重重咳嗽了一声，尼德林太太再次安静了下来。亚瑟无意被卷入家庭分歧中。的确，他始终很喜欢迪斯雷利，但是天呐，塞西尔？那个索尔兹伯里侯爵是个坏透了的伪君子。

保守党要萎靡到什么地步才会承认这样一个人是他们的新领导者啊。不过感谢上帝,亚瑟足够理智地不提此话。

"您知道她的组织名称么?或者聚会的举办地点?"

"她不参加聚会,"尼德林先生说,"她只是参加了一些无害的座谈。她不是任何组织的成员。那些姑娘也许是,我不能为她们担保,但是莎莉不是。我很肯定已经不记得那些团体的名字或是她去的地点了。是伦敦的某处。"

"很抱歉我要提起这种让人心烦的话题,但是她的尸体是在白教堂区发现的。"亚瑟说。尼德林先生皱起眉头,咬紧了牙,"有没有可能您女儿的聚会是——"

"先生,我的女儿跟白教堂区毫无瓜葛,这一点您可以确信。您明白么,什么都没有。"尼德林双手拍上座椅扶手,"警方搞错了。要么就是她的尸体被杀人恶徒运到了那个邪恶的地方,好掩人耳目。"她的尸体的确被移动过,亚瑟想,但是,悲哀的是,仅仅是从租赁公寓搬到了旁边的小巷子里。这姑娘在白教堂区度过了她的新婚之夜。

"告诉我,"他开口,"您的女儿收到过这些朋友的信件么?从珍妮特和艾米丽那里?我觉得信件中可能会有一些对我的调查十分有用的线索。"——亚瑟暂不考虑那些线索会是什么——"所以当务之急是找到它们。"

尼德林太太略作思考。"我不觉得会有什么用处,"她说,"但要是尼德林先生不反对,我们不介意您自己去检查她的书桌,确认一下。"

亚瑟看向尼德林先生,他苍白的脸上既没有表现出许可也没有反对。"如果您不反对的话,我会很感激的。"尼德林先生点点头,留在自己的座位上没动。他的妻子带亚瑟穿过宫殿似的房子,上楼到莎莉的房间去。

亚瑟一进去便被莎莉房间那一尘不染的干净劲儿打动了。门打开的瞬间没有扬起一丝灰尘。床单上也没有一处针脚松掉。仆人们一定是每天都在打扫，他想，尽管那姑娘已经死去好几个月了。

亚瑟站在桌前。桌上有六个小抽屉，下面桌腿之间是两个更宽的。他伸手想去拉开抽屉，随之顿住了，回头看向门口的尼德林太太。她靠在门框上，左手撑着墙壁，像是想把它拽向自己。

亚瑟等了一会儿，希望她能够自己离开。他的搜查得花点时间，而且他更希望独自进行。天知道他会发现什么，他并不想刺激这个可怜的女人。

但她并没有挪动，只是把视线投向了天花板。她向门框靠得更紧了一些，隔着手套抓住墙上的石膏。

好吧。亚瑟拉开了桌子的一个抽屉，猛地把它整个都拽了出来。随着抽屉哐当一声掉到了桌面上，里面的信封、笔和墨水瓶都晃荡作响。

尼德林太太打了个颤，从恍惚中醒过来。

"要是您不介意，道尔医生，"她说，"我得去看看晚餐的鹅肉了。"说着，她把亚瑟一人留在了那里。他觉得自己像个盗墓的，或是个食尸鬼。天哪，当他需要布拉姆的时候，这家伙上哪儿去了？

他的搜查是有条不紊的。他仔细地阅读了那些信件。有一些是来自莎莉哥哥的，他前年的时候去了德兰图瓦。好小伙子。两封来自巴黎的一个叔叔。三封来自住在斯旺西的祖母。亚瑟了解了很多关于欧洲大陆天气和斯旺西海岸边大西洋潮汐的事，但基本没有关于莎莉·尼德林的秘密生活的信息。珍妮特和艾米丽，这些女孩是谁？她们参与的组织到底是什么？谁又是那个在父母不知情的时候，偷偷娶了莎莉的男人？

亚瑟继续逐一翻检上层的抽屉，直到第五个。他去拉那个青铜的把手，却遇到了坚定的阻力。它被锁上了。亚瑟弯下身子，注意到把手下一个小钥匙孔。它看起来像是个纯粹的装饰，就好像皮面日记本上挂的小锁。他想象不出来这能提供多少保护。亚瑟再次用力去拉把手，再使劲。抽屉纹丝不动。

这能说明点什么。

他走向卧室门口，悄声关上门。他不想这家人听见他忙活。他回到橱柜边，再次弯下身去看那锁孔。关于撬锁他懂得不多，但是有次喝高瓶装白兰地的时候，王尔德跟他解释过其中原理。王尔德是怎么知道的，亚瑟并不确定，不过话说回来，那男人对他所有的朋友来说都是个谜。亚瑟从桌上拿起一支笔，因为想起他的老朋友而有些伤感。他现在怎么样了呢？

在经历了逮捕、审讯、入狱之后，王尔德就消失了。他现在在哪儿？亚瑟毫无头绪。这样一个伟大的人，这样一个温暖而笑容灿烂的灵魂，被小小的恶习击沉。每个人都知道犯罪有种危险的诱惑。是的，平心而论，每个人都经历过某种……冲动。并不是那种感受将王尔德带入如此低谷。而是他屈服于此，是软弱导致的失败。做人，做一个好人，就意味着要克服人性生来的邪恶。王尔德屈服于罪恶，但亚瑟并不因此憎恶他。他只为此悲伤。他想要王尔德回来——那个过去的王尔德，好人王尔德，睿智有活力的王尔德，那个点亮他落座的每一张餐桌的人。

亚瑟驱散了脑海里的思绪，把笔尖戳进钥匙孔。最好还是别再想了。

但这支笔不合适。钥匙孔太小。亚瑟试了试桌子上其他的笔，也没有合适的。他不得不上别的地方找找看。

镜子旁边的珠宝盒看上去是个好选项。盒子被打开后，里面闪闪发光的珠宝令他不由眨了眨眼。钻石，猫眼石，金色的手镯和各色戒指。亚瑟找到三串珍珠项链，但它们所有的搭扣都是 U 型的，对他来说毫无用处。找了一会儿后，他发现了一个有着细长钩子的东西。完美的撬锁工具。他从珠宝堆里面取出它，攥着它向桌子走去。中途他低下头，看清了自己攥在手里的东西是什么：一枚闪烁着光芒的红宝石发夹。

亚瑟停下来打量它。它在手里显得很小巧。两片金属从一端伸展到另一端，两端镶着带颜色的宝石。对孩子的饰品来说，它显得尤为色彩斑斓。他可以想象得到，八岁的莎莉在生日的早晨打开盒子找到它时是怎样地激动。他也能想象得到，当她滚到山脚，发现发间破碎的发夹时，那难以安抚的哭泣。他知道为什么她的父亲会去买一件一模一样的——正是亚瑟握着的这件——立即动身去买。

亚瑟把那个长长的金属钩子戳进锁孔。完美契合。他往上轻弹，再向下，然后左右，转来转去寻找着杠杆。他记得王尔德怎么跟他说的，如何找到杠杆，不管有多少个，一个个来。你得一个个压下它们。亚瑟更用力地往锁里压进去，寻找着更深的杠杆，然后发夹坏了。连接钩子到中央两块金属片的小螺丝弹了出来，发夹断成两截。带着彩色石头的那片掉到了地板上，他往前的重压让自己稍微失去了身体平衡。他从钥匙孔里取出手里还握着的那一半的钩子，然后低头看着地上。

天啊！他稳住身体的时候踩到了掉落的那一半发夹。金属片现在裂成了四片或是五片，一些宝石松脱下来。一朵云飘过高窗外，光线洒进房间。宝石在地板上闪着光，像是棕色木地板海洋中的座座岛屿。

亚瑟把残骸留在原地。这么说吧，覆水难收。哭也没用。他转向桌子，再次把钩子戳进锁孔。

他花了不到一分钟就打开了它。

亚瑟急切地打开抽屉。他把它拖到桌子上,低头细细打量。里面除了一沓四分之一英寸厚的一模一样的白纸外再无他物。他抓了一把出来,举到窗口的光线下。

纸张完全没被写过。他翻遍了每一张,发现它们都是一样空白的。

纸上没别的痕迹,只有一样。每一张纸的顶端,都有一个图样,一个用黑色墨水印着的三头鸦。亚瑟吓了一跳。这与在摩根·尼曼腿上发现的文身一模一样!

但它到底意味着什么?

他折起纸,塞进自己的外套口袋,把抽屉放回原处。

亚瑟跪到地板上,把碎掉的发夹扫到自己手里,温柔地把它们放回珠宝盒,然后离开了。

在他走后,那里没有留下他曾去过的丝毫痕迹。

[I] 樱草会成立于1883年,致力于在英国宣传保守党信条。象征为樱草花,即五瓣花。

[II] 英国首相,保守党政治家。

[III] 奥斯卡·王尔德(1854—1900),英国著名作家、诗人、戏剧家。一八九五年因"与其他男性发生有伤风化的行为"被判有罪,锒铛入狱。代表作包括《道连·格雷的画像》《夜莺与玫瑰》。

第二十章　追　逐
The Chase

"在这一时刻,你会激动于当前境况的魅力,
以及即将到来的猎捕。"
——亚瑟·柯南·道尔爵士
《恐怖谷》

二〇一〇年一月九日,接上文

"警方已经在路上了,"詹妮弗·皮特斯合上她的手机。哈罗德和莎拉翻看着写作办公室里成堆的书和文献,詹妮弗依然站在门口。哈罗德跑下楼也没能找到那山羊胡男人的任何踪迹,在那之后的五分钟里,詹妮弗只是往公寓里走了几步而已。她一动不动地站在那儿,胳膊交叉压在胸前,就好像在紧紧抱着自己。

"你看,这有点棘手,"哈罗德说,"但如果可以的话,我不想跟警方说话。我在不到七十二小时内出现在了两个犯罪现场,我不太想再来一轮审问。要是您不介意的话。"

詹妮弗把自己抱得更紧了:"好。你走吧。我不会告诉他们你们来过这里的。"

哈罗德再次草草浏览了一下亚历克斯·凯尔的书架,然后提醒莎拉他们该走了。她关上了自己正在翻检的书桌抽屉,跟着哈罗德走向

门口。路过的时候她冲詹妮弗亲切地笑了笑,在这位年长女人肩膀上重重地拍了拍。

"谢谢您。"他们退到走廊上的时候哈罗德说。

"我再也不想见到你们当中任何一个了,拜托。"詹妮弗说。

哈罗德点点头,没再多说什么,跟莎拉离开了建筑。

在外面的街道上思考了半分钟后,哈罗德终于开口了。

"好吧,"他说,"坏消息是,不管那个山羊胡是谁,他取走了公寓里所有有用的东西。没有日记,没问题,但是连日记的一份影印都没有。也没有亚历克斯录入的任何片段,或者和日记内容相关的笔记。你注意到桌子旁边的手提电脑电源了么?十有八九那里曾经有台手提电脑,他也给拿走了。的确,这里有无数有关柯南·道尔的书,但是没有一丁点是关于日记本身,或者关于亚历克斯是怎样发现了它的。"

"有好消息么?"他们朝着阿盖尔路走去的时候,莎拉问道。

"有啊,至少我们知道,还有人也掺和到这摊事里了,不管'这摊事'该死的是什么事。而且我们知道这人不是福学家。至少不是小分队的人;他要是的话,我早就认出来了。"

"我想这似乎是个好消息。但我能给你更好的。"莎拉摸索着自己外套口袋,拿出一个拇指大小的紫色塑料块,递给哈罗德,"一个U盘。从亚历克斯书桌的一个抽屉里找到的。"

"你偷了它?"

莎拉只是耸了耸肩。

哈罗德大为折服。他从来都没法分辨她是比自己落后还是领先两步。

"不知道里面会不会有点有用的东西,但我们可以回旅馆看看。"莎拉说,回头看了看他们身后,过了几秒钟后又回头看了一次,"我也有个坏消息。"

"什么?"

"我想我们被跟踪了。"

哈罗德觉得自己的身体突然绷紧了。"真的?"他问。

"我现在要单膝跪下,装作调整鞋子。在我这么干的时候,你要走上前正对着我,跟我说话,就像是在很自然地继续我们的对话。然后随意地看看我们身后,看你是否能注意到一个穿皮衣的大个子。准备好了么?行动。"

莎拉右膝跪到地面上,向左侧斜过身去,伸手去够自己左脚的鞋子,好像她要试着从里面弄出一块石头来。她从自己的黑色平底单鞋里拔出脚跟,手指沿着旧鞋子的内侧摸索。

哈罗德转身面对她,尽其所能地装出镇定自若的样子。他一边把手插进口袋,一边开口。

"好的,我现在在跟你讲话。"他说,"我还在讲话,喋喋不休地讲,我还在讲话。"他的视线越过她投向街道。在拥挤的行人里——牵着手的情侣,穿着运动服跑步的人,来自印度的一家四口——哈罗德的目光迅速地跟一个穿着皮质夹克和宽松蓝牛仔裤的大个子对上了。他体格魁梧,圆圆的脑袋,鼓鼓的两颊。外套看起来很单薄,那男人把手揣在兜里保暖。

该死的,哈罗德想,意识到自己跟那个男人交换了视线。他急促地把脑袋转向右边,看向远处的街道标志。

"我们刚刚看到了对方,"他说,"我想他知道我注意到他了。"

"他现在在干吗？"莎拉继续整理鞋子，问道。

哈罗德继续把脸对着街道标志——上面写着"肯辛顿宫"，边上配着张小图，图上是一个走着路的男人和一个指向哈罗德背后的箭头——他试着把视线往左移，好监视那个男人。这动作弄得他眼睛很痛。而那个大个子也移开了视线，似乎正忙着让自己盯住一家制革店的前窗。

"他移开了视线，"哈罗德说，"绝对够鬼祟。"

莎拉提上鞋子后跟，站起身。她快步引着哈罗德沿肯辛顿路走下去。

"我们要怎么办？"哈罗德终于开口。

莎拉抬起手从路边走到街心。"离开这里。"她说。

一辆出租车很快停下，两人匆匆钻了进去。直到关上了身后的车门，司机转头问他们去哪儿，他们俩才意识到不知道说什么好。

"呃……不回旅馆吧？"哈罗德问。

"他可能已经知道了我们的住处，但为了以防万一，我们还是别告诉他了。"莎拉抬高声音跟司机说，"您介意先直走一段，直到我们决定要去哪儿么？"

司机——一位黑发、胡子浓密程度惊人的南亚人——耸了耸肩作为回答。他发动了车子开上行车道。

哈罗德和莎拉一同转过身向车子后窗外看去。穿皮外套的男人正在打手机。

就在他们看着他离自己越来越远的时候，一辆快速行驶的黑色车子猛地停到了他面前。男人放下手机，拉开车门，一气呵成地让自己巨大的身躯钻进了车子；对他这样的体格来说，这动作简直优雅得惊人。车子加速前进,它的身影在出租车后窗里越来越大。它直冲着他们来了。

哈罗德把脑袋转向司机:"您介意再快点么?"

"再快点?"司机回答道,"快点去哪里?"

"哪儿都行,"莎拉说,"顺着那条路,加速。"

司机再次耸肩,了然地晃晃脑袋。美国人!

他们身后的黑车在路上迂回前进着,气势汹汹地缩小着它跟出租车之间的距离。黑车的侧窗是黑色的,所以哈罗德看不出里面还有什么人。他探头看向车前窗的视线被一辆又一辆插进来的车挡住了,直到最后他终于抓住一秒钟看清了黑车司机的长相——一个穿着灰色套头衫的秃顶年轻人,蓄着难看的山羊胡。

哈罗德猛地倒吸了口气。

"我的天。"他说不出别的话来了。

莎拉跟哈罗德同时看到了那个山羊胡男人。她立即转向司机。

"嗨,"她开口道,"可以请您在那个红绿灯右转么?没错,就那儿。"

"太太,"司机回答,"出什么事了?"

"拜托就在这里右转,现在!"莎拉大叫。

司机改道右转。

"我不想被牵扯进任何麻烦里。"他说。他们正经过帝国理工学院向南。

"我们也不想。所以请跟我们一样努力避免麻烦,很好,前面左转。"

"我得让你们在这个转角下车。"

"别！"哈罗德插嘴，"我们被跟踪了。"

"拜托，"司机说，"该下车了。"

"先生，我说的是真的。看看我们后面那辆黑色的车子。自从我们上了你的车，他们就一直跟着我们。"

司机抬头看向后视镜。镜子里可不止一辆黑色的车子。

"为什么有人跟踪你们？怎么了，你是个明星还是什么人物？"

"实际上，"哈罗德把这事翻来覆去地想了想，"这是个好问题，我不确定为什么是他们要跟踪我们。就我所知，他们才是拿了我们想要的东西的人。"

"那么也许我在这儿停车，你们就能去弄清到底是谁追谁。"

"这个计划倒是不坏。"哈罗德说。

莎拉难以置信地看着他。"什么？"她问得很犹豫，就好像在畏惧那个答案。

"我有个主意，"哈罗德说。他伸手从钱包里取了一沓钱。完全没看自己到底拿了多少，他就折起那钱递给了司机。数着钱的司机一脸兴高采烈。

"我需要你再帮我们一个忙，"哈罗德继续说，"加速，玩命加速。然后在前面来个火速左拐，在——"他斜眼看了看街道牌子，"——富尔汉姆。然后突然停下，尽可能地快。"

司机扫了眼手里新来的成打钞票，耸耸肩。他的肢体语言意思是，你说什么都行。

随着出租车开始加速，哈罗德感觉到后背被推进了后座垫里。他低下头，发现自己的双手像有了自由意志似的，紧紧攥住了座椅。

司机向左边猛打方向盘，在迎面而来的车流间闯出了一道口子，哈罗德的身体随之被抛到了右边，抵着莎拉。他能感觉到出租车转弯时她肢体的紧绷。当车子恢复直线前进的时候，他试着礼貌地从她身边退开，但以一只手按在了她的大腿上而告终。她似乎没有注意到。

司机驾着车子转到路边，随意地踩下刹车。没有系安全带的哈罗德和莎拉撞上了隔板。车子停住了。

"在这儿等一下。"哈罗德说着下了车。他在大开的车门外站了一会儿，等着黑车拐过同样的弯，出现在自己面前。

他等了没多久。几秒后，那辆车飞奔过了十字路口。但是，跟出租车不同的是，它没有停下的计划。它继续加速，直直地奔进富尔汉姆街。

被肾上腺素煽动得焦躁不安的哈罗德立即迈进街道，站到迎面驶来的车子对面。他能看到方向盘前山羊胡男人一脸困惑的表情，在那人意识到出了什么事之后。有好一阵子，在车子直直地朝着哈罗德开过来的时候，他开始重新考虑他的计划。要是山羊胡男人想杀了他，现在绝对是个完美的机会。他所要做的一切不过是继续踩着油门，然后哈罗德就会被他的车子前挡板撞飞了。他可以把这归结为简单的交通意外事故，没有人会知道真相。哈罗德在跟飞驰而来的车子做一场赌博——他为了情报而赌上了，冒着衡量过的风险。不是为了胜利，而是为了知道有关对手的情报。要是他活了下来，这会是因为山羊胡男人不想杀了他。这情报很重要。不过要是他死了……好吧，哈罗德想着，要是山羊胡真的想杀了他，那他现在就应该已经死掉了。像亚历克斯那样。

哈罗德可以辨认得出山羊胡男人一脸苦相地猛踩刹车，把车头打向左边的路沿。尖锐刺耳的刹车声刺破了正午车流的喧哗。车子转向了一侧，横穿过人行道，车头冲出了街面。它最终在离哈罗德几英尺的地方停住了。

他直直地看着驾驶席上的山羊胡男人的脸。那男人愁眉苦脸。哈罗德微笑了。山羊胡男人并不想杀他——实际上，他努力避免了杀害他。哈罗德镇定地走向黑色车子，清脆地敲击着副驾驶座的车窗。

一阵漫长的静默。车子的主人似乎不知道如何是好。他们参与的是一场追车，而不是什么有礼有节的谈心，事态的转变把他们抛离了正常角色。

最终，副驾驶席的车窗玻璃滑下，露出了里面穿着皮质夹克的男人。

"怎么？"男人说，表情冷若冰霜。

"你没有日记，对吧？"哈罗德说。话音落地，他才意识到自己说了什么。

他思考着现在的处境，男人一言未发。这缄默让哈罗德担心了；也许，这男人比他想象中要聪明。

"那么，你也没有找到它。"男人的脸上扬起一个大大的笑容。

该死的。哈罗德暴露的情报和到手的一样多。但这交易大概很值得。要是他们双方都没有日记……

"你没有杀死亚历克斯·凯尔。"哈罗德说。这不是个问句。

"你确信？"男人说，他伸手从外套口袋里掏出一把手枪，直直地把它对准哈罗德的脸。哈罗德直视着枪口。那把枪看起来巨大得不可思议。

哈罗德的意志动摇了。他真的确定这男的不会杀了他么？哈罗德再也无法思考。理性分崩离析。很好，福学家的理智在恐惧的烈火中燃烧殆尽。

"我没有它。"哈罗德哀求,"没有日记。我甚至不知道它在哪儿,谁拿走了它。"

突然黑车似乎震了一下。它发出一声叹息,随之轻微下陷,向着远离哈罗德一侧的人行道倾斜了下去。

哈罗德越过车顶,发现莎拉在黑车的另一侧。她怎么到那里的?他看到她在后车胎旁边,从半跪着的姿势站起身来。她戳破了它。而且,显然前轮也破了。

"出租车!"她对着哈罗德大叫,"快!"

他低下头,看见举枪的男人被这震动稍稍分了神。哈罗德抓住机会尽全力快跑。

他猛然拉开出租车门,钻进了后座。不到一秒的时间,莎拉跟着他进来了。

"随便什么地方!快走!"哈罗德对着司机大叫。司机露出了然的神情,知道大事不妙。他什么也没问,重新发动车子,大力踩下油门。

哈罗德透过后窗看着,没有人从黑车里出来。它也没有前来追赶。黑车停在那里一动不动,向着路左侧倾斜下去。

莎拉的掌心亮出一把弹簧刀。她把刀刃弹回刀鞘里,塞进手包。莎拉对上哈罗德的双眼,眼神带着不可思议的冷静。

"那么,"莎拉说,"你的计划效果如何?"

第二十一章　黄泉岸上的维吉尔和但丁
Virgil and Dante on the Shores of Acheron

"入此门者,希望全灭。"
——阿利盖利·但丁
《神曲》

一九〇〇年十月三十日

布拉姆·斯托克站在阿尔盖特站前,审视着手里的图样。那是只三头鸦,用黑色墨水印在一张干净的白纸上。画上的三头鸦鸟喙向外探着,微微张开,就好像每一个头都要吞咽掉它自己那份多汁味美的猎物。眼睛是中空的圆点,露出白纸底色。翅膀像是一笔画成,或是一把刀一切而成。这图样很险恶,好战、嗜杀。

布拉姆把那张纸递还给一直沉默着等他看完的亚瑟。

"那可真是只可怕的野兽。"布拉姆评论那张图,"我从来没见过像这样的东西。"

"我也没有,"亚瑟叹了口气,"它是从哪儿来的,或者代表了什么含义,我一点线索都没有。"

"我敢打赌这不是什么好东西。这么说来你在莎莉·尼德林房间里翻到了这些纸?这图样跟苏格兰场描述过的摩根·尼曼腿上的一模一样？"

"是啊，"亚瑟说，"而且我可以直接解答你接下来的疑问。莎莉·尼德林的腿上是不是也有这个图样？恐怕我们是没有答案的。苏格兰场一无是处的废物们在尼德林的案卷里根本就没有提到任何文身的事。但她是个好姑娘。来自一个受尊敬的家庭。在白教堂的巷子里发现她的尸体已经够为难警方了。他们大概觉得略过文身的事可以给女孩的父母——还有他们自己，就此而言——省去一堆麻烦。"

"确实。我看得出你对苏格兰场的印象每天都在变得更糟糕。"

"天哪，伙计，他们是群蠢货！四天里我忙着解决两桩谋杀案，还可能不止两桩，而这都是他们早早放弃的悬案！他们是侦探中的败类。"

对此，布拉姆忍不住笑了。

"这么说来，"他说，"我们手上有这么一位大师级侦探实在是件好事。"

亚瑟一脸苦相。他发现，布拉姆在事态极其严峻的时候可以变得相当不正经。但是他需要这个男人再帮他去调查一次东伦敦，所以他保持了缄默。

"我的希望，"亚瑟说，"在于找到把这个图样文到摩根·尼曼腿上，而且很有可能也在莎莉·尼德林腿上文过的文身师。这个图样对这些姑娘代表着某些东西。她们保存着印有这个图样的纸张，其中至少还有一位把它永久地文在了自己的皮肤上。也许她们告诉过文身师这东西的含义是什么。它象征着什么。"

"你有没有想过凶手可能是在摩根·尼曼死后，自己把那个文上去的？"

"上帝啊，布拉姆，这想法太阴森了吧？我不知道你哪儿来的主意。不，我觉得这不现实。首先，苏格兰场提过这文身不是近期才文了上的。再说了，既然莎莉有一堆相同图样的纸，这更像是，不管这些女孩到底被牵扯进了什么跟三头鸦有关的事，她们都是自愿的，而且，这应该是在莎莉死前很久就发生了的事。"

"说得有道理，亚瑟。但是你要怎么找到那个文身师？伦敦知道怎么用热针蘸墨水的海员肯定有上千人。"

这回轮到亚瑟微笑了。他后退一步，指了指他们的周边。阿尔盖特正午特有的喧嚣正环绕着他们。马车咔哒咔哒地跑下高街。一群小男孩相互推搡着，冲路过的马车扔小石子，扬起的尘土散到空中。乞丐晃动着他们锈迹斑斑的铁罐，扒手们蹑手蹑脚地跟着任何穿着体面的男人。而那臭味，那可怕的死鱼味儿，弥漫得四处都是，被风从码头一路刮到南边。亚瑟深深地吸了口气，嗅着那腐烂的气息，又从咧嘴笑开的两颊间将其呼了出来。

"'你不妨设身处地地想一想，'"亚瑟说，"'那么他会怎么做呢？'或者，在这件案子里，那姑娘会怎么做呢？"

布拉姆皱起眉头："这是从什么地方引用的，对吧？"

"是啊。《血字的研究》。"

"那是你自己写的故事！"

"确实。而且这忠告确实不错，你不觉得么？来吧。"亚瑟领着布拉姆从车站出发，沿着高街向东走去，"想象你是个年轻姑娘，一脸天真，二十六岁，来自北部的荒原。你时不时会来趟城里，来购物，或是去戏院，也可能是为参加妇女参政论的讲座。你和你的同伴决定给自己文个身，来象征点什么事情。你会去哪里？"

"斯特兰德大街。她会问那边她以前去过的商店,问问这城里谁能做文身。"

"接近了,布拉姆,但恐怕不太对。正相反,莎莉会去除斯特兰德大街以外的任何地方。她不会想在那些熟悉的店铺问文身师的事,然后被认出来的。要是她的父母知道她去哪儿了怎么办?他们会怎么想?这会是场灾难。"

"但是据说近来文身已经越来越普遍了啊。我都好几年没见过胳膊上没有烧焦印记的英国士兵了。而且,不是说我真的会听信这些小道消息哦,但他们说连约克公爵都有文身,是他在马耳他做的。"

"是,是,当然了,在所有人之中,乔治很容易就招引议论。他对东方文化有点狂热。但是在海上干活的粗鲁男人和威尔士粗鲁的继承人做起来合适的事,并不见得西汉普斯蒂德律师的女儿做起来就合适。要是莎莉文了身,那么她一定是秘密进行的。"

亚瑟觉得布拉姆似乎被这解释打动了,但他正想方设法地遮掩这一点。

"哎呀,那她可以去码头,当然了,"布拉姆说,"她可以在河边秘密地做任何她想做的事。那一带的名声可以保证她在那儿做任何不淑女的事而不被人揭发。"

"很好,"亚瑟说,"正是如此。"

这句话引来布拉姆的一个奇怪表情,尽管亚瑟不知道为什么。他忙着享受侦探这活计必不可少的卖弄乐趣。这要比他在苏格兰场翻案卷刺激多了。当然,自己发现了点儿什么是件兴奋的事,但是向一位困惑不解的听众解释这些……好吧,侦探需要听众。亚瑟觉得随着一天天过去,自己越来越能理解他那位老福尔摩斯了。"那么现在,我们的女孩出发来到伦敦，朝着码头走去。她会去哪里呢？"

"最近的车站是布莱克沃尔线上的沙德维尔站和芬彻奇站，或者更好的选择是东伦敦线上的沃平站。"

"确实，你说的是对的，"亚瑟说，"这是条伦敦城里人会选的路。但是莎莉·尼德林并不住在城里，不是么？要去布莱克沃尔线，她就得在加衣街那边的火车之间找来找去。坦白说，像我这样的人在那儿都犯糊涂。她根本不知道码头在哪里。她只是个单纯的乡下姑娘。你不觉得，她会在铁路图上找，然后选一个看起来离码头最近的站点么？"亚瑟从外套口袋里拿出铁路图，在手里摊开，"看这儿！她显然会选乘大北方线去国王十字火车站。然后她会从这里搭乘大都会线去阿尔盖特。"

"但是马克巷站离码头更近。"

"是啊，但是她会知道这个么？我觉得不会。看看这份地图。"亚瑟停下脚步，转身对着一家酒馆的外墙。他用手把地图平铺在墙上。他能听见墙那一头酒杯撞击的声音，还有鞋子踏在洒了啤酒的地板上的动静。这是种有韵律的嘈杂，每个下午，都会有醉汉就着这脏污的酒杯和碎裂的木头演奏出歌谣。《正午啤酒之歌》，亚瑟想着。

"从这上面画的街道来看，"他继续说，"像不像从阿尔盖特车站去码头，要比从马克巷出发容易得多？你我都知道事实上是马克巷更近。但在莎莉·尼德林理解的那个世界里，阿尔盖特更近。所以她曾看着这条宽阔的街道——这条商业路——判断出这应该要比穿梭于伦敦塔那一带乱七八糟的十字路容易。所以她出了车站，向东走，去了商业路，然后右转去里曼。她是这么去码头的，从威尔克劳斯广场这边过去的。来吧！"

亚瑟快步前进，被抓着一角的地图在他身后像风筝一样飘着。布拉姆跟着亚瑟，在扒手和妓女之间左闪右躲，一路往南朝圣乔治赶去。亚瑟留心着路过的店铺招牌：烟草贩子，酒吧，船运办公室，租赁公寓。当他们快到威尔克劳斯广场的时候，亚瑟转而要朝东边去，但布拉姆抓住他的肩膀，把他转回了朝南面对码头的方向。在圣乔治和威尔街的拐角处，就在广场下面，他找到了他一直在寻找的东西：一家远东香料铺子。

"唐香，"手工刻成的招牌上写着，"进出口。"

"啊哈！"亚瑟大叫，"完美。莎莉所知的文身不就是一门来自东方的艺术么？她肯定会去一家东方店铺找人文身。"他拉开弯曲歪斜的前门，进入了香料店。刚穿过门廊，他们就被扑面而来的各种气味席卷了。两人都完全不知道这醉人的气息源自哪里。奇怪的香味充盈了他们的鼻腔，头脑为之清爽。这感觉令人晕眩，但又有一种古怪的愉悦。

一个小个子中国人，看起来又年老又虚弱，从后面的房间里走了出来。他头顶上只依附着少许的白发，穿着一件脏污的袍子，上面沾着一道道亮橘色。

"先生们，"老人低声问，"需要什么？"

"我希望您能帮我们点小忙，"亚瑟很快答道，"您的工作是否有时会跟墨水有关？"

老人皱眉："墨水？我没有从中国进口墨水，先生。"

"不是进口，老伙计。而是把它烙进我皮肤里。我想要个文身，你看，我相信你之前肯定给不少旅行者文过。"

老人又皱了一会儿眉毛，松开眉头，耸了耸肩。

"我的好先生，"他说，"你恐怕是搞错了。我这里是卖香料的，而不是在皮肤上作画。"他颤颤巍巍地举起自己瘦骨嶙峋的右手。老人伸直胳膊，亚瑟能看到他手指在颤抖，"我恐怕是画不了的，即使我勉强尝试。"老人最后垂下了手。

这男人绝无可能稳稳握住炽热的针描绘文身而不给顾客留下永久的伤疤。

"抱歉。"亚瑟说，长叹了一口气，之前的兴奋随之消散。他没再多说什么，领着布拉姆走出了商店。虽然他们在里面的时间很短，但等他们回到街道上的时候，两人都被日光和新鲜空气震慑住了。风吹走了萦绕在亚瑟鼻子里的香料气味。

"但我敢发誓，"他过了一会儿说，"她们一定到过这里。她们一定到过这儿，布拉姆。这是唯一一条合乎情理的路！"

"她有可能是在这条河和白教堂路之间的任何一家小酒馆里找到了个愿意干活的文身师。"布拉姆回答，"要不她也可能是请路过的某个海员帮着做的。没有法子能推理出她去了哪儿，我的朋友。"

亚瑟仔细地考虑着这个问题。布拉姆是对的么？真的没有办法凭他们现有的模糊线索推导出那些姑娘的想法和行动么？要是这是真的，亚瑟在自己二十多本小说里所描述的侦探工作，整个过程都是骗人的了。亚瑟从骨子里坚信，自己手里掌握了一切他所需要的材料，只是等待拼凑成形。要是他做不到，那他不仅仅是个失败的侦探——他还是个失败的作家。他和福尔摩斯都会沦为江湖骗子。亚瑟的"演绎法"，通过洞悉人性最黑暗的恐惧推理出一个人行动的能力，都将被证明不过是奇耻大辱。廉价的谎言，连一个便士都不值。

站在圣乔治·威尔克劳斯广场边上，另一个想法掠过了亚瑟的脑海。这就是他的读者的感受么?在故事的中途迷失,对前路没有丝毫概念?亚瑟感觉糟透了。他觉得对眼前展开的情节,自己完全无法控制。他的读者对他寄予了何等的信任啊,心甘情愿地让自己站在这令人精神紧绷的谜团之中,怀着希望,相信亚瑟一定会带领着他们到达最后令人满意的结局。可要是最后一页根本没有答案怎么办?要是答案是胡说八道怎么办?要是整件事都没办法继续下去了怎么办?他的读者是在碰运气,不是么?他们花了时间和金钱。而作者许诺给他们的回报是什么?

我将照顾好你们。他想对他们这么说。我知道现在看起来不可能,但一切会水落石出的。你们看不到我走向何方,但是我看得出来,而这将在最后取悦你们。

相信我。

那么多的人把他们的信任托付给了亚瑟。

他从口袋里取出地图,展开它,坐到了路边。

布拉姆一脸不满:"亚瑟,那地上很脏——"

"她根本不知道她要去哪儿,伙计!这是关键。要是你对这地方一无所知,你会去哪儿?"亚瑟的手指游移在地图上,就好像那是用盲文写就的。

"我们是直接从大都会站直接走到码头的,这路上我也没看到任何别的香料店。"

亚瑟用力盯着地图。

"我们直接走到了码头,"他说,"直接过来了!问题就在这里!"

"我完全不知道你在说什么。"

"我们直接走到了码头,走的是最直接的那条路,因为你知道怎么到这儿！但是莎莉并不知道这条最直接的路径。还记得我停在威尔克劳斯广场然后往左走么？"

"是的，"布拉姆说，他开始拼凑出头绪了，"那条街可以往那儿走。但是实际上它并不指向码头，那条路是向东的，只会回到电缆街。"

"但是我不知道！"亚瑟激动地说，"要不是有你纠正我，我就会直接走进广场！"

亚瑟跳了起来。他冲进街道的时候，差点被一辆四轮大马车碾过去。棕红色的马匹只离他不到几英寸。驾车的冲着他吼了几句脏话，不过亚瑟并没注意听那男的到底说了什么。他转身沿着里曼街，背对码头朝北往回跑。布拉姆紧跟着他。

在威尔克劳斯广场的中央，丹麦教堂比它左侧的海神街监狱高出两层。东边是一家为水手开设的廉价公寓，由卫理公会水手教堂运营。紧挨着的是伦敦航海学校。亚瑟环顾着广场破败的建筑群，忍不住觉得整个东伦敦都在参照广场古怪的建筑群：教堂，然后是监狱，然后是贫民窟；教堂，监狱，然后贫民窟。

在拥挤的黑脸水手之间，亚瑟瞟到广场对面另一家具有东方风情的店铺。他急切地冲了过去。

但进去之后，他发现店主比前一个还帮不上忙。虽然都是东方人，但那人不做文身。亚瑟沮丧地离开了那里，信念再次动摇。

"我没法忍受了，布拉姆。我们推理出来了。我的逻辑是无可争议的。这些步骤，就像我描述的，条理清晰。就像二加二等于四一样确凿无疑，莎莉·尼德林来过广场。这么合情合理，怎么可能是错的呢？"

亚瑟再次坐到了冰冷的地上。他身子后仰，靠在了水手寄宿公寓的外墙上。他头顶有两扇小小的窗户。它们被刻着住宿规则的木牌围绕着,一个木牌上面说"欢迎所有的水手",还有"欢迎东方人","屋内禁止饮酒"。一抹温暖的灯光从里面映照出来,照亮了那些牌子,并在亚瑟的帽子上投下红色的背光。

布拉姆一脸同情地站在亚瑟面前。

"我很抱歉,我的朋友。也许推理在伦敦塔那边就已经走投无路了。在东伦敦的贫民窟,只剩下疯狂指引我们。"

"让我们回家吧,"布拉姆继续说,"然后好好歇一晚上。你看起来累坏了。也许明天就会有想法在你脑海里闪现——"布拉姆突然停了下来。他的下个字眼似乎堵在嘴里,然后被咽了回去。他的脸上浮现出亚瑟所见过的最古怪的表情。

"布拉姆?出什么事了?"

"耶稣基督,我的主,我的救赎。操。"布拉姆看起来显然是走火入魔了。

亚瑟叹了口气,头倚着墙,双手搁在自己膝盖上。

"我知道我们是在一群水手中间。"他温和地责备自己的朋友,"但这又不是说,你就得像个水手似的讲话。"

布拉姆回应他的是哈哈大笑。亚瑟愈发担心了。布拉姆突然神志不清了?

"我简直不能相信我的眼睛。"布拉姆夹着笑声说,"亚瑟,站起来。"

亚瑟摇摇头,站起身来,拍了拍自己外套上的灰。

"现在,转过身去。"

亚瑟转身,面对水手廉价公寓的墙。

离他的脸不到六英寸的地方，是只画在纸上的三头鸦。粘在那块写着"欢迎东方人"的木牌上。跟亚瑟外套口袋里的那个一模一样。

"我倒是很想看夏洛克·福尔摩斯干这事儿。"布拉姆狡黠地说。亚瑟咧嘴笑了，感受着胜利中夹杂的几分邪气。

"来吧。"他轻声说。

亚瑟领着布拉姆绕着卫理公会水手公寓转了一圈，在教堂的另一侧找到一个侧门。建筑物外墙悬挂着几个公告板。它们都是用东方文字写成的，形状复杂，笔画间相互交叉勾连。亚瑟想起了安尼克古堡前面的树篱大迷宫。

"他们为东方的水手单独设置了住处。"亚瑟意识到了自己发现的是什么，缓缓地说，"当船停靠的时候，他们可以花几便士待在这儿，由此便形成了一个小社区。水手间可以彼此交换货物，酒、烟草、鸦片和烟斗。于是，很自然的，他们的住处有文身师。"

亚瑟走进这栋建筑，迎面而来的是一片嘈杂喧闹。来自东方所有港口的水手们冲彼此用方言大喊，高声吼着刺耳的船夫号子和外国咒骂。在一个角落里，一群男人横七竖八地躺着，就像是堆在罐头里似的。有些人正在从三英尺长的烟管里抽着鸦片，其他人则已经失去意识，横躺在地上或者他们同伴的腿上。两个壮硕的秃头东方人举着瓶子，从里面汲出一种黏稠的液体到闪闪发亮的注射器里。瓶子很小，打着标签："弗雷德里希·拜耳公司，用于缓解儿童夜间咳嗽的纯海洛因。"旁边一群人正抱着一大罐吗啡做着类似的事。亚瑟审视这里的国际关系状态：德国的海洛因、英国的吗啡、中国的鸦片，全都毫无障碍地交换着，直到每一个人都失去意识，迷失在他自己甜美生动的幻觉中。

亚瑟想象着莎拉和摩根走进这同一道门里，越过冥河的两名处女。

这想象脱口而出。

"要是你是维吉尔,那我是但丁么?"布拉姆玩笑着回答。

"我相信反过来才对。"亚瑟说。

一名穿着皱巴巴的黑色套装的雇员朝着亚瑟和布拉姆走过来。他是个瘦削的白人,说话带着轻快的苏格兰高地腔。

"哪艘船把您两位送进了我的门里?"他似笑非笑地说。

"卡戎的筏子,大概是,但是让我们先暂不提这个。"水手公寓雇员似乎没听懂布拉姆的引用,但不管怎样,他脸上的表情都丝毫没有动摇,"我们在寻找几个年轻姑娘。"

"你们面前的男人里有一半都想,"雇员说,"我怀疑他们都没铜板付钱。但是你们俩,正相反……"他上上下下地打量着亚瑟和布拉姆,从他们锃亮的鞋子一直到平整的帽子,"我的名字是佩里。我相信我能帮您发现您想要的一切。"

"谢谢,"亚瑟说,"但是我们找的不是今晚在这儿的姑娘。我们在找两个前几个月来过这里的姑娘,也可能一年前。她们雇佣过你这儿的文身师。"

佩里皱眉。他本希望从这两位绅士身上发笔大财的。

"你们可以在这后面找到他。"他指了指远处的一扇门,"等你们结束了跟他的谈话,我们可以再看看有没有什么让你们感兴趣的。"

一幅浸透了烟气、被烟管烧出窟窿的天鹅绒帘子,隔开了亚瑟和布拉姆走进的那间相对安静昏暗的后屋和他们身后的大房间。布拉姆拉开帘子。

这儿的烟雾要来得稀薄些,墙上每隔几步都挂着突出的粗大蜡烛。房间中央是一张铺了垫子的桌子,一名肤色像是白蜡树皮的外国水手赤膊躺在那儿。他斜趴在桌上,背对着光源。水手背上印满了色彩斑斓的图案,垂在一旁的胳膊上也同样密集。

站在水手面前的就是文身师。他是亚瑟见过的块头最大的日本人。他是个光头,头皮上布满的错综复杂的文身更凸显了这一点。当他转过身面对亚瑟和布拉姆,他们可以看到那色彩斑斓的图案一直延伸到他的脖颈、耳朵,同时也盖过了他的头顶。

文身师穿着工作装,毛织西装裤和白衬衫。他在身前斜举着一根长长的针,说话的时候直直地用它指着布拉姆。

"你们得在外面等着,绅士们。"他说,语气介于陈述句和疑问句之间。他的口音是纯正的伦敦码头本地腔调,完全听不出他东方家乡的任何痕迹。亚瑟觉得他的内在一定跟外在一样烧伤累累。

在亚瑟开口前,布拉姆把手伸进了亚瑟的外套。

他从亚瑟的口袋里取出那张三头鸦的图样,一言不发地举到了文身师面前。文身师表情古怪地盯了它一会儿。亚瑟可以看到他脸上认出图样的表情,还有种对自己作品的自豪感。

"喂!"操作台上裸着的水手吼道,"先把这边干完行么?"

"那么你们是在哪儿找到这个的?"文身师说,无视他的客人。

"一个年轻姑娘的尸体上。这是印在她腿上的。"

"尸体?有人杀了那些姑娘中的一个?"

哪些姑娘中的一个?亚瑟想着,但没问出声来。

"是的。"布拉姆说。

"谁干的?"

布拉姆顿了一会儿,思索着。文身师向后走,走向角落里一张摆放设备的小桌子。亚瑟看得到数十枚细长尖锐的针按从小到大的顺序排列在桌子上。有些是直的,跟缝衣针一样大小,有些则很长还带着钩子,就像是海鸥的喙。文身师阴沉地抚摸着他的针。

"不是你。"布拉姆最后说。

文身师微笑了。"很好。史密斯,你可以走了。"他对自己的顾客说,"让我跟我的朋友单独聊会儿。"

那位顾客通过一系列手势表达了他对事态转变的极度不满。他离开屋子的时候甚至还弯腰冲布拉姆的鞋子吐了口水。布拉姆毫不退缩。

亚瑟觉得,是时候把握调查的主导权了。

"你之前给一群姑娘文过身对么,至少两个。"他说。

"是的。"文身师说,"得有一年多了。设计很简单。没有色彩底纹,单纯就是黑色墨水印在那些苍白的小细腿上。我用的是……"文身师顿住,转身面对他的工具桌。他从桌子上的排列里挑了一支中等尺寸的针,递给了亚瑟。

"……这支。"在亚瑟手里这东西轻得不可思议,就好像不存在一般。针是用象牙制成的,只有炭笔那么宽。亚瑟抬头看看文身师,发现他也回望着他,等待着亚瑟的赞许。没有一个手艺人不以自己的工具为豪的。

"这是件可爱的……工具。"亚瑟说。

"我自己刻的。在京都。"文身师叹了口气,眼神变得柔软。他有那么一小会儿迷失在思乡的回忆中,但很快地又把注意力转移到眼下。

"这是第一次,也是唯一一次,一群娘儿们跑来要做这么一套文身。"他说,"我在她们四个人身上都文上了这只鸦。"

"四个人?"亚瑟惊叫。

"没错。四个女孩子一起来的,带着画在一张纸上的这个图案。就像你现在手里有的那个一样。"

"她们的名字是什么?"

"嗯,让我想想看,啊,请允许我查阅我的银行存折。我确定,她们每个人都付了我一张支票。"文身师嗓音压得更低了,冰冷的讥讽之意不言自明。

"我明白了,"亚瑟说,"那文身呢?我这辈子从来没见过这种设计。三头鸦象征的是什么?它是从哪儿来的?"

"我说不好。那张图简直就是恶魔的代表,不是么?那些姑娘带着这张纸进来,告诉我她们有多么想文上这个。我在纸上演练了几遍,然后再把它描到皮肤上。你看到我钉在外面的这个图案么?那就是我练习稿之一。我挺喜欢它的。姑娘们从没提过它是什么意思。"文身师哈哈大笑,"但是你知道么?我把它钉在这屋里的墙上后,就有水手跑来问了。他们从船上下来,看到这个图样,他们就说,'啊,给我文上那个。'鉴于它这么受欢迎,我就把它钉到了外面。你不觉得,他们随便哪个人都比我更明白这图是什么意思么?这是个令人毛骨悚然的形状,不是么?这只鸦,我觉得它让我生意兴隆。"

"那些姑娘在你店里的时候聊了些什么?"

"我记不清了,她们说了好多。声音特别大。我觉得她们是因为怕针怕疼而紧张得有些头脑发昏了。人们第一次文身的时候一般有两种表现。一种是像小老鼠一样安静得很,怕得不敢说话,要么就嚷嚷个不停,吵得我耳朵都要掉了,不管怎么着就是闭不上他们的嘴。而且针刺上去的时候她们也会叫出来。不得不给她们每个人打双倍剂量。"男人指了指桌子上的皮下注射器。

"吗啡?"亚瑟问。

文身师点头:"我最近在里面也加一剂进口的海洛因。海洛因似乎更能让顾客不那么昏昏欲睡,只是变得温顺点。"

"我们知道这些女孩子是一个社团的成员,或者像是什么组织。你还记不记得她们谈过妇女参政论?"

"那是什么?"

"不用管这个了。"布拉姆说,"你还记得她们说过的事么?随便几个字几个词都行。"

文身师抬手摸摸头顶,寻思着。他懒散地拍着脑袋,听起来就像是时钟的滴答声。

"水龙头。"他最终开口说。

亚瑟和布拉姆交换了一下眼神。

"水龙头?"布拉姆说。

"是啊,我知道这很古怪。"文身师说,"这就是为什么我会记得。她们中的一个开玩笑,另一个就说,'跟水龙头讲讲这个!'然后她们就笑得更大声了。她们没完没了地说笑话。吗啡就会有这效果。都是小姑娘,说真的,重不到六七英石。也许该少用点麻醉剂。不管怎么说,她们都变得相当吵。"

"谈水龙头?"

"'我倒想看看水龙头干这个!'或者'水龙头这时候会说什么?'然后还有,'嗒,嗒,嗒!'然后她们就笑成一团倒在地板上了。"

"那词是什么意思?"布拉姆说,脸上困惑不已。

"意思是,"亚瑟说,"那些姑娘是国家妇女参政社团联盟[iv]的成员,而且心怀不满。"

文身师似乎也深感惊异。他和布拉姆都歪歪头,挑眉,看着亚瑟。

"你怎么知道的?"布拉姆问。

"因为当你正沉浸在鸦片里的时候,很多不怎么有趣的事也看起来很有意思了。即使是糟糕的双关语。我们的姑娘们,似乎不太看得起国家妇女参政社团联盟的领袖,那位米莉森特·福西特[V]。"

"亚瑟,我的上帝啊,你今天可真是把福尔摩斯比下去了啊。我不得不很尴尬地说,我从没听说过这位米莉森特·福西特。"

亚瑟叹了口气,也希望自己从来没听过这女人的名字。

"你还记得我还是爱丁堡议员时参与选举的事么?"

"当然。"布拉姆说,这问题让他很惊讶。

"你还记得,我的候选资格被一系列所谓我同情天主教徒的恶毒谣言拉下马的事么?"

"记得啊。都是些琐碎的胡言乱语。胡说八道。"

"没错。而米莉森特·福西特是它们的传播者。"

[I] 维吉尔,古罗马诗人。在但丁以第一人称著述的《神曲》中,由他引领但丁游历了地狱和炼狱。

[II] 原文"Precisely"是福尔摩斯的口头语。

[III] 此处借用《神曲》中但丁被维吉尔引导乘着卡戎的渡船共渡冥河的典故。

[IV] 英国二十世纪初的女性参政社团组织。

[V] 福西特(Fawcett)与水龙头(faucet)同音。

第二十二章   大裂谷时期

The Great Hiatus

"或许夏洛克·福尔摩斯谜题的最伟大之处在于:
当我们谈起他,我们总会陷入
他是真实存在的这个幻想中。"
——T.S. 艾略特
关于《夏洛克·福尔摩斯短篇全集》的一篇评论,一九二九年

二〇一〇年一月九日,接上文

哈罗德和莎拉坐在一家破破烂烂的网吧里,啜饮着茶水,盯着两台暗淡的电脑屏幕。他们左边隔了几台电脑,一个四十多岁的胖男人正一页页地翻看着色情网站。

之前在出租车里,他们就回到酒店的相对安全问题进行了一场漫长的争论。司机很明显对他们谈话的结果寄予厚望。哈罗德和莎拉最终达成一致,黑色车子里的男人——那个山羊胡男人和他带枪的同伴——一定已经知道他们是谁了。谁知道这两人跟踪了他们多久?酒店绝对不安全。而且,由于第一要务是查看莎拉从亚历克斯·凯尔桌上偷到的 U 盘内容,出租车最后便把他们送到了肯辛顿网吧,而他们现在正在查看 U 盘里的内容。

哈罗德对莎拉在追车过程中的冷静自若还处于深深折服中。他的身体还在发抖,当时只是单靠着一根筋的执拗,他才能挺身

站在迎面开来的车子前面。但是莎拉溜到了后面,还毫不迟疑地戳破了轮胎。他觉得自己就像是一团嗡嗡个没完的混乱体,满是疑问、怀疑和不确信。在他的书本之外,整个世界对哈罗德来说就是一个谜团。而莎拉似乎能理解这世界。他希望自己能多像她一点。

他打开 U 盘,觉得自己找到了宝藏。一个标着《亚瑟·柯南·道尔传记草稿 12.14.2009》的巨大文本文件满载希望地欢迎着他。他打开文档,它就在那儿——期待已久的亚历克斯·凯尔的柯南·道尔传记最新草稿。哈罗德想,很显然,手稿里一定有很长的章节是关于失踪的日记,关于凯尔在哪儿发现了它,里面讲的又是什么。

哈罗德花了两个小时读完了整本传记,而莎拉在一旁一边啜饮着绿茶一边浏览她的邮件。她出去打过一次电话,然后她的电话又响了一次,她起身去接。

哈罗德飞快地浏览手稿。他已经对柯南·道尔的大部分生平细节都很熟悉了——一八五九年出生于爱丁堡,在爱丁堡大学进修医学,一八八五年迎娶托伊,一九○七年迎娶珍——所以哈罗德读得比平时要快。

亚历克斯的语气满怀爱意,像个极度兴奋的古董收藏家。他似乎在模仿柯南·道尔的文风。"一脸坚毅,心意已决的亚瑟·柯南·道尔步下 P&O 巨轮的阶梯,踏上了开普敦脏污的码头",柯南·道尔在布尔战争时期度过的光阴便如此展开。书中的文字满怀傲气却又富有感染力,哈罗德读得很愉快。当他读到柯南·道尔躺在床上,在自己第二任妻子怀里死去的时候,他的眼里噙满了泪水。"你真是太美好了",这是柯南·道尔最后的遗言,向共度了二十三年、满脸泪痕的妻子低声诉说。哈罗德想起了在一间没有生气的酒店房间里独自死去的亚历克斯·凯尔，眼睛凸出，肌肉因为挣扎而紧绷。哈罗德意识到，在亚历克斯死后的这几天里，他甚至都没有一刻停下来缅怀那个男人。也没有估量过他的死亡带来的损失。说真的，哈罗德即使发现了日记又如何呢？即使他发现了杀了亚历克斯的杀手又有什么用呢？即使那人可鄙的后半生都在监狱里度过了又怎么样呢？亚历克斯永远都不能看到他的毕生专著完成或是付印出版的那一天了。他永远没有机会再开始新的项目了。这个世界已经失去了他的声音，已经永远失去了这些句子的讲述者——"为了对抗柯南·道尔对超自然的那种不可救药的信仰，哈里·胡迪尼一直致力于彻底向他证明真正的魔术是不存在的。胡迪尼一遍遍地为这位作家表演，证明每一张卡片都是通过魔术技法抽出来的，没有任何魔法发生，但他最终却困惑地发现柯南·道尔拒绝相信自己。'我是靠手法娴熟抽到了你的卡片，不是什么超能力，'想象中，胡迪尼这么说道。'但我的卡片就在这里，'人们可以想象柯南·道尔如此回答，'不管你是如何做到的，对我而言，这就是魔法。'"哈罗德用面巾纸擦干眼泪，擤掉鼻涕，把那廉价的白纸揉搓成一个小球，扔进垃圾桶。

哈罗德第一次意识到，他所做的这一切不是为了亚历克斯。他是为了他自己。他是为了那个答案。在他洞察力之外存在的那个终极答案，它穿过阴郁混沌的云团，直达天堂。这不仅仅事关公正。这事关神秘。

他从屏幕上抬起头，发现莎拉没有坐在身旁。透过网吧的前窗，他看到她正站在外面的街道上，情绪激动地与电话那头交谈。她在过去几天里打过相当多的神秘电话，每次都走开，这样哈罗德就听不到内容了。他也想表现得不那么神经质,但是刚刚还有人用把枪指着他。这是哈罗德人生中的一次独特经历,他真心希望别再重演了。

"是谁的电话?"莎拉回来的时候他问她。

"我的编辑,纽约的那个,"她回答,"他对这事非常兴奋。"

"是么?你跟他说什么了?"

"没说什么。就说我们有所进展。说你是将这一切拼凑起来的极富魅力的人选。他很想见见你,等我们回纽约以后。"

哈罗德不是很确定哪一句夸奖更让他受用——莎拉说他极富魅力,还是他们会回纽约。一起回纽约。

她需要离开房间去跟她的编辑交谈,这看起来还是很奇怪。哈罗德试着压下自己的怀疑。

"我愿意见见你的编辑,"他简单地答道,"等这一切过去了。"

"说到这个,"她说,"你有什么发现?"

"有事情不对头。"

"哦,是什么?"

"失踪的日记应该涉及的亚瑟那段日子——一九〇〇年十月到十二月期间,并没有什么新鲜材料。只有几页内容是关于他那段时期的,而且每一件事都是众所皆知的。没有任何秘密。"哈罗德翻动着屏幕上的页面,"我们可以看到柯南·道尔回到爱丁堡参加竞选,惨败,打了很多板球,给苏格兰场做了一些咨询工作,然后最终复活了夏洛克·福尔摩斯。这些细节早就包含在很多柯南·道尔传记里了。我们都已经知道这些。"

"等等。"莎拉说,"我不知道。亚瑟·柯南·道尔还协助过苏格兰场？"

"是的。有很多报纸记录了他当时的功绩。随着一年年过去，他开始变得越来……就说是越来越'古怪'吧。有人试图谋杀他，往他的邮箱里投了个邮包炸弹。不用说，这以失败告终。但是亚瑟开始跟苏格兰场有来往，而且他的确在几件案子里起了很大作用。实际上，他一度觉得自己在追逐某个连环杀手，但是并没有得到多少结果。"

"他一直没逮到他追的人？"

"不，实际上，我认为苏格兰场并不觉得那是桩连环杀人案。开膛手杰克在之前不久震惊了整个伦敦，我想他们认为亚瑟文学上的感性支配了他。但他们对这一事件带来的宣传效果很满意，很高兴让公众知道亚瑟·柯南·道尔是站在他们那边的。实际上，在之后几年里，时不时会有公众狂热呼吁苏格兰场再次指派他办理一些大案。当一九二六年阿加莎·克里斯蒂失踪的时候，所有的报纸社论都要求柯南·道尔介入。你知道最有意思的是什么？他介入了。而且他找到了她。阿加莎·克里斯蒂有一天在乡下开车出去，再也没回来。她的车被发现撞上了一棵树，但是没有任何血迹，也没有她尸体的踪迹。"

"天啊，他是怎么找到她的？"

"他正确地分析出那个地区只有一个她能步行过去的火车站——或者说被人步行带过去，而且只有一列火车能让她在不被注意到的情况下搭乘。通过某种方法，我真的忘了是怎么回事了，他推算出了她会在哪一个车站下车。能确定的是，三天后，她的丈夫在那个镇子找到了用化名生活着的她。她在发现丈夫跟别人有染后精神崩溃了。说真的，这挺悲哀的。"

"哇哦。这跟失踪的日记没有关系吧，对吧？"

"没有。"

"那好，那么……柯南·道尔为苏格兰场工作，然后——没过多久——又复活了夏洛克·福尔摩斯？"

"是的。大裂谷时期终结于一九〇一年三月《巴斯克维尔的猎犬》出版。夏洛克·福尔摩斯死去了八年，突然，没有任何明确的理由之下，亚瑟决定把他带回世间。如众人所说，他写了更多的跟这个他讨厌的侦探有关的故事。他告诉人们这是为了钱，但是这说不太通。他已经富可敌国，而且此前所有的出版商和杂志都反复许诺他可以随意开价。为什么是在那个时候？为什么带回来一个如此……如此不同的福尔摩斯。"

"不同？"莎拉好奇地问。

"是的。"哈罗德说，"大裂谷时期后，当福尔摩斯在后期的故事里回归时，他变得不一样了。更刻薄、更冷酷。他开始为了得到线索操控证人。对人们撒谎。只要他觉得可以帮他完成目的，他甚至可以犯罪。有一次他甚至引诱一个女仆，向人家求婚，就为了要她放自己进屋子里去。然后他再也没有拜访过她。他成了个真正的混蛋。他似乎也对英国的司法系统失去了信心。突然，他开始扮演法官和陪审团的角色，甚至亲自惩戒他所逮到的罪犯。在早期，福尔摩斯是跟苏格兰场合作的。但是在后几年里，他变得完全独立了。他真的有了对警方的憎恶和蔑视。诚然，警方在福尔摩斯故事里越愚蠢，就越能体现出他的才智，但在大裂谷时期后，警方变成了妨碍。福尔摩斯根本不想跟他们有任何关系。

"关于大裂谷时期的问题——亚历克斯写的传记无法解答的那个问题——就是，在失踪的那几年里，福尔摩斯身上发生了什么？"

"在我看来，"莎拉说，一边思索着，"问题在于，亚瑟·柯南·道尔身上发生了什么？"

---

[1] 幻象大师，被称为史上最伟大的魔术师、脱逃术师及特技表演者。

第二十三章　　妇女参政论者
The Suffragists

"女人的心对男人来说是不解之谜。"
——亚瑟·柯南·道尔爵士
《显贵的主顾》

一九〇〇年十一月十一日

亚瑟紧了紧 S 形紧身衣最顶上的纽扣。他努力收起小腹，粘好吊带袜上的底带。松垮的喇叭形裙子轻松地圈过他的腰部。但当他站起来，裙子的褶皱轻柔地盖过他的白色长袜，亚瑟感到胸前背后一阵刺痛。这紧身衣碾压着他的胸腔和肩胛骨，已经开始折磨人了。

"呃，布拉姆，这真的有必要么？"他抱怨着，"我的上帝，难受得可怕啊。"布拉姆从那件更时髦、更"解放"地勒在他肚子上的女士紧身上衣里抬起头。亚瑟相当值得一看。胸前一团团肉被他的紧身衣托举起来，看起来就像是货真价实的胸部。他的裙子是时兴的松垮款式，穿着正合身。这一身和亚瑟浓密的胡子完全不搭调，让布拉姆大声笑了出来，不过一旦他刮了胡子，戴上顶假发，然后再略施薄粉……好吧，布拉姆并不觉得亚瑟看起来会很糟糕。

"你会看起来像个正派的女士的,亚瑟,不要担心。"布拉姆忍俊不禁,"福尔摩斯在他的冒险生涯中,总是会穿上那么几条新潮裙子当卧底的,不是么?现在似乎是个好机会让你试试了。我从亨利的化妆室里借了点化妆品,还从女士化妆间那儿借了假发。她们不会介意的,亨利也不会注意到的。"布拉姆指指房间角落里一个有些脏的瓷质水槽。两个男人在硕大的镜子前换上了衣服,镜子反射着周围一圈煤油灯的光亮。他们占用了兰心大剧院深处一间废弃的化妆室。没有哪个演员会再想使用它,因为它是这里唯一一间只能用煤油灯照明的化妆间了。布拉姆花钱在舞台上安装了电灯后没多久,就被迫又出钱在亨利的化妆间安了电灯。亨利认为,要是他表演时用电灯照明的话,换装还用煤油灯就太不可思议了。没多久整个剧院的演员都提出了类似的抗议,于是布拉姆不得不让整间剧院都装满了新式照明设备,除了这唯一一间位于深处的化妆间。

"我不明白为什么我好好穿着裤子就不能继续调查了。"亚瑟说。紧身衣让他烦躁。甚至连背后用来扣紧的小环都尴尬地刮蹭着他的皮肤。他在这件可怕的奇妙发明里得不到片刻安宁。

"不然你觉得我们要怎么办?"布拉姆说,"戴着高礼帽,穿着礼服参加今晚国家妇女参政社团联盟的会议?我相信她们会特别注意到你的,名作家,出了名地反对妇女参政的亚瑟·柯南·道尔。我们在落座前就会被轰出去的。而要是我们打扮成别的普通男人,作为两个出现在妇女权益集会上的绅士仍然会吸引不必要的注意。既然我们真要做,那就做得彻底点,扮成女人好了。"

亚瑟知道布拉姆是对的。但是他还是不高兴。

"要是你乐意,"布拉姆继续说道,"我可以自己一个人去参加集会。

没有人知道我是谁。我根本不需要任何伪装，就可以跟联盟的女士们共度一个晚上。"

亚瑟觉得他察觉到了布拉姆语气里的一股怨气。仅仅因为这人的文学事业没能像他预期的那么顺利，并不意味着他就有理由冲着比他成功得多的同伴发泄不满。

"不，我得亲自去。去看看米莉森特·福西特和她那帮花枝招展的姑娘们。有人在谋杀这些姑娘，要是我想保护她们中余下的人，我得去仔细看看她们到底在做什么。"

"你啊，真是永不忘骑士风范。"布拉姆说。

亚瑟用一条薄薄的晚间披肩包住自己肩头，在脖子前面系了个双重蝴蝶结："骑士精神是男子汉气概的精髓，也是男人和野兽的区别。"

"它同样也是男人和女人之间的区别。"布拉姆整整自己的裙子。

"没错！本该如此。"亚瑟把玩着手里的软帽，打着转找到合适的系带，"说什么男人该女性化女人该男性化，天哪，那将会终结我们的文明！那将会带来大英帝国的衰落。"

"那么，我是否该把这理解成，你依旧不打算重新考虑你在妇女参政问题上的立场？过来，先生。请允许我剃掉您的胡须。"布拉姆领着亚瑟坐到水槽边的椅子上。他的工具已经摆好了。剪刀，剃须膏，刮胡刀，"除非您更乐于自己亲手完成这事？"

"不，"亚瑟说，"我觉得我自己肯定受不了。我十六岁起就有这胡须了，你知道么？我是我们班上的男孩中毛发发育最早的。"他坐在椅子上，闭着双眼面朝他的朋友，"以及，不，"亚瑟继续，"我当然重新考虑过我在妇女参政这事上的立场。我考虑了一遍又一遍，但每一次我都觉得这事的论点站不住脚。"

布拉姆在一个黏土研钵里准备剃须膏,用一把毛刷飞快地搅拌着。"那么有关妇女参政的论点中,还有什么依旧让你不满的?"他说着,从水槽里拿出一把短短的金属剪刀。

亚瑟瑟缩了一下。他咬紧牙关,但是依然闭着眼睛。他不想目睹自己脸部毛发被剃光的那一刻。

"伙计,这跟权利没什么关系。"他低声说,嘴唇几乎纹丝不动,好让布拉姆干他的活儿,"这跟责任有关。男人有他们对社会的责任,女人也有自己的。这才保证了两性能够幸福地共同生活。你能想象要是妻子们开始跟丈夫一起投票会发生什么吗?保守党在大英帝国的女性中得到的支持要远远高于男性,这又不是什么秘密。"

"格莱斯顿否决改革法案的时候也这么说。"布拉姆把亚瑟的胡子剪到只剩下稀稀拉拉的胡茬,随后开始用刷子往上涂剃须膏。

"说得没错,"亚瑟说,"你对政治的记性不错。自由党人为了自己的利益也开始在妇女参政上插一脚。我依旧保留自己的大部分观点。假设法案通过,英格兰妇女获得了投票权。一对结婚不久的年轻夫妇一起去投票。如果丈夫投给了格莱斯顿。妻子投给了西塞罗,最负盛名的索尔兹伯里侯爵。哎呀,想想他们的争吵吧!要是妻子突然开始对丈夫应该如何投票指手画脚,那将给他们的婚姻带来多大的压力啊!或者谈谈今年该怎么对法国粮食征关税!这就好像是男人开始跟他妻子讲如何防止蛋奶酥掉到地上。全国离婚率会暴涨的。"

等亚瑟结束他的演说,布拉姆拿剃刀在他的上唇周边干脆利落地刮了几下。亚瑟的胡须一寸寸地从他脸上被刮落下来。布拉姆递上一条自己花心思准备的热毛巾。

亚瑟睁开眼，审视着镜中自己的面容。他看起来如此之……赤裸。

"现在差不多了，"布拉姆说，"来，再给你加点眼影，在你脸颊上再扑两下粉，我们就可以出发了。"

"你怎么知道那么多女人化妆的事？"亚瑟问道，跟着布拉姆走到粉盒那边。

"我在戏院工作，亚瑟。"布拉姆回答，"而且我很肯定我有很多其他本事你都没察觉呢。"

亚瑟举起一块粉扑。它看起来就像是面粉，或是没融化的可卡因。

"粉扑会让你变得更白净，然后这个，"——布拉姆正举着一根极细的炭笔——"会加深你眼睛周围的线条。坐下，我们得快点了。讲座八点开始。谁知道呢？也许你能学到点儿什么。"

* * * *

亚瑟和布拉姆抵达威斯敏斯特的卡克斯顿大厅的时候，那里已经聚集了一大堆人。他们的有篷马车跟别的马车一齐驶下帕尔默街道，每一辆都在路边放下一位妇女参政论者。透过窗子，亚瑟可以看到一溜黑色软帽成簇地延伸到北面。女士们不时驻足彼此拥抱招呼，软帽们上上下下地晃动着，就像是荡在水桶里的苹果。亚瑟正看着呢，布拉姆已经付完了车费，似乎等不及要过去了。与急切的布拉姆相比，亚瑟小心得多，他抓着自己的裙子走出马车。他可不想费了这么大劲扮成个女人，结果却因为像个男人似的昂首阔步而搞砸了。

等他们走近售票亭的时候，亚瑟开始紧张了。这将是测试他伪装效果的第一关。目前为止，他周围的女人没有哪个多看他一眼，但是等他站到买票队伍最前排时，他就跟玻璃后面的女人面对面不过几寸之遥了。亚瑟发现她大概还不到十六岁。她对着每个顾客都笑得很欢快,像个孩子一样。

布拉姆曾提议由自己替亚瑟站到队前面,但是被拒绝了。亚瑟要第一个去。要是他的伪装会被识破,那最好还是立即发生。

当他快排到队伍前面的时候,亚瑟突然想到他必须开口跟那女人*说话*。他可没为此做准备。他开始闭着嘴收紧喉头,试着不出声地练习发出像女人一样的高嗓音。他对这能否有效毫无把握。

最终他站到了最前排,直直地对上了售票女孩的双眼。她对他眨眨眼。

"您今晚要几张票?"她冒失地问。

亚瑟吞咽了一下。

"两张,谢谢。"他说,用他尽可能最尖的嗓门。听着自己的声音,他觉得自己听起来跟女人差得太远了,倒是很像个十二岁的男孩。不过,售票姑娘只是以微笑作为回应。

"那是四便士,女士。"她说。

哦,谢天谢地,亚瑟想。没再多说一句,他付了女孩子两张票的钱,然后她从玻璃下面的开口递给他门票。亚瑟递了一张给布拉姆,两人一前一后走进了卡克斯顿大厅的双扇大门。

虽然还有十五分钟才到八点,大厅里已经挤得满满当当的了。一排排呆板的木制椅子整齐地摆放着。女士们前后左右地摇动身子跟朋友打招呼时,每一把椅子都在吱呀作响。亚瑟和布拉姆花了五分钟去找空位,最终在观众席最右后方靠近走道的位子坐下。

至少有两百名女士——还有三四个男人——坐在大厅里。一条铜质横梁架起整个舞台,把它跟地板分开。一张不到一英尺高的矮讲台放在舞台前面的桌子上，讲台后面有一排椅子面朝观众摆着。有几张椅子上坐着地位显赫的中年女子，其他的仍然空着，因为女士们还在到处走动寒暄，或者把别人拉近悄声交谈。悬在大厅里的横幅上写着妇女参政的口号。"思想已经起航，话语怎能安眠！胜利！胜利！"其中最显眼的一条上面写着。在二楼的席位上，至少还有成百的妇女靠在木质围栏边，向下望着舞台。在场的人全部都激动得眼睛发亮。盛事即将开始。

亚瑟在人群里寻找米莉森特·福西特，但是没找到她。他尽可能地低着头，刻意避免跟坐在旁边的妇女发生眼神接触。虽然他的伪装骗过了卖票姑娘，但不见得对谁都有效。保持警惕总比被发现来得好。

最终，台上的女人们中间的一个走到讲台边，维持大厅里的秩序。她一身白衣，是这屋子里仅有的几个没有戴着宽边软帽的女人之一，棕色的头发在舞台灯光下闪闪发亮。她用力地在讲台上敲了三下木槌，房间里立即安静了下来。

当所有人入座完毕，亚瑟发现观众席的第一排全都被男性占据了。他们很少抬头看台上，而是一直埋头在他们的笔记本里，每个人都玩命地在上面写写画画。亚瑟意识到，他们是前来报道这场集会的记者。

接下来的这场政治演讲如同亚瑟曾参加过的所有演讲一样乏味单调，同时它又带着些令人兴奋的诡异感。一开始，那个白衣女人感谢了他们的参与和支持。她的介绍如此了无生气，亚瑟简直要误以为自己不小心闯进了一场晦涩难解的园艺学家聚会。介绍的内容除了欢迎，问候，就是我们不能忘记这位或是那位的贡献之类。这就是伦敦当下最富有政治革命性的组织的声音？白衣女人宣布接下来将会有两位发言人上场。第一位是米莉森特·福西特。第二位是阿拉贝拉·雷恩斯。一听到福西特这个名字，亚瑟就在椅子里僵住了。

两个女人上台后开口说的第一番话几乎就让观众陷入了狂热之中。亚瑟原以为这是场讲座，但现在看来似乎更像是辩论，或者是场赤手空拳的拳击赛。福西特和雷恩斯——都穿着黑色连衣裙和奶油色帽子——分别站在讲台两侧。她们几乎都没怎么转头面对过对方，而是轮流向观众发表五分钟演说，就两人在妇女参政上的立场进行辩论。

米莉森特·福西特先开了口，她讲得沉静自若，声音不曾比一般人餐前祷告的声音更大。她的姿态庄严谨慎，同时又充满了理性的感召力。她那浅亚麻色的头发被绾成了一个小髻。她那漆黑深邃的眼睛，硬朗的鼻形，更加深了她给人的那种冷静而严肃的印象。而且，当她第一句话话音刚落，台下的人群就开始窃窃私语，并随即在片刻后爆发出了支持她的呼喊。白衣女人不得不几次回到讲台边，砸着木槌让全场静下来。

亚瑟意识到，米莉森特·福西特的观点其实从本质上来讲和保守党相当接近。她承认男人和女人是不同的，有着不同的专长领域和兴趣。确实，这是她妇女参政论点的根本原则。

"要是男人和女人完全一样的话，"她说，"那么一个完全由男性组成的立法机构是可以充分代表我们的。但是，正相反，因为我们并不相同，在我们现行的政治体系中，我们并没有被充分代表。在我们的社会里，男人是治国的优胜者，而女人是家庭生活的优胜者。这是合理的。"

"该死的保守党！"二楼有个女人愤怒地嘶吼。

"我们是拥有权利的！"另一个大喊。

米莉森特·福西特继续说着，就好像没被打断过似的。

"在过去几年里，我们的政府只单纯关心男性事务。但是最近几年，国家开始介入教育、抚育儿童等家庭事务。整个社会渐渐开始关注女性所专注的内容。这意味着，女性必须在政府机构中取得发言权。女性要求介入政府正是因为政府先介入了她们的生活！赋予女性参政的权利并不会让她们放弃社会职责，反而会让她们更加有效地丰富自我！"

这演讲不错，亚瑟想，有理有据，逻辑周密。他从来都不曾从这个角度考虑过。以后必须得仔细斟酌一下，等他不用追着凶手跑的时候。

当轮到阿拉贝拉·雷恩斯讲话的时候，人群吵闹依旧，尽管是由相反的原因造成的。她是个苍白瘦弱，腰肢不盈一握的女人，在黑色的衣裙里看起来像是个幽灵。然而，从她那瘦小的身躯里发出的声音如此有力，让亚瑟不由自主地在椅子里坐直了身体。她的话语铿锵有力，仿佛她正站在皇家歌剧院的舞台上。

她显然是米莉森特的一个学生，而她的自由党政见要比米莉森特·福西特更激进。她的论点主要基于女人的自然权利，她们作为人类生来就拥有和男人们一样的权利。不过她同样着重强调了两性之间是有根本区别的。

"我并不是说女人和男人是一样的。"她疾呼，"我说的是女人和男人是平等的。曾有过那么一个世纪，女人也参与到国事决策中。她们建立和参与了各种政治组织。有女性和樱草会一起游行过，正如有女性和社会民主联邦一同游行过一样。要是女性适合劝说、建议、说服投票人如何投票,她们当然也一定适合亲自投票。但是请允许我阐述清楚妇女参政的首要原则。在上帝的光辉之下,权利应当扩及他的每一个造物。正如拥有土地的女性该有投票的权利,穷困的女性也该有。印度的女性也该有,黑人女性和亚洲女性也该有。我们的权利并不是政府所给,而是上帝赐予的。"

"激进分子!"大厅高处有个人喊道。

"妇女参政论者!"又一声高喊。这个词让阿拉贝拉·雷恩斯抬头看向了二层,想找出是谁说的。她的神色变得相当严厉。

"这个词是被用在有辱身份的玩笑里的。"她说,"这是美国人,还有我们自己的《每日邮报》那些目光短浅的编辑对我们的嘲讽。"她一边说着,一边将视线投向前排,给了那一群记者其中一个极为冰冷的一瞥。"他们管我们叫'妇女参政论者',是以为我们在把革命当成儿戏。我得说我们根本不是在玩弄政治,这也不是什么游戏。我想说的是,我们对于自己的目标,以及达成目标所需要的手段都是完全严肃认真的。"

这话让整个房间爆发出一阵尖利的高呼。难以形容的咒骂充斥回响在整个大厅里。穿白衣的女人跳到台子边,她一遍遍地大力敲着槌子,然而收效甚微。处在骚乱中心的米莉森特·福西特并没有怎么退缩。她沉着地直视着人群。然而亚瑟在她眼睛里看到了某些东西,即使他坐在如此遥远的地方。她的眼里有种悲哀。也许是时机已逝的感知。这场会议并不符合她的预期。

没过多久,房间里安静了下来。两位发言人轮流继续着,她们的辩论持续了一个小时。她们的主张没有改变,她们的观点也似乎只是更为坚定了而已。虽然，据亚瑟所知，她们身处同一阵营，但随着时间过去，她们之间的分歧却越来越大。米莉森特·福西特依然沉着专业，而阿拉贝拉则越发地情绪化。没有任何一个人妥协半分。只是在结尾最后陈述的时候，米莉森特·福西特提醒大厅里的人，尽管她们之间有你来我往的冷嘲热讽，她们在对妇女参政的追求上依然是团结的。不过，听众的团结大概只体现在她们对她优雅的圆场的抗议上了。

"妇女参政论者的争吵就像是阿特柔斯家族"的内讧。"亚瑟等演讲者说完话后说。虽然会议结束了，但是参与者都不想离开。她们小规模地扎着堆，轻声分享自己的意见。"福西特夫人像是在管理一个分裂的国家。但是根据那个文身师告诉我们的，我敢打赌那些姑娘是在反福西特阵营里的。那么说来她们是更为激进的妇女参政论者。"

"我同意，"布拉姆说。两人的脸凑在一起，好避免他们的伪装暴露在不必要的审视中，"让我们跟着雷恩斯太太看看她要去哪儿。要是莎莉在这些女士里有志同道合的人，她们肯定也是在雷恩斯太太的阵营里。"

亚瑟和布拉姆穿过人群朝着舞台前进。离舞台几英尺之遥，他们看到阿拉贝拉·雷恩斯正被一群年轻的女性参政论者围着。两人挤在墙边，靠近阿拉贝拉和她的同伴。经过一番讨论，他们都不觉得参与到一群真正的女人的谈话中会是个明智的选择。

最终，阿拉贝拉·雷恩斯和另一个姑娘肩并肩朝着前门走去。布拉姆和亚瑟一言不发地跟了上去。他们跟在两人身后穿过人群，鉴于大厅里有一半女人都在跟阿拉贝拉握手，或是驻足给她个支持的笑脸，这过程很缓慢。

跟在阿拉贝拉身边的那位朋友相当娇小。亚瑟觉得人群就像是波浪一样要盖过她了。女孩紧张地快步走着。她的黑发从软帽里散落下来，盖过耳朵，而每次她开口的时候，那小巧的鼻子都像是在抽动。她让亚瑟想起了某种田鼠。

正当她们离开大厅进入走廊，阿拉贝拉和她娇小的朋友突然向左急转。她们打开一扇门，走了进去，在身后关上了门。直到亚瑟推上那扇门的时候，他才看到木门上镂空刻着的字母。"洗手间，"上面说。下面补充写着"女士用"。

"哦，天哪。"亚瑟说，"也许我们应该——"

"哦，得了吧，亚瑟。"布拉姆说，"你还想不想找到凶手？"布拉姆推开亚瑟，打开了女士卫生间的门。亚瑟四处看着，本能地觉得这是个不敬的行径。当确定完全没人注意到他的时候，他深吸了口气，跟在布拉姆后面进去了。他觉得自己侵入了神圣不可冒犯的地界。

进去后，亚瑟的大靴子砸在地板上重重地响了一声。布拉姆没法为他那双大脚找到合适的女鞋，所以亚瑟穿了条及地长裙以盖住他的男式靴子。但是他从来没意识到他的靴子可要比女士的平底鞋动静大多了。

卡克斯顿大厅的女士卫生间展现了荷兰式的整洁。右侧墙边排着三个以黑色木板隔开的冲水箱。厕所和左边的水池之间的地面上铺着瓷砖。这是亚瑟目前为止见过的公共卫生间里最干净的一个。甚至连管理自己的剧院——包括休息室在内——的布拉姆，似乎都被震撼到了。

在水池边，阿拉贝拉摘下了她的帽子，对着镜子整理头发。她转身冲亚瑟和布拉姆礼貌地点点头，视线回到镜子上。她似乎没对他们俩任何一个多加注意。

一阵厕所的冲刷声提示着阿拉贝拉那位朋友的存在。布拉姆走进最远处的一个隔间，关上了身后的门。亚瑟不确定自己要做什么。他想要离这些女人近一点，听听她们彼此间的交谈，但他又不能站在那儿一直盯着，不是么？

亚瑟在水池边找到了解决办法。那儿有两把舒适的椅子，似乎是给被紧身衣勒得太紧，需要地方坐下来喘口气的女士准备的。亚瑟坐进了一把椅子，夸张地长吁了口气。他用上衣袖口给自己扇着风。虽然有些表演的成分，但他不得不承认那衣服确实能把人累得够呛。即使今天的经历没能成功让他接受妇女参政论者的价值观，它也绝对足以让他坚信合理着装运动的正确性。

阿拉贝拉那位像老鼠的朋友从隔间里出来了，走到水池边上。

"哦，艾米丽，"阿拉贝拉对她的朋友说，"我要跟多特和那些曼彻斯特的姑娘们一起吃个宵夜。我确信她们正在为家乡做一些相当宏大的计划。想一起来么？"

"谢谢，但是不了。"像老鼠的姑娘说，现在他知道她的名字是艾米丽了，"在我来这儿之前，家里还有些活儿没做。我得回去做完它。"

"一些缝缝补补的活儿？"阿拉贝拉笑着说。

"是的，"艾米丽露齿而笑，"织点东西。"说着，艾米丽把右脚踩到了亚瑟旁边的那把椅子上。她把裙子撩到膝盖以上。亚瑟试着在她调整吊带袜的时候装出一副漠不关心的样子。她的袜子是白色的，相当薄。亚瑟实际上可以直接看到里面。他在对面的墙上选了一个点，然后把视线固定在上面。可不能让她看到自己在盯着看。她拉紧袜子，试图让它盖过她苍白美丽的大腿。她调整袜子的时候晃动着膝盖，这动作让她的裙子在膝上卷得更高了。这使得亚瑟相当分神。

他忘掉了墙上的那个点，视线游弋到艾米丽露出来的大腿上。他看到她把身子的重量转移到腿上，大腿肌肉拉紧。他的目光下移到她的膝窝，那里似乎因为她屈腿的动作而更为凹陷。他的视线垂落到她光洁的小腿上，又转到她平滑的长腿后方，还有上面的一块黑色斑点。他凑近了点儿看。是一个三头鸦的文身。

亚瑟一惊，差点就从椅子上掉下来。两女人立即转头看他。

"抱歉，"他尽其所能装出女人的嗓音，"头晕了。"他试着尽量少说话，好减少她们发现他声音里的男性气息的概率。

"我能理解，"阿拉贝拉同情地说，"我像您这样穿紧身衣的时候，曾经一周就要晕过去一次。我不是想多管闲事，您当然有选择衣服的自由，但是现在在怀特利那儿有很不错的展销会，正在推出新款紧身上衣。自从我改变了自己的衣着，我的生活也改变了。"

"谢谢您。"亚瑟说。

"要是我们都不能好好吸口气到肺里去的话，我可看不出我们要如何赢得妇女参政权。对吧，艾米丽？"

"对。对的。"艾米丽说。她怀疑地看着亚瑟。她似乎没阿拉贝拉那么随和，也没那么轻信。

"那好，我得走了。一定要试试那些'解放'的衣服，夫人。我相信它会给您带来惊喜的。"阿拉贝拉对亚瑟说。她随之转头面向艾米丽，"那么下个周四见？拜托，要小心……你的编织。我不想看到有任何意外发生。在你的编织活计里。"

等布拉姆冲完厕所出来的时候,艾米丽已经调整完了吊带袜,把裙子放下来盖过腿了。她很快就离开了,没对亚瑟说再见,连个友好的点头都没有。她离开房间的那一瞬间,亚瑟便从椅子上蹦了起来。

"她有那个文身!"他大叫,"右腿上!我看到了!"

"阿拉贝拉·雷恩斯?"布拉姆说,一脸困惑。

"不,"亚瑟说,"是她的朋友艾米丽。另一个。快点啊伙计,我们没有时间了!"

亚瑟全力冲出女士卫生间的时候,差点被自己的裙子绊倒在地。

---

[1] 威廉·尤尔特·格莱斯顿(1809—1898),英国政治家,曾作为自由党人四次出任英国首相。

[II] 阿特柔斯是希腊神话中珀罗普斯和希波达弥亚的儿子,堪尼斯忒斯的哥哥,迈锡尼国王。阿特柔斯家族故事的特点是复杂而且异常堕落,充斥着自相残杀。

第二十四章　　血字的果实

The Bloodstains Bear Fruit

> "你已经把侦探术发展成了一门近乎科学的学问，前无古人，后无来者。"
> ——亚瑟·柯南·道尔爵士
> 《血字的研究》

二〇一〇年一月十日

　　哈罗德是被水滴声吵醒的。他从一片迷糊中醒来，抬头寻找声源。他的视线越过了凌乱的床单——印着红色网格的深蓝色床单——看到了奶油色的地毯和深色的木质桌子。哈罗德在过去的几周里住了好多家旅馆，但它们看起来都是一个模子里印出来的。现在他又是在哪一家里？

　　他把视线转向卫生间的门，那扇门看起来可能是大西洋两岸任何一家旅馆房间里的浴室门。一缕缕蒸汽正从门底的缝里钻出来，浴室里的淋浴正开着呢。看起来很暖和。他听见有人在浴室里走动，然后意识到那是莎拉。哈罗德想起了昨晚发生的事，但遗憾的是那并不是什么激动人心的回忆。

　　在网上搜索了一番后，他们发现了这家旅馆——安静，距离近，而且接受现金付款。他们不能冒险刷信用卡。

他们昨晚各自阅读了亚历克斯写的柯南·道尔传记。莎拉相当重视这个能够亲自读到这部作品的机会。哈罗德则反复研读,想找出任何能够暗示亚历克斯发现日记地点的线索,或者日记里究竟写的是什么。但无论他读了多少遍,都没有任何新线索出现。

对哈罗德来说,那一晚最激动人心的时刻是他们发现这家旅馆有洗衣房的时候。两人意识到,在不能回原来旅馆的情况下,他们第二天只能穿同样的衣服了。于是他们换上了在浴室门后发现的白色浴袍,抱着脏内衣、牛仔裤和T恤,只穿着袍子便下了楼。哈罗德的眼睛一直瞟着莎拉袍子下摆的开衩,每当她迈步时,那里都会摇摆着露出右侧的半截大腿。他尽量克制自己不去盯着看,也很肯定她并没注意到。

昨晚两人睡在了房间里唯一的那张加大双人床的两侧,把浴袍当成睡衣穿着。整个过程纯洁得令人沮丧,就像是小孩子在朋友家过夜,而即使在这种情况下,哈罗德依然睡不着。他躺在自己那侧,背对着莎拉,虽然他平时都习惯仰睡。他不敢冒险翻过身去然后不经意地去看她。要是他看的时候刚好她睁开了眼睛该怎么办?她会觉得他盯了自己一整晚,而事实并不是这样的。最好还是不要让脑袋冲着她的方向为好,以免误会。所以他朝右侧躺着,感觉自己整个身体的重量都痛苦地压在了肩膀上,难以入眠。

听到床头柜上的黑莓手机震动,哈罗德从床上坐了起来。手机显示塞巴斯蒂安·柯南·道尔给他发了一封新邮件。塞巴斯蒂安人在伦敦,要求跟他们见面。"马上见面。"塞巴斯蒂安这么坚持道。

哈罗德把黑莓放回床头柜,他注意到莎拉的手机就在旁边。这让他想起了前一天在网吧时她那些漫长的电话。他的确有些怀疑,哈罗德毫无障碍地对自己承认了这一点。无论他对莎拉怀有多少倾慕之情——无论他有多喜欢她的打趣，无论他对她怀有怎样的小小心动——他仍然不信任她。

他从床头柜上拿起莎拉的手机，自我安慰地想福尔摩斯也不是一直都彻底地信任着华生。他也经常跟华生撒谎，事实上，他一直都对自己的同伴有所保留，为了方便按自己的意愿去解决案子。在《巴斯克维尔的猎犬》中，福尔摩斯甚至派华生去执行毫无意义的任务，好让自己藏在暗处，在嫌犯被他那笨手笨脚的老伙计牵绊住注意力时观察他们。哈罗德是不会做夏洛克·福尔摩斯做不出来的事情的。

哈罗德翻检莎拉的手机通话记录时并不曾感到内疚，不过当他听到浴室水龙头关上的时候，他知道自己得加快动作。

昨天下午莎拉跟一个纽约区号的号码打过很多次电话，其中有一个是在下午三点零三分的时候打的。当时他们肯定是在网吧里，所以这一定就是她打给编辑的那个电话了。

哈罗德一边听着莎拉在浴室里的动静，一边按下了回拨键。等待接通的那几秒钟长得仿佛没有尽头。

很快有个女声接听了电话："这里是西尔弗曼—拉梅尔—塔巴克和西格勒事务所。请问需要我帮您接通哪位？"

"我……呃……"哈罗德还没想过要怎么回答，"这里是律师事务所么？"

线路那头顿了一下："是的，先生。请问我有什么可以帮您？"

浴室门突然打开了。莎拉穿戴齐整地走了出来，只是多了一条毛巾裹在她的湿头发上。

"不了，谢谢。"哈罗德挂上电话。

莎拉看到自己的手机正在哈罗德手里，站住了。

"出什么事了?"她问。

"西尔弗曼、拉梅尔、塔巴克和西格勒是谁?"

她的第一反应是愤怒:"你翻了我手机?你为什么要翻我手机?"

"因为你之前说的跟编辑打电话是撒谎。至少我现在已经知道了。我很抱歉,但是经过这一串事情,追车,那把枪,那些死人,我有些焦虑。而你看起来非常想跟我一起来伦敦。"

莎拉叹了口气,盯着地板看了一会儿,定了定神,然后在床边坐下来解释。她赤裸的脚趾在地毯上反复地蜷起又松开。

"是的,我对你撒谎了。我不想告诉你……那间律所的事。那是我的离婚律师,我正在办离婚。"

哈罗德预想过各种她会解释的事由,却唯独没想到过这个。"马克·爱泼斯坦。那是我的律师。你可以打电话给他核实。我不想告诉你是因为……我没有编辑。事实上,我目前并不是一个记者,但我曾经是。我给很多家报纸和杂志写过稿子——你肯定在谷歌上搜过我的情况。但我结婚后就基本不干了。我的丈夫——我的前夫——赚得足够多,于是我放弃了写作。而现在我要离婚了,我得重拾起这一生计。所以我做些自由写作的活儿,或者从某种程度上来说,试着做一点。当我听说亚历克斯发现了日记,并开始了解你们小分队的时候,我觉得这似乎是个完美的故事。大家都会对这个新闻感兴趣的,这会是个很棒的故事。"

"这就是为什么你让塞巴斯蒂安找上了我,为什么你引导了现在这一切的发生。你想要一些可以报道的内容。"

莎拉开口后第一次把视线从自己的脚上抬了起来。她的眼睛湿漉漉的,闪闪发亮:"我需要它,哈罗德。我需要这故事继续下去,我需要赢回我的生活。"

在惊愕平息后,哈罗德意识到自己并没有生气。他能理解她,程度甚至远比自己想象中更为深切。

"没关系,"他说,"我明白了。我们会找到日记的,我保证。但是我们得先达成个协议。你不能再对我撒谎,我也不会再翻你的手机记录。"他微笑了,莎拉也回以笑容。在那一刻,那个他事后会动情地回忆起来的瞬间里,他甚至伸出手环住了她。她把自己包着毛巾的头枕在了他的肩膀上。

"谢谢。"她最后说。

"没问题,我明白那种想要证明你自己的感觉。你一直想象着自己的某个样子,然后抓住机会在现实中将其实现。而现实总是比我们所希望的要狡猾得多。"

莎拉大笑。

"我们都得熬过去。"哈罗德说。

"是的,"她回答,"而且有意思的是,我觉得我比你更盼着解决这件事。"

* * * *

塞巴斯蒂安·柯南·道尔在伦敦的宅子位于阿伯茨伯里街上的荷兰公园里。这栋象牙白的四层建筑被两旁高大的法国梧桐包围着。哈罗德和莎拉走到门口,把名字报给门房,对方直接让他们进去了。他一直在等着他们。

哈罗德觉得自己简直要被宅子大气的构造淹没了。天花板似乎比必要的高度还要高上几英尺,走道也较一般规格宽得多。甚至连门廊都像是超大号的,直顶着天花板。墙上优雅地陈列着画作。哈罗德推测这些全都是现代作品,虽然他不怎么了解艺术。画作似乎充满了结构主义和建筑设计感,全都是互相撞击的简洁色块。

他们在楼上的平台见到了塞巴斯蒂安。他看起来很高兴,热情地握了哈罗德的手,也握了握莎拉的。"来吧。"他说道,领着他们走过天台,进了一间大概只能被称为会客室的房间。

塞巴斯蒂安在一张大沙发里坐下,那上头的垫子看起来就好像从来没被人坐过一样。哈罗德和莎拉小心翼翼地坐到了对面的沙发上。哈罗德觉得自己一点儿都不想破坏和打扰它,因为它看起来仿佛是全新的。一个厚重、没有标记的牛皮纸信封躺在他们之间的咖啡桌上。

"我们开门见山地说吧,好吗?"塞巴斯蒂安飞快地开口,"你们发现了什么?"

哈罗德和莎拉偷偷交换了一个表情:他们要怎么跟他说?哈罗德觉得自己有回答的义务。

"首先,"哈罗德说,"你有纽约警方的消息么?"

"有,当然有。"塞巴斯蒂安说,"我有你要的一切。尸检报告,警方记录,犯罪现场照片。所有可怕的血腥场面。"他从咖啡桌上抓起那个牛皮纸信封,扔给哈罗德。

哈罗德打开它,开始浏览里面的内容。确实,有一些警方手写报告的复印件。犯罪现场照片,酒店住客名单,还有厚厚一叠标记为"验尸官报告"的文书。

"你是怎么拿到的?"莎拉问。

塞巴斯蒂安一脸傲慢地转过头去看她。他没有回答她的问题。

"我出于好奇自己翻了一下,"他说,"那些照片真要比我想象中阴森得多。"

塞巴斯蒂安身上有些东西让哈罗德觉得不自在。那种随意中的紧绷感，他那一直侧着的脑袋。塞巴斯蒂安总是给人以这样一种感觉：你的气数已尽，他只是在等待合适的机会让你知道。

"最有趣的部分，"塞巴斯蒂安继续说，"是这位探员的补充说明。里面提到了墙上血迹的 DNA 检验结果。"

"哦？"哈罗德翻找着那页纸，"用来写'基础'那个词的血？他们知道是谁的了？"

"他们确实知道了，是亚历克斯·凯尔的。"

哈罗德停下了正在翻阅的手，抬头望向塞巴斯蒂安。

"该死的。"他说，"在故事里那血是凶手的，而不是受害者的。"

"有一大堆跟故事里不一样的地方呢，"莎拉插了一句，"在《血字的研究》里，受害者是被毒死的，不是被勒死的。"

哈罗德转向莎拉，惊讶地发现她对柯南·道尔的作品已经如此熟悉了。

"上帝啊，"面对他那副表情，她回答道，"你在过去的三天里一刻不停地谈着那些故事——你不能怪我想自己再多读一些吧。当我们在网吧的时候，我在网上读了一些。"

"他们有没有在凯尔的血液里发现毒药？"哈罗德问。

"没有，"塞巴斯蒂安说，"亚历克斯·凯尔是被勒死的，这点毫无疑问。"

"他的鼻子呢？"哈罗德问得很古怪。

"他的鼻子？"塞巴斯蒂安说。

"他的鼻子？"莎拉说。

"那些血，"哈罗德说，"是从凯尔的鼻子里出来的么？"

"哈罗德，"塞巴斯蒂安说，"我不是医生，但我觉得他们没法告诉我们血是从人体的哪个部分出来的。他们只能告诉你那是谁的血。"

"不，不，验尸官的报告里……"哈罗德的声音小了下去，一边翻看着眼前的报告一边飞快地思考着。当发现了自己要找的东西后，他慢了下来，试着辨认那位验尸官模糊的字迹。影印件本来就有些不清楚，使报告变得更加难以辨识。"你们有谁能看出来他写的是什么吗？"

莎拉靠过身子，手指在纸上划过。她有一缕头发垂到了报告上，哈罗德可以闻到那上面旅馆香波的味道。她很快抬手把它拢到了耳后。

"出血？"她说，"出血什么的？"

"在鼻腔里。有一块血块在……"哈罗德的一句话再次讲了一半。

"我完全不知道你想表达什么，哈罗德。"塞巴斯蒂安说，"那么说亚历克斯的鼻腔里有个血块？他可能是在跟凶手搏斗时撞到了，这很可能发生。"

"不，我们发现他的时候，他脸上并没有瘀痕，他的鼻子也没有被打伤。这是蓄意的。在《血字的研究》里，那留言是凶手用血写在墙上的——凶手自己鼻子里流出来的血。他跟受害人争吵的时候流鼻血了。"

"这里的情况是，"莎拉说，"凶手用了亚历克斯的血，而不是自己的。他在亚历克斯的鼻子里面弄了个口子，或者类似的什么，在亚历克斯被杀之后。他很可能是担心DNA成为证据，不想让这事太过简单。"

"这很奇怪，"哈罗德说，"他并不是在准确地重现故事场景，而是在使用其中的零星设定。他是想通过这些东西告诉我们什么吗？还是说……"

哈罗德的话再次戛然而止。他紧紧抿起嘴，呼出了肺里余下的空气。

"还是说什么？"塞巴斯蒂安问道。

"或者说，"哈罗德接下去说，"要是杀手并不那么了解那故事呢？要是他并没有烂熟于心呢？他匆忙中杀死了凯尔。事发突然，他们打了一架，发生了争执。肯定跟日记有关。然后他试图把一切布置成像是福学家做的，好掩盖自己的行径，用那些福学家才懂的线索点缀这场谋杀。他隐约记得《血字的研究》的开场，但他用错了。"

莎拉看起来有些困惑。

"那么现在说来，你觉得这不是福学家做的？"

"我在指出这种可能性。"哈罗德的视线死死盯在塞巴斯蒂安身上，"凶手可能对福学家这个群体很熟悉，但又并非他们其中任何一人。"

塞巴斯蒂安居高临下地看着哈罗德，一言不发。最终他可怕地咧开嘴笑了起来，脸颊变成了苹果般的红色。

"说真的，哈罗德？就这些？这就是你能做到的最好水平？"

莎拉来来回回地看着两个人，她似乎不确定自己要站在哪一边。

"我们发现了你遗留在凯尔答录机上的留言。"哈罗德说，"你听起来很是生气。"

"是，是，是，然后凯尔死了，我主动提出要帮你们两个蠢货找到凶手。而且我还告诉过你我和凯尔的争执。我从来没隐瞒过这一点。"

"谁在跟踪我们？"莎拉突然发问。

现在轮到塞巴斯蒂安一脸困惑了:"什么,有人在跟踪你们?"

"是的。"她说。

"带枪的人,"哈罗德补充,"很大一把枪。而且无论是谁,他还洗劫了凯尔的办公室。"

哈罗德竭尽全力研究了塞巴斯蒂安的表情。他流露的种种迹象都表明他是第一次知道这件事。

"那么你不觉得,"塞巴斯蒂安说,"不管持枪跟踪的那人是谁,他看起来都像是,哦,我们就先假定一下,那个杀死了凯尔的凶手?"

"也许是,"哈罗德说,"只不过我认为那人没有拿到日记。我觉得日记在你手上。"

随之而来的是一段漫长的沉默。

"也许,怀特先生,您已经技穷了。"塞巴斯蒂安尖酸地评论道。

哈罗德警惕起来。塞巴斯蒂安会扑向他么?他有武器么?哈罗德后退了一步,试着做好万全准备。

"我建议你离开这里。"塞巴斯蒂安接着说,声音坚定而冷静。他似乎是个很容易被搞得心烦意乱的男人,但不容易被激怒。

"我会联系你的。"哈罗德一边说着一边走向门口,他觉得自己把这事处理得相当妥当。

"那么,你是从哪里得到的这一大堆结论?"等两人走到了阿伯茨伯里街上,莎拉开口问道。他们在街边的法国梧桐下走着。两人还没讨论过要去哪里,但是并没有停下脚步。哈罗德沉浸在自己的思绪里,整理着新获得的信息。他觉得自己像是已经接近了什么,思绪卡在已知和未知的一线之间,真相仿佛唾手可得,他却该死的不能把它纳入掌心,这一切都让人懊恼。

"抱歉?"哈罗德从沉思中惊醒。

"结论。突然之间就蹦到这儿了。"她指了指身后塞巴斯蒂安的宅子,"你真的觉得是他杀了凯尔?"

"不。"哈罗德沉吟了一会儿说,"我不这么觉得。我知道有一大堆证据都在指向他,无论是动机还是手法。而且坦白讲,这人有点儿让我发毛。但是我不认为是他杀了凯尔。"

"那你真是挑了个好法子表明你的立场。"

"我不认为是他做的,但我也有可能是错的。我想看看他的反应。也许他会崩溃然后坦白一切。福尔摩斯故事里的凶手们一直都是这么做的,一旦被当面对质就迅速招供。即使根本就没有任何真正的证据能够指证他们。"

他们安静地走了几分钟。从荷兰公园到诺丁山,然后是贝斯沃特。楼变得更高了一些,街上的喧哗也高了好几个分贝。

"好了,又来了,我们被跟踪了。"莎拉突然说。

"什么?"哈罗德不敢置信。

"老男人。泥棕色西装,戴眼镜。走起路来声响那么大,我从这儿都能听到。"

"上帝啊,"哈罗德说,"他们是怎么找到我们的?而且你怎么这么擅长分辨我们是不是被监视了?"

"我不知道啊,也许是他们在塞巴斯蒂安的公寓里安插了人,估计我们有十分之一的可能会最终出现在那里?然后哪天你可以试着做一个女人,找条繁华街道走一遍试试,你能感受到落在你身上的每一道视线。这比中央情报局训练还要来得实用。"

由于没有任何被盯着看的经验,哈罗德觉得自己只能接受她的理由。"你说他年纪大?"他问道,两人加快了步伐。

"是的,"她回答,"七十多了,差不多。"

"七十?打手哪里有上七十岁的。除非……除非他是幕后的大黑手!他雇佣那帮人来跟踪我们,结果搞砸了,所以现在他亲自出马了。"

"该死的,"莎拉说,突然更紧张了,"你看到前面左边的那个小巷子没?大约十步远?八步?"

"看到了。"

"跟我一起拐进去,就……现在。"

莎拉突然转向了左边,哈罗德跟着她进了巷子。几乎与此同时,她伸出胳膊把他摁在墙上。他背后的石砖冰冷而坚固,而她的胳膊温暖而同样牢固地压在他胸前。

"别动。"她说。

她伸手从外套口袋里摸出那把弹簧刀,弹出刀刃。即便对于这个雾蒙蒙的中午来说,巷子里的光线也格外暗淡。两边高高的楼宇挡住了阳光。钢刃在昏暗的光线下呈现出一种阴郁的蓝色。

莎拉自己也靠到了墙上,挨着哈罗德,但离巷子的入口要更近一点。哈罗德看着她在冰冷的空气中呼吸,平稳而节制,这才意识到自己屏住了呼吸。他害怕得呼不出气来。他听见重重的脚步声逼近这条巷子,那个男人的步伐听起来就像是踏在人行道上的马蹄声。哈罗德呼出一小口气。

搏斗在一瞬间发生了。老人拐进小巷,莎拉扑向了他。她的动作半是专业,半是发自本能的蛮干。哈罗德呼出的那口热气还没来得及消散在冰冷的空气里,莎拉已经把那个长者压倒在地,刀刃抵住他的喉头。

老人捂着自己的膝盖。莎拉一定是踹了那里。

"啊!"他大叫。

哈罗德的视线落在那人脸上。硕大的眼镜。坑坑洼洼、灰扑扑的皮肤。浓黑的眉毛。他的鼻子看上去都要比他的脸来得大,软塌塌的,像是个道具鼻子,随着他的摔倒也半挂了下来……哦,上帝啊。

"别!啊!是我!"老人再次大叫。

"让他起来。"哈罗德说。

莎拉不肯让步,依然牢牢地盯着老人。她的刀子在他脖子上蹭着。

"哈罗德,求你了,噢——别让她杀了我!"

"莎拉,"哈罗德深深吸了口气,"没事,让他起来。"他把手按在她肩上。莎拉终于从老人身上移开视线,抬头看着哈罗德。

"没事,"哈罗德说,"是罗恩。"他的脸尴尬地红了起来,"是小分队的人。罗恩·罗森博格。"

第二十五章　　监　视

Surveillance

"干我这行，危险是不可避免的。"
——亚瑟·柯南·道尔爵士
《最后一案》

一九〇〇年十一月十二日

亚瑟深深吸了一口莫瑞斯烟，然后咳了出来，在自己头顶的煤气灯光里营造出一片迷蒙的灰色烟雾。他倚在街灯柱子上，又吸了一口手里的烟。亚瑟并不是个经常抽烟的人，但他觉得当一个人在进行监视活动的时候，吸烟似乎是唯一可以打发时间的法子。他望向街对面一栋四层小楼里第三层的窗户。屋子里亮着灯，在夜色里显得格外清晰。一个人影在窗前走动，光下的影子就像是中国皮影戏里的演员。亚瑟立刻后退了一步，退出头顶上那盏街灯狭窄的照明范围，并低下了头。窗边的人影是艾米丽，昨晚那位娇小的妇女参政论者。决不能让她发现自己在监视她，这一点至关重要。她走过窗前，进入房间深处，走出了他的视线。亚瑟再次吸了口莫瑞斯烟，这次没上次那么多。天啊，监视这活儿莫不是他给自己找上的最为可恶又最为乏味的差事？

前一晚的"追逐"是那么经典，以至于亚瑟觉得这一定是自己亲笔写过的场景。艾米丽在帕尔默街跳上了一辆两轮马车,在她身后的亚瑟和布拉姆也很快找到了另一辆空车。他们给司机看了看一大把硬币,告诉他只要能够成功跟住前面那辆车直到目的地,这些都是他的小费。车夫冲亚瑟来了句振奋人心的"如您所愿,女士"便扬鞭出发了。要是他对亚瑟的衣着和嗓音间的不协调心存任何疑虑的话,他把这一点掩饰得很好。

他们驾车一路从威斯敏斯特赶到了克勒肯维尔,一路上艾米丽的马车始终在他们的视野范围内。当他们抵达埃尔斯伯里街上的那栋四层小楼时,艾米丽正转动钥匙打开前门。亚瑟让马车在距艾米丽房子不到几栋的位置停下,等她进了屋子之后,才令车夫把车赶到她住的楼前。他们等待了一会儿,直到三楼亮起了一盏灯。亚瑟和布拉姆无法从这么远的距离判断出艾米丽在做什么,但他们现在知道她住在哪里了。

马车离开后,两人就下一步行动争论了一番。亚瑟想要敲门上楼,去质问那个女孩在这件事里的角色,布拉姆则认为这显然是个冒险的计划。艾米丽似乎跟至少两个被谋杀了的妇女参政论者私下往来密切。她跟莎莉·尼德林和她朋友的谋杀有牵连,还可能跟亚瑟书房的炸弹有关系。他们依然不知道文身的含义是什么。最重要的是,他们对那个自己正在追查的杀手丈夫依然毫无头绪。要是艾米丽认识他,甚至要是艾米丽跟他是一伙的,他随时都有可能登门拜访。也许,在他们去跟她当面对质之前,再多收集一些资料会大有助益。

亚瑟并没有完全被布拉姆说服,但他的确提醒了自己。"好吧,"他同意了,"那我们就先监视着艾米丽和她的住所。我们应该尽快摆脱这些滑稽的衣服,所以我们先轮流回家换上长裤和衬衫,另一个就留在这里盯着那窗户。要是艾米丽离开了,我们就再跟着她。要是她留在这儿,我们也留在这儿。行么?"

他们照这个计划做了。亚瑟先回家换衣服。那个时间已经没有火车了,所以他不得不雇了辆马车,这是他一生中在乘马车上花费最多的一次经历。到家时,迎接他的是满屋沉睡的寂静。他的钥匙在锁孔里转动的声音,鞋子踩在前廊地板上的声音,突然让他觉得陌生了起来。自己就像是一个潜入家里的小偷。在这间屋子中安睡的人里,关于这场在过去几周里占用了他全部精力的侦查,没有任何一个人知道一星半点。那场令他着迷的阴谋,在楼上那些酣睡的人面前被隐藏了起来。他的妻子托伊,他的爱人珍,在他脑海里都不如那些死去的人们和凶手来得栩栩如生。

他登上楼梯,走进自己的卧室,没有吵醒任何人。还好他和托伊是分房睡的,为了她的病情着想,于是他摸索自己衣柜时就无需担心会打扰到她休息了。

三个小时后,他回到了克勒肯维尔,乘坐的是他离开时搭的同一驾马车。这次轮到布拉姆使用这驾马车了,车夫这一晚绝对是大丰收。亚瑟和布拉姆依样轮班度过了第二天。他们轮流在附近的一家旅馆睡觉,虽然两人谁都没休息好。

现在,在妇女参政集会的第二天傍晚六点还差一刻钟的时候,亚瑟独自守在自己的岗位上,只有装在银盒子里的莫瑞斯香烟相伴。长夜漫漫,没错,可白天比晚上还漫长。午夜的寒冷让他一直到黎明都保持了清醒,但白天半睡半醒地盯着一扇窗户快搞得亚瑟神志不清了。行人来来去去,而亚瑟一直一动不动地留在那里,强迫自己提高警惕,尽管这极其难熬。他曾听德兰士瓦的士兵说过,哨兵岗位能让人对时间失去概念。一秒钟可能感觉就像是一个小时，一个小时有时感觉又像是一秒钟，直到一个人再也无法分辨现在是白昼抑或夜晚。亚瑟发现自己正好相反，他很清楚地知道现在是什么时候。他正对着自己的怀表按分钟倒计时，等布拉姆来接自己的班。

六点整，亚瑟看到布拉姆从街角出现在埃尔斯伯里街上。布拉姆看起来要比亚瑟气色好得多，虽然他似乎对他们的差事也提不起多少精神来。俩人寒暄了一番，不过彼此都没有因此感受到多少欢愉。

就在此时，艾米丽家窗户里的灯光熄灭了，亚瑟和布拉姆的注意力都被吸引到了那栋变暗的公寓上。两人本能地从街灯旁退开，站到头顶十二英尺高的煤气灯照耀范围以外。过了一阵，艾米丽出现在了大门前。她带着一个沉沉的包，锁上门后把钥匙扔进了包里。在她的公寓门口四级台阶的最低一级上，她几乎跟一位老妇人撞了个满怀。艾米丽似乎迅速道了歉，然后就继续赶她的路了。老妇人拽着扶手重新获得了平衡，向艾米丽公寓楼的大门走去。

亚瑟转头看向布拉姆。"你觉得我们俩脑子里想的是同一个计划么？"他问。

"我肯定我们想的不是同一个计划。"布拉姆小心地回答道。

"那么我一会儿再解释，"亚瑟说，"现在，过来！"亚瑟转过身去，直直地朝艾米丽公寓门前冲了过去。艾米丽正在朝东走，已经快到街角了。几秒钟内她就会消失在他们的视野里。

但是亚瑟没管她。正相反，当那位老妇人还在摸索着钥匙的时候，他几步蹿到了艾米丽公寓楼的门前。

"请见谅，"亚瑟对老妇人说，"我能帮上您的忙么？"

老妇人看起来有些困惑，她看看自己手里的钥匙环，又看看亚瑟亮堂的脸。他在家刮过胡子了,但嘴唇以上没动。那些新长出不到二十四小时的胡茬坑坑洼洼的,毫不规整。他看起来就像是个过分热情地想证明自己男人气概的少年。

"我……"老妇人结结巴巴地说,"好吧……我……当然……"

亚瑟伸手抓过钥匙串,找出钥匙打开了公寓的门。他把钥匙递还给她,然后拉着门,示意她先进去。

"您先请,女士。"他说。

她似乎不确定该如何处理这状况,但是长年的社交训练占了上风。

"谢谢,先生。"她说,走进了自己的公寓。她穿过小小的门厅,握着手里的钥匙,打开房门走了进去。亚瑟一直站在入口微笑着,继续撑着门,仿佛自己是个低等的男仆。等她走进了自己的屋子,亚瑟褪去笑容,朝外呼唤布拉姆。

"你还在等什么?走啊!"他叫道。

布拉姆跟着亚瑟踏上螺旋状的楼梯,一路上了三楼。他们来到一扇牢固的门前,上面用黄铜镶嵌着大大的字母"C"。亚瑟试了一下门把,寄希望于门没有锁这种不太可能的事。门锁着。

"好,"布拉姆说,"做得不错。现在怎么办?"

亚瑟抬起左脚作为回答,他身子后仰,尽其所能地狠狠踹门。一声巨响过后,门框明显地震了一下,然而门却没有松动。亚瑟再一踹,不偏不倚地踹在门把旁边。走廊里再次回荡起门框的吱嘎声,还有靴子撞上木头的声音。但是门依然牢不可破。

他们听到楼下的老妇人被响声惊动,从屋子里走到了大厅。

"出什么事了?"她冲楼上大喊。布拉姆和亚瑟看了彼此一眼。他们该说什么?

"就快好了！"亚瑟大声答复她，"一分钟就好！"这完全跟老妇人的问题不搭边，但似乎给了他们一点时间。老妇人好像不知道接下来该说什么。

亚瑟耸了耸肩，然后接着踹门。这一次他把自己弄痛了，但也并不比前几次有效多少。

"你确定没事么？"老妇人叫喊。

"没事，女士！"亚瑟大喊。他在为下一次踹门热身——他的膝盖都开始酸了——这时布拉姆按住了他的手。

"等等，"布拉姆低声说，"要是你真的要硬闯，那么也许我们该这么干。"布拉姆把手伸进自己的外套口袋，拿出了一把柄上镶着珍珠的左轮手枪。他拉开保险，对准门扣响扳机。

整栋楼都仿佛回荡着这声枪响的回声。随着亚瑟的听力恢复，他逐渐分辨出这栋四层建筑的每个角落都在传回巨大的声响。而直到他耳朵里的嗡鸣停下来，他才意识到刚刚发生了什么事。

"对刚才的事我很抱歉，女士！"布拉姆冲楼下大吼，"现在已经完事了！"

亚瑟看着门。门把手已经从门上松脱，里面的锁显然已经整个都毁了。布拉姆用手轻轻一戳，门就打开了。

老妇人没有回答，似乎已经回到自己屋里了。亚瑟从楼下传来的琐碎声音里只能推测出这么多。

"这声音有点大，而且比我预想中的更突然。"亚瑟说，"我从来没听过在屋里鸣枪的声音，真是响得可怕。"

"要是你的计划是搜艾米丽的住处，"布拉姆说，"那么我建议我们快点。很快就会有人来盘问我们弄出的动静的。"他走进屋里，亚瑟跟了上去。

屋子里十分混乱，而这跟他们的破门而入一点关系都没有。一套茶具放在长沙发边上，杯碟散落得到处都是。一些深色的液体，大概是原本被称为茶的东西，淤积在杯子里，一些腐坏了的牛奶还溢了出来。

房间另一侧是一条开放式的门廊，通向一间狭窄的卧室。从客厅里，亚瑟能看到一张凌乱的床铺，还有地板上随意扔着的女式服装。尽管窗户从街对面看起来似乎很大，也曾是亚瑟能够窥探艾米丽世界的唯一通道，现在等他进了屋子，它们看起来似乎又很小。即使是在白天，也不会有多少光线放进来。窗外一片漆黑，亚瑟走近窗户，朝下望向那盏孤零零的街灯，他曾经站过的地方。因为起雾的缘故，他几乎看不清它的轮廓。

卧室的另一侧是个工作台，上面摆放着各种器具。有烧杯，试管，一袋袋的彩色粉末，宽口康宁玻璃瓶，成捆的麻线，还有一叠廉价的棕色包装纸。那张桌子上进行的工作是与科学有关的，这一点亚瑟看得出来。在桌子的中央放着一个敞开的白色盒子。亚瑟朝里面看了一眼，发现自己面对的是一根雷管。

它看上去跟那个出现在他信箱里的小包裹里那根一模一样。幸运的是，这根雷管似乎并没有跟任何东西连在一起。视野内没有任何触发装置。亚瑟伸手翻过那个包裹，有一个标签固定在底部，上面写着："亚瑟·柯南·道尔医生，林下居。辛德海德。"

布拉姆也跟着亚瑟走到了桌边。当他看到那个邮包炸弹和标签上的名字时，仅仅是点了点头。

"上帝啊，"亚瑟说，"是这个艾米丽。她就是那个想杀了我的人。"

但还没等布拉姆回答，他们听到门边传来了脚步声。两人同时转过身去。

艾米丽穿着一件色彩斑斓的外套站在走廊里，一只胳膊下面夹着一打信件。她的另一只胳膊举着一把左轮手枪，直直地对准了亚瑟。

奇怪的是，亚瑟这一刻脑子里想到的不是他的家庭，不是他的爱人，却是布拉姆。他从来都不该把一个朋友，一个像布拉姆这么好的朋友牵扯进来，这个念头加重了亚瑟的恐惧。**布拉姆值得更好的**，亚瑟意识到了这一点，在他凝视着艾米丽冷峻的枪口，看着她拉开保险的时候。

第二十六章　　罗恩·罗森博格的理论
Ron Rosenberg Theorizes

"你怎么知道？"
"我在你后面跟着。"（福尔摩斯说）
"我没看到任何人。"
"既然我要跟着你，自然不能让你看见。"
——亚瑟·柯南·道尔爵士
《魔鬼之足》

二〇一〇年一月十日，接上文

罗恩·罗森博格费了好大劲儿才从地上站起来。他仍抓着自己的膝盖，用手揉着莎拉踢到的地方。罗恩深深吸了口气，莎拉后退了一步，给他一点空间。她手里仍握着刀，刀锋还没收起来，随时准备出手。

"你为什么要跟踪我们？"哈罗德说。

"更重要的是，"莎拉说，"你穿的这该死的是什么？"

罗恩像是突然记起了自己的伪装，伸手扯掉了脸上的道具鼻子。他还拆下了一对灰色的假眉毛和一个非常逼真的灰色假发套。一片片皮质的假皮肤从他的脸颊和前额脱落下来，看起来就好像他的脸在融化。

"我才要问你们！"他说，"你们对日记做了什么？"

"天呐，罗恩，我们没有日记。快住手。"哈罗德转身对莎拉说，"那个伪装，老年人的玩意儿……那是夏洛克·福尔摩斯的把戏。福尔摩斯追踪嫌犯时经常化装出门。他常扮成老人,甚至老妇人。好几个故事里都有。"他转向罗恩,"不过这并不能解释你在这儿做什么。"

"我原本不想这么早插手的,哈罗德,但是我已经没有其他选择了。我认为你杀了亚历克斯·凯尔,偷了日记。我认为你是跟塞巴斯蒂安·柯南·道尔一伙的,你们两个一起谋划了这一切。"

莎拉微笑了。

哈罗德抬手揉了揉自己的太阳穴,比起生气来,他更多的是不耐烦:"我干吗要杀死凯尔?"

"因为你想成为第一,哈罗德。不要装作你没有野心。你才成为小分队的人多久,到今天有一周了么?你已经在《贝克街杂志》上发表过文章了。你跟组织里所有的名人都成了朋友,包括我。你确保自己在亚历克斯·凯尔死前那晚见到了他。杰弗里·恩格斯帮你得到了认证,你知道的,但是你以为他会帮你把谋杀一并掩盖过去么?别傻了,哈罗德。"

哈罗德都不知道要怎么去回应了。罗恩委实让人难堪,这不仅让他自己下不了台,也让哈罗德脸上有点挂不住。侦探工作是严肃而艰巨的,不是什么轻易就能插手的事情。罗恩不适合干这个。这不是给外行玩儿的时候。

"我没杀任何人。"哈罗德疲惫地说,"要是我是凶手,那我为什么要成为第一个发现尸体的人?为什么我要试着寻找凶手?为什么我不直接回家享用我偷来的那本价值千万美元的日记?"

"当然是为了摆脱嫌疑!"罗恩答道。他讲话半带着学者的傲慢,另一半则是在为手法娴熟的对手感到惋惜,"没有人会怀疑侦探自己就是凶手。这是个好法子,但也是个老把戏。阿加莎·克里斯蒂先用的这招，不是柯南·道尔。《罗杰疑案》。记住，我读过所有你读过的故事，哈罗德。我知道你在做什么。"

"好吧，如果这是真的，"哈罗德说，"那么既然你正在调查我，你现在是那个扮演侦探角色的人，也许你才是那个杀了他的人。"

罗恩呆若木鸡地思索着哈罗德的话。哈罗德朝着莎拉点点头。莎拉冲罗恩礼貌地一笑，然后两人走回了大街上。罗恩独自站在那儿，沉浸在思绪里。

第二十七章　　艾米丽·戴维森的奇异故事

The Strange Tale of Emily Davison

"那么，这件事与你有什么关系呢？"（亨利·伍德说）

"伸张正义，人人义不容辞。"（福尔摩斯回答）

——亚瑟·柯南·道尔爵士

《驼背人》

一九〇〇年十一月十二日，接上文

亚瑟僵在原地，视线在艾米丽手里冷酷的手枪和她脸上同样冷酷的表情间来回跳跃。艾米丽的脸因为怒气而紧绷着。千分之一秒被拉成了永远那么长。亚瑟意识到自己屏住了呼吸，虽然他试着让一些空气进入肺里，可是身体没有丝毫反应。他站在布拉姆和艾米丽之间，却既听不到也感觉不到自己身后朋友的存在，尽管布拉姆离他不过三英尺之遥。

"你们这些该死的禽兽！"艾米丽低吼，"你们杀了我的莎莉，还杀了我的安娜。现在合上那邪恶的双眼吧！想着她们的模样去死吧！"她的身体因怒气而打战，右手食指扣在扳机上颤抖着。

"你搞错了，"亚瑟颤动的双唇吐出一句话，"我们没有杀害任何人。"他把手举过头顶，做出举世通用的投降姿势。

他觉得自己可以听到身后布拉姆外套窸窸窣窣的动静，意识到布拉姆的左轮手枪就在外套口袋里。他是在试着取出手枪么?

"我抓住你了,你站在这里,就在这里,作为罪人,你所能做的只有撒谎!"艾米丽拔高了嗓音,越发有扣下扳机的势头,"我没料到你们会是两个人。但是等了结了你,我还剩下四颗子弹。两命抵两命,可以吧?我敢说这是笔公平交易。"

亚瑟完全不知道她在说什么。但从她眼睛里的神色判断,他知道,不管他懂不懂,她都会杀了自己。他听到后面又一阵窸窸窣窣。布拉姆会害他们俩都死在这里的。

"基础!"亚瑟用上了胸腔里的所有空气,大喊出声。

艾米丽蹙起了眉头。她抿紧嘴唇,复又松开,脸上出现一连串困惑的表情。

"基础?"她问。

"我是亚瑟·柯南·道尔。"他说,"你是那个一直想杀了我的人。"

这个讯息似乎让艾米丽动摇了。她死死盯住亚瑟,仿佛要从他脸上找出真相。他真的是亚瑟·柯南·道尔么?

"我剃掉了我的胡子,"他解释道,"就在昨天。"艾米丽的怒气似乎平息了一些,她揣测着他所说的话。

"你是亚瑟·柯南·道尔?"她问,整个人困惑得不行。

"是的。"

"那你是谁?"她的视线越过亚瑟肩膀。

"我的名字是布拉姆·斯托克。"布拉姆说话的时候,艾米丽的脸上没有一丝听说过他的迹象,"我是亚瑟的一个朋友。"

"你是谁?"亚瑟问艾米丽,他的口吻就像是在对一个孩子说话。

"艾米丽……艾米丽·戴维森。"

"戴维森小姐，你送了个邮包炸弹给我，"亚瑟说，"附着一张剪报，是有关你朋友的谋杀案的内容。你在上面写了'基础'，我完全不明白是为什么。我正在调查这个案子。苏格兰场漏掉了一些线索，而我追查了这些线索，追到了这间房子。我追查到了你。"

亚瑟看到艾米丽·戴维森在深深呼吸，她的胸膛因为吸满了气而鼓了起来。他突然意识到自己眉间和腋下在出汗。他觉得身上又黏又脏。

艾米丽垂下了她的左轮手枪。亚瑟感到血液正在往自己脸部回流。他眨了眨眼，女孩的举止完全变了。她跌进沙发边的一把椅子里，仰着头，看起来如释重负。

"我真不敢相信，这居然真的有用，"她轻声说，"我曾抱着希望……我的天啊，我是那么希望这能奏效。我真不敢相信……您是怎么发现我的？"

"你的文身。"亚瑟警惕地回答。他不确定该如何应付这个女人，还有她突然的一百八十度大转变，"我们找到了那个文身师。你和你的朋友们都文上了一样的图案，不是么？"

"哦，您真的很棒，不是么？我知道您做得到，我祈祷着您能做到。但是您不该来这里，您不该找到我的。"

"那我们该找到谁？"布拉姆问。

"那个杀了我朋友的人，杀了莎莉和安娜的男人。我并不想伤害您，您要相信这点。我只是想雇用您。"女孩整个人倒进巨大的沙发里。她把左轮手枪放到一张长条咖啡桌上，仿佛那只是串钥匙。她的样子突然变得无害了。

亚瑟抓住这个机会回过头去。他身后的布拉姆正把手放进口袋里，翻找他的左轮手枪。亚瑟冲布拉姆摇摇头,布拉姆挑起一侧眉毛,好像在说,你确定?亚瑟点点头。是的,他确定。危机解除。现在需要的是谈话,大量的谈话。

"也许你该先解释一下。"亚瑟建议道。

艾米丽顿了顿,思考了很久。这个女孩似乎从来没有想过自己得向亚瑟解释。她抿紧嘴唇,沉着一张满是悲痛和疲惫的脸。

"是的,"她说,"也许我最好还是解释一下。我们需要谈很多事情。我能为您两位绅士准备些茶么?拜托,这是我力所能及的了。我不确定我还有没有牛奶,但是我知道柜子里还有些新鲜蜂蜜。"

"谢谢你,不用了。"亚瑟说,他在她身边的沙发上坐下,"你给我送了个邮包炸弹,是要杀死我么?"

"我不介意来一杯,要是你方便的话。"布拉姆说,他坐到了亚瑟对面的靠背椅子里。艾米丽起身去厨房烧上了一壶水。

"是的,"艾米丽回到客厅时答道,"而且我为此致以一万分的歉意。但是我并无意杀害您,您得相信我。"她叹了口气,"原本只是想制造小小的爆炸和一些烟雾罢了。只不过因为是第一次做,我想大概是放了太多的炸药。我永远都不会想要伤害您的。您能理解么?不,您不理解。"她嗓音里透出些疲惫,彻底取代了不到两分钟前完全吞噬了她的那种愤怒。

"我们能从头讲起么?"亚瑟提议。

"开头?"她说,"但是很难说最初是从什么时候开始的,我一辈子都是个女人,您知道的,"她说这话时笑得很是悲伤,"但是我想,成为一个妇女参政论者应该是晚些时候开始的。"

"为什么不从这里说起呢?"亚瑟宽慰她说,"你和你的朋友莎莉、摩根——呃,我想你刚说她的真名叫作安娜?你、莎莉和安娜都是妇女参政论者?"

"我可以毫不羞愧地说,我要比她们俩更全身心地投身于这一事业。但我想这一点是很明显的,不是么?"她停下来,挺直腰板,"哦,但是后来一切都出了问题!您应当得到一个解释,道尔先生,也许您很快还会得到我的谢意。我们有四个人。莎莉、安娜、珍妮特,当然了,还有我。几年前,我们在卡克斯顿大厅相遇,因为我们都去那里参加集会。我加入国家妇女参政社团联盟的时候还不到十七岁,要是您相信的话。其他人要年长一些。我们在集会的时候时不时会遇见对方,然后在两年前的一个晚上——嘭!"艾米丽把手在面前一拍,吓了亚瑟一大跳,"我们很快成了朋友。有意思的是,明明是认识了那么多年的人,突然,你们之间发生了什么,然后你们就变得难舍难分了。我们就是如此,特别是我和珍妮特。她是我见过的最美丽的女孩。我和她能够理解彼此,从我们第一次交谈开始,我们之间从未有过任何一刻的迷惑和不确定。有时候别人会让我困惑,我很难明白他们谈论的到底是什么,但是和珍妮特就不会。您有这样一个朋友么,可以跟他毫无顾忌地分享一切?"

亚瑟想起了布拉姆。他们的关系,有信赖,也有善意,但不见得就是艾米丽所描述的那种。他什么都没说,艾米丽继续她古怪的独白。

"至少我还有我的珍妮特。这个男人,这个可憎的恶魔,不管他是谁,他还没有把魔爪伸向她。"

烧水壶响了。艾米丽起身去备茶。片刻之后,她带着三个空杯子回来,和一个热气腾腾的茶壶一起放到了她的客人面前。她一边说着话,一边等茶泡开。

"我们四个人成立了自己的团体。福西特太太是个蠢货，尤其还是个托利党人。像她那样的人是不能为我们赢来选举权的。她又软弱又胆小，而且她依赖于这个社会，她的钱，她的丈夫。英格兰妇女在她眼里并不比那些顽固守旧的老派人士和妇女参政反对者高出多少。"艾米丽再次痛苦地笑笑，"比如您这样的人！对福西特和她那无用的联盟来说，我们的斗争只不过是政治上的。您能想象那种目光短浅的行为么？所以我们成立了一个对手组织。不过要告诉您的是，我们并不是最先做这种事的。您会吃惊于米莉森特的下属里有多少貌合神离的派系。那些来自曼彻斯特的姑娘们——您很快就会听说了，我向您保证！"

亚瑟完全不知道那些曼彻斯特的女孩们是怎么回事，但显然打断她的思路并无益处。

尽管亚瑟并没有要茶，艾米丽还是斟了三杯茶。出于习惯，他礼貌地啜饮了一口。想到自己正在机缘巧合下跟一位差点谋杀了他的女人一起喝茶，亚瑟不由觉得自己蠢极了，把茶杯放回了桌上。

"我们称自己为莫瑞根，以爱尔兰的战争和预言女神命名。她可以幻化出百般形态——有时是鳗鱼，有时是狼，但其中我们最爱的是三头鸦。我们用三头鸦作为我们的徽章，把它永久地烙在我们的皮肤上，以证明我们对事业的忠诚。我们计划着要让整个帝国震惊。秋天的时候，我们打算散发宣传册子。我们雇了一个印刷工，并准备了我们的徽章。这些事花了好长时间。他帮了不少忙，那个印刷工——他甚至从没为这份工作向我们索要过报酬，虽然他为此耗费了大量时间。但光靠小册子是拯救不了这个国家的，我们知道这点。我们得做更多准备。如果有必要，炸弹将随之而至。要是炸弹还不能引起公众对英格兰女性权益的关注……好吧，必要的话我们会准备威力更强大的炸弹。我倒是想看看国家妇女参政社团联盟有没有能力干这事！"

"你要用炸弹袭击伦敦？"亚瑟说，"为了政治选举你要把你自己的家园变成战场？"

"无论我们参与与否，一场战争都正在伦敦发生！"艾米丽表现得很强硬。

她一掌拍在桌子上，茶水从杯子里溅出来。布拉姆举起自己的杯子，优雅地啜饮了一口。

"英格兰正在经历变革。莫瑞根并不是这场变化的原因，而是受其影响而生的。您去过白教堂区么，道尔先生？您目睹过那里的荒芜惨淡么？十万名妓女受着奴役。您去过威斯敏斯特么？那里还有十万名女工受着奴役。在这个时代，英格兰妇女能拥有的选择不过三个：要么靠双手艰难度日，要么靠我们的阴道为生，要么我们嫁个有钱人心力交瘁地活着。您会选择哪一个呢？"

她说着说着，情绪越来越激动，愤怒再次支配了她。亚瑟担心地抓着沙发垫子，不知这一切会如何发展下去。

"我读过您的演说稿，您知道的。我也读过您在爱丁堡的言论，我们都读过。我还读过您的小说，读过您的夏洛克·福尔摩斯。您的伦敦和他一起死去了，从悬崖上坠落，溺毙在一池满是泡沫的水中。莫瑞根看透了这一切。"

女孩眺望着远方，就好像在望着某处想象中的地平线。亚瑟觉得自己身处一场罪恶之中。那是一种足以摧毁文明的怒气。

"你为了一场演说要杀了我？"亚瑟竭力维持镇定问道。

"不，不，当然不是。"她说，"我说了，我无意伤害您，我需要您的帮助。"

"我的帮助?"

"我们从来就没有真正地用上炸弹,我们甚至还没来得及分发我们的小册子。国家妇女参政社团联盟仍然是伦敦唯一而无力的妇女参政之声。在我们的计划成熟之前,莎莉便被杀了。然后是安娜。我看到了报纸上的报道,就是我寄给您的那一份。我知道那是她。'摩根·尼曼'。哈!这是我们之间的小玩笑,而安娜用那个做了化名。'摩根'是莫瑞根的缩写,'尼曼'——那是神话里莫瑞根的一个化身的名字。安娜,她总是那个最有趣的……"

"珍妮特,我亲爱的珍妮特,她因为太过心烦意乱而中途放弃了,去利兹市和她的叔叔一起住了。我写信把我的计划告诉了她。我要怎么一个人撑起莫瑞根呢?但她从来不给我回信。"

亚瑟在艾米丽年轻的面容上看到了一些新的东西。深深的忧伤浮现在她脸上,她的脸颊泛红,清澈的绿色眼眸变得湿润。"连我最亲爱的珍妮特都离开了我!那个杀人犯夺走了一切,您看到了么!他夺去了每一个爱我、支撑着我的灵魂!再也没有人能帮我了,除了您。"

"我恐怕还是没搞明白。"亚瑟说。

"我读过您所有的故事。情节那么棒,我都想象不出来您是怎么做到的。还有福尔摩斯!他痛恨着女人,但他又是那么一个天才。一切事情到了他手里都那么轻而易举,您注意到了么?'基础而已,'他说,不费吹灰之力就搞清了一切。光凭一己之力,我永远都找不出是谁杀了莎莉和安娜。但是福尔摩斯一定做得到。您做得到。我相信您,道尔先生,我相信您是高贵的,善良的,您和您的造物是平等的。我是对的,这么做真的有用。我的上帝啊,真的有用……《驼背人》

是我的最爱,所有人都最喜欢它吧?正是在那篇里,他对他的朋友华生说了'基础而已'。我把这句话加到了那封信里,好引起您的注意,激起您的好奇。而现在看来,它奏效了。"

"你想要我调查你朋友的谋杀案?"亚瑟难以置信地问。这事离奇得简直让人没法接受。这女孩要么是个疯子,要么就是个天才。亚瑟不知道选择相信哪个能让自己觉得舒服点。

"是啊,不然还有谁能做到?"她回答得理直气壮,"苏格兰场对我的朋友们漠不关心。他们觉得莎莉是个廉价的娼妓,安娜一家告诉他们自己的女儿失踪时,他们不过打听了几天,就放弃了。他们连她的尸体都没找到。更糟糕的是,要是我告诉他们事情的真相,他们只会把我抓起来,而不会去追捕那个杀了我朋友的凶手。我想过给您寄钱,请您帮忙,但是我少得可怜的经费都花在了炸弹上。然后我意识到,我手里确实还有个办法。"她指了指远处那张桌子上长长的一管炸药,"比起醋来,蜂蜜可以逮到更多苍蝇。不过,用上四分之一磅炸药的话,能逮到多少呢?"艾米丽微笑了。亚瑟没有笑。

他站起身来,高高地站在她面前,就像是天堂门口的圣彼得。

"戴维森小姐,"他开了口,"你就是个罪犯。一个暴徒,一个恶人。我会让你受到惩罚的。你被谋杀的朋友们令我深感同情,但同情心不会为你而生。我会去苏格兰场,告诉他们,是你在包裹里夹了个炸弹寄给我。我也和你一样,为白教堂区深受折磨的姑娘们感到难过。也许等你进了纽盖特监狱,你能顺便告诉我那里的女士们生活状况如何。"

"但是,道尔先生!"艾米丽从椅子里跳起来,"我意识到我对您做得不妥,我明白您的愤怒。但是我当时深陷绝望之中,您没有半点同情心吗？莎莉和安娜死了！被谋杀了！您就不想发现是谁杀了她们么？"

"不想，"亚瑟抬脚走向门口，"我不想。你可以指望明天上门的警察去找。晚安。"亚瑟一把拉开门，走了出去。

布拉姆终于从沙发里站了起来，把杯子放回茶碟上。

"晚安，戴维森小姐。"他说，"很高兴见到您。"

说完，布拉姆跟着他的朋友走了出去，只留艾米丽·戴维森独自一人待在她的客厅里。她没有追出来。

第二十八章　思　考

Thinking

> 夏洛克·福尔摩斯闭上眼睛,两肘拄在椅子的扶手上,指尖相抵,说道:"对一个真正的推理家而言,如果有人指给他一个事实的各个方面,他不仅能推断出导致这个事实的一连串事件,而且能够推断出由此将会产生的一切后果。"
> ——亚瑟·柯南·道尔爵士
> 《五个桔核》

二〇一〇年一月十日,接上文

对哈罗德来说,是时候做一番深入思考了。

这正是夏洛克·福尔摩斯的行事之道。福尔摩斯会坐在他的扶手椅里,穿着他的睡衣,抽着他的烟斗,闭着双眼隔绝一切干扰。他会有条不紊地逐一分析手头的问题:将其合情合理地抽丝剥茧,找出那些必然发生过的事情。几个小时后,他会毫无预警地突然跳起来。他得到了他要的答案。

哈罗德意识到这才是福尔摩斯最伟大的天赋——不是他那神秘的观察力,不是他对脚印和毒药那百科全书般的知识,也不是他那高超的伪装或是跟踪本领,真正的诀窍在于集中注意力。这正是他得以破解谜题的能力。理性思考是他对抗未知的武器。

哈罗德要是想成为福尔摩斯,或者说,至少学得像样点,他就必须做同样的事情。而唯一的麻烦在于,事实证明这要比想象中难得多。

哈罗德坐在红色扶手椅上，手肘搁在弯曲的扶手上。带软垫的椅子很舒服，但他塞在牛仔裤右侧屁股口袋里的钱包尴尬地压在他臀部下面，硌得慌。

他应该站起来，把它拿出来。然后他就能舒服多了。

哈罗德回到了他和莎拉前一晚住过的那间旅馆。她正躺在床上，一边吃希腊沙拉一边翻阅亚历克斯·凯尔的那部柯南·道尔传记。哈罗德听着她嘴里咀嚼莴苣的清脆声响，还有塑料餐叉戳着塑料碗的动静。这些声音让人难以集中注意力。

兜里的钱包真的开始让他烦躁了。它弄得他骨盆重心倾斜，无论怎么坐都不舒服。他应该站起来，拿出钱包，好再回到他的思考里。但是他跟自己发誓在得出结论前，他不可以站起来。他要坚持自己的计划，继续坐着。

莎拉又开始嚼了。天呐，他该跟她说说，让她出去走走什么的。但正因为她无处可去，才决定读完凯尔的作品，顺便吃点午餐。她问过他思考的时候是否介意自己在一边待着，而他也说自己不介意。哈罗德很有礼貌，而且他喜欢莎拉待在自己身边，很喜欢。可是眼下，她让他难以维持清晰的逻辑思维。

目前的问题是：十月份的时候，亚历克斯·凯尔宣布他发现了亚瑟·柯南·道尔爵士的日记。他打电话告诉妹妹这个好消息，但拒绝了她要庆祝一番的提议。他花了接下来的一个月研读这本日记，准备把其中的内容添加到自己的传记里。然而，直到十二月十四日，传记的手稿也没有丝毫改动。一月五日，凯尔抵达了纽约的阿冈昆酒店，准备向他的福学界同行们展示日记。他惊恐地声称自己被跟踪。午夜，他的门三次为来访者打开。没有任何证据能指出那些来访者是谁，也没有人站出来承认自己是其中之一。在凌晨四点到八点之间,他被人用自己的鞋带勒死了。

他自己的鞋带。这很奇怪,不是么?柯南·道尔的书里从来就没出现过用鞋带的案子……

杀手在那间昏黑的酒店房间里最为昏暗的角落的墙上写下了"基础"。他刺破了凯尔鼻子内侧,用他的血在墙上写字。房间被翻了个底朝天。日记被拿走了。

或者说,哈罗德想着,等一下。要是日记实际上并不是从纽约酒店房间里被拿走的呢?要是亚历克斯其实把它留在了伦敦那间写作办公室呢?这就解释了为什么凶手还要闯入那间办公室,去继续搜寻日记!不对。该死的。这不对。哈罗德知道是谁洗劫了伦敦办公室:山羊胡男人,还有他拿枪的同伙。但是山羊胡男人没有日记,不然他就不会问哈罗德要日记了。那么日记不在伦敦办公室。肯定是在酒店。这么说来,是不同的两伙人在寻找日记?从酒店把日记拿走的凶手,还有没能在伦敦找到日记的山羊胡男人?但倘若是这样的话,山羊胡对真正的凶手又了解多少呢?他是不是也像罗恩·罗森博格一样,认为是哈罗德干的呢?这就是为什么他冲自己索要日记?要是他——

莎拉大声地咬了一口生脆的莴苣。她每次咀嚼时牙齿碰到一起的声音,哈罗德都听得一清二楚。他听着塑料叉子再次在碗里翻动,然后听到她咬了某种其他的东西。听起来很钝……黄瓜?乳酪包着的橄榄?

哈罗德的思路彻底断了。他的注意力被搅散了。现在他又想起那个烦人的钱包了。

夏洛克·福尔摩斯集中注意力的时候遇到过这些麻烦么?亚瑟·柯

南·道尔有么？哈罗德想起柯南·道尔协助苏格兰场的事情了。似乎没有人觉得那些帮助有多大成效。柯南·道尔得有多么自负，才能觉得既然自己写得了悬疑故事，就也能解决现实生活里的悬案呢？

哈罗德紧闭双眼，集中思绪。"我们必须寻求一致性，"夏洛克·福尔摩斯曾经说过，"当事情不一致的时候，我们必须怀疑其真实性。"那么自相矛盾之处究竟在哪里？有什么是说不通的呢？

咔嚓，咔嚓，咔嚓。

看在仁慈的上帝分上，哈罗德想。要是她继续像个垃圾粉碎机一样地咀嚼那份沙拉的话，就要出现新一桩谋杀了。莎拉的咀嚼声停止了，仿佛她看透了他的想法。哈罗德听到她走进洗手间，关上了门。然后他听到一阵水流冲刷声。哈罗德觉得，在莎拉从洗手间出来，再次开始咀嚼之前，自己只有一分钟时间可以用来思考而不会被打断。

虽然钱包还在硬邦邦地硌着他的屁股，但他可以忽视它。他要把全部心神都押在这最后一分钟上。他一心一意要完成自己的使命，没有什么可以阻止他。所以——到底哪里不对劲了？

就在那一刻，他想明白了。

哈罗德猛地睁开双眼，随即又眯了起来，调整视力以适应白天的光线。他的眼睛之前闭了好一阵。他从椅子里起身，听到自己的膝盖咔咔作响。他一定已经在这里坐了好几个小时了。哈罗德大声唤着洗手间里的莎拉。

"莎拉！"他大叫。

"啊？"她回应，声音穿过水流的声响。

"亚历克斯·凯尔从来就没发现过亚瑟·柯南·道尔的日记！"

哈罗德听到水流声停了。一秒钟后莎拉从洗手间出现了，脸上挂着一种古怪的表情。

"你说什么?"她说。

"亚历克斯·凯尔从来就没找到亚瑟·柯南·道尔爵士遗失的日记。他撒了谎。"

"你怎么知道的?"

"证据里有一处说不通,有一点很不对劲。一旦明白那是什么,整件事情就一清二楚了。"

"而那是……?"

"手稿!就我们现在所知,整件事是怎样的?凯尔在那部作品里倾注了二十年的心血,那部作品本该是他一生的巅峰之作。然后,他最终找到了自己一直苦苦追寻的东西。那本日记。多年后,他终于可以完成手稿了……但是他却没完成它?他发现日记后的整整三个月里,他都忙得没时间把日记的内容补充到自己的作品里?这根本说不通。"

"但是等等,我们手头只有他手稿的一份备份。也许那一章在别的文档里呢?也许在另一份不同的手稿中。我们无法确认这一点。"

"没错,"哈罗德说,"但是想想。有关亚历克斯发现日记后的心情,他的妹妹是怎么说的来着?"

莎拉抬起头,试着回想。"她说他不想庆祝。"莎拉最后说,"她说他不想谈论那本日记,而他也没有告诉她任何事。她说在最后的那几个月里,无论他在日记里找到的是什么,那些东西留给他的只有痛苦。"

"这说得通么?还是说,正是因为没找到日记而又决定对公众撒谎,才让他那么痛苦呢?自从凯尔发现了日记,他对任何人稍微透露或者暗示过那本日记的内容么？或者提过他是在哪里发现日记的么？"

"没有。"

"除了亚历克斯的话以外，有任何有力证据能证明他真的发现了日记吗？"

"没有。"

"那可能性最大的情况是哪个呢？是亚历克斯·凯尔解开了福学研究史上最大的谜团，但是却拒绝让任何人知道自己是怎么解开的，也不告诉别人答案是什么，甚至都没在自己快完成的书里面加入关于它的内容；还是说，从一开始，他就在找到日记的事上撒了谎？"

莎拉点头，承认哈罗德说得有道理。

"那好，"她说，"要是他从来都没有发现过日记，是谁杀了他？"

哈罗德忍不住笑了。揭示真相果然是侦探这项活动里最有意思的一部分。

"谁都没有。"哈罗德说，"亚历克斯·凯尔是自杀的。"

如果说莎拉之前的反应是有些吃惊的话，现在她简直目瞪口呆了。

"胡扯。"她说。

"'当你排除了所有的不可能，无论剩下的看起来有多不可能，也一定是真相。'"

"我想这也是夏洛克·福尔摩斯说的了？"

"是的，而且他说得对。我知道这很不现实，但这是唯一的解释了。"

"那好，"莎拉跳到床上，"把一切解释给我听吧。"她坐在那里仰头看着哈罗德，就像个亢奋不已的观众正对着即将拉开帷幕的舞台。

她从未如此看着他过。这种感觉让哈罗德心情愉悦。

"首先要解释的是,为什么凯尔要撒谎说他发现了日记,然后参与年会呢?他到底想做什么?他打算第二天登台演说时双手空空地出现,然后说他很抱歉?自杀解释了这一点。他从来都没打算去发表演说。从他宣布自己发现了日记的那天起,他就计划着自尽,把一切布置得足够可疑,像是日记被偷了。他把自己的房间翻得一团乱。他晚上的时候自己开关了三次门,制造出有杀人预谋的访客进来过的假象。然后你记得么,没有人说自己在那晚拜访过凯尔。当然,杀手不会跳出来说自己去过,但为什么其他两个无辜的福学家要对偏执多疑的警方撒谎呢?"

"他用自己的鞋带勒死了自己?"莎拉一边说话,一边在床边晃荡着双脚,"这可能么?"

"医学界对此意见不一。"哈罗德说,"有人认为可行,有人觉得不可能。"

"你怎么连这个都知道?"

"我读过很多的悬疑小说。这不是自缢的问题第一次出现了。顺便提一句,他有可能是借助了工具。你还记得犯罪现场么?尸体旁边的地上有支古董笔,跟柯南·道尔用的是同一款。要是凯尔是用这支笔勒紧了自己脖子上的鞋带呢?然后他倒地的时候,笔掉了下来。那支笔可以帮他在肌肉力量丧失前把鞋带勒紧。"

"这真的有可能么?"

"你对这件事过于悲观了,不是么?它也许是可能的。我们谁都不是医生。但即使我们是医生,我们也不能排除这个可能性,没法完全确定。"

莎拉微笑了。她很享受这件事。

"这在福尔摩斯的故事里出现过。并不是用鞋带绞杀,但在《雷神桥之谜》里,有一个女人就是在自杀的时候,把现场布置成了凶杀的样子。她这么做是为了陷害她丈夫的情人。"

"'基础'那个词是出现在另一个故事里的对么?你告诉过我。"

"是的,没错。凯尔在墙上写下'基础',他暗示的并不是《雷神桥之谜》。他暗示的是《血字的研究》,正如我一直所想的,凶手用的是自己的血在墙上写字,而在这个案子里,墙上的血是谁的呢?"

"亚历克斯的!"莎拉欢呼。

"然后,第二点,'基础'一词出自《驼背人》。说实话,我不知道这个故事跟凯尔的死有什么关系,那是另一则看似谋杀,但实际上并非如此的故事。一位叫巴克利的陆军上校看似是被他的妻子谋杀了。但福尔摩斯推理出那个男人其实是死于惊吓,妻子则对此保持了沉默,因为那个时候她正跟自己的情人在一起。那有点像另一个版本内容稍逊一点的《雷神桥之谜》。说真的,我不知凯尔那个讯息是什么意思。目前还不知道。"

"那他为什么要这么做呢?"莎拉说,"为什么亚历克斯要谎称自己找到了日记,然后自杀,并把一切弄得好像日记被偷了?"

哈罗德顿住了,他意识到自己讲话的时候一直在屋里来回走动。他把脚踩进地毯里站住,继续讲下去。

"我也不知道。"他说,"我们下一步就调查这个吧。"下一步。我们的调查。哈罗德喜欢这些措辞里暗示的许诺,"但我的确想到了一些可能性。要是他是为了陷害什么人而做的呢?就像《雷神桥之谜》。"

"他要陷害谁呢？"莎拉双脚依然在床侧晃荡。

"塞巴斯蒂安·柯南·道尔。"哈罗德说，"十有八九，几乎所有的警察都觉得是他干的。"

"实际上，我觉得啊，十有八九，所有警察都认为是你干的。不过我明白你的意思了。"

"凯尔恨着塞巴斯蒂安。他们已经斗了好多年了，争吵日趋白热化。两人一直在争着抢先找到日记。也许凯尔决定要施出最后一计，让塞巴斯蒂安被整得永难翻身。他声称自己发现了日记，就已经让塞巴斯蒂安乱了阵脚。然后通过自杀，把现场布置成像是有人拿走了日记，他相信塞巴斯蒂安会花无数时间去找凶手。他已经花了许多时间精力在做了……比如说雇用了我。但他的方向是错误的。因为没有人从凯尔那里偷走过日记。再说了，所有的警察都声称塞巴斯蒂安是他们的头号嫌犯。即使他们不逮捕他，因为实际上他并没有杀害任何人，他这辈子也都得背负着嫌疑活下去了。凯尔像个殉道者般地死去了，塞巴斯蒂安却作为恶棍活在这个世上。"

莎拉抬眼望向天花板，思考着哈罗德刚刚说的一切。有很多事情要吸收消化，而她似乎正在脑子里推理，搜寻他逻辑中的漏洞。从她一直咧着的嘴和一直在床边晃荡的双腿看来，她似乎没找到漏洞。

"你刚才坐在那里做的思考真的很有成效！"她最后开口说。

"我知道！"哈罗德说。他相当为自己骄傲。

"不过我还有两个问题。"莎拉说，"问题一：为什么是现在？为什么亚历克斯·凯尔会在这么多年后突然放弃了自己对日记的毕生追寻，只是为了自杀和陷害塞巴斯蒂安？"

"我同意，"哈罗德说，"我们知道他这么做了，但是我们不确定他为什么这么做。我们需要弄明白。"

"第二个问题——这个更重要。"莎拉深深吸了口气,"要是亚历克斯·凯尔在日记的事上撒了谎,自杀,翻乱了自己的酒店房间,"她继续说下去,"那么该死的到底是谁在追着我们跑?"

哈罗德无法回答这个问题。

第二十九章　　回到苏格兰场
Arthur Returns to Scotland Yard

> "这是什么意思，华生？
> ……这一连串的痛苦、暴力、恐惧，
> 究竟是为了什么目的？
> 一定有某种目的，
> 否则，
> 我们这个宇宙就是受偶然所支配的了，
> 这是不可想象的。"
> ——亚瑟·柯南·道尔爵士
> 《硬纸盒子》

一九〇〇年十一月十三日

上午的苏格兰场充斥着一片令人心情愉悦的嘈杂，仿佛一场庞大的科学实验。身着统一制服的警察们穿过正门在这栋五层建筑里进进出出，宛如被一盏巨大的煤气喷灯吞吐着的二氧化碳气泡。亚瑟进门前路过了大本钟脚下的锻铁栅栏，头顶上的大钟宣布还差一刻钟就十一点了。

他没费多大劲就找到了米勒督察的办公室。门大开着，亚瑟没敲门就走了进去。督察从一堆文书上抬起头来，亚瑟再次觉得，那人虽然胡须够浓，看起来真是够年少不经事的。

"道尔医生！"他叫道，从自己凌乱的桌子上扫开了一些文件，"我没料到今天您会过来。"

"那是因为我没时间预先发电报声明我要过来。"亚瑟挑衅道。

米勒督察愣住了，一副做坏事被当场逮到的样子。

"好吧，"督察说，"不管怎么说，很高兴见到您。"他指指桌边那把空着的椅子。亚瑟坐了下来，坐姿跟上次一模一样。那应该只是两周前的事情吧？一个人的生活要发生天翻地覆的变化是多么快啊！

"您的……呃……您的调查进行得怎么样了？"米勒督察装出一脸好奇。

"我找到试图用邮包炸弹炸死我的那个犯人了。"亚瑟说。

米勒督察一脸惊讶："您找到了？"

"是的。我——"

"抱歉，"门口有声音传来，"长官，您现在有时间么？"

亚瑟扭过头去，看到一个年轻警官站在门口。他头上戴着顶不合适的警帽，乱糟糟的头发从帽子边缘松松地露出来。那警官没注意到亚瑟。

"我正在谈话。"督察答复道，"等这事一完我就听你说你的事。"

"好的，那好，没问题。很好。只是，您看，是总督察叫我过来的。他要我看看您忙不忙，要是不忙的话，他派给您一个新案子，刚报上来的。"

"我现在很忙。等这边谈完我就过去，谢谢你，警官。"米勒督察转回头，脸上挂着再明显不过的无奈。这些新来的啊。督察的表情这么说。看我都不得不忍受了些什么！

年轻人还在门口徘徊，像是有什么感想卡在喉头，却难以启齿。

"我能继续说了么？"亚瑟对米勒督察说，话中带有明显的讽刺。

"请继续。"督察说。

"我为您抓住了一个凶手，或者说是一个未遂的谋杀犯。现在我要揭露那个女人的身份。"

"女人?"督察说。

"是的,女人。制造邮包炸弹的是个女人。她相当疯狂,但显然也相当聪明。"

米勒督察茫然地看着亚瑟:"这位是亚瑟·柯南·道尔医生。"他向那个警官介绍说。

"哦!"警官说,"我知道了!"他似乎对打断了这么一场谈话很是尴尬,但依然没有转身走人。

"……那么,要是你不反对的话,"米勒督察说,"我们想先回到这里的事上。道尔医生和我有些事要讨论,你明白的。"

"当然!是的,当然了,长官!"年轻警官转向亚瑟,"很高兴见到您,先生!我是您的狂热读者……好吧,我们都是,不是么?要是没读过那些故事,我都不觉得自己会当警察,您知道的。当我还是个北方乡下的小男孩的时候,我就开始读那些故事了,看,我现在已经是个警察了!"

亚瑟看着他,但又觉得接过他的话题不太礼貌。

"只是,"男孩接着往下说,不过现在是对着米勒督察了,"我觉得总督察想要您现在就过去。"

"警官!"米勒督察说,"我正在跟人谈话。和道尔医生。我确定一小时内我就可以——"

"刑事调查局的助理总监已经朝现场赶去了,长官。"警官突然冒出了这么一句话,随后畏缩了一下,他的样子仿佛刚用滑膛枪开了人生第一枪,很怕见到子弹的落点。

亚瑟不敢相信苏格兰场的工作混乱至此。这个摇摇欲坠的组织竟然是由一帮如此不称职的人拼凑起来的，它本该是个军事机构吧？他可真想见识一下基钦纳爵士会怎么管理这个烂摊子。

"该死的！"米勒督察说，"亨利先生已经出发了？你这蠢货！怎么不早说！就因为你那结结巴巴导致我白白浪费了宝贵的几分钟！"督察噌地从桌子后面起身，一把抓起挂在屋角衣架上的帽子和外套。

"哦，天哪，"亚瑟说，"督察，我知道你得履行职责，但这也太不得体了吧！"

"万分抱歉，道尔医生，要这么匆忙地冲出去我自己也很痛苦啊。但你是不知道爱德华·亨利这个人。他刚从印度回来，在苏格兰场一上任，总监直接就把他提拔到了刑事调查局，居然当上了助理总监。算是要试试亨利对伦敦适应得怎么样吧。让我来告诉你对他来说伦敦怎么样吧，让我来。那男人抓黑鬼抓了十年，于是现在就觉得自己懂得怎么处理英国的犯罪集团了。他有一大堆要学的，极大一堆。他想要重组整个机构，转变工作重点，给办公室安装大批新设备以代替实实在在的调查。规矩和条例，这就是他一直在谈论的。真他妈的浪费时间。您知道一个侦探最好的工具是什么吗，道尔医生？"督察踩了踩他那双亮闪闪的及膝靴子，"脚踏实地，这才是破案的根本。"

亚瑟站起来，跟着这两人走到了苏格兰场的走廊上。

"有个年轻姑娘在一心一意地制造炸弹，"他说，"我强烈建议你立即逮捕她。"

米勒一边走一边指着那个警官："当然了，我可以派比灵斯警官去抓您想要的任何人。"他说。

"你可以在她的公寓发现你需要的所有证据。冲进去，你就能把她逮个现行。"

"太好了,"督察迈下主楼梯,大靴子一步跨下两个台阶,"单凭您的话我们就很乐意逮捕任何人。您想要比灵斯警官去抓谁?"

亚瑟突然感受到了自己的影响力。他知道,苏格兰场永远不会在意他的想法或者他的侦探才能。但他看得出来,他们一样不得不受制于他的名声。用名望稍微吹吹风,整个组织便立刻低头哈腰。

"她叫作艾米丽·戴维森。"亚瑟说,"住在克勒肯维尔。"他把地址给了那位警官。

"马上就去办,先生。"警官的恭顺让人心情很好。

"好了,"米勒督察说,"现在我这是要去哪儿?"

比灵斯拿出一沓文件。亚瑟这才注意到,在他们谈话的时候那男孩手里一直都拿着它。警官把材料递给米勒督察,他一边看,一边加快步伐冲向苏格兰场大门。

然而,当他将手伸向大门,距离只有几英寸的时候,米勒督察愣在了那里。他的脸上浮现出一种怪异的表情。

"道尔医生,"督察缓缓说道,目光死死盯在纸上,"您介意跟我们一起去案发现场么?我想我们也许需要点帮助,而您可能是提供这一帮助的合适人选。"

亚瑟被他的要求弄得有点发蒙,不过还是很快点头表示同意。

"当然没问题,"他说,"但是我能问问您,为什么觉得我能帮上忙呢?"

"因为,"米勒督察的视线移到亚瑟脸上,"我被指派去调查一桩显然是谋杀的案子,一个叫艾米丽·戴维森的人被杀了。在克勒肯维尔,就在不久前。"

那一刻，在涌入亚瑟脑海的无数想法和情绪中，最为压倒性的是他清醒地意识到自己正尴尬地站在苏格兰场大厅中。成百的探员摩肩接踵地从他身边冲向门口，而另外成百的探员正涌进来。两百名探员，忙碌着两百件案子。而亚瑟木然地站在他们之间，一位已届中年的作家，坠入了一个深邃得足以将人溺毙的谜团之中。

第三十章　《英国鸟类》《卡图卢斯诗选》和《圣战》
British Birds, Catullus, and the Holy War

"长期以来，我一直认为，小事情是最重要不过的。"
——亚瑟·柯南·道尔爵士
《身份案》

二〇一〇年一月十一日

如果你是亚历克斯·凯尔，你自杀了，根据自己的思路留下了一堆只有福学家才明白的线索。那么这些线索应该通向哪里？

这正是哈罗德和莎拉目前面临的问题。他们讨论了各种可能性。他们可以回纽约再去看看凯尔的酒店房间，但那间屋子肯定已经被打扫干净，一点证据都不剩了。他们可以去塞巴斯蒂安·柯南·道尔的公寓，打听一下过去几个月里，凯尔有没有跟他说过什么可以暗示自己动机的话，但是鉴于上次和塞巴斯蒂安·柯南·道尔的会面不怎么愉快，这也不太可行。

于是，考虑到手头可行的调查方向所剩无几，哈罗德和莎拉决定再去看一眼凯尔的写作办公室。"凯尔试着留下了一堆线索让福学家同行去追查。任何像我这样的福学家都可能跟着凯尔的脚步一路追到写作办公室。那么，那里一定有些什么在等着我们。"

莎拉承认，这一点确实听起来和其他选项一样合情合理。

"但是，"她补充道，"现在那间办公室已经是犯罪现场了。詹妮弗·彼得斯叫来了警察，我也不觉得她有多待见我们。我们要怎么进去？"

结果事情完全没有他们原本想得那么麻烦。两人在那栋楼前的台阶上假装在莎拉的包里找钥匙，等了大约十五分钟后，一个仿佛凭空出现的少年把他们放了进去。那个少年没有跟哈罗德或者莎拉中任何一个有眼神接触，只是低着头开了门。他像是一直沉浸在自己的思绪里，慢慢爬上了公寓中央的楼梯，一路拖着腿，垮着肩。哈罗德很高兴地发现，虽然跨越了大西洋，阴郁和消沉依然是最基本的青春期特质。

通往凯尔屋子的门关着，但是当哈罗德转动门把的时候，他发现门锁已经坏了。山羊胡男人在入侵房间时一定砸坏了锁，而公寓管理员似乎还没来得及换把新的。黄色的隔离带交叉横在门道上，形成了一个"X"形。哈罗德和莎拉低头钻进了公寓。

房间看起来跟两天前他们离开时几乎一模一样。不过，是两天前么？还是三天？还是说哈罗德昨天还在这里，翻阅着地上一摞摞乱扔着的书？哈罗德意识到案件发生后，他已经完全失去了时间概念。真奇怪，他想，这些在他整个生命中最值得书写的日子，就这么轻易地混成了一团肾上腺素和阴谋诡计的糨糊。

他看向莎拉，她正穿行于一堆堆书和纸之间，找着老天才知道是什么的鬼东西。哈罗德意识到，在那让人慌乱的离婚真相和她的谎言之中，自己很满意于能够发现那个小小谜团的答案——关于为什么自己没有过多地过问她的离婚。他对她那位即将成为前夫的丈夫，还有那些需要跟律师打电话解决的各种紧迫的法律问题都一无所知。他当然能感觉到嫉妒的刺痛，这就是为什么他不去过问。他害怕知道有关那个男人的事情，那个她曾经深爱，但现在却要为一些模糊而无聊的财产问题跟她争执的男人。就自己而言，哈罗德从未认真考虑过结婚。他并不反对这个主意，只是这个主意从来都只是脑海中的一种概念。他总是想象着自己会结婚，会有那么一天——但他还很年轻。虽然莎拉看起来也大不了多少，但她已经纵身越过了这道坎。然后她撞上岩礁，漂到了岸边。

他试着想象莎拉在周日早晨煮咖啡的情景。想象她在床上做着填字游戏，把床单缠绕在双腿上，提醒哈罗德"adze"是一个意为木雕工具的四字词汇。这景象相当荒唐。他只能想象得出莎拉用一把弹簧刀刺破黑色轿车的轮胎，或者为了一些秘密信息翻拣着乱成一团的犯罪现场。他和她的关系，无论是何种情谊，都只存在于非同寻常的场合之下。

哈罗德突然很伤感。等一切结束，莎拉就会离开，回到自己生活之外的地方去。而他也将回到卢斯费利斯那间毫无品味可言的单人房里去，回到那些琐碎的民事法庭案件，还有一大堆古书里，回到每个月和本地朋友聚一次的生活里，回到纽约每年一度的盛会中，在那里他可以公然戴着那顶猎鹿帽，没有人会为此嘲笑他。和莎拉在一起的这些日子是场梦，真实的生活很快便要回归了。这想法多么悲哀啊。这一切不会以周日晨间悠然的咖啡告终，它只会戛然而止。

他曾经有过一个叫作阿曼达的女朋友，那是大学毕业之后的事。关于她，他印象最深刻的事情是她那总能完全活在当下的能力，甚至要比他们在布宜诺斯艾利斯共度的美好的十一天，还有做了四次半爱的那一晚都要深刻,即使在她沉沉睡去时他差点就用上了"灵魂伴侣"那个词。她总是可以坦然接受那些来到她面前的欢愉和厄运,从来不会无休止地沉浸于欢愉或是厄运何时终结的胡思乱想中。

哈罗德对曲终人散这件事一直有种无力感。每当他在某处做着某件事的时候,总会忍不住去想这件事何时会结束。他是那么竭力地去试着体验当下的愉悦,将那体验与相比起来更开心或者不那么开心的过往区分开来;他试着将此刻和它最终会走向的终结分开,但是他从来都做不到。现在他正试着把注意力集中在脚下的书本上,集中在周遭的谜团和冒险上,把大部分注意力落在莎拉平稳的呼吸上,那个声音即使在房间另一头,他依然能辨别出来。但是他没法停止去想,当自己回到洛杉矶时会看到冰箱里坏掉的牛奶,或是会在自己的答录机上发现四条留言,这些留言他都不想去听。这一切也会结束的。

"什么时候结束呢?"哈罗德大声地说了出来。他不记得自己决定开口,但话已出口。话音已落。

"你说什么呢?"莎拉问。她把手里的书扔到一摞书顶上,交叠起双腿。

他不确定怎么接话。他当然也不想接这个话题。但是尽管难以置信,他已经开了口,而且他也不知道怎么了结这个话题。

"呃……调查什么时候结束呢?我们现在到底在寻找什么呢?侦探工作真是有趣。就像是一架自我认可、自我维护的机器。你发现一条线索,你推理出一个解释,然后你追到下一条线索。然后再下一个。也许我们在取得进展,也许做侦探就像是陷在一台永动机里。总是有东西在等着你去分析,总是有更多的东西亟待发现。我们可以开始分析我们自己的分析。我们可以自给自足地永远跑下去!"

莎拉回以一脸好奇："我很欣赏你从中感受到的哲学意味。"她谨慎地说，"但是我不确定你指的是什么。"

"我们一开始是要做什么？我们要找出是谁谋杀了亚历克斯·凯尔，我们还想找回日记。好了，我们知道谁杀了亚历克斯·凯尔，我们知道我们找不回日记了，因为它从来就没有被找到过。"

"我们不知道凯尔为什么要这么做。"

"但是这有关系么？要是我们已经知道真相，背后的原因重要么？"

莎拉愣住了，想要看懂哈罗德的表情。他肯定是想到了什么，但是他们都不能确定那究竟是什么。

"你在说什么，哈罗德？你想回家了？"

"不。"他说，"但是你为什么还在这里？"

"我为什么还在这里？"莎拉似乎被问题搞糊涂了。

"我能告诉你为什么我还在这里。因为亚历克斯·凯尔自杀了，为了给我留下一条讯息。但是为什么你还在这里？"*为了我。*哈罗德想。*说你是为了我留下的。*

莎拉冷静地看着他。"为了日记。"她说，"我待在这儿是为了找到日记。那是我的新闻。"

哈罗德回望她，试图报以同样毫无情绪的表情。他确定自己失败了。她肯定能看出他正在竭力掩饰的悲哀。

"亚历克斯从来没找到过日记。"他说，成功地压制住了嗓子里的颤音。

"没错，但是你可以。"

"你那边那堆是什么书？"他说，指了指她身边那摞书，就好像刚刚什么都没发生过。

"历史书,"她说,"还有诗集。德国的,古罗马的。"

"等等。诗集是古罗马的,还是历史书是古罗马的?"

"呃……"她从那一摞书里抽出一本老旧沉重的硬皮书。它没有光滑的封皮,只有磨损了的硬质黑封面,"《卡图卢斯诗选》',他是古罗马人,对吧?"

哈罗德笑了:"没错。我打赌这儿还有本军事史——叫作《圣战》对吧?"

莎拉吃惊于哈罗德的特异功能,低头去看那堆书。她很快拿出了另一本硬皮书。

"是的。"她说,"你怎么知道这儿有这本书的?"

"打开书。"

她照做了,然后惊讶地抬头看哈罗德。"书页是空白的!"她叫道。

"是的,那书是假的。是凯尔开的一个小玩笑。当夏洛克·福尔摩斯在大裂谷时期之后回归时,他打扮成了一个年迈的书商出现在华生面前。他随身带着三本书,作为礼物送给了他那位毫未起疑的伙伴。那三本书,一本是卡图卢斯的诗集,一本叫作《圣战》,我们目前基本可以确定这本书并不存在,另外一本是叫作《英国鸟类》的自然指南。我相信你会在里面找到最后一本。"莎拉开始在那堆书里翻来翻去,找那本《英国鸟类》。"对福学家来说,卡图卢斯的诗集比较难以理解。在古罗马诗人中,他是在性方面最为开放的之一,不管是在异性恋还是同性恋方面。消失了这么久,回来就送给自己最好的朋友这么一本书,这可真是件有意思的事。"

莎拉在身边的书堆里找了半天,最后两手空空地转向哈罗德。

"这里没有《英国鸟类》。"她说。

"我相信一定有。"

哈罗德也跟她一起在地上找了起来,两人把那堆书又翻了一遍。一无所获。

于是他们找遍了整间公寓。两人手脚并用,在地上扒来扒去,翻遍了手边每一本书。最开始哈罗德从南边开始找,莎拉从北边开始,但没找到。他们交换了方向继续找,依然一无所获。

"不在这里。"莎拉最后说。

"这说不通。"哈罗德说,"亚历克斯·凯尔不可能只有福学家三部曲中的两本。像他那么狂热,绝对会有另外那本。"

"所以山羊胡男人偷走了它。"莎拉说。

哈罗德想了想。"有可能。"他说,"说不定。但是他为什么会觉得那本书特别呢?要是他真的知道那本书的特别之处,那为什么还要把整间公寓翻个底朝天呢?"

"这倒是。"

"而要是山羊胡男人没有偷走它……"哈罗德总结道,"嗯……要是他没有偷走它,那么这本书就从来都不在这里。这是亚历克斯·凯尔试着告诉我们的另一条讯息。"

---

1 卡图卢斯(公元前约87—约54),古罗马诗人。

第三十一章　　与爱德华·亨利初次会面
Introducing Mr. Edward Henry

> "许多刑事案件的关键点就在于此。很多情况下,案发后几个月才能有犯罪嫌疑人的线索,在仔细检查他的衣物后,发现上面有褐色污点。这污点是血迹,是泥迹,是铁锈,……抑或是其他什么东西?这是个让许多专家颇感棘手的问题。原因何在呢?就是因为没有值得信赖的检测方法。现在有了夏洛克·福尔摩斯检测法,一切变得简单容易了。"
> ——亚瑟·柯南·道尔爵士
> 《血字的研究》

一九〇〇年十一月十三日,接上文

需要亚瑟解释的事情有一大堆。在赶往克勒肯维尔的短暂路程上,他试着坐在苏格兰场的马车里讲完。他和米勒督察飞快地赶路,于是亚瑟必须讲得比马车速度更快。当他们那辆宽大的四轮马车在艾米丽·戴维森的寓所门前停下时,亚瑟已大致把自己的调查跟米勒督察陈述了一遍。

艾米丽·戴维森的公寓里挤满了警察。一群警察在起居室里乱转,进行各式各样的古怪任务。有两个人正往所有物品表面上倒着木炭粉,成片的黑灰让整个屋子看起来像一座多年前爆发过的火山。有人把干净的玻璃压在粉块上,然后把玻璃举起来对着光看。他们紧张地研究着木炭粉形成的万花筒图案,然后,似乎不太满意眼下的成果,又把玻璃压了回去以获取新的图像。另一群调查人员围成一圈,研究着地上的什么东西。他们手里满是稀奇古怪的器械,轮流蹲下去把器械用在地上那个不知是什么的东西上。往起居室里多走几步,亚瑟在人群中央看到了一双穿着丝袜的腿。他随即辨认出了那双腿上面的黑色连衣裙,它被撕破了,以一个奇怪的角度堆在那里。这一定就是艾米丽·戴维森的尸体了,亚瑟反应过来。挤进那堆警察,亚瑟看到有个人跪在尸体边上。那人正举着一个长长的、弯成了月牙状的铁棒,中间有条铰链,好让这东西可以像动物的下颚一样开合。他让那东西环住艾米丽的头骨,然后读取器械顶上的刻度。跪在地上的警官冲站着的人报出一串数字,后者又冲着他吼了一遍相同的数字用来确认。亚瑟意识到,那人是在测量她的头骨半径。

在一片喧闹中,刑事调查局助理总监爱德华·亨利威风凛凛地大步走来。虽然他并不曾表明身份,亚瑟也对那人的地位毫无怀疑。他比大多数手下都高了至少半英尺,双腿颀长瘦削,支撑着同样干巴巴的躯体和生硬的脸。这男人全身上下轮廓分明,仿佛他的皮肤是被骨头撑起来的。浓密的眉毛和胡须让他看起来一副好斗的表情。他颐指气使地指挥着手下,带着一口外国腔调。

"Jul-dhee kuro!Jana hae."爱德华·亨利说,"找到什么了,小伙子们?"

在场的每个警官,包括米勒督察,都转过头来看着他。他从右到左扫视整间屋子,看着他的手下傻愣在那里。"那是印地语,绅士们。从孟加拉的总督察办公室那儿学来的。如果你们要逮住一两个骗子的话,学点他的语言是有帮助的。现在,在戴维森小姐的卧室床头柜上有两个用过的杯子。你,还有你——"他指了指其中两个人,"结束这里的活儿以后去那边的杯子上用用木炭粉。记得我是怎么教你们的吧?很好。"

米勒督察转向亚瑟，两个人都还站在门口。

"看到我肩上的重担了么？"米勒督察低声说，"那位总监以为自己是个魔术师。所有人都觉得他已经混成了个印度土著，而且我可不怎么喜欢刚被提拔到刑事调查局的新人用印地语骂我的手下。"

米勒的低语招来了助理总监亨利的注意，他看向门廊，发现了等在那儿的亚瑟和督察。

"米勒督察，"亨利说，"能看到你这么大老远跑出来真让我欣慰。"

米勒走进起居室，等他走近亨利时，身体很不自然地直挺着。两人之间就隔着一个沙发。

"是你命令我的警官们往整个犯罪现场倒灰的？"米勒督察说。

"严格来讲，"亨利回答，"他们是我的警官。你是我的督察。"

"我很抱歉，绅士们！"米勒督察抬高嗓门，"我并没有意识到我们今天是来沙滩度假的，所以我们现在大概可以在这堆灰土上好好玩一玩！"几个警官笑了。大多数人的视线在这两个男人之间来回转悠，不确定该向谁表忠心。

爱德华·亨利盯着米勒督察看了好一会儿，两人互不相让地瞪着对方。

"找到那边杯碟上的指纹了么？"亨利终于开口，指着沙发边那张矮桌上一堆乱糟糟的茶具问道。

"是的，先生。"其中一个人说，"您要我们弄的那些弯弯曲曲的污迹，我想我们已经收集到几组了。"

"很好！"亨利说，"现在看看我们能不能找出那是谁的。"

"那是我的指纹。"亚瑟说。

他的声音没有被苏格兰场紧绷的气氛掩盖，清晰地贯穿了整间起居室。亨利上上下下打量了一番亚瑟,仿佛他才注意到这个人。

"先生您是?"亨利问。

"我是亚瑟·柯南·道尔。"除了米勒督察,房间里余下的每一名探员都惊讶地看了过来。米勒督察微笑,宣告在这场部门内战中亚瑟跟自己站在一起。

"道尔医生是我的客人,"米勒督察说,"他和我一起在查另一件案子,那起案子的结果让亚瑟——请原谅,我不该在别人面前称呼您的教名——让道尔医生来到了这里。"

"我很荣幸。道尔医生,"爱德华·亨利说,嗓音里带着一丝真实的敬畏,"我还在印度的时候,曾经在收到您的小说后把自己锁在书房里整整一晚,为的是在不被打扰的情况下,好好享受您的故事。您可找不到比我更虔诚的夏洛克·福尔摩斯先生的信徒了。"

"我对此深信不疑。"亚瑟简洁地答道,"现在,这里出了什么事?"

亚瑟穿过起居室,感觉自己的力量达到了巅峰。他走到窗边的死尸那里,聚在那里的人群让了让,给他留出了空间。他觉得这事真可笑,在两名经验丰富的警官和他自己这个毫无经验的外行之间,却是他得到了这些人的尊敬,就因为某部老旧而廉价的悬疑小说那没完没了的吸引力。

"艾米丽·戴维森是被殴打过又勒死的。"亨利说,"可能是在昨晚或者今天凌晨。她楼下的邻居,一位姓兰新的太太今天早上抱怨说昨晚她听到了一堆噪音。有枪声,她说。她觉得那是傍晚六点,虽然她不是很确定。她上楼走到戴维森小姐门口,发现前门被枪打坏了。门悬在铰链上,大敞着。"那是布拉姆的成果,亚瑟想,虽然他决定不打断亨利先生的阐述。"兰新太太很担心,便进了屋子。她发现了戴维森小姐的尸体，于是叫了警察。"

亚瑟弯腰查看艾米丽·戴维森的尸体，那让他想起了鲸鱼的皮。厚实的青铜色兽皮被鱼叉捅破，海面之上喷涌而出的鲜血和水流。他年轻的时候曾经有整整一个冬天都待在格陵兰岛临近海域捕鲸。一艘船上聚着五十个苏格兰人，言语粗犷，赤裸的臂膀强而有力。春天的时候他们就让船停靠在船坞，去打些小猎。有整整一个月他们都在猎海豹，在浮冰上追着那些滑溜发亮的鲜肉砸个不停。负责前桅杆的科林有天早上踩在了一头海豹的脑袋上，脸朝下摔在了那玩意湿漉漉的肚皮上。男人们大笑了起来，开着玩笑，干着活。那是份艰苦的差事。

不到二十四小时前，他和艾米丽·戴维森打过交道。那时他理直气壮地对她暴跳如雷，满心都是被她那卑鄙的炸弹策略激起的怒气。而现在，她躺在自家起居室的地板上，成了一具苍白的尸体。她的喉咙上印着红紫的勒痕，脸上也满布着瘀伤。鼻子被砸裂了，张着口子歪向一侧。眼皮红紫肿胀，就像是被碾碎的虫子。他注意到一小缕血从她的左眼流到了木质地板上，它已经凝固，成了一片有弹性的黑色硬块。那个对艾米丽·戴维森做出这一切的男人，亚瑟对他那颗肮脏的心产生的愤怒，已远远超过他对艾米丽·戴维森本人的怒意。

"那姑娘桌子上有一堆炸药和导线。"爱德华·亨利说，"虽然从外表看来很难以置信，但这姑娘似乎在制造炸药。"

"我知道。"亚瑟站起身。他不想再看那具尸体了，能不看就不看。

"我的人从这儿收集到了指纹。"爱德华·亨利对亚瑟说，"我们会留着，等找到凶手，我们会做对比。我已经发展出一套系统来对手指的各种特征做分类——我们把十个指纹印到纸上，记录下它们最突出的特征。等我们找到了嫌疑犯，就能把他的指纹和戴维森小姐东西上的指纹作对比了。要是匹配的话,bus sub hoe guyya。大功告成。"

"一套保存并记录指纹的法子?"亚瑟说,"这听起来可真太让人惊叹了。天哪,听起来就像是我那位福尔摩斯会干的事。不过,恐怕茶杯上那些指纹对您没多大用处。正如我所说的,其中一些是我的。其他的属于我的一位朋友,一位斯托克先生。"爱德华·亨利期待地看着亚瑟。这表情让亚瑟深深吸了口气。他又得解释一大堆事。

在亚瑟向亨利讲述自己的故事的时候,警官完成了他们对艾米丽·戴维森尸体的检查。亚瑟说着话,米勒督察点起一支烟,眺望着窗外,冷淡地抽着。爱德华·亨利对亚瑟的故事反应不大。他倒是会在亚瑟说得不是特别清楚的地方打断他,要求具体说明,听明白了的话就会点点头。要是点两次,就意味着亚瑟可以继续说下去了。男人的表情波澜不惊,只流露出他对手头工作的仔细和专业。这让亚瑟印象深刻。要是苏格兰场里能有人像夏洛克·福尔摩斯的话,就是他了。

"谢谢您,道尔医生。"亚瑟说完后,他仅仅说了这么一句。爱德华·亨利转向米勒督察。"你知道这些么?"他问他的部下。

"是的。从调查一开始,我就一直和道尔医生保持联络。"

"我明白了,"亨利一脸深思,"道尔医生,我相信您提到的那位斯托克先生能证明您的故事,是么?"

亚瑟不确定为什么自己的"故事"还需要旁证。"当然了。"他说,"需要的话,我还可以给您他的地址。"

爱德华·亨利从鼻子深吸了口气,疲惫地站起身来,背着手开始踱步。他似乎因为陷入了某种两难境地而异常焦虑。

"是个吸引人的故事,"他沉默着踱了一会儿步后开口道,"相当像是您那些书里的故事,不是么?但是,我觉得即使是个漫不经心的读者，大概也不会觉得这个故事可信。"

"先生，"亚瑟站起身，面对那位警官，"我想知道您这是什么意思。"

"我的意思是，"亨利说，"您想让我相信，在经过一系列漫长的逻辑推理和穿了一晚上裙子以后，您推测出了试图杀您的那女孩的身份和住处。你来到她的住所和她对峙，但是发现门锁着，于是您——或者您那位朋友——冲门锁开了枪。等你们见到了那位试图杀您的女孩本人，和她简短地吵了一架，坐下喝了点茶，跟她解释了一下她的方法是错误的，然后就离开了。然后您回了家，好好睡了一宿，第二天早上来拜访我们亲爱的米勒督察，解释了整件事。然后一个其他什么人在您离开后潜入了公寓，把这位可怜不幸的女孩当成待洗的衣服一样痛打了一顿？您编了个好故事，道尔医生，解释了这件事里我们将会调查到的所有和您有关的情况。这似乎就可以让米勒督察收手不再追查了，不是么？"

亚瑟骇住了。他从来没想到苏格兰场会怀疑他，在所有涉案人员中，怀疑是他杀了艾米丽。居然有人认为他做得出这种事，这太可怕了。

米勒督察不再待在窗户边上发愣了，亚瑟不由自主地感到督察的脸上挂着一丝轻浅笑意。

"您不能指控亚瑟·柯南·道尔犯了谋杀罪！"米勒督察说，"他们说他很快就要封为爵士了。要是您冤枉了他，您的仕途就不保了。"

"我没有指控任何人，"亨利说，"我只是觉得我们得查查他的故事。我们大概要对道尔医生做进一步的全面讯问。"

"你怎么敢！"亚瑟说。他突然暴怒了。他的血并不像壶里的水一样慢慢变热，而是沸腾于一瞬间。突然之间，他发现自己正冲着A.C.亨利大吼，"你看到她的脸了么？我能干出来那种事么？我这双手干得出来那种事么？"

接下来发生的事被亚瑟视为整个事件中最为离奇的意外。他把指节举到了爱德华·亨利的脸边，试图说明它们是多么柔软文雅。这是一双作家的手，不是屠夫的。亚瑟只是想展现这些。但是见到亚瑟的指节离自己的脸不过英寸之遥，爱德华·亨利一挥手拍掉了亚瑟的胳膊。由于感到自己被袭击了，亚瑟做了任何一个热血男子都会干的事——他转身给了这位警官的下巴一记直拳。

亨利后退了一步，捂住他发痛的脸。房间里所有视线聚到了亚瑟身上。也就是在那时，几秒钟之后，亚瑟才反应过来，自己刚刚袭击了一位警察长官。

"来人，"爱德华·亨利安静地说，"如果有人愿意的话，给道尔医生上手铐。"两位刑警站到了亚瑟身后。他们用金属手铐环住他的手，围着手腕卡了起来，留心不让他难受。然后他们站在亚瑟两边，一人一只手按在他肩膀上，两人随即低头盯着自己的靴子，仿佛害怕做任何目光交流。

亚瑟惊得瞠目结舌。他做了什么？他望向米勒督察求助。

"不用担心，亚瑟，"米勒督察说，"我们会把一切搞清楚的。"亚瑟一言未发，两个刑警架着他下楼进了一辆马车，向纽盖特监狱进发。

第三十二章　　图书馆

The Library

"华生一再说我是现实生活中的剧作家,"
（福尔摩斯）
说道:"我怀有艺术家情调,
执拗地要做一次成功的演出。麦克唐纳德先生,
如果我们不能常使我们的演出效果辉煌,
那么我们这个营生就真的是单调而令人生厌的了。"
——亚瑟·柯南·道尔爵士
《恐怖谷》

二〇一〇年一月十一日，接上文

大英图书馆位于圣潘克拉斯，外墙呈某种土红色。从建筑结构上来讲，它就像是一个个摞起来的不规则四边形，而且摞得还不那么整齐。这让哈罗德想起坏掉了的乐高积木。

哈罗德和莎拉穿过大门，高大的廊柱下粗体的"大英图书馆"字样从天花板顺次垂下。进门的时候，哈罗德飞快地瞟了一眼伊萨克·牛顿硕大的雕像；虽然对雕塑的鉴赏能力有限，但他觉得对一位数学家而言，那肌肉横生的小腿实在是粗壮得令人吃惊。

他们在拥挤的登记室填完表格。两人声称自己是鸟类学者，并出示了驾照。哈罗德原本以为要接触大英图书馆的藏书会很麻烦，耗时良多，还会官僚得吓人。但是，实际上过了十二分钟都不到，他和莎拉已经通过了安检，站在一号私人阅读室里。

飞快地检索了电子分类，他们得知自然类别的书在四楼的七八五二

号书架上。两人登上电梯，经过一列列书架，终于走到了一个低矮的架子旁，那里搁着成打的鸟类观察指南。

来大英图书馆看看是哈罗德的主意。他坚信在亚历克斯的写作办公室里一本《英国鸟类》都找不到绝非巧合。那么那本书会在哪里呢？

"还记得詹妮弗·皮特斯提到过的凯尔的研究么？"哈罗德当时说，"他的大部分研究都是在大英图书馆完成的。听起来似乎最后几周他也一直是在那里度过的。而且，如果是我想要在伦敦找地方藏一本书而不被人偶然发现的话……"

哈罗德一看到四层的鸟类区，他就对自己的想法更有信心了，线索在前面等着他。整个自然科学区都人迹罕至。架子上的每本书都积满了灰尘，看起来就像是几个月没来过人了。要是凯尔有什么东西想要等自己死后才被发现，这里的种种迹象都表明哈罗德极有可能还找得着它。他蹲下身去，激动地从架子上抽出一本本书。

"我们要找的书有具体目标么？"莎拉也蹲下来，加入哈罗德。

"没有，"哈罗德回答，"任何标题上带着'英国'和'鸟类'的都可能。故事里的那本书就叫作《英国鸟类》，但实际上那本书并不存在。不过会有一大堆类似的选择。看这个。"哈罗德抽出来一本叫作《鸟类之歌：自然科学家研究英国鸟类之歌的实地手册》的书。"嗯，"他翻到那本书的版权页，"一九二五年的。太新了。他应该会用一本柯南·道尔生前付印的书。夏洛克·福尔摩斯有可能读到的东西。出版于十九世纪八十年代或九十年代的书。"

莎拉抽出一本厚重的彩图书，叫作《英国鸟类的种类》。她看看日期——一九七五年。不行。接下来几分钟里，他们一本本地翻看着。两人都惊讶于自然文学里关于英国鸟类的书居然这么全面。

哈罗德一眼瞥到了一本方方正正的小册子，边缘都磨卷了。他把书从书架上拿了下来。《英国鸟类指南》，褪色的书皮上写着。书首次印刷于一八七六年。这一版是在一八九四年时重印的。

哈罗德急切地翻开封皮。还没等他把书举到自己眼前，一张白纸就从书页中掉了出来。哈罗德低下头。这是一张对折起来的纸，看起来很新。

莎拉看到了地上那张纸，把身子挪到哈罗德旁边。他捡起那张纸，莎拉歪歪脑袋，越过哈罗德肩头，好让自己能和他一起读上面的内容。他感觉得到她的呼吸拂过自己的耳垂。

他打开那张纸，看到一封打印的信。

致有关人士：

如果您是一位业余鸟类爱好者，在查找鹈鸪翅膀颜色时偶然发现了这张纸，那么请马上处理掉它。它的目标读者花在寻找它的时间上太长了，已经不再需要下文的信息。但如果，正相反，你是这场伟大游戏中一个玩家，从纽约酒店里的一具尸体一路追踪到了这里，那么祝贺你。你的旅程到此结束。差不多结束了。

那么，伙计，坐在大英图书馆读着这封信的你是哪一个呢？是你么，杰弗里·恩格斯？要是我是个赌徒的话，我大概会把钱押在你身上。或者是赖斯，我亲爱的好友赖斯……我本觉得你太过于理性，所以不会一路跨越大洋追查一个已死之人的遗言。还是说是罗恩呢？我本不相信你会有能力走到这儿的，但是要是坐在这儿的是你，罗恩·罗森博格，那么也要恭喜你。你最终让我惊讶了。而要是塞巴斯蒂安·柯南·道尔——好吧，如果是你的话，塞巴斯蒂安，那我的计划失败了。

他们中是谁帮你发现了我的?我觉得你会用钱收买我的某个福学家同行去寻找自己家族的那个秘密。他们中哪一个蠢到答应你了?我只能希望你们俩都能赶紧来地下陪我。

不管你是谁,接下来该谈谈你在做的是什么了。正如你所知,我死了。一月六日的清晨,我被勒死在了纽约阿冈昆酒店我自己的房间里。你知道是谁杀了我么?既然你已经找到了这里,那我猜你可能已经知道了。我就是那个凶手。我杀了我自己。

哦,是的,我确定你肯定很想知道为什么。但是不要怕,你会发现的。行吧,只要你够聪明。

你推测出日记在哪里了么?我猜你还没有。那是个更棘手的问题,我自己花了十多年才发现。但从我发现它的那一刻起,我就知道我必须把这个秘密带进坟墓。但我觉得,在赴死前如果不给其他人留点暗示,未免太不公平——就朝正确方向轻轻推一把。因而我设计了这奸诈的小小谜团,让自己虽逝犹存。我这辈子是世界上最伟大的福学研究家。任何能解决我留下的这个谜团的人,都可以当之无愧地被称为第二。现在我已经离世了。你可以确信自己是在世的福学家里最为圆满成功的了。祝贺你。名至实归。

那么接下来你要去哪里呢,侦探?你一定已经知道,我没有把日记带到纽约,你也知道,它并不在我伦敦的房子里。那么它在哪里呢?这可真是个诱人的小谜题,不是吗?我只希望亚瑟·柯南·道尔能为之骄傲。

我的父亲死于一月六日。你知道这个么?我相信,他完全不知道自己脑子里的肿瘤爆发的那一天正是夏洛克·福尔摩斯的生日。我觉得詹妮弗也不曾想到过这一联系。我的好詹妮弗——她是个好姐姐。

我可以向你保证这一点，无论她说了我些什么。现在，我也死在了一月六日。比起我的父亲，我是个更好的人么？上帝啊，我希望是的。身为侦探的你，读到这个之后尽可以把我往坏里想。你会觉得我虚荣，自我中心，你会觉得我已然错乱。你会轻易地对我做出精神分析——沉湎于福尔摩斯，在父亲死后精神错乱，没法将自己从不能获得父亲认可的重压之下解放之类的。你需要进入我的思想，不是么？你会觉得你能解读我这个人，因为那便是一位伟大的侦探所做的：做出解读。好了，对我下手吧。

古老的时代所具有的力量一如既往，而这不是现代化所能抹杀的。我相信这便是你所需要的全部解释。

永别了！

亚历山大·贺拉斯·凯尔

哈罗德双臂僵硬地举着信，直到莎拉也读完了它。她轻轻点头，将更多暖热的气息吹过他的耳郭。哈罗德向前挪了一下，好拉开一点距离。他转过身去面对着她。他们周遭的沉默和过去的一周里他们共同度过的那些沉默毫无二致。两人都不想说些过于浅显的话破坏这一刻，也没有人想说那些并不浅显易见的话。他们沉默着。哈罗德把信递过去，她又读了一遍。哈罗德倚在空了一大半的书架旁，合上双眼。

现在，这里蔓延的几乎是悲哀了。亚历克斯·凯尔连遗书都写得那么优秀，满溢着他的智慧、吸引力和人格魅力，令人想要与之结交。然而哈罗德觉得，似乎从没有人真正地认识过他。他把自己在所有人面前隐藏了起来。

"你认识他，"莎拉读了第二遍后说，"我很遗憾。"

哈罗德什么都没说。他没法不去注意到在那一串有可能走到这一步的福学家名单里，凯尔并没提到他。凯尔当时甚至都不知道哈罗德是谁。然而哈罗德却是找到这里的那个人。有那么一刻，他觉得自己得到了证明，取得了胜利——随之他又以这想法为耻。凯尔并不是为了让哈罗德证明自己才死的——虽然，在某种反常的意义上，他是。

"德古拉伯爵。"哈罗德突然说。

莎拉糊涂了。"什么？等等，我知道你和亚历克斯不是好朋友，但是你认识他，而且——"

"不，我是说德古拉伯爵。信的最后部分是一段引用。'古老的时代所具有的力量一如既往，而这不是现代化所能抹杀的。'这段话出自《德古拉伯爵》。他是在告诉我们什么。这是下一条线索。"

"哦，"莎拉说，她的声音里带着犹豫，"你……动作很快，干得好。关于亚历克斯我很遗憾。我只是……无论如何，我想告诉你我很遗憾。我从来没见过他，我是说当面。只通过几次电子邮件。我读了他的书，就是我们发现的那份稿子。从一个人的自杀遗书里感受到这个人的品性，这种感觉实在很奇特。"

"我们可以不谈这个了么？"哈罗德现在无法去想亚历克斯。他想继续。他想调查。

"好的，"莎拉宽慰他说，她捏了捏他的手，"但是等你结束调查，重新面对这一切的时候，我希望你记住你所做的是一件伟大的事。你完成了亚历克斯想要的事情。你跟上了他的线索，你几乎解决了他的所有谜题。没有比这更好的纪念方式了。"

"谢谢你。"他握了回去。

"所以无论发生什么，无论结局如何，你都该感到骄傲。"

"我会的。"

"答应我?"

"嗯。"哈罗德微笑。

"那好。那么,德古拉伯爵和这一切有什么关系呢?"莎拉把那些书放回架子上,问道。

"问题在于,"哈罗德回答,"我们知道柯南·道尔和布拉姆·斯托克是好朋友。人人都知道。这是众人皆知的事。但如果斯托克是发现日记的关键呢?凯尔的意思是这个么?要是说,凯尔是通过布拉姆·斯托克找到了日记……"

莎拉没有回答问题,继续把书一本本插回去。

"剑桥!"哈罗德大叫。

莎拉微笑了。她知道他一定会找到答案的,她需要做的只是等待。哈罗德确实感到很自豪,他为此感谢莎拉。

"剑桥有什么?"她问。

"詹妮弗·皮特斯不是说他哥哥死前去了一次剑桥么?"

"是的,"她想了想之后答道,"这能说明什么?他可能去了好几所学校调研。"

"对。但是只有剑桥大学那里存放着布拉姆·斯托克所有的信件原件。"哈罗德的脸亮了起来。

莎拉拿起那封信,依原样对折放进自己的手包。

"那好,"她说,"让我们去找出日记吧。"

第三十三章　　纽盖特
Newgate

> 有时候,我觉得我们一定是都疯了,
> 我们只有在穿上正装马甲后才能恢复理智。
> ——布拉姆·斯托克
> 《德古拉伯爵》

一九〇〇年十一月十三日,接上文

纽盖特监狱的恶臭让亚瑟的鼻毛都发黏了。考虑到他的社会地位,监狱长给他安排了一间单人牢房。明白这间牢房肯定是纽盖特所有牢房里最大最好的一间后,亚瑟愈发感到恐惧。牢房大概八乘十二英尺大小,房间最里面的墙上有扇焊着栅栏的窗户,朝着中庭。尽管亚瑟的房间在二楼,那粗栅栏也没透进多少光来。窗户下面有个水箱和洗手池,还有一套被褥。牢房里没有桌子,只有一个小架子,上面放着一个盘子,一只杯子,还有一本《圣经》。亚瑟可以从窗户对面的那扇牢门往外看。把脸贴在栅栏上,他看到一间间牢房排成整齐的队列,像是延展向远方的灌木丛。他看不到牢房的尽头,或是任何上下的楼层。监狱过道的天花板上有个天窗,不过也没有多少光照得到亚瑟。走廊闻起来像是腐臭的尸体,伴着半截已进坟场的人们的哭号。

亚瑟靠浏览《圣经》打发时间。那是本污渍斑斑的詹姆斯国王钦定版，几乎无法阅读。他不确定在这种时候，它是否能给自己带来点安慰。也许某句铿锵有力的格言能从监狱那压倒性的邪恶中拯救自己的灵魂？他翻开《圣经》，看到的第一行字如下："我是你气息甜美的屁的受害人。"牢房先前的居住者在边上草草写下的这行字迹，就好像学者给文本做的注释。亚瑟继续往下读这廉价的印刷本，他读到了一小段《约书亚记》，以色列子民的第二次割礼。"约书亚制造了利刃，在包皮山那里给以色列人行割礼。"他不确定那拼错了的评语是针对这一段文本，抑或只是那男人写下句子那天心情的表述。思索了一分钟后，亚瑟意识到他不在乎。不管是圣经，还是那位狱友。

一天的时光缓慢地继续着，他没有跟周围牢房里任何一位住民进行过交谈。当那些人去院子里放风的时候，看守特意让亚瑟待在牢房里面。"您在这里比较安全。"看守一边说，一边给其他牢房开锁，只留下亚瑟的门锁没动。亚瑟没有立场抗议。

当其他囚犯在院子里放风的时候，纽盖特的狱长亲自前来见他。"真是万分抱歉，"那人说，"米勒督察送来消息，他会在天黑前尽快把您弄出去。我们需要给您拿点什么东西打发时间么？"亚瑟谢过他的好意，表示这里已经应有尽有了。狱长提出要帮他给家里人送信——"我会亲自把消息送到邮政局的，"他说——但是亚瑟拒绝了。他比较希望托伊和孩子们不要知道这次特别的探险之旅。狱长表示了理解。

"我也有个家，道尔医生。我的好妻子，雪莉，还有我的儿子。是个可爱的小家伙。他名字也叫亚瑟，多有意思！"

"是啊，您选得不错。"亚瑟说，他很清楚这对话要往哪儿发展。经过这么多年，他已经学聪明了，每次只要一听人提到了他那"可爱的小家伙",亚瑟就已经开始四处摸笔了。

"要是您不介意的话,先生,"狱长说,"他是您的仰慕者,我的孩子。而且……呃,当然,我也是。要是您不介意的话,要是这要求不过分的话……"

"噢,赶紧把那本该死的书给我吧。"亚瑟说。他签了一本狱长递过来的《福尔摩斯回忆录》,然后还签了一本《四签名》。能让亚瑟·柯南·道尔在自己的监狱里待上一天,这样的好运气让狱长兴高采烈,临走时特别用力地握了握亚瑟的手。那男人大步走出监狱走廊的时候,亚瑟甚至都能听到他吹口哨的声音。

亚瑟被释放时,太阳正要下山。虽然看守对于这么晚放人表示很惊讶,但一接到释放文书还是马上办妥了。当监狱大门被打开,亚瑟被放归到吵嚷的街道上时,甚至还有个人冲他鞠了一躬。

布拉姆·斯托克和米勒督察正在纽盖特大街上等着他。两人都给了他温暖的拥抱,布拉姆还特意带了一瓶杜松子酒。

"要是督察不介意的话,我想你大概需要喝点东西。"布拉姆把那银质酒瓶递到亚瑟脏兮兮的手里。

"当然不介意,"米勒督察说,"请用吧。您熬过了相当可怕的考验。"亚瑟不是那种会在公共场合喝酒的人,他也并不渴望那种液体的味道。然而,当他摩挲着手里的冰冷酒瓶,突然对布拉姆的体贴感激不已。亚瑟灌了一大口,杜松子酒滑进他的食道,感觉相当温暖。

"助理总监亨利已经因为他的轻率举动受到责罚了,"等亚瑟喝完,米勒督察继续说,"这应该会让他至少推迟一年才能接管刑事调查局,我是这么认为的。总督察要我向您表达他最深切的同情,并郑重承诺这个……事件绝对不会出现在苏格兰场的记录上。我们需要跟纽盖特监狱方面进行一些文书交涉，但我想周末前就可以完成了。"

"在这件事上米勒督察功不可没，"布拉姆说，"他今天上午联系了我，然后一直在不知疲倦地为你四处奔波。"

"谢谢你们两位。"亚瑟说。他又灌了一口杜松子酒。

"我应该把你送到哪里？"布拉姆说，"我想应该让你回家洗个热水澡，或者去我那里喝杯热棕榈酒。但是鉴于我这么了解你，我想你应该会想要立即回到你的案子上，去追查杀了艾米丽·戴维森的凶手，还有这背后的一切。"

亚瑟笑了。布拉姆真是个好朋友，他了解亚瑟的想法就像了解他自己的一样。不过这一回，布拉姆搞错了亚瑟的意思。

"谢谢你，但不用了。"亚瑟说，"那位已故的戴维森小姐，还有她那些死去的朋友，可以如她们所愿在坟墓里腐朽了，与我无关。不过，布拉姆，我觉得这瓶杜松子酒是我们俩这几个月来最好的主意，在我回去前我还需要不少。来吧！去最近的酒吧！我们要敞开喝个够，等看人都重影了的时候再磕磕绊绊地回家。"

布拉姆和督察都一脸不解。

"亚瑟，这可真不像你，"布拉姆说，"我还依稀记得你几周前对我发表的那番长长的演说：公正什么什么的，或者真相什么什么的，我记不太清细节了，但是那可相当热切啊。"

亚瑟苦笑着深深地闻了闻瓶中的酒。

"你知道吗，他们说杜松子酒是穷人的诅咒，"他说。那酒似乎已经进了他的胃，他觉得自己已然微醺了。"但是我想也许这话说反了——穷人才是杜松子酒的诅咒！"亚瑟对着自己笑了，一口吞下剩下的酒，把瓶子扔在街上。

"那好,"米勒督察礼貌地说,"你们二位绅士去忙吧,晚安。"

亚瑟郑重地向督察鞠了个躬,布拉姆用力握了握他的手。督察一走,布拉姆转向他喝醉的朋友。

"亚瑟,这已经够尴尬的了。"

"是么,你觉得尴尬么?"亚瑟蹒跚着朝圣保罗大教堂的方向走了几步,"我几乎都昏了头了,我去了白教堂区的索多玛城,我去了码头的蛾摩拉城,我让一把左轮手枪指在我脑袋上,我还被苏格兰场逮捕,被扔进了纽盖特监狱的牢房。这一切都是为了什么?三个死去的姑娘。我望着艾米丽·戴维森被殴打得满是血迹的脸,你知道那儿有什么吗?什么都没有。什么该死的都没有。兔子的洞穴底下什么都没有,你明白么?她并不是因为任何理由被杀的,她们每个人都不是。她不是为情被杀,也不是为了钱财——杀害她的杀手是为了谋杀而谋杀。我要怎么处理这个?我要如何调查这种事?我能期望找到什么?从一个死去的姑娘到下一个死去的姑娘,我可以一路追查伦敦的罪恶,但何处才是终点?"亚瑟的眼睛湿润了,他一屁股坐到地上,双手无力地垂在膝盖间。

"看看那里。"亚瑟说,指着南边的天空,"我们现在离圣保罗教堂五十步远。要是我们乐意,十五分钟内我们就可以用鸦片充满血管,让血液熊熊燃烧。这里有过一场文明,曾经有过。这里有过上千年的文化发展,从泥土里一砖一瓦地建成那座尖塔。这里有过规则,有过秩序。这里曾是不列颠。事实上,我曾经相信过自己是有助于文明进步的,你能想象么?通过那些愚蠢的故事。相信过我们生活在一个理性超越一切的世纪,理性纯粹而卓越的光辉将会在不久的将来普照在这苍白无生气的城市之上,将我们带入科学的纯净未来。"亚瑟狠狠朝地上吐了口唾沫，"胡扯。你一开始就是对的，你总是对的。我犯了个大错误，而现在我宣布放弃了。一切。再也不扮什么侦探了，我答应你。死者可以永远藏住他们的秘密了，反正我们这些活人也不知道该拿他们如何是好。"

布拉姆·斯托克一言不发，只是将手按在亚瑟肩上，全力握住了他的肩头。

第三十四章　　唯有心之所信才为真实
Only Those Things the Heart Believes Are True

"曾经有过一个时代,世界满是空白,于是一名想象出来的男子得以充分发挥他的魅力。但是……那些空白被迅速填满了;问题是,浪漫派小说家们该转向何方。"
——亚瑟·柯南·道尔爵士
出自一九一〇年五月向罗伯特·皮尔里[1]致敬的演说

二〇一〇年一月十二日

九点十五分从国王十字站开往剑桥的火车是一部五节车厢的特快列车。哈罗德和莎拉并排坐在一等车厢里,沉浸在温暖的沉默中。在过去几周里,哈罗德逐渐成了沉默的专业鉴赏者。他成了能够区分不同沉默特点的专家:现在这是伴随着轻叹与平和微笑的安宁型沉默么?还是以脾气暴躁地在椅子里变换着坐姿为标志的疲惫型沉默?还是呼吸不稳,四处扫视满怀警惕的紧绷型沉默?这几种他和莎拉都经历过,而这一次确实不同。这种像是一切尘埃落定的感觉。要是哈罗德是一位善解未言明的情绪的侍酒师,这大概便会是他推荐的餐后酒。这是一种晚餐后的静默,双方都可以一边慢慢消化刚刚享用的餐点,一边思考这个即将结束的夜晚。

当莎拉开口说话的时候,哈罗德有点惊讶,但并没有被吓到。她的声音带着一些温柔。

"你没有在看书。"她说。

"没有,"哈罗德答复,"我基本没什么可读的了。我随身带的书都落在我们住的第一间旅馆了。不过就这么看看窗外的景色也很不错。"

"你看到了什么?"她问。

他觉得自己像个孩子,而她正在跟自己玩游戏,好打发路途上的漫长时光。哈罗德看向窗外。

"嗯……一些湿漉漉灰蒙蒙的树。几道湿漉漉灰蒙蒙的铁轨。几列朝反方向行驶的湿漉漉灰蒙蒙的火车与我们擦肩而过。远处有几处村庄,虽然它们只是在遥远的地平线上隐约可见,但我敢肯定它们也是湿漉漉灰蒙蒙的。"

莎拉微笑了:"换言之,英国。"

"很有意思的是,"他说,"比起今天的伦敦,其实我更熟悉一百年前的那个。"

"是么?我想对你们福学家来说都是如此吧。"

"文森特·施泰利是最早的一批福学家之一,他曾经写过一首诗。是什么来着?

　　'这里居住着两个值得一书的男人

　　从未真实存在过,于是也永不会逝去

　　他们看起来如此之近,却又如此遥远

　　在世界扭曲之前的那个年代

　　但是这故事仍然为愿意聆听的人们讲述

　　他们调整着自己以捕捉那遥远的呼唤;

　　英国依然是英国,我们满心敬畏——

唯有心之所信才是真实……'

结尾很棒，总是可以抓住我的心，

'而在这里，即使世界爆炸，这两个人依然存活，

在那永远的一八九五。'"

哈罗德停了下来。"这不是很美么？"他加了一句。

"是，"她说，"很美。但是听你讲的时候总感觉有些古怪……你们福学家真的有些保守，不是么？我不是说从政治角度，我是说美学范畴的。总是想要回到一百年前存在的那个玫瑰色的世界。'英国依然是英国……'可这里也是英国，对吧？只是现在女性可以投票，种族歧视也不再那么高涨。作为一个女人，我可以很直白地告诉你，我不想生活在一八九五年。"

"我理解，"哈罗德说，"我们眼里的福尔摩斯时代有些……是有些不完整的。我知道那不是真实的。我知道在真正的一八九五年，伦敦城里有二十万娼妓，梅毒猖獗，大街上满布污秽的粪便。印度移民若是有一星半点的犯罪嫌疑，都会被关进纽盖特监狱里。所谓的同性恋是犯罪，要被罚在监狱里待上若干年。那是种族主义的文明，也是性别歧视主义的文明。"

哈罗德深深吸了口气，思考着如何说下去："你看，我明白你的意思。我是个异性恋的白人。对我而言，开口说一句'哦，哇哦，十九世纪美极了不是么？'再轻巧不过了。但试着想象这幅场景吧：滂沱大雨敲击着厚重的窗户。外面的贝克街上，煤气灯的光亮如此微弱，几乎照不到人行道。雾气在空中环绕，煤气灯给它笼上了一层苍白的黄色光晕。每一间昏黑的房间、每一个黑暗的角落都孕育着神秘。而一个男人走进了那个灰暗雾蒙的世界，他可以凭你的衬衣袖子式样讲

出你一生的故事。在才智和烟草的帮助下,他将光亮照进了黑暗。现在,请告诉我,这不是一种极致的浪漫么?"

莎拉笑了。"没错,"她说,"那听起来绝对很浪漫。"她眺望窗外,看着那些灰蒙蒙的村落一掠而过,"但是也许这也是一种浪漫。"

哈罗德看着那些呼啸而过的树,注意到它们因为刚下过雨而蒙着一层水雾。他看到一片潮湿而繁茂的石楠,掺杂着怒放的黄色蒲公英。哈罗德把脸从窗边转开,面对莎拉,两人搁在座位之间扶手上的手肘轻轻碰在了一起。

"我明白你的意思了。"他说。

"这就是为什么你那么爱那些故事么?因为浪漫?"

哈罗德思索着。他意识到自己从来没有把热爱福尔摩斯故事的原因组织成言语。这种迷恋是有理由的么?要是她问哈罗德为什么爱自己的妈妈,他大概也是给不了答案的。他要怎么解释自己对福尔摩斯的迷恋呢?

"我想我爱的是,一切疑问皆有答案。我想这就是悬疑故事的迷人之处,无论是福尔摩斯的故事还是别人的。在那些故事里,我们生活在一个可以被理解的世界里。我们生活在一个一切问题皆有答案的地方,只要我们足够聪明,便可以找到答案。"

"而不是……?"

"而不是一个随机的世界。暴力和死亡横行——无法阻止也无法终结。在悬疑故事所有约定俗成的规矩里,决不能打破的便是要在结尾揭开谜底。柯南·道尔在日记里写过这点。一大堆小说家都尝试过。你能写出一个结局不确定的悬疑小说么?一部你永远都不知道谁是真正凶手的小说?你可以写出来,但是这难以令人满意。对读者来说,这很难受。结局需要有些什么,需要某种答案。并不是说凶手一定要被抓住或关起来。但是读者需要知道。对任何悬疑故事来说,未知是最糟糕的结局。因为我们需要相信这个世界是可知的。公正不是必需的,但至少答案是必需的。这就是我为什么会爱福尔摩斯。故事里的解答如此优雅,他生活的世界如此有序,符合逻辑。这很美。"

"理性世界的浪漫。"莎拉说,"所以你仍然认为这里所有的一切最终都会有个答案么?"她问道。

"是的。"

"令人满意的答案?"

哈罗德望着窗外的雨。他不确定如何回答这个问题,也不确定自己是否想要回答。

---

[1] 罗伯特·皮尔里(1856—1920),美国探险家,据说是历史上最先发现北极的人。

第三十五章　　求　助

A Plea for Help

"人应该一只脚踩在门上,杜绝所有疯狂。"
——亚瑟·柯南·道尔爵士
出自未付印的一九一二年日记

一九〇〇年十一月二十三日

距离亚瑟蹒跚步出纽盖特的大门已经一周了,他在辛德海德的生活回归了正常。或者说,那里所有的事和物都几乎正常得不能再正常了。从一大早女仆们挥着平底锅叮叮当当的声音,到晚上管家关闭烟道的钝响,整栋房子都因从早到晚一刻不停的吵嚷声而无比鲜活。管马厩的人被那匹刚从西班牙运来的母马弄得焦头烂额。小罗杰从他哥哥金斯利推着的手推车上掉下来,摔断了胳膊。罗杰的前臂打了石膏,而金斯利因为对弟弟过于粗暴而被好好教育了一番。托伊舒舒服服地在她的卧室休息,有天早上亚瑟甚至亲自给她端去了早饭,开玩笑地穿上了一套男仆的制服。当托伊发现递给她燕麦粥的是亚瑟时,整个人咯咯笑了起来,宛如少女一般。亚瑟还没出门去见过珍,他忙着处理家里的大小事务,但是很快他就要进城去看望她了。他很幸福——比以前更幸福了,真的,跟他偶尔会想起来的过去相比。人生就需要遇到点意外波折才好，不是么？可以让一个男人意识到自己已经拥有了多么美好的生活。

他到底是被何种邪恶的疯狂主导了，才会觉得自己该当个侦探的。那是份苦命人才干的苦差事。幸好盘踞在脑子里的那团迷雾已经散去。亚瑟重新审视了自己的生活，中年时光在他面前闪闪发光——他是个父亲，是个丈夫，是个作家。他既不是侦探，也不是罪犯，他只打算冷眼旁观这两类人互相追逐。"谋杀就像一条红线"——多年前他曾这么写道，仿佛那是什么有趣的事情。好了，他现在要忘掉那条红线。他要重新装扮自己的生活——他真正的生活——给它换上别样的衣装。

当然，总有一丝好奇心盘旋不去，这是人的天性。究竟是谁杀了艾米丽·戴维森和她的朋友们？偶尔想想并不是什么可耻的事，只要别把自己卷进去。亚瑟从来都没有弄清楚第二个被杀的姑娘的名字。她在租赁公寓登记的是假名"摩根·尼曼"，但是艾米丽提到的她是"安娜"。苏格兰场从艾米丽的遗物里也许能找到一些有关安娜家族姓氏的线索，他可以给米勒督察送个信，然后——

不，不干蠢事了。一旦意识到自己脑子里模糊出现了那些念头，那些不自觉的震动，亚瑟就提醒自己把注意力拉回眼前的世界。他会去感受自己脚下的硬木地板，那是属于他重建中的书房的。一阵释然爬上他的脊柱。这种身处家中的安定感从头蔓延到脚，到地板，一直延伸进泥土深处。那阵震动就会过去。

现实主义主导着他的工作。转而沉浸在理性中多么美好！再也没有什么借助嗅觉出众的猎犬、沿着雾蒙蒙的小巷追捕死敌的鬼扯了。再也没有奇迹，没有幻想，没有浪漫。和真正的现实主义文学相比，侦探小说是多么轻浮啊！自从多年前给福尔摩斯画下了句号，亚瑟就致力于历史史诗，科学探险，甚至还有恐怖小说。他描写英勇的骑士历经波澜壮阔的探险，描写被催眠术蛊惑的少女和神秘的邪恶女巫。而现在他发现自己的使命在哪里了——战争小说。

受自己在德兰士瓦的经历启发，他开始撰写关于一群勇士在丛林中对抗布尔叛军的系列故事。主角是一群粗犷的男孩，大多不到二十岁，在经历了沉闷热浪中的奋战后长大成人。这些故事很血腥，也很生动，最重要的是，它们是真实存在的。

下午坐着喝茶的时候，亚瑟想到，夏洛克·福尔摩斯的名字已经整整七天没有出现过了。甚至都没在他的脑海里浮现过。

第二天，门铃响了。听到门铃声时，亚瑟正待在书房里，忙着给一段小说收尾。小说描写的是在努比亚沙漠边上，一名苏格兰士兵被阿拉伯酋长率领的突袭围困。门铃的叮当声响听来分外陌生。亚瑟很久没有听到过这个声音了，以至于半天才反应过来。他从自己全新的书桌前抬起头，听到门铃又响了一次。真奇怪。亚瑟并没有接待客人的安排，送信的一般都会直接去后门。宅子里的仆人们虽然正忙于家务，但如果是熟人的话，早就该开门放人进来了。他说不出怎么回事，甚至连门铃的叮当声都听起来有点遥远。

他似乎听到前门打开的声音，门口传来一阵压低了的谈话声。但距离这么远，那低低的说话声可能是从房子里任何地方传来的。他放下笔，等着书房门口响起敲门声。整整一分钟后，预期成真，他终于听到管家在门上噔噔噔地敲了起来。

"什么事？"亚瑟喊道。

"抱歉，先生，"管家巴罗说，"门口有个陌生女人。她……她要求见您。"

"要求？"过了一会儿他又补充了句，"女人？"

"是的，先生。她留了她的名字，珍妮特·弗莱。"巴罗走进了亚瑟的书房，递给他一张纸条，"她没有名片，但是要我给您这个，说您看到就知道她的意思了。"

亚瑟从管家手里接过纸条，扫了一眼。在视线落到那幅图案上之前，他就知道自己会看到什么了。那只三头鸦。

"让她进来。"亚瑟说。他把那张纸放到桌上，把自己的小说推到一边，"还有，巴罗，"亚瑟对正往外走的管家说，"要是你方便的话，待在附近。"

巴罗点点头，走了出去，去把珍妮特·弗莱带到书房这边。

亚瑟飞快地跑到书房北墙边，那里有排占据了一整面墙的书架，其中一个书架的角落里放着一个木制的盒子。亚瑟取下那个盒子，弹开箱子上的锁栓，拿出了一把旧左轮手枪。他从来都只是作为医生在军队工作，但是他见过很多人使用武器。亚瑟端详着他的左轮手枪。子弹满膛。枪管通畅。他的拇指扣在顺从的扳机上。

他坐在书桌边，把左轮手枪藏到快写完的手稿底下。他把手放回大腿上，这时，巴罗打开了书房的门，领进一位亚瑟这辈子见过的最美丽的年轻姑娘。

"珍妮特·弗莱小姐。"巴罗说完离开了，关上了身后的门。

亚瑟眨了眨眼，仿佛试图把自己从一场幻象中摇醒。但是不行，她还站在那里。一头乌发，深邃的黑眼睛，她的脸充满了诱惑和不祥。和胆小鬼祟、表情丰富的艾米丽·戴维森正相反，珍妮特身形大一些，脸上的表情像一汪深潭，将亚瑟所有的设想都反射回来。他发现自己立即被这个年轻女人吸引住了，但他同时还是伸出右手，放在自己的左轮手枪上。

"要是你是来杀我的，"亚瑟说，"我可以向你保证，事情不会那么容易。"

珍妮特轻轻挑了挑眉毛，忽略了亚瑟的话。她开口说话了，嗓音平静、矜持，而且——令亚瑟吃惊的是——带着哀伤。

"您以为我是为这来的？"她说，"杀您？"

"这不是你们第一次干了。你的朋友艾米丽·戴维森告诉了我关于你参与的那场邮包炸弹阴谋的一切。"

珍妮特瞪大了眼睛，冲着亚瑟一脸恳切地问："那么您真的找到过她？"

"是的。"

"她给我送过一封信，在她死的那晚。她说您跟她联系过，您很犹豫，但是她认为您愿意帮忙。"

要不是眼下气氛太过于阴沉，亚瑟简直都要放声大笑了。他可不会拿这个词来形容自己离开戴维森小姐时的状态。

"我逮到了她，弗莱小姐。在她制作另一枚炸弹的时候，我逮了她个正着。她现在之所以没有被关进纽盖特监狱，是因为她已经长眠于地下了。"

珍妮特僵住了，她似乎正在竭力把自己的复杂情绪遏制在面容之下，就像用大坝阻隔奔腾的水流。她小心翼翼地慢慢坐下，像是个病人。亚瑟觉得她正在调用全身每一缕力气，好让自己扛过这阵悲痛，所以连坐下这么简单的事她都几乎做不到了。

"她……"珍妮特的手在腿上攥紧，她无法直视亚瑟的眼睛，"艾米丽说过我的事么？她告诉过你我们……她提过我的名字么？"

"她说你是她见过的最美丽的女孩。她说你们很快成了好朋友，她说你们两人不可分割，你们分享生活中所有的秘密。"

珍妮特·弗莱的呼吸急促起来，像是嗓子里有什么哽住了。过了一会儿，她弯下身体，抱住膝盖开始呕吐。

亚瑟喊来巴罗。从管家进门的速度来看，他们谈话的时候他显然一直守在门外。他带来了水和湿毛巾，替珍妮特擦掉了黑裙子上的胆汁，在她额头上敷上热毛巾。受惊过度的珍妮特连话都说不出来。巴罗照料她的时候她一直在椅子里颤抖，仿佛她的悲痛是腹中的一块重石，是唯一能在大风吹着她的身体前后摇摆时稳住她的重量。

被刺死的女孩。被枪击的女孩。被溺毙的女孩。被勒死的女孩。

哭泣的女孩。悲痛的女孩。

亚瑟注视着一滴滴无色的胆汁从珍妮特的唇边滴落到裙子上，但这幅图景并没有吓到他。真正吓到他的并不是眼前美丽姑娘撕心裂肺的痛楚，而是他自己那丝毫不为所动的硬心肠。他只能感受到早饭让自己觉得有些胀气，在喉咙里烧灼。

他知道，谋杀的丑陋罪孽改变了自己，就像它在莎莉·尼德林，或者安娜，或者艾米丽·戴维森身上所做的那样。毁坏已经造成了。现在的他也已经被鲜血玷污，变成了冷漠而死气沉沉的人。他没有被暴力所伤——他被磨硬了心肠。而现在他知道了，这其实更糟糕。

等弗莱小姐状态好了点，巴罗留给她一块干净的毛巾和一杯热茶。随着门咔哒一声关上，管家退了出去，书房里蔓延着长长的寂静。

"抱歉，"珍妮特·弗莱过了好一阵才开口，"我也爱她。她是那么充满活力、满心愤怒，理性从来不会让她冷静。但是她聪明极了，又充满热情,她有时候会吃吃地笑——我不知道怎么描述——就好像生活本身只是个低俗的笑话,只有她听得懂。当她开始谈论炸弹的时候……是了,就是在那个时候我们分道扬镳了。我不愿参与那种事。'没有人会受伤的,你这笨蛋!'她是这么对我说的。但是她错了,当然了——总会有人受伤的。炸弹不就是为此而生的么?伤害别人。我们大吵了一场,我离开了她,搭车回到诺维奇,我父母家里。您得理解,我当时很生气。她送您的那枚炸弹足以毁了我们苦心经营的一切。感谢上帝她没害死您。那太蠢了……但是我在事发前给您写过信,写给您的。您收到过么?"亚瑟什么也没说,但他的沉默让答案显而易见。他的信件那么多。

"是了,"弗莱继续说,"您一定收到很多的信件。我们需要您的帮忙……我们只是没别的法子可以得到帮助!我很高兴那枚愚蠢的炸弹没有伤害到您。但是,是的,我很生气。我没有回复她寄给我的信。还能说什么呢?我的意思是,艾米丽横下心要做什么事的时候,是没有什么办法能阻拦她的。我没法拦住她,我试过了,不行。您得相信我。"

亚瑟听完这段独白,只是眨眨眼作为答复。

"我不在乎。"他确定她说完了后,就开口说道,"请离开我家。"

珍妮特难以置信地盯着他。"我绝望地需要您的帮助。"她哀求道。

"我不在乎。"

珍妮特脸上露出了他这辈子从未见过的恐惧和憎恨:"我承认,她既不是圣人也不是天使,但是她是个活生生的人。我爱她。她被杀了。"

"我不在乎。"这话对亚瑟来说成了一句万能答案,既是仪式也是一种告诫。

"我已经知道是谁杀了她,道尔医生。我只是需要您去证明这一点。"

"我不在乎。"

"是米莉森特·福西特,绝对是她。她已经知道我们的组织莫瑞根了。我不知道她怎么发现的,但她肯定发现了。然后她一个个地把我们杀掉。为了阻止协会分裂,她什么事都干得出来。她是唯一一个有动机的人,要不然还有谁会想要我们全都死掉呢?而且她肯定有法子的。我们的名字,我们的地址。您见过她么?您见过那女人的眼神么?我不相信她这辈子曾经感受过什么感情。所有的一切对她而言都是手段,整个世界都是为了政治而存在的。哪怕杀了我们所有人,她也不会掉一滴眼泪的。"

"我不在乎。"

"警方认识您,他们信任您,他们必须这样,不是么?您是这一领域的帝王。您是个男人。您是我们之中唯一一个算得上是公民的。为了您,他们会逮到凶手的。"

"我。不。在乎。"

珍妮特·弗莱深深地直视着亚瑟的眼睛。她看到怒气在他体内蓄积起来,还有他努力压制怒火的坚定意志。

"你在撒谎。"她说,"你在乎。你只是胆小得要命,什么都不敢做。"珍妮特站起身来,把那条已经冷却的毛巾放在木制的椅子上,鞠了个躬。她一手握住门把,转身看着亚瑟。

"随便吧,请您去下那该死的地狱吧。"她说,"我一个人出去就行。"

等她已经走出去一分钟了,亚瑟才把身体转向书桌。他的手放在桌子上,觉着稿纸下面有什么硬东西。左轮手枪。他把它忘了个干净。

亚瑟把左轮手枪放回了木匣子里。他确定自己不再需要它了。回到桌边,他深深地吸了口气,驱逐掉所有有关珍妮特·弗莱和艾米丽·戴维森的想法。亚瑟把注意力完全集中在了自己的战争小说上,集中在酋长的陷阱,苏格兰军团勇猛的作战上,把这整整一天都花在了现实主义小说上。

第三十六章　　无解的问题

A Problem Without a Solution

> 没有结局的疑难问题对学生来说也许是有趣的，但对于一般读者则难免枯燥乏味。
> ——亚瑟·柯南·道尔爵士
> 《雷神桥之谜》

二〇一〇年一月十二日，接上文

格温·加伯博士显然是哈罗德见过的最小巧的女人之一。她坐在圣约翰学院办公室的书桌后面，在面前书堆的对比下显得愈发矮小。她仰起脸，好把手肘放到桌子上。她抬头看着哈罗德和莎拉的样子，就像是个对着十字架忏悔的小孩子。

"没错，"等他们在办公室里花了几分钟礼貌地解释完来剑桥的原因后，她开口说，"亚历克斯·凯尔在这儿待过。几个月之前，他来这儿阅读斯托克的信件，所以他得先过来跟我谈话。因为我是目前为止唯一一个在这些信件上花了很多工夫的人。"

"他有没有特别提过他在找什么？"哈罗德问。

"我不记得了，"加伯博士说，手指托腮弹了几下脸颊，回忆着，"但我相信他会很乐意为您的研究提供帮助的。他是个很友善的人，真的。"

"他死了。"哈罗德说。

尽管他调查了那么久亚历克斯的死因,哈罗德意识到这是自己第一次告诉别人这个消息。加伯博士并没有什么特别的反应,但这大概是因为她几乎不认识他。她眨了眨眼,就好像是在等哈罗德纠正自己的说法,承认他说的另有其人。可她没有等到任何纠正或者补充上的名字。加伯博士打了个哆嗦,低头望向自己的鞋子。

"我很抱歉。"她说,"我之前并不知道。你们……是他朋友?"

"我们关系不错。"

"我们是来继续他的研究的,"莎拉补充说,"完成他的作品。"

"作为纪念。"哈罗德说。

"哦天呐,你们真是好心。"加伯博士说,"我愿意告诉你们任何我力所能及的信息。这真令人难过。你可以……可以告诉我是怎么回事么?他病了?"

"他被杀了。"哈罗德说,这回答来得比他计划中要快。话说出口他才意识到,自己也许该撒谎的。不过讽刺的是,真相大概比他的回答还要复杂得多,"呃,可能是这样。"他软绵绵地加了句。

"天啊。"加伯博士消化着这个消息,她整个人似乎都蜷进了椅子里,看起来像是又缩小了一圈。

"关于那些信,以及亚历克斯在信里找的是什么,您告诉我们的越多,我们就能更好地完成他的书。"莎拉说。

加伯博士看了她一会儿。莎拉看起来一如既往地非常令人信服。

"那好,我们先出发往那儿走吧,路上我会尽力给你们解释的。"加伯博士套上一件亮黄色冬装,"我们收藏的斯托克的信件是非常详尽的,"她开始解说,"但是当然了,亚历克斯所关心的只有他和亚瑟·柯南·道尔来往的那些。你们也知道,他们是好友。柯南·道尔还给斯托克的演员亨利·欧文写过一些剧本，在他的剧场上演。斯托克同时负责着欧文的演出和剧场的运营，他自然就和柯南·道尔有一大堆事情要谈。有很大一部分书信都是讨论布拉姆设计的薪酬制度的细节。只看对话的一方很难了解这到底是怎么回事，但是看起来似乎是布拉姆骗走了柯南·道尔一些剧院收入的分成。很有趣，真的。但是我想那不是你们感兴趣的内容吧？"

"一般情况下我会感兴趣的，"哈罗德说，"但是现在……那个，您知道亚历克斯翻阅的是哪一段时间么？是一九〇〇年秋天么？"

"是了……是的，我想就是它。凯尔要拼凑起来的正是一九〇〇年秋天柯南·道尔和斯托克所经历的事。斯托克当时忙于兰心剧院上演的一部《堂吉诃德》，同时也在写一些小故事。但是我相信凯尔感兴趣的是那几个月里斯托克所知道的柯南·道尔的活动。十月，十一月，十二月。"

"正是失踪的那本日记记录的时间段。"哈罗德解释给莎拉。她脸上的表情表明她既不需要他的解释，同时也不算特别领情。

"哦对了，"加伯博士说，"这倒让我想起来了。凯尔说过一些关于柯南·道尔失踪的日记的事，他说他找了好多年了。'自从我开始我的福学研究'，我想他原话是这么说的。他真是独具个性啊，那个人。"

"您知道他在信件里找到什么有关失踪日记的线索了么？"

加伯博士打开了图书馆的两扇大门，停下脚步。她的手还放在面前大开的门上，就好像在毕恭毕敬地为皇室开道。

"说实话，我不知道，"她想了想后答道，"他看起来并不为他的发现感到高兴，我可以这么说。结束后，他离开得很匆忙，甚至没有前来告别——我是在去给学生上课的路上遇到他的。他一直在嘟囔，非常焦虑。那简直是一种失礼，但我和学者们打了这么多年的交道，我知道他们有所发现时的德行。像一群女演员似的，为了某些危机或者其他什么情绪化得不得了。"

哈罗德努力让自己不要显得太焦虑。加伯博士说得越多，越能证明那些信里有些什么。显然，信里的内容对凯尔的调查意义重大。哈罗德的舌头在嘴里打结了。他咬住唇。只要他读到那些信件，他觉得，整个谜团就会在他面前水落石出……

然而，十分钟后，当加伯博士让哈罗德和莎拉单独待在地下那间珍稀手稿阅览室里时，几乎没什么是立即水落石出的。被锁在那间干燥带温控的屋子里，哈罗德把两个档案箱放到眼前的木质小桌上。两个箱子都用白绳牢牢地封着，标记着索引卡片。"斯托克，布拉姆，"上面写着，"书信集。"上面也标好了每个盒子中信件所涉及的斯托克的生活时期。哈罗德伸手摸到那绳子下面。他短硬的食指感觉像是碰触着女士内衣。

他没法弄掉那条绳子，所以莎拉的细长指甲帮上了忙。她像只猫咪似的刮蹭着绳子，在她的指尖飞舞下，绳子解开脱落。哈罗德和莎拉几乎同时性急地把手伸进盒子，拉开上面一层保护用的厚塑料纸。里面每一张纸上面都布满了布拉姆·斯托克特有的细长而近乎难以辨认的字迹。翻阅它们使哈罗德既激动又敬畏。在他手指几毫米外，在那干净的塑料套里，是布拉姆·斯托克亲手写下的脏兮兮的墨迹。

斯托克是在何处写下这些信件的呢？在他位于……肯辛顿的家中书房里？是的，没错，一九〇〇年的时候，斯托克住在肯辛顿。哈罗尔记得柯南·道尔的日记——在保存下来的那部分日记里——曾经描述过那年斯托克在自己房子里安上了电灯；那是伦敦第一批拥有电灯的私人住宅。柯南·道尔谈论过每次去拜访布拉姆，置身于那些电灯泡下的惊诧经历。哈罗德把塑料套举到自己面前，仔细辨认着字迹。上面说的是什么呢？

一切。哈罗德很快意识到。同时也等于什么都没写。他和莎拉把一九〇〇年秋季的书信分离出来，试着找出写给柯南·道尔的部分。他们发现写给整个斯托克家族的短信，还有写给伦敦每一位知名戏剧专家的奉承话，他们甚至还发现了写给作家霍尔·凯因的悔过书，似乎斯托克欠了此人一大笔钱。但是他们没有发现任何写给柯南·道尔的信，除了一封斯托克发的电报的炭笔复印件。一九〇〇年十二月一日，斯托克发了一封电报给柯南·道尔，只有一句话："请立刻赶来。B.S."

这既令人战栗又使人愤怒。斯托克为了什么事这么着急见柯南·道尔？柯南·道尔的回复在哪儿？这两个人到底在干什么？

哈罗德确信斯托克掌握着揭示一切的关键。但是他想不出斯托克和柯南·道尔在一起到底做了什么。他的第一个想法是他们一起写了个故事，但这又没法解释凯尔最终留下的谜团。不管那故事写得有多糟糕，公布于众不就好了么？

哈罗德试着假设斯托克参与了那个时期柯南·道尔其他已知的活动。斯托克是否参与了他为苏格兰场做的某个短暂失败的调查？当时没有报纸报道过柯南·道尔揭开的任何一桩值得一记的案子。学者们甚至相当彻底地查看过苏格兰场的记录。无论柯南·道尔当时参与了多少，根本就没有什么记录。

哈罗德好奇地在一打信件里找到了一封寄给"米勒督察，苏格兰场"的信。布拉姆写了简短的几行，感谢他的帮助。信中写道："非常感谢您在纽盖特监狱一事中的善意帮助。"哈罗德觉得很奇怪，但是不知道从何入手。为什么斯托克会给苏格兰场写信？而且纽盖特……这是说有人入狱了?

在几乎难以辨认的一堆信件里翻了一个小时后,哈罗德的兴奋几乎消失殆尽。在所有布拉姆·斯托克在一九〇〇年秋天,以及在一九〇〇到一九〇一年冬天那段时间里写的信件中,没有一封是寄给柯南·道尔的,没有任何看起来能够把亚历克斯·凯尔打击得情绪低落、神志不清的事情。

"没有任何发现,是么?"莎拉放下手中的信件问道。

"是的,什么都没有。"哈罗德不知道接下来怎么办。

"盒子里就这些了。"

哈罗德除了点头别无他法。这里肯定有些什么,他很确定。但是在哪里呢?他在脑子里翻来覆去地想着亚历克斯·凯尔最后留下的讯息,并大声念了出来。

"'古老的时代……具有的力量……'"《德古拉伯爵》里的句子在他唇间流淌。"古老的时代……"这是个美丽的词语,哈罗德想着。"'而这不是现代化所能抹杀的。'"收尾也同样那么辛辣而富有诗意——"现代化"。有些邪恶的事物是如此历史悠久,以至于现代文明并不能够将其抹杀。

"凯尔想告诉我们斯托克的什么事呢?为什么他要让我们来看斯托克的信?斯托克知道的什么事让凯尔发……"哈罗德的话戛然而止。他的脑子里突然灵光一闪,就像他之前坐在旅馆扶手椅里的那一刻。在迷惑了一段时间后,然后在这一刻,哈罗德知道了。他就那么知道了。

"日记不在了。"哈罗德说着,真相变得更加显而易见。

"你说什么?"

"日记不在了。被销毁了。肯定是。不然还有什么能够让凯尔如此心烦意乱？记得么，在酒店的时候，日记不在他身边，他的两处公寓里也没有日记。我们在大英图书馆找到的遗书里，他都没提过自己拥有日记，只说他知道日记的下落。"

"发生了什么？"莎拉问。

"日记不在了。从来就没有一本能被人找到的日记。"

"我不懂。每个人都说柯南·道尔写了那本日记，不是么？他写了好多日记。"

"是的。柯南·道尔写了日记。但是它被毁掉了。"

"他为什么要毁掉日记？"

"他没有。"

"那是谁干的？"

哈罗德微笑，指指那些信："布拉姆·斯托克。"

莎拉一脸失望，这消息让她高兴不起来。但是哈罗德相当兴奋，灵感带来的战栗和解决难题的愉悦占据了他的头脑。哈罗德的脸发着光，莎拉的脸色则相应地沉了下去。

"凯尔是怎么知道的？"她说。

"肯定是从信里面。但不是从这些里，是晚一些时候的信件。你明白了么？柯南·道尔写了日记。布拉姆·斯托克偷了日记，或者扔了它，之类的。然后他和柯南·道尔一定为此通过信。凯尔就是这么知道的。'现代化'并没有毁掉柯南·道尔的旧日记。布拉姆·斯托克毁掉了。"

哈罗德噌地站起来，振响铃铛叫来了图书馆助理。他匆忙地请她取出在年代上排在这些信件之后的那几卷。助理让他填了一些表格。哈罗德填得很不耐烦，写得又快又草，字迹简直要比斯托克的还难以识别。

等待助理把信件取来的十五分钟对哈罗德来说极其难熬。他和莎拉被迫待在珍稀手稿阅览室里。哈罗德如精神错乱一般背着手来回踱步。他看看莎拉，发现她已经沉浸在自己的思绪里了。她脸上有些什么——有些忧虑和失望的阴影——让他觉得她想的事情和自己大相径庭。他想不出来她现在在想什么，也不知道怎么开口问。

助理终于带着另一个盒子回来了，系着相同的白绳。

不到五分钟，哈罗德就找到了自己想要的东西，虽然他觉得这五分钟非常漫长。他浏览着那些纸页，汗湿的手指抚过平滑的塑料膜。"亲爱的亚瑟，"他举着的那封信如此开头，"我能理解你的怒气，但这是毫无必要的。我所做的这些——不，我所做的一切——都是出于你我之间所拥有的男人的友谊和善意。如果现在你不想感谢我，那么，我相信，总有一天，等你站到天堂的门口，圣彼得向你低声诉说一切真相的时候，你便会感谢我的。让我们当面谈谈这事，好么？只要你乐意，我任何时候都可以去见你，B.S."

下一封信继续着这场争吵。

"亲爱的亚瑟，"信上写道，"那些令人痛苦的诋毁和你并不相称。我们没有必要在这些信函中冲对方嚷嚷以表达反对意见。让我们坐到你的书房，开上一瓶白兰地，结束这场争执吧，就像我们之前很多次那样。B.S."

第三封信比起前两封来，传达出的怒气和哀怨更多了。

"亲爱的亚瑟，"第三封信写着，"请停止这些孩子气的举动。你恐怕是在向我索求我给不了的东西。它已经在你自家的壁炉里燃烧殆尽了，从一开始的'基础'，一直到那个痛苦的结尾。你那些粗鲁、不真诚的信件也被我烧掉了。求你了,我在哀求你,让我到你的家里,仔仔细细地和你商量这事好么。请给我一个解释的机会,我也会给你相同的机会的。B.S."

就是这个了。

哈罗德继续翻着信件,但是这个盒子里没有其他写给柯南·道尔的信了。莎拉翻了翻,也没找到。他们都没有说话,直到两人都说服自己这便是了,这便是这一系列事件的最终结局。

"我说对了,"哈罗德平静了下来,终于可以开口了,"斯托克偷了日记,在亚瑟的壁炉里烧了它。这就是那个藏了一百年的秘密。这本日记从来就不可能被找到。"

"但是,"莎拉回答,"但是……日记里有什么?为什么斯托克要烧了它?"

"我觉得我们没有机会知道了,"哈罗德说,"这就是为什么亚历克斯·凯尔会自尽。因为在这个谜题的尽头,在这个他耗尽了自己一生的故事结尾,没有任何答案。所以他在自己的坟墓上搭建了一个新谜题,引导别人去调查。他是从信里看到了'基础'这个词,才想到要把这个词写到墙上,这样我们发现信的时候就会明白。'基础'这个词并不是谜题的起点,它是一切的终点。这相当讽刺,我觉得,但现在想起来,又觉得如此浅显。亚历克斯·凯尔所发现的最令人烦躁的真相,并不是日记里藏有什么丑陋、黑暗的秘密——而是那本日记并不存在。日记里所藏的秘密,将永远作为秘密被藏匿下去。"

"这真让人不舒服。"

她说得对,哈罗德知道。但是他也完全理解凯尔的逻辑。

"柯南·道尔有句话,"哈罗德说,"'没有结局的疑难问题对学生来说也许是有趣的，但对于一般读者则难免枯燥乏味。'"哈罗德轻轻地笑了笑，"但是我想柯南·道尔错了。这件案子里没有答案的问题，即使是学生也会觉得烦心。"

"他自杀就为了留下一个谜团？那么为什么留下那些线索？"

"他自杀，是因为他的人生是个失败品。他最伟大的作品永远都没有完成的那一天。它没法完工。他永远都不可能成为他父亲所期望的成功人士，永远都没办法把他厚厚的获奖之作《柯南·道尔传记》扔到他父亲墓前了。他的人生完了。所以，既然他无论如何都要自尽，那么何不播下种子？他没法告诉任何人谜团已毁……所以他留下一份礼物。为了我们。为了我。"

哈罗德没法描述莎拉当时脸上的表情。不是反感，确切地说，也不是失望，是一种哀伤。

"你在生我的气么？"他最终问道。他不知道还能怎么问。他依然很高兴，但那种感觉已经开始褪去。

"不，"她说，"当然不。"莎拉从椅子里站起身，伸了个懒腰。她把胳膊伸过头顶，然后交叉到胸前，蜷起身子。"那么就这样了？你确定？日记没了？布拉姆·斯托克在柯南·道尔自己的房子里把它烧了。我们永远都找不到它，也不知道里面是什么了，是么？"

哈罗德花了几秒，在脑子里过了一遍指向这一结论的一连串事件。它们是如此有序，符合逻辑，如此完美无瑕。

"是的，"他说，"就是这样的。"他忽然产生了一个可怕的想法。

"你不会把这个告诉别人吧？"他问道，"你的文章。我觉得凯尔不想让别人……你看，他想留下个谜团，他希望有人能够追着线索来到这里。但是只有一个人，只有最好的那个人。那个人是我。他不想别人知道。你不能把这个写出来。我知道你的文章对你意义重大,但是你不能把亚历克斯做的事写出来。求你了。"

莎拉收收胳膊,箍住身体。"当然不会,"她说,"我能理解。我不会跟别人说的。"她穿上外套,"你的秘密在我这儿很安全。"

哈罗德也站了起来。这种能和某个人一起分享胜利的感觉太好了。尤其是那个人是莎拉。他解决了这个谜题,这个测验。但现在他的兴高采烈莫名被一种空洞感取代了。她为什么不和他一起享受这一切呢?为什么他被留下来独自体验这一切?

"你要走了么?"他问。

"是的。我想……好了,一切都结束了。没有日记。没有可写的东西。很高兴能遇见你。"她伸出手。在反应过来自己在做什么之前,哈罗德已经礼貌地和她握了握手。

"这是怎么了?"

"再见。"她说,"你真的,真的很聪明。"莎拉拎起手包,在门上敲了敲。助理很快过来应门。她问哈罗德要不要一起离开,哈罗德只能拒绝她。助理领着莎拉出去了,哈罗德独自留了下来,一堆比眼前布拉姆·斯托克的信件更让人困惑的想法占据了他的大脑。

过了几分钟,他坐在那间亮堂安静的阅览室里,想起了伦敦那场飞车追逐。那把手枪。山羊胡男人。他还在找哈罗德么?还有莎拉?

哈罗德那时才知道,一个没有答案的问题不仅能让人心烦意乱,还是这个世界上最能把人逼疯、最最可怕的一种感觉。

| 布拉姆·斯托克的名字缩写。

第三十七章　家族中的死亡

A Death in the Family

> "我们做错了的事情——虽然当时看似小事，虽然我们硬起心肠把它们看轻——会带着痛苦回到我们身上。当危机令我们意识到，有些事自己做得太少不值得救赎，有些事自己做得太多该得惩罚。"
> ——布拉姆·斯托克
> 《夕阳下》

一九〇〇年十二月一日

"请立刻赶来。"电报上写着，后面有简单的署名，"B.S."

亚瑟很生气，但他还是去了。这是那种福尔摩斯在小说里一直给华生发的电报，布拉姆知道的。真气人！就这么把亚瑟拽回到那件可怕的事里，连句礼貌的解释都没有。一个像布拉姆这样磊落的男人，一个像布拉姆这样有器量的好友，居然干出这种不得体的事情来。"请立刻赶来。"看在老天爷的分上。亚瑟觉得布拉姆不像是会玩这种把戏的人。

亚瑟是在下午三点刚过的时候收到电报的，他搭乘了三点五十五分开往滑铁卢的火车。从那里只需再坐二十分钟的马车就可以赶到布拉姆位于肯辛顿圣伦纳德街的家中。

他无法想象布拉姆发现了什么，以至于这么着急叫亚瑟扔下他的板球活动进城。肯定不是什么大事，当然了。布拉姆大概只是不能接受亚瑟拒绝继续掺和这档侦探的活儿。但是这样戏弄他……骗他说有线索！这就像是在戒酒中的酒鬼鼻子底下举着瓶廉价的杜松子酒。亚瑟可不会忘了这事。

他显然也不会上钩。当然，他会去圣伦纳德街的那栋房子，去看看布拉姆到底在搞什么鬼。然后他会解释，会冷静而坚定地告诉他自己已经过了做这种蠢事的年纪了。要是布拉姆想要继续调查，亚瑟也不会拦着他。但是亚瑟自己再也不会去跟证人谈话，也不会去四处嗅闻令人作呕的血迹了。马戏已经结束，亚瑟才不要跟着马戏团一起离开城里呢。

圣伦纳德街十八号的屋子比亚瑟记忆中的要大好多。四年前，布拉姆从十九号搬了过来——他举家搬迁就为了能多一层楼出来。新房子照着老房子的样子重新装修过，甚至连起居室里的花瓶位置都没有变。这倒真像布拉姆干得出来的事——昂贵，有些放纵，但是在做工上又小心谨慎。有传言说布拉姆为了新房子的装修在城里四处借钱。据说光跟霍尔·凯因就借了六百镑，也有人说是七百镑。但传言总是无所不在的，亚瑟并不上心。也不是说亚瑟有过问的立场。他和布拉姆相交甚深，彼此的过错和短处都知道得足够多，没必要再增加了。

管家认出了他，亚瑟还没来得及开口，他就很礼貌地招呼道："这边请，道尔医生。"

"斯托克先生正在等您。"管家强调了一句。

"但我觉得等他见了我说不定会失望。"亚瑟说。

屋子里昏暗又华丽。尽管它坐落于皇家医院花园的南面，能从外面街上照进来的光线很少。窗户太小了，亚瑟想，数量也不够。客厅有一种富丽堂皇的阴郁感。茶具上镀着的金银在灰暗的笼罩下变成了一种青铜色泽。墙上油画中丰盛的红色也变得暗沉,成了干涸血迹般的棕色。

布拉姆从书桌后面起身,亚瑟看到他正要点燃雪茄。火柴绽出的橘黄色光晕在屋子里亮起,在布拉姆唇边一闪便很快暗了下去。雪茄的烟袅袅升腾,飘进头顶的黑暗之中。

"我不在乎你要说什么。"亚瑟开口道,"我对是谁杀了艾米丽·戴维森一丁点兴趣都没有。"

布拉姆却只是盯着他。

"好吧,"他最后说,"感谢你让我了解这点。但我不是为这个叫你来的。"

"哦。"亚瑟最后只能这么答复了。他没想到,布拉姆把他叫过来会是为了谋杀案之外的事。

"奥斯卡死了。"

亚瑟花了很长时间,才明白过来布拉姆在说什么。

"……王尔德?"亚瑟犹疑着问道。

布拉姆点头。还能是谁呢?

亚瑟踉跄跌入一张长毛绒椅子里,身体仿佛从悬崖坠下。

"在哪里?"他问道,"什么时候?"

"巴黎。你知道他在那儿么?我并不知道。他在阿尔萨斯酒店待了两年。我从来没给他写过信,连句该死的话都没让人捎过。你呢?是了,没有。你当然没有。他昨天死的。只有弗洛伦斯[1]今天早上收到了一封电报,她通知了我。"布拉姆叹了口气,"自他从监狱被放出来以后,我们就没对他说过一句好话,不是么?我们让那个可怜的家伙酗酒，搞同性恋，最后死在了欧洲大陆上。"

布拉姆的语气里带着谴责，亚瑟的反应有些激烈。

"不然我们能做什么？"他说，"奥斯卡他的……倾向。他无可救药地沉浸在了罪孽里。一个这么伟大的人，就因为恶习沦落至此，这是个悲剧。但是真正有罪的是恶习，不是你，也不是我。"

"恶习？"布拉姆说，"你以为是那东西害死了他？不。恶习是一种适量的时候会得到掌声鼓励，但过度滥用就会变得可怕的东西。吗啡按照盎司来服用是好东西，但是按加仑来使用就是恶习。对自己妻子健康的欲望是种美德，但是对别人的妻子难以遏制的渴望……好吧，那是一种让男人病态的恶习。"

布拉姆死死地盯住亚瑟双眼。亚瑟想知道他是不是在暗示珍的事，是不是在批评他。好吧，他就是这么做了，那又能怎么样？

"不，"布拉姆继续，"不是恶习杀死了奥斯卡。是孤独杀了他。"

"你还记得我和他相遇的那个晚上么？"亚瑟说，"在郎廷酒店的晚宴上？等等，不对，你不在那儿。那场晚宴是利平科特出版社的约瑟夫·斯托达特办的。奥斯卡风趣得简直令人着魔，他是那么出众的一个人物。那一晚对我来说是流光璀璨的一夜。奥斯卡告诉我他喜欢我的作品。斯托达特从我们那儿都获得了小说合约，你知道么？在同一晚。奥斯卡写了他的《道连·格雷》，我写了《四签名》。"

"然后，"布拉姆说，"他锒铛入狱。你和女王一起去旁听了。哦，说到这里，我差点忘了问——你的爵士封号颁下来了没有？"

"拜托，这事并不是你说得这么简单，好吗？他不是因为《道连·格雷》而被关起来的，《四签名》也并非促成爵士封号的最大因素，虽然人人都觉得我在盼着这个封号。这其中发生了很多事,我们走了两条不同的路,你明白么?"

"是的,亚瑟。我明白。"

两个男人在缄默中坐了很久。布拉姆抽着他的雪茄,亚瑟放任自己的思绪沉浸在回忆中。说到奥斯卡,最令人难忘的便是晚宴。有些人给你留下的回忆是在球场上的下午,有些人则是在白兰地酒瓶前的深夜。但亚瑟总是记得晚宴时的奥斯卡。他坐在长长的餐桌一端,面前两侧各坐了六位客人,像翅膀般展开。每个人都急切地转过头去看他,等着下一句玩笑话,下一句非同寻常的妙论。亚瑟记得奥斯卡说过的话,但是他更记得奥斯卡博得的注意和引发的欢声笑语。在一对一交谈的时候,奥斯卡仅仅是机智,但在十二个人的群体里,他可以惹得喧哗不断。仿佛对奥斯卡而言,如果没有听众,就没必要去努力了。

"天黑了。"布拉姆突然说。

亚瑟承认天的确黑了,窗外已经几乎不剩几缕阳光。布拉姆站起身来,走到门边的一个小开关旁,把它拨了上去。整个房间顿时爆炸了。

或者说亚瑟是这么觉得的,在他的眼睛适应这灼热的光照之前。等到这片致盲的白色褪去,亚瑟的眼睛又看得到色彩了,他注意到在旁边墙上的壁式烛台里,头顶上的吊灯灯座上,全都是电灯泡。这些六英寸的玻璃管释放出亚瑟从未见过的白色光芒。

"噢,你还没见过我的灯吧?"布拉姆说,"今年夏天的时候安上的。你应该见过他们在街上安的那些灯了,但是这些要小一些。这是私人用的。我可以坦白地说,贵得惊人,但是看看吧!我觉得自己是在天堂里吞云吐雾！"为了让这观点更形象一点，布拉姆重重地朝着墙上的灯呼了口烟。那些烟雾似乎在灯光照耀下燃烧了起来。

亚瑟眨眨眼，试着甩掉自己眼前出现的红黄斑点构成的幻觉。等到视力终于恢复，他重新审视了布拉姆的书房。

房间里的色彩简直像中世纪一般壮观华丽。所有的红色都是纯粹的红，所有的蓝色也都是纯粹的蓝。椅子在金色波斯地毯上投下鲜明的影子。一切都那么纯净，清晰，宁静。亚瑟曾经觉得这屋子像米开朗基罗的作品，现在它更像是一部中世纪的镶嵌画。煤气灯那种幽灵般的晦暗不明，被电灯锐利的光芒驱逐得一干二净。

"简直是奇迹。"亚瑟说。一种犹豫带来的刺痛堵在他嗓子眼。

"可不是嘛。"布拉姆说，"而且我也听出来你话里有话了。它们让你有些不安吧。"

亚瑟四处看着，觉得在这突来的强光之下，自己好像飘浮在空中。

"我没法准确描述，"他说，"但是它们让我觉得有些伤感。"

"你也感觉到了，对吧？"

"我不太确定你指的是什么。"

"一个时代的终结。"布拉姆说，"以及一个新时代的开始。二十世纪。发音很古怪不是么？日历已经要换了。现在我们失去了奥斯卡。即使是维多利亚女王也不能永远生存下去，虽然她显然想试试看。"

"闭嘴！别那么说话。"

"哦，等着看吧。爱德华才没那么糟糕呢。你等着瞧吧。"

"也许是这样的,"亚瑟说,"但真正让我感到悲伤的不是时间的流逝,而是意识到这一切正在发生的那种古怪感觉。我们习惯于在一切结束后划分我们的历史——我们在事件之后划出时间界限。把一个时代与另一个时代区分开来的是学者。康斯坦丁知道他所指挥的并不仅仅是一场帝国自发的骚乱么?牛顿知道自己正站在一场革命的风口浪尖,就像阿芙洛狄忒从贝壳里诞生的瞬间么?再说了,还有其他人注意到他周遭正在发生的变化么?他们有没有我们这样的'自知之明'?

"但是我想你说得对,"亚瑟继续道,"当一个人感到自己的眼睛被电灯光芒灼伤时,怎么可能会感受不到这种突如其来的历史可触性。"

布拉姆微笑,"'历史可触性'。"他说,在唇齿间品味着,"我喜欢这个说法,"他停下来,好奇地上下打量亚瑟,"你又开始写作了?写更多的故事?"

"是。"亚瑟说,不确定布拉姆接下来想说什么。

"当你开始写作的时候,你的谈吐总是变得更有诗意,多年来我早就注意到了这点。说真的,很有魅力。"布拉姆屏住呼吸,捋捋他自己的胡子。亚瑟觉得布拉姆正准备提那个敏感话题。他的下一句话印证了亚瑟的怀疑。

"福尔摩斯?"

"哦,天杀的,别连你都这样!"亚瑟说,"我已经受够了那些出版商关于他的喋喋不休了。不,我不是在写夏洛克·福尔摩斯。"

"随你怎么说,我只是有个想法……好吧,我该怎么说?再也没有比夏洛克·福尔摩斯更能感受你的'可触的历史'的人了。"

"我不会再写夏洛克·福尔摩斯的故事了,你明白么?我以为这话我已经说得够清楚了。"

"我不在乎你还写不写,"布拉姆说,"但是你最终一定会再写下去的。他是你的,只有死亡才能将你们分开。你写《最后一案》的时候,真的认为他死了吗?我不认为你是这么想的。我想你自己也明白,他总有一天会回来的。但无论你什么时候继续提笔写下去,记住我的忠告:不要把他带到这里来。不要把夏洛克·福尔摩斯带到电灯的照耀下,让他留在那神秘而浪漫的煤气灯下。他不能和这些站在一起,你明白么?这光会将他消融的。他比起奥斯卡来更像我们那个时代的人,或者说比我们都像。让他留在他所属的地方,待在我们逝去的世纪末尾。因为在接下来的百年里,没有人会关心我,或者你,或者奥斯卡。我们几年前就不再关心奥斯卡了,我们还自称是他该死的好友。不,他们会记住的是那些故事。他们会记住福尔摩斯。华生。还有道林·格雷。"

"还有你的伯爵呢?他的名字是什么来着?他来自那小小的……"亚瑟说了一半,他在脑海里搜寻那个静止的王国的名字,但是想不起来。

"特兰西瓦尼亚。"亚瑟显然是想不起来了,布拉姆给他提示了一下,"他是来自特兰西瓦尼亚的。不,他们不会记得他的。他没法像你的福尔摩斯那样激发人们的想象。他是我的一大失败。"布拉姆痛苦地笑笑,"那个叫什么什么的伯爵。"

"我很抱歉,布拉姆,"亚瑟说,"我非常抱歉,我知道你在那部小说上花了多少心血。我觉得那是部伟大的作品。我真的觉得。"他顿住了,"这就是为什么奥斯卡的死讯给你带来这么大的打击?"

"是的，我想是的。我们对他就像对待一张废纸，用完后就弃之不顾。但我们会永远珍爱那故事，至少奥斯卡把故事留给了后世。我有什么呢？"

"'人不算什么，作品是一切。'你是这么想的？"

"是的，"布拉姆顿住，"那是福楼拜的话，对么？"

"是的。"

"我们仍然还记得他的话。"布拉姆再次痛苦地笑了。

"我的故事，"亚瑟说，"演绎法。长于推理的侦探。谜底总在令人满意的故事结局揭开。它们都是马粪。"

布拉姆微笑了。"我知道，"他说，"这就是为什么我们需要它们。"

亚瑟想了想。"我已经将它抛在身后了。"他长长地沉默了一段时间后说，"我已经开始写现实主义的东西了。历史。"

"现实主义。"布拉姆重复着，"现实主义，我想，是容易被遗忘的。永存的总是浪漫主义。"

"那我呢？我的名字会流传下去么？"

布拉姆的表情再次变得苦涩而冷酷。"我不知道，我的朋友。我所说的是：这个世界并不需要亚瑟·柯南·道尔，它需要夏洛克·福尔摩斯。"

"不！"亚瑟突然大喊，"不，我比他好得多，你没发现么？我是不会被他羞辱的。我会比他活得更久，我会盖过他的光芒。"

"亚瑟——"

"王尔德已经死了，已经被遗忘，你是这个意思对么？我们都注定要长眠地下，长眠于苦涩的遗忘中么？该死的，不，我不会让福尔摩斯得逞的。"

"他根本就不存在！"布拉姆辩解，但没有用。

"至于那个杀害艾米丽·戴维森的凶手？"亚瑟说，"他是真实存在的。我一定会让他进坟墓，在我把那位枯萎了的福尔摩斯从坟中挖出来之前。福尔摩斯救不了艾米丽·戴维森——我救得了！"

"亚瑟，"布拉姆平静地说，"没有人救得了艾米丽·戴维森。她已经死了。"

亚瑟一时无言以对，在电灯下眨着眼睛。

I 弗洛伦斯·巴尔科姆，布拉姆·斯托克之妻，嫁给布拉姆之前曾受到王尔德热情追求，日后成为布拉姆·斯托克文学作品的代理人。

II 希腊神话中爱与美的女神。

第三十八章　小梭鱼酒馆
The Pickerel

"任何真相都比无休止的怀疑要好得多。"
——亚瑟·柯南·道尔爵士
《黄脸人》

二〇一〇年一月十五日

哈罗德在郁闷中度过了随后的三天,沉浸在一杯又一杯的波旁威士忌和剑桥潮湿的雾气里。他很清楚地知道自己该离开了。他应该离开剑桥了,因为这里已经没他什么事了。但是离开剑桥意味着回到伦敦,意味着登上一架希斯罗机场的飞机,朝西边飞去,越过发生谋杀的纽约,径直飞回他在洛杉矶的单卧室公寓。

从离开剑桥的那一刻开始,日常生活就会一点点回归,每分钟都比上一分钟更为具体,最终他将发现自己站在家门口,站在一块脏兮兮地写着"欢迎"的毯子上。他会转动钥匙,把自己锁进屋里,然后这一切都再也不会发生了。这个可怕的想法让哈罗德实在无力承受。

他应该给塞巴斯蒂安·柯南·道尔发个消息——他也明白这点。至少哈罗德觉得,他依旧在为那个男人工作,那么他也许得让那人知道他买单的那场调查已经结束了。一百年前的日记已经被烧掉了,现在任何人——即使是塞巴斯蒂安·柯南·道尔自己——都无法从中获利了。但哈罗德拖着没有这么做。因为，要是他给塞巴斯蒂安打了电话，或是发了邮件，那么他就真的离一切的终结只有一步之遥了。

但无论哈罗德是否乐意，终点都已经在那里了。无论是酒精，还是无休止无头绪地在校园里转悠，都不能阻止它的到来。不停地查看消息，隔几分钟就想着莎拉会不会打电话过来，也不能阻止。

所以他又读了一遍那些信件。倒不是说他觉得里面还有什么没发现的相关内容——他相当笃定里面已经没了，且读得越多，他就越发确定这一点。哈罗德反复阅读那些信，是因为这是唯一可以继续留在这里的办法。他此刻仍可以坐在和莎拉一起待过的珍稀手稿阅览室里，坐在那几面防潮墙壁之间。她站起来穿上外套，说着礼貌的话离开时的样子始终在他脑海中挥之不去。

哈罗德不知道她去了哪里，甚至不知道她从哪里来。自己对她的事情知道得那么少，真的。他也不再有机会知道更多了。就像这场冒险的结局一样，莎拉是他留给自己的一个秘密，从某些角度而言，是不能跟任何人分享的一种骄傲。

小梭鱼是坐落在玛德琳大街上的一家老酒馆，现在它成了哈罗德除旅馆房间之外的第二个家。位置近，又没有吵闹调情的大学生。这间昏暗的小酒馆里总是低声播着足球节目，这很有用，连续三个晚上都是如此。哈罗德一个人坐着，读他从街边书店买的书。不是福尔摩斯，甚至连悬疑小说都不是。哈罗德不确定自己什么时候才能再打开柯南·道尔的作品，但应该是一段时间之后了。

奇怪的是，永远都无从得知日记内容的不适感，远不如调查的结束更让他烦心。他的痛苦并非源于没有答案——他的痛苦是因为答案来得太早太快，而又显得如此决绝不留后路。哈罗德发现自己执着的并非答案，而是问题。他想要更多的问题。甚至于在读过这么多故事之后，他意识到自己总是对这一刻毫无准备——世界继续前行，高潮过后是平凡的日子。他读过成千上万真相大白的时刻，大气磅礴的解释缝合了被撕裂的世界，一切完好如初。他读过无数的圆满结局，也读过无数的悲剧终幕，他发现这两种结局都让他满意。而他现在意识到，他没有读到的是结局之后的事情。如果说哈罗德相信那些故事，是因为它们呈现了一个可以解读的世界……那么，要是世界已经被解读，但那答案只对你一个人有意义，只剩下空空的波旁酒杯在你掌中，又如何呢？哈罗德明白找不到答案是件可怕的事情，但是他之前从未想过，找到答案并与这答案共度余生也许更糟糕。

一个词组不断地在他醉醺醺的悲哀里回荡。"廉价悬疑小说。"没有嘲笑的对象，哈罗德只好自嘲了一番。没有比这个说法更贴切的了。这段他曾经身处其中的生活，到头来却发现不过是短暂、空洞且廉价的故事，是只能取悦笨蛋和天真的傻瓜们的灵光乍现的小把戏。一便士就能买到的故事，甚至可能连这个价都不值。

当他伸出胳膊，越过长长的木质吧台，晃荡着想够到装椒盐脆饼的小塑料碗时，有人在他肩上拍了几下。这是一串轻快的拍打——一、二、三，确切地说是拍在了背上，肩胛骨下面的位置。他在高脚凳上转过身去，后面却没有人。真奇怪。

哈罗德听到一声咳嗽，低头看去，发现有个好像是戴着黑头盔的侏儒正盯着他。他吞咽了一下，眨了眨眼，意识到那是加伯博士的脸。由于哈罗德坐在高脚凳上，加伯博士的头刚到他肚脐的高度。她微笑了。

"哈罗德！"她说，就好像真的很高兴见到他。

"嗨，你好啊。"哈罗德答道。他真的没有心情跟人闲聊。他往后靠了靠，离自己的酒近一些，试着装得精明点。

"你那个朋友呢？莎拉？"精明样好像没用。

"走了，她……有事先走了。"他太累了，连个谎话都编不出来。再说了，他本来就不会撒谎。

加伯博士皱起眉，关切地看着他。

"小两口吵架？"她的口吻戏谑又满怀同情。

"不是啦。"

"好了，我相信你们俩会和好的。"加伯博士跳上他身边那个高脚凳。哈罗德不记得自己有邀请她一起坐坐，"我喜欢看你们俩在一起。真是可爱的一对儿。"

哈罗德没有回应，也没点头。他又喝了口波旁威士忌。加伯抿着她自己的酒，某种清凉的碳酸饮品，很可能是金汤力。他意识到她不打算走了，于是决心换个话题，至少他就不用再谈论莎拉了。

"谢谢您让我们读那些信件。"他说，"我想我们已经找到我们需要的一切了。"

"棒极了！你要出发寻找凯尔一直在找的那本柯南·道尔的日记么？"

"呃……不。"哈罗德意识到避开这个话题要花的力气大概比谈论它要花的更多，也许他还是放弃比较好，"日记被烧了。斯托克干的，一九〇〇年的时候。他在一封信里告诉了柯南·道尔这件事。"

"嗯，"加伯博士沉思着，"这就是他想见面说的事情，对么？"

"见面？"

"是的,斯托克一直在试图安排会面。我一直很纳闷。你看过斯托克在兰心剧院的秘书的笔记么?有那么几个月里,就连她都一直在向柯南·道尔施压,以财务问题为由安排他们俩会面。"

哈罗德皱起了眉头。在信件里他看不出斯托克的秘书和柯南·道尔有过联系。"那些信也在那里么?"

"哦,我想是没有。不过既然提起来了,你也知道,它们并不是斯托克的私人物品,所以被保存在了别的地方。我忘了是哪家大学了,但应该是在别处某个小规模的斯托克物品收藏地。可能是奥斯丁学院,应该是。这些都是斯托克和柯南·道尔两人的秘书之间的信件往来,所以并没有引起后人太多的兴趣。大多是关于柯南·道尔提供剧本应得的分红,还有为他的朋友提供好席位的承诺之类。不过,要是我没记错的话,整个秋冬,这两个男人一直喋喋不休地纠缠于安排会面的事情。"

"会面?"

"是的。"

那一刻,哈罗德突然强烈地意识到了血液里波旁威士忌的存在。几天来的第一次,他发现自己在和醉意抗争。在过去的四十八个小时里,酒精麻醉并破坏了他的理性思考,但现在哈罗德急切地需要思考。他需要清晰地思考。

"在哪里?"他的嘴唇缓缓地开合。他对那个她可能会给出的答案有些恐惧。

"斯托克想要在哪儿会面?"

"对。我读到的信件里,斯托克每次都要求去柯南·道尔的家,去他的书房里谈。我当时不觉得这有什么问题,但是……哦,上帝啊……

我真的刚刚……？好了好了，试着想想：斯托克的秘书和柯南·道尔的秘书的信件里，斯托克的秘书有没有特别指出，想要两人会面的地点？就像是，比如，柯南·道尔的书房？"

加伯博士一脸古怪。她似乎被哈罗德突然爆发的紧张感吓到了。

"我不确定。"她说，啜了一口她那澄澈的鸡尾酒，想用微笑把哈罗德一脸的严肃冲刷掉，"这很重要么？"

"从我们手上的信件来看，我们知道柯南·道尔弄丢了他的日记。他总是在书房写日记，这是众所周知的，而根据已经发现的卷本来看，那里应该也是他保存日记的地方。我们知道斯托克和日记的失踪有关，不然柯南·道尔怎么会笃定是斯托克拿走了它？但是在斯托克写信告诉他之前，柯南·道尔并不知道日记被烧毁了，所以柯南·道尔并没有在书房目睹这起焚烧。斯托克当时一定是独自留在了书房，在他偷了那本日记的地方。但如果实际上他没有烧掉日记呢？"

"为什么他不烧了它？"加伯博士问，"要是他想处理掉那本日记的话。"

"我不知道。"哈罗德说，"也许因为他没有时间，也许柯南·道尔正要回书房。有什么事情阻止了他。"

"如果他没烧了日记的话，那他做了什么？"

"把日记藏起来。"哈罗德说，"藏在柯南·道尔自己的书房里。"

"那些信！"加伯博士惊叫道，她的脸亮了起来。她进入角色的速度比莎拉还快，"这就是为什么斯托克这么迫切地想要亲自和柯南·道尔见面！这样他才能回到那间书房里。"

"是的。"哈罗德说，加伯博士的推理让他钦佩，"秘书之间的书信来往里，也提过要在柯南·道尔家里会面么？"

"我不知道。"她想了想后说,"很有可能提到了。我记不清了。"

哈罗德的身体里窜过一阵激动,每一寸肌肤都战栗了。他是在自欺欺人么?他是在把自己骗进一个永不结束的谜题里,这样他就有事可做了么?他意识到这不重要。无论这线索是真的,或者仅仅是在一场无聊谈话里泄露出来的,有关一百年前某桩不顺利的生意便条的记忆碎片,这都是个继续下去的理由。

他一口灌下杯子里剩下的波旁威士忌。"听起来已经值得一查了。"他说。

"但是你要去哪里查?即使斯托克真的在一九〇〇年把日记藏在了柯南·道尔的书房里,你又要怎么去找它呢?你要去哪里找?"

哈罗德站起来,拿起外套。

"我想我应该先去柯南·道尔的书房试试看。"他说,咧嘴大笑。

第三十九章　印刷工
The Printer

> "我不觉得你需要担心夏洛克。我并未感到影响力的衰落，我在新作品上用的心思并不比老的少……你会发现，福尔摩斯从未死去，而他此刻如此鲜活。"
> ——亚瑟·柯南·道尔爵士
> 一九〇三年四月致母亲玛丽·道尔的信

一九〇〇年十二月三日

周六那天离开布拉姆家后，亚瑟在周一就找到了斯特兰德大街上的斯提格父子印刷行。这很简单。确实，当亚瑟走进那家印刷行的时候，他很惊讶自己居然现在才找到这里。

当然，调查还是走了一些弯路的。当亚瑟离开布拉姆的书房，决意重新开始调查这起案件的时候，一开始，他对自己的推理能力有那么点儿不确信和疑虑。他已下定决心找到杀害艾米丽·戴维森的凶手……好吧，他要怎么下手呢？

他罗列了一遍目前已知的事实，大致如下：一位绅士，已知特征是高个子，拥有一件长款黑色外衣，嗓音很尖。曾经先后对两名莫瑞根成员——莎莉·尼德林和神秘的安娜求过婚，跟她们结婚，然后杀害了她们。两桩案件之间相隔数月，两场婚礼也都是秘密举行的。能推测得出来的是，一开始这两桩婚事在这些姑娘之间应该也是保密的。

几个月后，这名男子潜入艾米丽·戴维森的家中，残忍地将她殴打致死。奇怪的是，亚瑟觉得这并不符合他一贯的行为模式。他也曾试图向艾米丽·戴维森求爱么？亚瑟想象不出他遇见的那个姑娘要怎样才会像她的朋友们那样被那个男人，或者被任何人打动。那么，他究竟是谁呢？

亚瑟花了一个上午思考了珍妮特·弗莱对米莉森特·福西特的怀疑。不过想得越多，这些论点在他看来就越站不住脚。首先，这里有一个在姑娘们临死前待在她们身边的新郎。没错，她可以雇一个帮凶，但即使假定米莉森特·福西特真干得出杀人的勾当——听过她在集会上的演讲后，亚瑟绝对无法接受这个假设——她会选择这么血腥的方式么？

亚瑟万分确定，是一个男人策划执行了这几起谋杀。他知道一些珍妮特并不知道的事情。他曾经近距离看过艾米丽·戴维森被殴打后血淋淋的尸体，能从中感受到施暴者的怒意。只有极端憎恨女性的男人才会犯下如此暴行，这种恨意过于浓重，以至于亚瑟只能靠想象才能推测一二。

亚瑟基本没有可以找出那个男人身份的线索。但他觉得比起线索和证据，推理也许更能将其看穿。

这三个女孩凶手一定都认识，这意味着他应该也知道她们的秘密组织。两个人先后被杀还可能是巧合，三个都被杀了的话，就绝不可能那么巧了。但他应该和这个组织的关系不太密切，不然不会跟她们分别订了婚还可以互相隐瞒。他不可能是她们的朋友，但应该是个和她们有某种联系的人。

在思考了几个小时之后，当亚瑟不经意地低头扫视到他调查时所得的小小纪念品——那本印着三头鸦、纸质低劣的宣传小册子时，答案便昭然若揭了。

亚瑟揣着那本小册子，大步穿过斯特兰德大街，迈上斯提格父子印刷行门前的台阶。事实上，这已经是亚瑟今天拜访的第六家印刷行了。但从他打开门，走进这家喧闹的店里那一刻起，他就觉得自己会在这里有所发现。巨大的印刷机机械地咔咔作响，吐出一张张书页、小册子和海报。亚瑟望着那台大机器，想起了布雷克的"黑恶魔磨坊"。一想到它们担当着散布消息、发送文字的职责，亚瑟就觉得有趣。每次印刷机冲着平滑的纸垛重重砸下去，似乎都用心险恶。而这些不屈的纸堆让他想起了艾米丽的尸体，被一次又一次地殴打倒地，浑身是伤。

然而，直到见到店铺老板，亚瑟酝酿中的怀疑才完全成型。一个年纪不超过二十岁的男孩从一台机器后面出现了。当他在光线下抬起头来，亚瑟见到了他见过的男人里最为英俊的面孔。男孩的金发精致地垂在眉上，蓝色的眼眸流光溢彩，鼻梁小巧又挺拔。甚至连亚瑟这个对男人长相毫无概念的人都被震撼到了。男孩抬起手跟亚瑟打招呼，亚瑟看到他戴着一副沾有墨迹的手套，衬衫上沾着大块的墨水渍，走近时甚至还能看到男孩没刮胡子的脸颊上溅到的紫色斑点。

"有事么，先生？"小伙子用一种特别好听的嗓音说，"抱歉，我很想跟您握手，但是我怕弄脏了您的衣服。"

亚瑟被迷住了。然后，在意识到他有多迷人之后，亚瑟变得极其恐慌。他知道自己得对那个男孩的行为万分小心。他的眼睛盯在男孩脏污的手套上，从外套口袋里取出小册子。

"下午好，"亚瑟说，"我们可以日后再握手。"他展现出自己最为友好的笑脸,"我是来找这个的印刷商的。你这里印刷过这个么?大约几个月之前。"

亚瑟把那个三头鸦的图案举到亮处。男孩面无表情地看着它。如果他认出来了的话,那他完全没有表现出来。

"这是什么?"男孩说。

"要是我知道就好了。"亚瑟说。

"那您为什么要打听这个?"

亚瑟愣住了。是了,这男孩在装糊涂,但他不是很擅长。亚瑟考虑着如何处理。他觉得自己不能表现得太像侦探,不能搞得像个苏格兰场的。他猜这男孩需要的是一位有同情心的听众。

"一群笨丫头在我铺子边上发了一大堆这个,"亚瑟说,"我做屠宰生意,就在东伦敦。我在窗户上贴了些声明,但是似乎没用。不管我跑到哪里,这些可怕的东西都在我的铺子周围阴魂不散。她们甚至还找到了我住的地方,连那里都出现了这些玩意儿。这很可怕,你不觉得么?我要这些贱人得到些教训。"说出最后几个词后,亚瑟感觉嘴里有几分苦涩。但他感受到了这个男孩内心的怒气,他也清楚自己需要从这里入手。在太阳下山前,他们就会因为对女性的共同厌恶称兄道弟了。

男孩再次笑了起来,摘下了手套。他把它们放到印刷机上面,伸出干净的手,想要同亚瑟握个手。

"我的名字是波比。"男孩说,"波比·斯提格。这是我爸爸的铺子,我是过来帮忙的。"

亚瑟伸出手去,和波比·斯提格握手。

"安德鲁。"亚瑟说,"安德鲁·格林利夫,很高兴见到你。"

"那么说你认识这些女孩？"

"恐怕是的。"亚瑟说。他松开波比的手，露出一个带着戏谑的怀疑神情，"喂，我敢打赌，你知道的要比你打算透露的多得多，没错吧？"

波比·斯提格羞涩地低下头："要是我告诉您是我印的这些东西，先生，还知道那些姑娘的组织的一些事，您会拿来对付我么？"

"要是你告诉我她们是谁，我就不会。"亚瑟说。

"一群叽叽喳喳的乌合之众，真的。她们是一个组织里的，那些姑娘，为了宣传——您能相信么？——要给女人投票权。"

"是，我知道，她们也这么跟我说。你能想象么？"

"那可是帝国的衰落啊，要是成真的话。"波比·斯提格说。

亚瑟热切地在男孩肩上拍了拍，"终于！"他嚷道，"有个有点理性的男人了！我怕没多久，她们的理论就会流行起来了，那简直恐怖。"

"这就是为什么我们得采取点行动。"波比说。

亚瑟死死地盯住男孩。是时候看看他的心是什么做的了。

"你会么？"亚瑟问，"你打算做点什么？"

男孩淘气地笑了："那群姑娘最后一次去骚扰您的'店铺'是什么时候的事？"小伙子在"店铺"这个词上咬得很重，亚瑟不确定他想强调的是什么。

"我得承认，她们最近都没来过了。你跟这事有点关系？"

"我不知道您指什么，先生。"男孩说。他停了一下，看起来就好像在等亚瑟说点什么。

"要是你有心管管那些姑娘，"亚瑟说，"我也许可以帮得上忙。"

"您说您的'店铺'是什么来着?"

"一家肉铺,就像我说的。"

男孩回应地在亚瑟肩上拍了拍,但更为用力和强硬。他的胳膊力气很大。

"哦,少来了。"波比·斯提格说,"我知道您是谁!您说什么来着,来自东伦敦的安德鲁什么的?说真的,别以为伟大的亚瑟·柯南·道尔走进了我的印刷行,我会看着脸对不上名字!"

亚瑟的脸发白了。他从没想到自己在伦敦的谋杀犯之中如此有名。

"你搞错了,孩子。"他无力地否认道。

波比·斯提格对此毫不买账。

"没事的,道尔医生。您和我是同一战线上的。您不知道您有多么启发人心。您反对妇女参政的演讲,那可是顶级的。还有您的故事。它们展现了男人在这个世界的地位,不是么?夏洛克·福尔摩斯才不会听那些娘儿们的喵喵叫唤呢。"

这么久以来,亚瑟第一次真正地感到了羞愧。这真的是人们从他的故事里看出来的么?这真的是它们所讲述的?

"请坐,先生,"波比说,"我们有好多事要聊聊呢。您看,您和我是站在同一边的。我想我们能帮上彼此不少忙。"

---

[1] 黑恶魔磨坊一词源自威廉·布雷克的诗歌,经常用来比喻早期的工业革命,包括它对自然和人类关系的破坏。

第四十章　　古老的时代
The Old Centuries

"只要你能找出事实,也许别人能找到解释。"
——亚瑟·柯南·道尔爵士
《雷神桥之谜》

二〇一〇年一月十六日

随着出租车从那些大松树下驶过,哈罗德第一次见到了林下居。屋子的大多数窗玻璃已经碎掉了。参差不齐的碎玻璃镶在窗棂上,像是濒死动物的牙齿。尚且完好的窗户被廉价的朽木条圈了起来。宅子前草长得很高,乱蓬蓬的,刚发芽的葡萄藤牢牢地抓在墙砖上。

尽管哈罗德之前在一些照片里看到过林下居,他从来都没有亲眼见过它,只能凭想象描绘它全盛时期的样子。想着在那些褪色的墙壁后面,柯南·道尔写就了福尔摩斯后半部分的全部手稿。距哈罗德的出租车停靠的那个满布灰尘的公交站不到一百英尺,便是福尔摩斯从大裂谷时期起死回生的地方。他也许很快就会知道其中的原因了,几天后,甚至只需要过一会儿。在他之前,有多少学者从这里空手而归?哈罗德不会成为他们其中的一员。他怀着敬畏,谦卑,一想到自己现在才第一次进入这间宅子,而不是在更早一些的时候,心里又有一点儿高兴。因为此刻,哈罗德才觉得自己配得上它内在的秘密。

一位年长的女人坐在通往正门的石阶上。其实那里并没有什么正门,只是几块重新钉在一起的破木板。女人弓着背,头发向后盘成了发髻,弯曲的身形裹在一件深色厚外套里,那款式在过去的数十年间都相当常见。她埋首在膝盖上那本厚厚的相册中。

这个骨骼宽大,脸颊深陷,长着粉色酒糟鼻的女人叫作佩内洛普·霍金斯。哈罗德前一天晚些时候和她联系过。她的妈妈是柯南·道尔的女仆,而佩内洛普一辈子都住在辛德海德。上一代柯南·道尔家族卖掉了这座房子后,在过去的大半个世纪里,它成了一栋小小的乡村旅馆。现在这处房产已经废弃了,开发商和众多老建筑保护组织在为它的未来争执不休。在这场旷日持久的斗争中,林下居因为年久失修慢慢衰败了下来。佩内洛普住得很近,是这一建筑呼声最高的保护者之一。她拥有庞大的照片和规划方案收藏,以及林下居的其他历史记录。哈罗德远道而来为的正是这些资料。那些资料被她摊在膝上,在一月的空气中显得愈发脆弱。

当他前一天跟她电话联系时,他向她说明了自己的福学家身份,还有他和亚历克斯·凯尔的关系。她跟亚历克斯很熟。哈罗德甚至打电话让杰弗里·恩格斯替自己递个话。杰弗里接到电话时相当惊讶,但还是回应了哈罗德急切的请求,尽责地给佩内洛普打了电话。哈罗德意识到自己迟早得告诉杰弗里和其他人过去的这两个礼拜他到底干什么去了,但他觉得自己到时候会编好故事的。现在他的调查重归正轨了,这才是关键。而无须哈罗德多言,杰弗里似乎已然了解了一切。他没有多问,便帮哈罗德铺好了路。

哈罗德登上那些碎裂的台阶,佩内洛普仔细打量了他一番。

他们聊了一些共同认识的福学家,以及哈罗德一直以来是多么期盼拜访林下居,但一直未能如愿。都是些敷衍而老套的谈话,但是两人都觉得有必要先闲聊几句。霍金斯女士显然有所怀疑,但是她足够礼貌,没把话直接问出口。既然福学界泰斗已经为他做了担保,她自然也不好拒绝他看资料的要求。哈罗德意识到她显然知道亚历克斯·凯尔死得很离奇,她一定也明白自己的来访和那场谋杀有所关联。哈罗德复述了一遍昨晚已经告诉过她的故事:他是要来完成凯尔的作品的,他们是朋友,因为凯尔之前来过这里,所以他自己也要亲自拜访一下。这故事很站不住脚,两人心知肚明。但当他再一次讲述的时候,她点了点头,礼貌地表示"我明白",然后站了起来。那个女人根本不相信他。

"想亲眼看看这屋子么?"她说。

"可以么?都用木板盖住了啊。"

"那里住的只有老鼠和鸽子,"佩内洛普干巴巴地说,"要是它们都能进去的话,我看不出我们为什么不能。"

他们翻过一扇破窗,进了宅子。哈罗德觉得自己像个贼,不过这里还真没什么好偷的。所有有价值的东西早在几年前就被搬空了。除了历史和虫子,这里没有留下任何东西。

那房子比他想象中要小。走道狭窄,虽然窗户放进了大把光线,它们看起来还是很小。小巧而精致。脏污的木质地板和油漆脱落的墙壁,一切都沉浸在静谧之中。在其中走动时,两人的足音像键盘的敲击声一般,回响在悠长安静的门廊里。

"你有什么特别想去的地方?"霍金斯女士说。

"有。"哈罗德回答,"书房。"

她把他带了过去，穿过那扇只剩一个铰链吱吱作响的沉重木门，哈罗德的呼吸急促起来。他是个成年人，他怕的并不是鬼魂或是怪兽，或者任何斯托克笔下的可怕生物。然而走在这栋房子里……走进那间屋子……谁不会为世上最伟大的推理小说作家的这栋废弃、腐朽的宅邸感到惴惴不安呢？哈罗德觉得这里有些什么——一些古老、历经世事的东西，却已经逝去，不复存在。

"我听说您有这个房间的照片？"他说，"柯南·道尔还住在这儿的时候的照片都有么？"

"是的，我有不少照片。你也知道，柯南·道尔对摄影很着迷。他用照片为整栋宅子做了记录，从动工开始，一直到他在这里度过的最后时光。"

她翻开册子，找出了那些照片。哈罗德低头盯着那些黑白照片，随之抬起头看着屋子里的同一个位置，这些地方在过去的一个世纪里被破坏殆尽。墙边的书架不再载满那些蒙尘的书卷，原本在另一侧墙边的橡木书桌也已经消失很久了。扶手椅也被搬走了，那些煤气灯，曾经装着柯南·道尔左轮手枪的盒子。没了，没了，都没了。

哈罗德站在柯南·道尔书桌曾经的位置，放过椅子的地方。那些故事被构思出来，手书而成的地方。夏洛克·福尔摩斯死而复生的地方。

古老的时代所具有的力量一如既往，而这不是现代化所能抹杀的。斯托克是对的。亚历克斯·凯尔也是。这房子里有什么东西是鲜活的。无论是现代文明，还是对历史可怕的篡改，都不能扼杀诞生在这里的东西。

哈罗德握住想象中的那支笔，把笔尖移到想象中的那张书桌上铺开的纸上。他写着，想象着，兴致盎然。

佩内洛普·霍金斯咳了咳。她似乎已经习惯于来访的福学家做出这种举动了。

"您到底在寻找什么,怀特先生?"她的语调坚定。她想听实话。

"日记。"哈罗德心不在焉地说,"我在找日记。"

霍金斯女士微笑了。"那么祝您好运。"她说,"您追随的是许多杰出的人物。自从一九三〇年,就有无数像您一样的人,在这房间进进出出,寻找那本日记。你以为他们在这里绕了多久?你以为他们把地板翻了多少遍?在墙上敲来敲去想找个中空的地方?撬一撬灯座?他们一定已经把这房间翻了……现在得有多少遍了呢?一百?一千?八十多年来,福学家们频频造访这里。我不认为还剩多少能让您翻找的。"

现在轮到哈罗德微笑了。他的笑意比佩内洛普浓太多了。他正站在柯南·道尔宅邸的书房里,而眼前是个值得一解的谜题。

"基础而已。"哈罗德说,因为他实在忍不住这么做。

佩内洛普·霍金斯摇摇头。

"那我不打扰您了。这里是您想看的照片。小心别被生锈的钉子伤到,否则会得破伤风。"

佩内洛普·霍金斯离开了,但没有关上门。她似乎已经疲于戒备哈罗德了。

他静下心来,坐在坏了的地板上,闭上眼,粗短的手指按在腿上。他把注意力集中到眼前的事情上。

靠四处翻是找不到日记的,一定得靠思考。一切问题都有答案,即使那是个难倒了几代人的问题。

日记在这里。一百年前,日记被藏在了这里。但是怎么藏的?藏在了哪里？他毫不怀疑大量专业和不专业的福学家和学者们的努力。他们一定已经把这个房间的每一寸都翻过了。为什么他们没找到？什么样的地方，既能明显到让布拉姆·斯托克可以在毫无准备的情况下迅速塞进一本皮面日记本，同时却又天衣无缝到柯南·道尔和上千个文学侦探都无法找到？什么地方经历了一个世纪的寒冬酷暑和后世的肆意破坏，却依然未被碰触？

哈罗德想起了《窃信案》。不，在这个案子里，日记并不是藏在明面上。那样就太容易了。

事情的转折点在哪里？要是柯南·道尔自己藏日记的话，他会藏在哪里？或者说，要是柯南·道尔把日记藏起来是为了让福尔摩斯找到，而福尔摩斯正翻着这间书房，他会从哪里入手？要是哈罗德确信日记在这里，那么……好吧，他只对一件事笃信无疑，那就是这里肯定是转折之所在。因为故事里总会有一个转折点。

他回想着自己在每一部伟大的悬疑小说里看过的所有那些精妙的转折。一些是焦点的小小转移，另一些则是情节的彻底转向，比如你认为自己了如指掌的所有东西到头来却发现全都是假的。哈罗德不确定他想要的是哪种，但是所有绝妙的转折都有个关键特征。

巧妙的转折总是违背读者的假设。读者简简单单认为一定是如此的事——因为不然还能是怎样？——到头来却被证明是错的。一些毫无疑问的事情受到质疑。一些之前以为不值一查的事被证明非常需要重新审视，答案总是在最意想不到的地方出现。

哈罗德的假设是什么？布拉姆·斯托克藏起了日记，好让他哪天可以回来销毁它。布拉姆·斯托克把日记藏在了这间屋子里。没有人找到过。房间被搬空了，破坏了，被翻了上千次，而日记不在这里。

日记曾经在这里。日记不在这里了。

哈罗德的呼吸停滞了。

日记曾经在这里。日记不在这里了。

这实在令人震惊,显而易见得令人尴尬。

他飞快地翻动相册,仔细看着一张张灰暗的照片。

"我们是已经找到日记了么?"佩内洛普·霍金斯的声音传来。

他抬头,看到她佝偻的身形出现在门口。

"是的。"哈罗德说。他无心玩笑。

霍金斯女士从鼻子哼气,嘲讽他:"那可好!好了,那它在哪里呢?"

哈罗德急切地低下头,把目光收回到照片上,在她的讥讽中继续翻找:"一九〇〇年的时候日记被藏在了这里,但现在已经不在了。柯南·道尔死后它就不在了。所以一定是在一九〇〇到一九三〇年之间,有人把它从房间里拿走了。"

"有人偷走了它?"

"不,有人把它从房间里带走了,但我想他们并不知道拿走的是什么。我觉得是有人机缘巧合下拿走了日记,而并没有意识到日记就在那里面。所以我现在想知道的是,那些年里有什么东西被拿走了?有什么足够大,够显眼,又是中空的,能有足够的空间让一个人飞快地把一本日记塞进去,同时又不会有人特意往里面看?不是花瓶,不是柜子……也许是一盏灯的底座?"

"我想所有的灯都被挪到柯南·道尔的女儿那里了,而且也没几盏了。我记得数量很少。有可能是放在她家阁楼里了。但我不认为你是第一个去柯南·道尔女儿的阁楼里找日记的人,怀特先生。"

哈罗德翻开相册，视线落在了一张灰暗的小尺寸照片上，它拍摄于一八九九年。照片里是那间书房一个角落里的酒桌，装饰着干净的酒瓶和一个奇怪的高大物件。他眯起眼，贴近去看它的尺寸，那玩意儿要比任何以升计的酒瓶都要大，有个宽大的底座，差不多两英尺高。底座和气球状的瓶身都是用不透明的玻璃做的。它被一系列管子似的东西缠绕着，而一个像是喷管的东西从顶部伸出来。

他飞快地翻着相册，发现了另一张在一九〇五年拍同一个位置的照片。角度不一样，酒柜也被靠着墙挪得稍微远了一点……但是那个东西不见了。原来的地方放着个类似的、但是更小的东西。小了很多。

他把手指摁在第一张照片上。"这是什么？"他问，"不太认得出来。"

佩内洛普·霍金斯弯下腰，眯起眼睛透过她厚重的圆眼镜看着相册。

"哦！"她喊出声来，"那个汽水制造机！"哈罗德记得自己之前读过有关汽水制造机的内容，但是他从来没亲眼见过。它们是最早的一种碳酸化装置，用来给绅士们的苏打水里加气泡。这种机器价格昂贵且相当笨拙，只有在富人的吧台里才见得到。

"它个头真大。"哈罗德说。

"是啊，相当大。这是个早期的汽水制造机。柯南·道尔早些时候收到了这么一个可怕的十九世纪版本。后来他换了新款，就丢掉了这个。这件是个礼物，我记得。"

"谁送的？"

"布拉姆·斯托克。他们是好朋友，你知道的。"

哈罗德再次愣住了。

"他换掉了它？送到哪里去了？"

"我怎么可能知道。"霍金斯女士说，"在柯南·道尔去世之前很久它就被送出去了。一九〇一年？还是〇二年，〇三年？就是这几年之间的事。"

"它被扔掉了么？"哈罗德问，害怕她的回答是肯定的。要是斯托克把日记塞进了那个汽水制造机的宽大底座里，然后一年后柯南·道尔随随便便地把它扔进了垃圾箱……

"我记得没有。"霍金斯女士一边努力回忆着一边答道。她叹了口气，"如有必要的话，我可以查查记录。我们做过一个列表，关于柯南·道尔的所有财产以及它们的最终下落。"

"拜托，"哈罗德说，"拜托了。"

"我想我车里有一本。那东西重得可怕。稍等一下。"她烦恼地叹了口气，留他一个人待在那里，径自走了出去。哈罗德坐在那里，敲着手指等她回来。

他无精打采地翻着那本相册。他现在离它那么近了，近得令人痛苦……他草草翻到相册最后一页，上面是柯南·道尔家族的影像。哈罗德飞快地浏览了柯南·道尔和妻子、第二任妻子和孩子们的照片。柯南·道尔家族几代人都住在这栋屋子里，却对哈罗德眼下正要揭开的那个秘密毫不知情。

他翻到那本相册里最后一张照片，停了下来。它明亮鲜艳，极具现代感——显然是几年前刚拍的。一定是柯南·道尔的曾孙那代。照片没有标签，但是哈罗德认出了其中几人。他甚至看到了塞巴斯蒂安，正从相片里冲他笑着。要是塞巴斯蒂安知道哈罗德现在在哪儿的话就太棒了。哈罗德冲着照片回赠了一个笑容，他觉得自己打败了他们所有人。

他的目光注意到了照片里站在塞巴斯蒂安身边的那个年轻女人。她比塞巴斯蒂安矮了一英尺，一头棕色卷发，脖子上围着一条淡黄色围巾。

哈罗德瞪大了眼睛，全身每一块肌肉都因为震惊而绷紧了。霍金斯女士回来了，抱着一个放满了资料的文件夹。

"卢塞恩。"她说，"看来柯南·道尔的第一台汽水制造机奇迹般地跑到了位于卢塞恩的博物馆。"

哈罗德没有看她，他没法把视线从照片上移开。他喃喃地念着些关于瑞士的东西。

"是的，"霍金斯女士说，她没料到哈罗德居然反应如此冷淡，"位于瑞士的夏洛克·福尔摩斯博物馆。你知道那里么？"

"是的，"哈罗德低声说，"位于福尔摩斯坠下的莱辛巴赫瀑布的山脚下。他们完全重塑了夏洛克·福尔摩斯的书房，用那个时代的物品装点，包括一些柯南·道尔他自己的东西。抱歉，这人是谁？"

霍金斯女士走过来，"什么？"她问，"你说谁？"

"这个女人。照片里的。"哈罗德颤抖着指出她，他觉得自己就像在指着一个幽灵。

霍金斯女士凑近照片。她顺着他伸出的指头看到了一张年轻女人的美丽面孔。

"哦，"她说，"那是莎拉。"

"是，"哈罗德说，"我知道。可是莎拉怎么会出现在一张柯南·道尔家族的照片里？为什么她会站在塞巴斯蒂安身边？"

霍金斯女士笑了。"嗯，我想她不仅仅是站在他身边而已。"她说，

"那是塞巴斯蒂安·柯南·道尔的妻子,莎拉。"她顿了顿,好奇地看着哈罗德,"莎拉·柯南·道尔。"

哈罗德感到苦涩的胆汁在喉间翻滚,而他正在用尽所有力气阻止自己崩溃。

---

1 美国作家爱伦·坡的短篇小说。

第四十一章　　不计代价
Whatever That Cost Might Be

"如果法律无能为力,
我们只好自己来冒这场风险了。"
——亚瑟·柯南·道尔爵士
《威斯特里亚寓所》

一九〇〇年十二月四日

亚瑟用力冲苏格兰场的灰色石墙扔了块石头。"啪"的一声,石头弹在苏格兰场新大楼的墙上,无力地滚到了附近一位警官的脚边。看到脚边的石头,警官抬头寻找它的来源。他看到亚瑟正沿着维多利亚大街跑开,于是张嘴想喊住那个扔石头的奇怪家伙,然而亚瑟已背对着苏格兰场加速跑走了。他朝西跑着,以发泄他的愤怒,一直跑到威斯敏斯特才大口喘息着放慢速度。

没人相信他,也没有人认真去听他的话。在伦敦,除了夏洛克·福尔摩斯之外,亚瑟的名字比任何人都更有资格成为侦探艺术的代名词。然而他们依然对他的话一丁点兴趣都没有。特别是米勒督察,从亚瑟最近和他打交道的经历来看,他是冒犯自己最严重的那个。当时,亚瑟冲进了米勒的办公室,声称自己已经发现杀了艾米丽·戴维森、莎莉·尼德林和她们的朋友安娜的凶手。结果那个男人很冷静地放下手里正读着的文件,笨拙地把玩起了桌子上的钢笔,并喋喋不休了一堆陈词滥调的客气话,亚瑟简直要被那些谄媚陈腐的套话淹没了。

"我们非常感谢您的帮助,"米勒督察说道,然后开始感谢亚瑟为公平正义所花费的大量时间。苏格兰场知道亚瑟的写作是多么繁忙,他如此慷慨地从忙碌的写作工作中抽出时间真是令人感激不已。要是他需要的话,布拉德福德总监本人可以亲自为他撰写、签署甚至装裱一封正式的书信以放在亚瑟的家中。"我们比这一领域里的任何人都更加珍惜您的帮助。"米勒没完没了地奉承着。亚瑟试着让他闭嘴,让米勒督察想想案子,而不是把时间花在这种可耻的谄媚上。他不需要再被美化了,他强调,但自己的发现足以发起一场公审。斯特兰德大街那家斯提格父子印刷行里有个叫波比·斯提格的人,那人应该被最折磨人的镣铐锁起来,立即送上绞刑架。

米勒督察叹了口气。他告诉亚瑟,纽盖特监狱之行后,亚瑟最好还是不要再牵扯到这件案子里了。没有人想再犯错了。想想吧,一辈子兢兢业业的职业生涯说不准就被一句轻率的妥协毁于一旦啊!要是亚瑟再次沦落到了纽盖特监狱,米勒督察自己在苏格兰场的影响力就可能被动摇。这么一来,亚瑟从中抽身岂非对大家都更有益处?

亚瑟表示他并不知道对他自己、米勒督察或者那些管理这个声名狼藉的鬼地方的蠢货们来说,怎么做才能皆大欢喜,但他坚信,把一个谋杀犯扔进监狱一定是造福社会的好事!那个男人杀了三个女人,并且毫无疑问会继续杀人的。

没错,亚瑟不得不承认自己的确没什么实在的证据。实际上,他一点证据都没有,除了只有他自己听到过的那人间接的坦白。而且亚瑟也明白,这个男孩并没有承认自己杀了三个姑娘——但是他显然暗示自己做了这事。但这还是有点价值的吧,不是么?亚瑟可以拿自己的性命起誓那个男孩就是他们正在找的凶手。

这些并没有说服米勒督察。他一点都不相信。而且,随着自己的怒意不断积蓄,亚瑟意识到,米勒督察似乎怀疑凶手另有其人。

"您去了莎莉·尼德林的家里?"米勒问,"您联系了另外那个女孩——她叫什么?珍妮特·弗莱?您怎么会跟这些年轻女人这么熟?"

"我跟她们不熟。"亚瑟坚持道。他试着重新解释,但是督察的问题里流露了一些黑暗的、未说出口的想法——仿佛他已经知道是谁杀了艾米丽·戴维森。而亚瑟恐慌地意识到,督察认为是亚瑟干的。

"你在含沙射影些什么?"亚瑟最终问他。

"没什么,道尔医生。就像我说的,我很高兴,也很荣幸上回能将您从纽盖特监狱解救出来。但是我想,这事重来一次怕是没什么好处。"米勒督察满怀同情地点了点头,这彻底激怒了亚瑟。那表情仿佛亚瑟是这件道德败坏的案件中的共谋。

"要是你认为是我杀了艾米丽·戴维森,"亚瑟怒道,口溅飞沫,"那么你现在直接铐上我好了,不要让我的社会地位阻拦你行使法律职责,听懂了么!"

督察表示了异议。他默默缓和了一下气氛,然后让一名警官把亚瑟送到了门口。亚瑟满腔怒火,他从维多利亚街边脏兮兮的乱石堆里捡起一块石头,冲着英国司法丑恶无情的嘴脸砸了过去。

不到四十五分钟后,他在兰心剧院一间地下更衣室里找到了布拉姆。亚瑟走进门去,看到布拉姆正在亲自清洁一块镜子,用一块老旧的抹布,还有一块利华兄弟公司出的阳光皂。布拉姆把袖子卷到肘部,往镜子上一道道地上着肥皂。镜子边上的一圈电灯泡映照在新擦出来的干净镜面上,光亮加倍。在那一刻,整面镜墙看起来就像是由燃烧的火焰组成的。

布拉姆转身望向亚瑟,放下抹布。

"这张脸我在别处见过的,"布拉姆说,"欢迎回来,福尔摩斯先生。"

亚瑟笑不出来。他向他的朋友大吐苦水,满怀悲伤地细细讲述了过去几天发生的事情。亚瑟说完后,布拉姆若有所思地捋了捋他浓密的红胡子。

"那个男孩,"布拉姆说,"波比·斯提格。他就这么放你走了?在他几乎跟你坦白了之后?他让你完完整整地出来了?"

"是的,"亚瑟说,"你没看出来么?他一知道我是……好吧,他以为找到了自己事业的合伙人。在我看来,我看不出纠正他这个观念有多大意义。该死的,这太诡异了。所有人都觉得我和他是一伙的。米勒督察以为我帮他是为了掩盖我自己犯下的罪,而斯提格以为我是要帮他掩盖他自己犯的罪。"

"那么,你真正的立场在哪里呢,亚瑟?公正?法律?"

"不。艾米丽,莎莉,安娜。我是站在*女孩*们那边的。"

"那好,你觉得那些女孩们现在想要你做的是什么呢?"

亚瑟一边思考着这个问题,一边看着镜子里两人的投影。他注意到自己的胡子已经长回来了,他的面容已经迅速重获男子气概。一副奇怪的图景浮现在他脑海,是他自己结婚那天。只是亚瑟并没有穿他那件黑色无尾礼服。正相反,他穿着一件亮闪闪的白色婚纱。他想象着自己被包裹在白色丝绸里,后面拖着长长的裙摆。他满面通红地沿着通道走向他的婚约者。亚瑟想象着自己脸上的微笑,那种新娘子在自己婚礼当天喜气洋洋的样子。

亚瑟注意到布拉姆正好奇地望着他。他摇摇头,甩掉脑海中那个场景。这想象也太古怪了!

"我想,"亚瑟最终说,"这些女孩想要我们把那凶手绳之以法。无论花费多大代价。不惜任何代价。"

布拉姆站起来,松开卷起的袖子。他把袖口的扣子一一系好,然后开口。

"那好,"布拉姆说,"我跟你一起。"他拿起外衣,把胳臂往里套,"不计代价。"

* * * *

一九〇〇年十二月六日

亚瑟和布拉姆站在大桥街上,正对着犹太人墓地。尽管夜色昏沉,他们依然分辨得出最高的几块墓碑。它们碎裂不堪,笼罩在墓地后面济贫院的灯光里。他们听到远处不知什么地方传来醉汉的呻吟,而大路上传来的是妓女们踩在污泥里啪嗒啪嗒的微弱脚步声。亚瑟显然并没有计划过要再一次回到东伦敦。但他现在已然身在此处,过去的两天里也一直冒着危险潜伏在这里。他意识到,除了这里以外,没有别的地方更能够给这事带来一个合适的终局了。

斯提格家的两层小楼就在亚瑟眼前。他和布拉姆从公共档案里查到了斯提格父子印刷行的资料,轻而易举地找来了这里。在过去的两天里,他们一直监视着这里。两人在一本小小的黑色笔记本上记下了房子里每一位住户的身份和日常活动安排。首先是波比,他每天一早就离开家去印刷行帮忙。波比的爸爸,托比亚斯,会在每天上午晚些时候出门。他会先去一趟印刷行,然后忙一些生意上的其他事。波比的姐姐,他们发现她叫作美琳达。她也住在这座房子里,而且好像大部分时间都待在屋子里,监督女仆们干活,有时自己也做些家务。晚上她会出去和朋友吃晚饭。房子里的住户就是这三个人——他们查过死亡记录,波比的妈妈在很多年前,在波比还是个孩子的时候就去世了。

亚瑟前一天跟踪了托比亚斯·斯提格,让他吃惊的是,这男人在白教堂附近的瓦特尼街拥有不少房产,包括那栋被管理员偷偷当成租赁公寓租出去的宅子——正是在那栋宅子后边,人们发现了莎莉·尼德林的尸体。当看到斯提格先生在门前敲了几下,那个妇人前来应门的时候,亚瑟差点被惊得失去了理智。上一次他见到这女人的时候,她还很伤心,坐在她那间黑市公寓狭窄的楼梯上,为那具她找到的尸体和自己偷尸体衣服的行为痛哭流涕。而眼下的她正冷静地为房东开门,房东恰恰是干下了那桩谋杀的男孩的父亲。亚瑟记得她的恐惧,他记得妇人是瞒着房东偷偷把房子租出去的——而他现在知道了房东正是这个名叫托比亚斯·斯提格的男人。他从不进到房子里面,似乎很满意直接收租,觉得没有必要对房子状况做进一步查看。

这显然不是一桩巧合。但是,直到晚上和布拉姆花了一个小时讨论,亚瑟才弄明白其中关键。他们推测托比亚斯·斯提格不知道自己的房子被私下出租了。要是他知道的话,几周前那个妇人就不会因为亚瑟威胁要告诉房东有那么大反应了。但他们推测,波比·斯提格不知怎么就*知道*了,并利用了这一点。他知道自己得找个僻静的地方,一间没多少住户的租赁公寓,好把他的第一个谋杀对象带过去。当他发现，很有可能是意外发现，他的父亲的租户中有个女人秘密地把房子转租了出去，他很自然就会想到要利用这一点。但他不会冒险再次回到同一个地方去杀他的第二个受害者。他已经够幸运了，那个女人当时没有认出他来——虽然亚瑟和布拉姆觉得，她大概都不知道那男孩长什么样。

要是亚瑟本来还觉得波比·斯提格多少该有些愧疚的话，这一发现将他的疑虑彻底抹灭了。波比有特定的作案手段，他有作案机会，当然也有动机，无论这一动机是多么有悖常理。亚瑟明白，这孩子的所作所为比单纯的谋杀更邪恶。他先是玩弄了他的受害者；他引诱了她们，说他爱她们，对她们大献殷勤，然后在脏污的浴缸中勒死她们。他不仅仅是残杀了这些女人；他先玷污了她们的女性特质。他从女性最内在的核心残忍地击毁了每个女人。这比单单谋杀一个男人糟糕多了，甚至比单纯谋杀一名女性更糟糕。他针对的是女性这一性别全体。

亚瑟和布拉姆耐心等待着，直到整栋房子空无一人。晚上八点半的时候，波比的姐姐美琳达如他们所料离开了屋子，前往她和朋友们约定的晚餐地点。波比还没从印刷行回来；在过去的两个晚上，他不到十点是不会回来的。托比亚斯也出去了，和另一位房东邻居一起聚餐。房子空荡荡的，很安静。一切符合计划。亚瑟和布拉姆看着美琳达·斯提格转过街角，走向哈弗德大街，两人抽完那晚最后一根烟，穿过大桥街，走向那栋房子。

他们详细地讨论过这一计划，所以两人直接绕过屋子走到后门，一路上完全无须交谈。后门单薄得很，可能就用一把小锁掩着。不过他们的目标是旁边的小窗户。亚瑟抬起穿靴子的脚狠狠一踹，轻易就把窗玻璃踹碎了。玻璃破碎的声音完全融入了东伦敦肮脏的喧嚣中，哪怕再多碎一回也不会助长周边的喧哗。

亚瑟翻过窗户,布拉姆紧随其后。两人穿过厨房,靴底踩在碎玻璃上。之前的侦查显示波比的卧室位于二楼,他们毫不浪费时间,直奔目标而去。他们知道自己要的是什么,为此他们放弃了所有谨慎之心。

楼梯在两人的重量下吱呀作响。房子建筑质量很差,木制的楼板仿佛随时可能裂开。亚瑟的靴子在走动时留下了一路碎玻璃渣,仿佛是一道亮晶晶的光芒从厨房铺到二楼的卧室,一直延伸进地狱之门。

两人走进波比·斯提格的卧室,关上了门,点燃了墙上唯一一盏煤气灯。房间一角搁着张狭窄的四柱床,床单凌乱。床对面是两把椅子,像是准备迎接客人。不过从上面搭着的一大堆乱糟糟的衣服看来,亚瑟估计这里不会有多少客人上来。男孩房间的凌乱昭显着他身上的一种孤独——就好像他可以放任自己的房间乱糟糟的,因为他永远,永远都不会与人分享这里的空间。那个心怀怨愤的孩子有朋友么?他和其他同龄的男孩一起打过板球么?他感受过爱么?他有好好地端详过一位女士的脸,他知道那种温柔的感觉么,那种从腹部一直蔓延到胡须的暖意么?当他的手碰触到一位年轻女孩的手套,是否也会颤抖呢?当他弯腰亲吻一位女士的手的时候,他会咬紧嘴唇以防满心欢喜地叫出声来么?

亚瑟看着那张小桌子上乱堆着的印刷纸和地板上随处乱扔的沾满墨迹的衣服。他知道波比·斯提格并非人类。他是头野兽。亚瑟要看着他被关进他该待的笼子里,到死都过着他应得的悲惨生活,死后用一把医生的解剖刀切开他的胸腔,掏出那颗皱巴巴的黑色器官,放到一个罐子里作为给后辈的警示。"这是一个死人的冷酷心脏,"罐子封套上会印着如是字样,"这是在主人去世前若干年便已经死亡了的心脏的模样。"在明亮的二十一世纪,当理性主宰世界的时候,这个男孩将提醒人们记住那个曾经存在过的黑暗世纪,记住亚瑟这一代人——引领他们走出迷信,走进光辉夺目的科学理性时代的一代人。

但这一切的前提是先将他抓捕归案。所以亚瑟和布拉姆在沉默中有条不紊地行动了起来。他们搜了衣服,床,桌子,椅子,还有那些紧闭着的柜子。他们寻找着证据。亚瑟希望能找到那些结婚证书——这男孩足够傲慢,他很有可能为自己的暴行感到骄傲而留下了它们。只要有了那些证书,苏格兰场就会听他的了。可是他们没找到这个,于是转而希望找到任何死去的女孩曾经给波比·斯提格写的信。或者女孩们的宣传小册子,至少能够证明他认识她们。他们有可能在这里找到各种证据,而只要一样就足够了。

当第一遍搜索一无所获后,他们重新找了一遍。时间一分分过去,布拉姆开始担心起来。到了某个时刻,房子的某位住户就会回来。要是被现场逮到洗劫别人家的屋子,这对亚瑟和布拉姆来说都不是什么好事。

但是亚瑟不肯走。除非他找到了有用的东西,不然他不会有离开的念头。谋杀案的红线已经引领着他走得太远,无法回头,甚至不能等日后再来找。今晚一定要结束,行行好,他一定要在明天早上看着波比·斯提格被米勒督察和手下押走。

搜查继续着。

"我们必须得走了,亚瑟。"布拉姆越发不耐烦起来,"要是托比亚斯回来了怎么办?或者他姐姐?"

亚瑟扯开外套,露出别在腰间的左轮手枪。

"那么我们应该毫无畏惧地讲出真相继续找。他们能拿我们怎么样？叫苏格兰场？我敢说波比·斯提格一定会很乐意让苏格兰场的人翻他的屋子的。"

"别误会，我不反对破门而入，但是我们最好谨慎点，不是么？"

"我觉得，"亚瑟说，"我们必须得在这儿找到点儿用得上的。在这儿唠叨个没完一点忙都帮不上。"

他把注意力从桌子转移到了窗台上。几支坏掉的旧钢笔躺在那里，其中一支的墨水甚至还滴到了白墙上。亚瑟碰碰那几支笔，抬头看着窗户，发现自己离波比·斯提格的笑脸只有几英寸的距离。

亚瑟整个人僵住了，无法呼吸。有那么一秒钟，他木然地看着窗外那个可能是幽灵的东西。但是男孩笑得更欢了，他从外面把窗户拉开。亚瑟意识到那并不是幽灵。男孩坐在窗外一根大树杈上。亚瑟觉得，从头到尾，他可能一直都坐在那里看着他们。

波比·斯提格从窗户跳进屋里，亚瑟后退了几步。

"我在街上一看到灯开了，我就知道是您！"波比说，"我就知道！"他关上身后的窗户，看着布拉姆。

"您一定是斯托克先生了，对吧？"男孩拂动额前挡住了视线的金发，"我一直在注意你们俩。似乎您二位也在特别关照我！"波比笑了，笑声听起来相当可怕。

亚瑟从腰间拔出手枪，举到自己面前。

"安静点。"亚瑟说，"不准动，明白么？不然我马上开枪。"

男孩又微笑了，视线落到布拉姆身上。

"就算亚瑟不这么做，"布拉姆一边说话，一边从自己外套里取出一把手枪，"我也会开枪的。"

"哦，哦。"波比说，"我亲爱的侦探们！你们真的把你们的角色看得很严肃啊，不是么？但是少来了。您不会开枪的，在我为您做了那么多之后。

"天啊，亚瑟，不要那么看着我！我救了您的命呢！坦白讲，您不觉得我们该坐下来好好喝一杯，庆祝我们的好运气么？那些该死的小贱人计划着要杀您呢。我知道邮包炸弹的事情。不过我的确是杀到最后那一个的时候才知道的。我这个人有时候是不太靠谱。我当时杀她们的目的并不是为了救您，不过说到底，既然我杀了她们，自然就是救了您嘛！"

"她们并不打算杀我。"亚瑟说，"并不是真的要杀我。我不会为她们辩解，那些女孩是在谋划很可怕的事。但是你……你所做的要糟得多。你谋杀了三个无辜的女人。"

"无辜？"波比·斯提格一脸难以置信，"您肯定搞错了。无辜？三个藏着一盒子炸药的贱人？您一定知道吧……好吧，我觉得她们是相爱的。我的意思是，我想她们是彼此相爱的，就好像男女相爱那样！艾米丽·戴维森和珍妮特·弗莱一定是。我的老天爷啊，您想象得到么？太可怕了，那些贱女人。她们还妄想着要重塑世界——我们的世界——照她们那低贱的观念。"

亚瑟举着左轮手枪，他觉得自己胳膊在发抖。他感到自己整个人在痉挛。他想起那些死去的女孩们的脸——甜美、苍白、被撕毁的脸。比起他想要的任何结局，他现在只想扣下扳机，看着自己眼前这丑陋的生物被彻底摧毁。

"亚瑟，"布拉姆说，"别。"

跟往常一样，布拉姆总是知道他在想什么。波比·斯提格在两个男人之间看来看去。一些之前未出现过的神情浮现在男孩脸上。一种好奇。就好像他之前从未想到过，亚瑟真的有可能会扣下扳机。

"哦！"波比说，"您真的要冲我开枪？我的意思是，您真的在考虑要朝我开枪？我只是……天哪！"他抓着自己头发，挠起了头，"这可真不像您，不是么，道尔医生？我的意思是，我没有武器，手无寸铁，对您一点威胁都没有。您得有多冷血才能杀了我，不是么？讲故事的人有了把枪，他用起来很合适。好吧。那就交给您决定了，我想。您现在想做什么呢，道尔医生？您是要朝我开枪？还是想给我讲个故事？"

亚瑟深深地凝视着男孩清澈的蓝色眼眸和他英俊面容的轮廓，仿佛听到有什么声音从远方轻轻传来。急促的冲刷声。水流拍击着岩石的声音。他不确定这是幻觉还是真实，但是他听到了。激流正奔下悬崖。他聆听着，终于辨认出了那个声音。他稳住自己的手，听着那声音，那是从他脑海深处所传来的莱辛巴赫瀑布的水声。

第四十二章　　夏洛克·福尔摩斯博物馆
The Sherlock Holmes Museum

> （福尔摩斯）把这条格言执行到了极端的地步：只有独自策划的人才是安全的策划者。我比其他任何人都更接近他，但我还是时常感到自己与他之间有一种隔膜。
> ——亚瑟·柯南·道尔爵士
> 《显贵的主顾》

二〇一〇年一月十七日

站在莱辛巴赫瀑布下的山脚，哈罗德眺望着豪普特大街对面的夏洛克·福尔摩斯博物馆。他有些发抖，紧了紧身上的大衣以抵御瑞士的寒气。晚上六点刚过，最后一抹橘色的阳光也沉入博物馆的背面。此时街灯还未亮起，街道显得越发阴沉，而随着时间分分秒秒过去，天黑得更快了。从自己所站的位置，哈罗德可以看到街对面博物馆的两个门卫锁上了大门。再等几分钟就可以了。他的手在口袋里攥成了拳头。哈罗德不记得自己上一次觉得这么冷是什么时候了。

那两名门卫站在博物馆入口处转来转去，讲着哈罗德听不清的笑话。他看了一会儿，然后转身朝东望去。瑞士阿尔卑斯山脉拔地而起，离他站的位置不到五十码。山体有三分之一被白雪覆盖，宛如披着一条白色丝质披肩。

哈罗德换了个姿势，感受着肩头背包的重量。包里的钢制撬胎棒压在他的背上。门卫再次大笑,并开始缓慢地朝停车场的方向走去。博物馆里一片漆黑,空无一人。最后一点阳光已在远方消逝。哈罗德从暗处走进了这片黑夜。

他再也没有什么可以失去的了。他已不想再回归过去的生活,而他自己真正想要的生活,这几周里他以为自己第一次真正活着的时光,到头来却发现不过是一场骗局。这甚至都算不上什么复杂的骗局。关键的转折来得如此轻易,如此显而易见,不证自明,他被彻底击倒了。哈罗德甚至都没法对莎拉或者塞巴斯蒂安动怒。他从一开始就知道自己不该信任她的,不是么?她的故事从一开始就跟眼下一样不可靠。哈罗德很清楚,他只能怪自己。

起初他没法相信她就那么带着谎言离开了。塞巴斯蒂安的妻子——也许很快就是前妻了,顶着一个假身份走进了世界上最大规模的福学家盛会,居然没有被任何人识破?他们当然没有识破,哈罗德后来才反应过来。大多数参会者毕生都坚信夏洛克·福尔摩斯是真实存在的,亚瑟·柯南·道尔不过是华生的文学代理。他们不关心柯南·道尔或者他的后代。哈罗德甚至意识到,他当时明明记得塞巴斯蒂安是已婚的,他甚至可能知道他妻子的名字叫作莎拉,尽管现在很难去回想。但他显然没有把这些联系起来。她的谎言如此明显,如此单薄,却没有一个人去质问过。"你真的,真的很聪明。"她离开的时候曾这么对他说。

哈罗德不明白她为什么要骗自己。她和塞巴斯蒂安的计划是什么?他们真的要离婚么?她的确跟律师有电话往来,但是她告诉他的故事完全是编出来的么?还有在伦敦到底是谁在追他们?这都是作秀么?过去的二十四小时里,哈罗德意识到,自己完全不在乎。他不在乎那些带枪的人是谁。他不在乎塞巴斯蒂安想要什么,他不在乎莎拉·琳赛或者莎拉·柯南·道尔到底是谁。亚历克斯·凯尔的"谋杀"已经破解,他留下的线索也给这一事件带来完美解答。然而,这场追逐再也不能给哈罗德带来任何愉悦了;它无法让他获得平静。他现在唯一想要,唯一渴望的,就像是溺水的人渴求着的最后一口氧气,是那本日记。

但是他知道就连日记也不能让自己开心。当他用汗湿的手抚上它的封皮,打开它干燥的纸页时,他不会听到自己脑海里天使的吟唱。他的心也不会狂喜,他气喘吁吁的肺里也不会被满足感充盈。他明白,再过几分钟,当他的双手碰触到那本皮面的日记,解开里面的秘密时,事情只会更加糟糕而已。但是这一切都已无法阻止他。他要看着这一事件抵达它可怕的结局,因为他必须如此。因为他必须知道真相。

他在雪中前行,脚步快而坚定地穿过黑暗,来到博物馆面前。这栋建筑曾经是座教堂,简洁的二层楼房屋顶依然立着谦卑的塔尖。即使是在黑暗中,哈罗德也能分辨出那红色的砖墙和美丽的玻璃窗。

对哈罗德来说,潜入博物馆的方法有很多。他可以在白天进去,躲在某个被遗忘的古老储物柜里面。他可以研究下如何解除警报系统,也可以学学撬锁。但是即使这些办法真的有效,他也不可能在这上面花那么长时间了。他已经没有那个心思了。他不能再忍受下去了。他现在就要知道。

哈罗德觉得自己找到了归宿,就在莱辛巴赫瀑布的脚下。这个一切终结的地方。

他从包里取出撬胎棒,盯着低处的窗户上那古老而色泽艳丽的玻璃。那上面描摹的是基督复活拉撒路的圣经故事。拉撒路头顶环着一圈金色的光芒步出坟墓。基督向他招着手,身后站着成群的使徒和追随者。他们赞叹着基督之神迹,感受他所带来的慰藉。

哈罗德把撬胎棒举过头顶,狠狠砸在玻璃上。玻璃碎掉的声音比他预想中要大得多,但这声音并未吓退他。细小的玻璃碎片弹在他的袖管和泥泞的鞋子上。他用撬胎棒敲掉了窗棂上未脱落的锐利碎片,把撬胎棒放回包里,用戴着手套的双手扒住窗台,纵身跳了进去。不过片刻,他就在博物馆里面了。

哈罗德没有听到任何警报声,但他觉得已经有警报被激活了。他没有多少时间,不过他也不觉得自己需要太久。如果瑞士警方逮住他在私人博物馆里砸毁了一台无价的汽水制造机又会怎样呢?那好,他们可以通知纽约警方,然后各国当局就可以决定到底把他扔进哪一家监狱了。哈罗德不在乎。他只想要日记。

他快步在博物馆里穿行。博物馆很小,而哈罗德感兴趣的只有它最重要的展览区,所以他几乎立刻就找到了。他走进这间精心布置的夏洛克·福尔摩斯书房,打开灯四处查看。在所有地点中,选择这里了结一切似乎最合理不过了。

房间里堆满了东西。壁炉旁是拨火棒和一根长长的登山杖,《最后一案》中福尔摩斯用来追击莫里亚蒂的那根。描述福尔摩斯历险的图画四处都是。一张小桌子上放着华生的听诊器和福尔摩斯的小提琴,另一张桌子上搁着福尔摩斯的化学器材,他在那里测试血迹、烟草,以及各种收集来的证物。衣帽架上挂着一顶猎鹿帽,跟哈罗德自己那顶一模一样。全套福尔摩斯初版小说满满当当地摆放在书架上。早餐桌上有一套茶具和排放好的刀叉,仿佛福尔摩斯和华生正在进餐。餐碟边放着那个年代的报纸。然而,哈罗德的视线却不由自主地落在了墙的那一侧，这个昏黑房间里最为黑暗的角落里的那台古董汽水制造机上。

哈罗德毫不犹豫地走过去，把它从桌子上拿了起来。他晃了晃它。底座很大，藏起一本日记轻而易举。况且对于一个空心玻璃制成的物件来说，这东西手感略沉。他试着扭动底座上的一个螺丝，但它纹丝不动。他试了试另一个，也没用。他这才想起来，他的工具包里除了一根撬胎棒以外，应该还得备上一套螺丝刀的。

他把汽水制造机放回桌上，回到壁炉那边，拿起那根拨火棍。它比撬胎棒还要沉，也更长。很完美。哈罗德双手握住它，他能看到自己握住手柄的关节发白。他把拨火棍举过头顶。他确定日记在汽水制造机里么？是的。不，说真的，无所谓了。他要把它砸碎，不然他就得砸些别的什么东西，或者是这整间博物馆里的每一件古董，如果有必要的话。

他瞪大眼睛，攥紧了手里的拨火棍，弓起身，用尽全身力气砸向汽水制造机。玻璃碎了，拨火棍猛地敲上了金属底座，那力量让哈罗德跟跄着倒退了好几步。他的手腕很疼。

"哈罗德·怀特。"听到身后的声音时，他的脑子一片空白。那些字听起来如此陌生。哈罗德？怀特？哦，对，哈罗德意识到，脸唰地白了。*那是指我。*他是做好了入狱的准备，用不过是蹲几年监狱的想法安抚本能的恐惧。毕竟，他又不是要杀什么人。只是他转身面对那个叫出他名字的声音时，他才意识到无论喊他名字的是谁，那人*知道*他的名字。此时哈罗德才真正恐慌起来。

他转过身去，看到山羊胡男人站在书房另一侧盯着他。男人手里举着一把枪。哈罗德的视线在枪口和男人脸上的山羊胡之间来回移动。

枪看起来正是在伦敦见过的那一把。山羊胡也不比当时的第一印象好看多少。

尽管恐惧攥紧了他的肌肉，扼住了他的呼吸，哈罗德还能意识到那人尚未扣下扳机。他觉得自己可以应付。他往前走，先迈开右脚，然后是左脚，朝着山羊胡男人走去。

"站住。"男人说。

"不。"哈罗德说，一边继续向前走。他现在离这个男人不到六英尺了。男人把枪举得更高了，准星直直地对准了哈罗德的脑袋。

"再多走一步我就杀了你。"男人说。

"不。"哈罗德继续向前走了一小步，"你不会的。"他又往前走了一步。现在距离只有四英尺了，"因为你想要日记，而你知道你需要我的帮助才能拿到它。"

男人表情古怪地看着哈罗德。

"你是说那个么？"他说着，瞟了一眼哈罗德双脚附近的地板。哈罗德转过头去，视线落到地板上。他身后几英尺的地方，在一堆碎玻璃和汽水制造机的底座中间，躺着一本两英寸厚，皮制封面的日记本。

"我不认为我还需要你的帮助才拿得到日记。"男人咧嘴笑了。

就到此为止了。哈罗德已经完成了委托，甚至还做到了更多。他现在已经完成了一切。对于一个只比别人聪明一点点的人来说，事情只能到此为止了。他的聪明智慧带着他一路走到了这里，但是它似乎没法把他带得更远了。

"现在还不行。"哈罗德说。直到这一刻他才真的被吓坏了。但不是因为那把枪——而是想到在他能够把日记拿到手，翻开蒙尘的纸页之前，自己就要被杀了。

"我并不打算杀你。"男人说，"但现在我别无选择了。我只是需要日记，但是我不能让人知道日记是哪儿来的。要是瑞士警方到这里的时候你还活着……"

"好吧。"哈罗德说，"杀了我吧。我不在乎了。但是拜托。五分钟，给我五分钟读读日记。我读得很快的。真的很快。"

"退后，把日记踢过来给我。"

"别，求你了。三分钟。就这么多。你不能……"哈罗德苦苦哀求。他离日记不过几步远。他想象着自己可以闻到它的霉味，他可以从舌根品味到一个世纪的尘垢，"你不能让一切这样结束。我只是需要读完它。"

哈罗德直视着男人的双眼，他觉得自己看到了可称之为怜悯的东西。

"你看，"男人说，"我并不是被雇来杀人的，我也不想杀人。我们做个交易，怎么样？你可以从这里活着出去，但永远不要吐露跟这里有关的任何一个字，我就说我是自己找到这儿的。但你需要离开这儿，现在就离开。"

"不。"哈罗德说。他想要解释自己的绝望，让这个男人明白自己不能离开。但是他没法解释。

"你他妈的疯了么？滚。把书留给我，然后滚。"

哈罗德想哭，但是他没有哭。他试着开口，但是到头来只剩轻轻的喘息。他望着对方，眼里满是哀求。他再次往前迈步。要是他不能带着日记离开，那他根本不允许自己离开这里。

"那好吧，"男人说，"你赢了。"他的手指扣在了扳机上。哈罗德没有闭上眼，反而睁大了双眼。他觉得没有必要对此退缩。

"警察！"楼里的某处响起一声大喊。那声音猝然把哈罗德和那个男人的注意力从这桩恶魔契约上引开。他们听到了脚步声和有人在附近移动的声音。哈罗德觉得自己还听到了靴子踩在碎玻璃上的声音。

男人举着枪，瞄准哈罗德，而哈罗德纹丝不动。

"警察！"又是一声。嗓音的主人听起来是个讲意大利语的瑞士人，女性。

"求你了，"哈罗德对男人说，"要么开枪打死我然后带着日记快跑，要么就把日记留给我。但我是不会走的。"

男人继续盯着哈罗德，揣度他到底是认真的还是虚张声势。他的脸愈发紧绷，就好像在确认哈罗德是否真的不会屈服。脚步声逼近书房，男人转身走向门边。这正是哈罗德所需要的时间。

他挥起那根拨火棍，朝着男人头部砸去，但只砸到了他的左胳膊。嘎吱一声，哈罗德的胳膊被反弹力震得发麻。男人向左屈下身来，本能地用右手护住受伤的左臂。他还握着那把枪，但是枪口已不再指着哈罗德。

哈罗德再次挥起拨火棍，重重砸在男人的肩膀上。他痛苦地咆哮着。哈罗德往后退了一步，想再来一下——要冲着男人的脑袋么？他要杀了他么？——哈罗德看到门口出现了一个人影。是在大厅里喊"警察"的那个女人，但是哈罗德反应过来了，她根本不是瑞士警方的人。

是莎拉。

他丢下了手里的拨火棍，隐隐约约地听到它敲在地板上的声响。莎拉手里举着一把小手枪，对准了哈罗德。那个男人有了喘息的机会，扬手冲着哈罗德小腹用枪狠砸了下去。哈罗德感觉所有的空气都从身体里被抽走了。他跪倒在地,双手按在地板上支撑着自己不倒下去。几分钟前他准备好了面对死亡,但是现在他才觉得自己是真的要死了。这比他想象中可怕多了。他大口喘气,但是吸不进任何空气。他的嘴大张着,仿佛在无声地呐喊。

那个男人没有浪费任何时间。他用枪托在哈罗德眉头又重重地来了一记,挥臂把枪口抵上了太阳穴。哈罗德感觉到坚硬的枪体再一次重重打在自己脑袋上。一切都模糊了起来。

接下去的几秒钟,哈罗德因过于震惊而失去了知觉。恢复意识后,他发现自己正躺在地板上,仰视着山羊胡男人。他感到额头上有什么湿湿的东西,正从双眼之间顺着鼻梁淌下来,应该是血。男人举枪对准哈罗德的脸。奇怪的是,想到莎拉会看着自己死去,哈罗德竟然有种瞬间的小小欢悦。要是一枚子弹将进入他的脑子,他灰色的脑浆和头骨的碎片将迸裂到夏洛克·福尔摩斯书房地板上的话,他想要她亲眼看着这一切。

哈罗德听到一声枪响。这是他这辈子听到过的最响亮的枪声。他的耳朵因那分贝而嗡嗡作响。比起他在电视和电影里听过的枪声,这声音更像是一种静电噪音,不过依然听得出来是声枪响。哈罗德听到了它——这意味着自己没死,他很快反应过来。死人是不会听到子弹进入自己脑子的声音的。他很确定自己没中弹。那是谁中弹了?

"退后。"莎拉说,语调急切却沉着。哈罗德望向她,还有她举着的那把枪。是她开的枪。但是当他转头去看山羊胡男人时,哈罗德发现没有任何人受伤。男人听从了莎拉的话,从哈罗德身边退开了一步。他退开后,哈罗德看到了莎拉开的那一枪打在他身后墙壁上的弹孔。

她并没有打算杀害任何人,哈罗德意识到,她只是为了威慑。

即使子弹没有起作用,莎拉脸上的表情也足够表达这一点。男人又后退了几步。甚至不等莎拉进一步发号施令,他就直接把枪口垂了下去。

"你他妈的是在干什么?"男人对莎拉吼道。

"我也想问你同样的问题,"她回答,"这件事不该惹出人命。"

"我看不出这混蛋死不死跟你有什么关系。"

"有的,"莎拉说,"而且跟你也有。要是你杀了他的话,你觉得我还能留你活着么?"

哈罗德毫不怀疑她话语的真实度。他觉得自己有些轻飘飘起来。他咳嗽了一会儿,又呛住了。他想在肺部多蓄积点氧气,却发现自己没法呼吸了。他窒息了——并且越来越恐慌。

莎拉飞快地瞥了他一眼。

"哈罗德,慢点呼吸。"她说,"冷静下来,慢慢地深呼吸。你刚刚呛到了。对,就这样,慢一点。试着不要一次吸进太多气,不然你还会呛到。对,就这样。"

哈罗德照她说的做了。氧气温暖着他的肺部。他试着站起来,却绊倒了。他有些发晕,怀疑是头上的伤的缘故。哈罗德低下头看到地上有一串血滴,他抬起手来摸摸脑袋,又把手举到眼前,上面鲜红一片。自己的血让他有些犯恶心。

男人把枪收到身体一侧,但是没有把它扔开。莎拉绷紧了全身,准备再次开枪。这次她瞄准的不再是墙壁。

"请放下枪,艾瑞克。"她说,"不然我就开枪了。"

哈罗德抬头看着山羊胡男人。艾瑞克。真奇怪,他居然有个名字。

一个真正的，普通的名字。他看起来一点也不像个叫艾瑞克的。

哈罗德脑袋还在发懵，视线也很模糊。他完全搞不懂眼下一步步展开的情节。每一件事都发生得如此之快，莎拉、艾瑞克和他自己的行动之间似乎缺乏联系。艾瑞克刚举起枪对准莎拉，莎拉立刻压低枪口扣下了扳机。书房里随即又响起两声猛烈的枪声，震动着哈罗德的神经。

他听到的下一种声音来自远处——警笛声。真正的瑞士警方终于来了。

叫喊声，男人的叫喊声。艾瑞克还活着。他在叫喊，在咒骂。

哈罗德什么也看不到。由于枪声所导致的暂时性耳聋，他只听得到一些脚步声。一只手搭在他肩膀上，把他拉了起来。有个声音对他说了些什么，但是他不知道那是谁，也不知道表达的是什么意思。

他挣扎着站起来。他现在无法跟任何人对抗，无论拉他起来的那个人是谁。

叫喊声还在继续，但是哈罗德无法分辨出任何声音。然后他听到了一声呻吟。他肩膀上的那只手拽着他穿过房间，引导他前进。他感到自己一路上都在踉跄着绊到东西，但还是一步步挣扎着出了博物馆。肩上的手拽着他走得更快，时不时猛拉一把。他不知道等在他面前的是救赎还是处决，他也不确定自己更想要哪种结局。

直到寒冷的瑞士空气扑面而来，哈罗德才抬起头。外面比他潜入时更黑了。他们正站在街道上，也不知是哪条，点亮它的只有星星和远处红蓝变幻着的警灯。哈罗德觉得冷空气戳刺着他的脑袋，也刺痛着自己的伤口。他不知道自己到底流了多少血。那只手还在拉着他，哈罗德却挣开了。他用外套的袖子擦掉额头上的血。那只手的主人看起来还是影影绰绰的，那人愣了一下，随即转过头来看他。

"振作点。"她说。是莎拉。

"那个男人……艾瑞克……他……？"哈罗德几乎不知道自己在说什么。

"不，他还活着。"她很快答道，"他在流血，但没死。这关系到你现在的处境。我们得赶紧走了。已经拿到我们要的东西了。"

哈罗德低下头，擦掉眼睛上的血迹。

莎拉左胳膊下面夹着的正是那本日记。

---

1 原文为意大利语。

第四十三章　凶　手

The Murderer

> "在这个世界上,你到底做了些什么,这倒无关紧要。"我的伙伴尖酸地说,"要紧的是,你如何能够使人相信你做了些什么。"
> ——亚瑟·柯南·道尔爵士
> 《血字的研究》

一九〇〇年十二月四日,接上文

子弹撕裂了波比·斯提格的左脸。血和皮肤碎片溅到他身后的窗玻璃上,随之滑落在脏污的窗台。

男孩没死,并大声哀嚎了起来。他像个恶魔般地吼叫着,只剩下一半的脸显得愈发诡异。

亚瑟注视着男孩用力撕扯自己的脸,鲜血喷到他的金发上。一枚子弹,亚瑟仅仅用了一枚子弹便把他变成了怪物,揭开了他的真实面貌。

波比嚎叫着冲向亚瑟,想夺下他手里的枪。两人开始扭打。为了保住手里的枪,亚瑟绷紧了手臂上的每一块肌肉,而他的鼻子正抵在波比半裂的下巴上。亚瑟可以看到曾经是面颊的地方戳出来的骨头。

亚瑟听到布拉姆也开火了,但是枪声似乎吓不退波比。亚瑟和他缠斗着,推搡拉扯,试着握住手枪再开一次枪。

他隐约听到门口有声音传来,像是一口气堵在了谁的喉头。亚瑟没法转身去看是谁。

他和波比继续扭打。男孩要比亚瑟年轻太多了,虽然受了伤,但还是壮实得多。亚瑟觉得自己的胳膊快撑不住了。他咬牙死撑着,觉得自己快把臼齿咬碎了。

亚瑟手里的左轮手枪再次响了。当他事后试图回忆的时候,他能想到的就是:那把枪就那么响了。没有人蓄意扣下扳机,这当然包括他。它只是被打响了。亚瑟觉得被动句式更能够描述当时的情景。枪被打响了。子弹被射了出去。而此时亚瑟和波比仍然在打斗。子弹并没有击中他们中的任何一个。

布拉姆再次鸣枪。这次亚瑟看到那枚金属球就那么轰开了男孩的另一侧脑袋。他感觉到男孩紧握的双手松开了。伴着一声沉闷的重响,波比·斯提格的尸体倒在了木地板上。他死了。

亚瑟隔了好一阵才听到布拉姆在对他说话。他的脑子一片空白,干净得没有任何想法。他晕头晕脑地看着布拉姆,看着他的友人,他的华生。

"亚瑟,你做了什么啊?"

门外传来另一个声音,那是绵绵的喘息声,就像乡间的小溪。亚瑟转过身去,看到波比的姐姐美琳达·斯提格倒在门框上。她的脖子被打偏了的子弹划开一道口子。

亚瑟没有杀她。在之后的日子里,这一点将会对他至关重要。他没有扣下扳机,一定是波比做的。要是亚瑟的食指曾扣下过扳机,他一定会记得的。在扭打中,在鲜血、尖叫和吞噬一切的暴力之中,波比开枪打中了他的姐姐。

美琳达的身体并没有像他弟弟那样马上倒下。她没有死，至少一开始没有。她的血喷溅到浓稠的空气里，她还抓着伤口试图止血。令人作呕的红色液体从她指缝间蜿蜒流出，一直淌到了她天蓝色的裙子上。一道鲜血喷进她的胸衣，浸透了她的束身衣，最后流到了腰部。她的喉头传来漱口一般的声响，因为她的肺呛进了鲜血，又咳了出来。

当美琳达倒下时，她只是跪倒在地。她跪在地板上，抓着自己的喉咙，瞪大了双眼。亚瑟看着她慢慢死去。她脸上的表情既不是恐惧，也不是痛苦，而是惊奇。她看着亚瑟，浅蓝色的眸子亮晶晶的，甚至比她弟弟的眼睛更灿烂。她看起来像个刚出生的婴儿，第一次睁眼凝视这世界。她张着嘴，但亚瑟知道那是因为她对眼前舞动着的光线感到敬畏。是的，后来亚瑟对自己说，她死的时候很快乐。她看到某些美丽的东西，追随了它们。她没有受折磨。

下一刻，她沉重的头颅拖着身体栽倒在一侧。她倒在地板上，伤口处仍然汩汩地流着血。亚瑟看着那鲜血流过地板，在自己的双脚之间和她弟弟的血液融为一体。亚瑟想起艾米丽·戴维森被施过暴虐的尸体，那是和眼前截然不同的景象。这两个孩子的死法比艾米丽温和得多。亚瑟不是禽兽。他也许是个凶手，但是他不是禽兽。

一只手按在了他肩上。是布拉姆，他正紧紧握着自己的肩头。

"我们走吧。"布拉姆说。

第四十四章　　现在轮到你来杀我了么？
Is It Your Turn to Kill Me Now?

> "不要让一个人的特质影响你的判断力，这是最重要的。"
> 他大声说道，"一个委托人，对我来说仅仅是一个单位——
> 问题里的一个因素。感情作用会影响清醒的理智。"
> ——亚瑟·柯南·道尔爵士
> 《四签名》

二〇一〇年一月十七日，接上文

哈罗德和莎拉最终在一小块凸起的石头上坐下。石头冷冰冰地贴着他们的裤子。风又冷又急，打在他们脸上。

他们望着下方的山谷。隔得这么远，借着几辆警车闪烁的灯光，博物馆只能隐隐约约看到博物馆的一层轮廓。在光束之间有几个像小黑点一般的警官似乎正在接近现场。

"我们在这儿应该是安全的，"莎拉说，"艾瑞克是唯一知道我们当时在博物馆的，他并没有看到我们俩朝这里来了。也没有警察跟着我们，没有人知道我们在这里。"

哈罗德点点头，没有开口。

"你头上的伤怎么样了？"她问。

"还在流血。"

莎拉从脖子上摘下亮黄色的围巾，裹在他头上，包住伤口。她拉紧围巾,打了个结,哈罗德缩了一下。他意识到她一直戴着两人第一次见面时的围巾。那条亮黄色的围巾已被鲜红的血渍玷污成黑色。

"你不会有事的,"她说,"伤口不深。头部受伤就是会流很多血。"

他指了指放在她膝上的那把手枪:"现在轮到你来杀我了么?"

她微笑:"不,我永远都不会杀你。没有人要杀人,也不会有人被杀。"

"艾瑞克?"哈罗德带着些许苦涩地念出那个名字。

"艾瑞克也没打算杀你,对吧?我保证。你看,我很抱歉。好么?我知道我得解释很多事,我会解释的,但是在我开始前,我想先说声对不起。"

"你要我原谅你么?"

"是的,我想。但不是现在。我知道你不会原谅我,至少是我的话我就不会。但是拜托,相信我,我很抱歉。"

"是啊,"沉默了一段时间后,哈罗德说,"我想也是。"

"来。"莎拉从膝上拿起枪,递给哈罗德。枪握在手中冰冷而沉重,"你拿着它吧。要是你想冲我开枪的话,开枪就好。"

哈罗德感受着枪的分量,在手里好奇地把它翻来覆去地看,仿佛那是某个失落文明的神秘遗物。

"不。"他说,"我不对人开枪。"他尽全力挥起胳膊,把枪用力扔过了峭壁。他们没有听到水花声,不过它应该是掉进山脚下的河里了。

"你们一直在跟着我?"安静了很长时间后,哈罗德问道。

"我没有。艾瑞克跟着你,我跟着他,这样比较容易。他为我的前夫工作。"她看着哈罗德,试着推测他已经知道多少了。他的脸上并没有表现出多少惊讶。

"我曾经跟塞巴斯蒂安·柯南·道尔是夫妇。"莎拉继续说,"曾经,行么?有关离婚的事我说的都是真的。他是个混蛋,恕我直言。但是我似乎总是跟混蛋们有各种过往。我也不知道为什么,我猜大概是他们找上的我。"

"我干吗要在乎呢?"哈罗德语调里的粗鲁把他自己都吓住了。他开始变得更冷静,更有安全感,同时他体内的怒意也开始上升。

"因为那都不是我的主意,好么?至少最糟糕的那部分不是。你一定觉得我是个很可怕的人,没错吧?"

"是的。"

莎拉叹了口气:"我能理解。但是听我说,我真的是个记者。好吧,我真的曾经是个记者。这都是真的。塞巴斯蒂安和我六个月前分居了。千真万确,你可以查查看。这是个很长的故事,你应该不会想听的。我们分开后,我就想重操旧业了。因为塞巴斯蒂安的缘故,我在福学界有一些人脉。至少关于亚历克斯·凯尔我知道得不少。还有你们的组织,因为塞巴斯蒂安一直狂热地关注着。我都不知该怎么告诉你,他是有多么讨厌你们这帮人。但是他想要日记。我现在可以告诉你的是,我认为他完全做得出杀了亚历克斯然后把日记占为己有的事。我知道他没干,但是我想他干得出来。"

"当亚历克斯宣布发现了日记……我当时不在那里,但是我想象得出塞巴斯蒂安有多么暴跳如雷。当我听说以后,我知道这是我重新开始写新闻的机会。这时塞巴斯蒂安联系了我。我确实不知道他是怎么发现我在写相关稿子的。他说我们可以合作。我们可以一起去找日记,而我也可以写我想写的一切,只要我帮他的忙。鉴于我们正在办离婚……他提出他可以让事情变得顺利些。非常顺利。当时有很多复杂的内情,我这边被搞得有点难看。他提出可以对我慷慨一点,然后……我就答应了,明白么?我答应了。我接受了那份差事。这很复杂,然后我答应了。我会作为记者介入,然后帮他弄到日记。"

"艾瑞克是从哪儿冒出来的?"

"他为塞巴斯蒂安工作。他跟了很久了。但是我只知道这么多。"

"要是塞巴斯蒂安要你帮他找到日记,"哈罗德说,"然后他要我帮他找到日记,那艾瑞克到底是干吗的?为什么塞巴斯蒂安有了我和你之后,还需要艾瑞克端着把枪来回跑?"

莎拉顿了一会儿。这个问题她之前已经想过了。

"因为他不信任你。"她说,"而且天晓得,他也不信任我。这可真是典型的塞巴斯蒂安作风。你遇到问题,就砸钱去解决。雇了三个人去解决,结果还不告知他们有其他人的存在,让所有人两眼一抹黑,要是他们互相残杀……好吧,随便吧。他们中至少有一个会带回你要的东西。我告诉你,哈罗德,他真的、货真价实的、彻底的、完全的,就是个混蛋。"

哈罗德抬头望着闪烁的群星,它们几乎没怎么给山的这一侧带来多少光亮。但即使莎拉的脸掩藏在黑暗里,他也相信她。虽然相信她并没有让自己感觉好多少。

莎拉伸手从背后取出了日记,放到哈罗德膝上。

"我们可以借着我的手机的光线,"她提议,"要是你想读读它。"

哈罗德用力吞咽。"好。"他说,"我想读。"

莎拉从口袋里取出手机,把手机屏幕当作光源照在日记上。哈罗德轻轻翻开封皮。纸页又脆又黄,但他依旧可以辨识出上面亚瑟·柯南·道尔的手迹。

哈罗德把日记举到两人之间,他们开始一起读。

第四十五章　　亚瑟·柯南·道尔遗失的日记

The Missing Diary of Arthur Conan Doyle

> "喂，喂，先生，"福尔摩斯笑着说道，
> "你真像我的朋友华生医生，他有一个坏习惯，
> 老是一开始就讲得不对头。"
> ——亚瑟·柯南·道尔爵士
> 《威斯特里亚寓所》

一九〇〇年十二月八日

亚瑟记下了发生过的一切。

他正是这么做的——他把事情记录了下来。写作既是他的职业，也是他的使命。他正是因为长于此道而举世闻名的。当他写作时，当他把事件转化为文字，写成清晰整洁的句子的时候，一切便变得可以理解了。当亚瑟把事情写下来之后，它们就说得通了。况且这些事件本身的惊悚程度便值得一记。它们需要被记述在纸页上，将最直接的感受雕琢成规整的语言。这正是作家所为，不是么？他们命名那些需要被命名的事物，念出那些之前从未言明的意蕴。

波比·斯提格和美琳达·斯提格死去的那一晚，亚瑟整夜无眠，事无巨细地记下了他能回忆起的一切。他用他所知的东西修饰那些他遗忘了的时刻。他写下这个为他自己而存在的故事。他并没有美化自己，并没有让一切看起来仿佛自己毫无过错，仿佛他对这一晚的悲剧

毫无责任。他有责任，他不会否认这一点。但他也不会粉饰波比·斯提格那个暴徒的恶行。那个男孩绝对该死，这点是毫无疑问的，亚瑟对此再明确不过。然而他姐姐的悲剧却是不该发生的，完全不该。但是回想过去的这几周，从那个邮包炸弹爆炸的一刻起，没有任何一场悲剧得到了公正的处理。在亚瑟生活里出现的那些暴行从未得到过合理解释。那些死亡，谋杀——也许最终也不会有解释。世事如此。

亚瑟和布拉姆这些天来也没有再见面，似乎两人都不想谈论发生过的事情。他们读到了报纸上的报道，找不到罪犯——也没有任何警察来敲他们俩的门——他们知道一切都结束了。他们再也不会见到托比亚斯·斯提格了，失去子女的痛苦将陪伴他孤独地度过余生。他们对此感到深深的遗憾。亚瑟也想过珍妮特·弗莱会不会再来拜访他——她知道那个名字，波比·斯提格。她一定去过他的印刷行。要是她看到了报纸上的死讯，会把它和自己朋友的死联系起来么？还是说，她会把这看成是奇怪的巧合？毕竟她一直那么坚定地认为是米莉森特·福西特犯下的罪……

日子一天天过去，亚瑟没有她的任何消息。他开始为此感到满足，他自由了。要是米勒督察有所怀疑，这点倒是很有可能——好吧，他能怎么样呢？至少在米勒督察看来，自己已经帮亚瑟遮掩过一次谋杀了，他会再一次这么做的。米勒督察会不会正在忙于动用关系帮亚瑟洗清嫌疑呢？或者说苏格兰场已经无能到连亚瑟都追查不到了？他永远都无法得知了。他自由了，无论是因为徇私，还是警察的无能，抑或单纯的好运。

一九〇〇年十二月八日，布拉姆·斯托克最后一次拜访林下居。他来到了亚瑟的书房。他是来谈话的。是时候谈谈发生过的事情，对他们生命中的那段时光来个郑重的告别了。

对曾如此亲密的两人来说，这场会面正式得出奇。布拉姆走进来，亚瑟放下笔。他第一次发现跟这位朋友共处一室让自己有些尴尬。

沉默随之而来。

"你在写什么呢？"在这段他们结交以来最为诡异的沉默过去后，布拉姆问道。

"是……好吧，我跟你说了你也不会信的。"亚瑟说，为自己面前纸上的文字感到颇为窘迫，这有点古怪。

"那得我说了算。"

"福尔摩斯。我还没跟任何人说过呢，你是第一个听到这消息的。但真的是福尔摩斯。"

布拉姆只是简单地点了点头，仿佛已经等这消息很久了。

"有一天，"亚瑟继续说着，"我冒出那么个主意。你去过达特穆尔高原么？见过那些吓人的石楠花么？真的特别吓人。我觉得对那个老糊涂来说是个好布景。我的朋友罗宾逊给我描述了有关乡下一只可怕而巨大的猎犬的故事。哈，夏洛克·福尔摩斯追查一只可怕的猎犬……好吧，这大概有点太离谱了。但是也许会是个好故事，不是么？"

"是啊，"布拉姆说，他似乎很满意，"会是个很棒的故事。这年头就缺少好故事。"

亚瑟跟布拉姆描述了大致情节，然后两人一起仔细研读了文稿。布拉姆可不仅仅是支持；他简直心醉神迷。他把那故事描述成是一场回归——亚瑟为此兴高采烈。

当亚瑟告诉布拉姆他还写了其他东西的时候，谈话走向就陡然诡异了起来。

"你写了日记……你记下了所有的事?"布拉姆目瞪口呆。

"我需要写下来。哦,别那么看着我,伙计!我不是笨蛋。不是写给别人看的。我不会跟任何人说的。但是我至少要记在我的日记里。"亚瑟笑了笑,一脸神往,"也许哪天,等我死了,有人发现了它然后读到了发生过的事……到那时候,我干吗要在乎他们知道真相?你呢?也许这个真相就应当被公布,有朝一日。"

"你不是在说真的吧,亚瑟,"布拉姆生气地说,"你的名誉……你留给后代的无价财富……你将毁掉的不仅仅是你的声誉,你明白么?还有福尔摩斯的。这不仅仅是你自己的事。"

"拜托,冷静点,夏洛克·福尔摩斯不管有没有我都会安然无恙的。"

"不,"布拉姆说,"他会什么都不是的,亚瑟,看在老天的分上,要是你不把那东西毁了的话。你听到我说什么了没有?这是为了你自己好,为我好,也为了福尔摩斯。"

"老天,布拉姆。"亚瑟开口,随即被楼上的一阵喧闹打断。听起来像是有什么东西砸到了地上。一定是哪个孩子对某盏台灯做了些不该做的事,一阵尖叫紧随而至。"稍等我一会儿。"亚瑟说着,从书房里跑出去看到底发生了什么。

等他几分钟后回来,布拉姆脸上的神情极为古怪。

"怎么了?"亚瑟问。

"没事,"布拉姆说,"什么事都没有。"亚瑟注意到他在出汗。布拉姆很少出这么多汗。

当时两人都没有意识到,那短短的几分钟里,一个谜题被埋下了。日记被藏了起来,直到一百多年后才重见天日。

第四十六章　　莱辛巴赫瀑布
The Reichenbach Falls

"裹好你的法兰绒衣，永远别信那所谓的永罚。"
——玛丽·柯南·道尔
写给她的儿子亚瑟，记述在他的回忆录《回忆与冒险》中

二〇一〇年一月十七日，接上文

当哈罗德合上日记时，他意识到自己在哭。他的眼泪滴到日记的皮质封面上，混合着百年的尘土，以及零星的血迹。

他读得很慢，好让莎拉能跟上他的速度。现在两人一动不动地坐在石头上，他们都知道了真相。莎拉把手放在哈罗德膝盖上安慰着他，他却发现自己哭得更厉害了。他把日记贴在胸口，让泪水直接掉在地上。他没法止住泪水。两人都一言不发。

几分钟后，莎拉站了起来。她没有说话，只是指了指山间的小道。她想要走走。哈罗德没有反对。他站起身来，感到自己的大腿和膝盖发疼。他紧随她在黑暗里沿着小路向前走，爬上了大雪覆盖的阿尔卑斯山脉。

他不知道他们走了多久。像是过了二十分钟，又像是两个小时。他们走在星光的照耀下，踏过积雪，越爬越高。爬山让哈罗德稍微暖

和了些,他想着再过一会儿,指尖大概就可以恢复知觉了。莎拉意识到哈罗德觉得冷,脱下外套裹住了他的肩膀。他没有道谢,只是继续向前走着,在越来越稀薄的空气中向高处攀去。

他不确定他们要去哪里,他也不在乎。他开始感谢自己骨头里透出的寒气,这股寒意冻住了他脸上的泪水,也冷却了他高速运转的思维。当他身体其他部分都冻僵了的时候,他的脑子和他那颗筋疲力尽、缓缓跳动的心只能感知到这么多了。他想着,要是自己住在这里,要是在山里搭起个帐篷,再也不下山,也许就能躲开未来的一切了。这个计划听起来相当合理。

在走到空地之前,哈罗德就已经听到了瀑布湍急的水声。但由于夜幕低垂,直到只有几英尺之遥的时候,他们才看到瀑布。哈罗德能感觉到激流溅起的水雾喷到自己脸上,透过树影之间,他看到瀑布倾泻而下。他听见水流撞击着水底岩石的巨响,它们每隔一百码就重重地拍上坚硬的山崖,直到坠入远方黑暗中激荡的池子里,汇集成山谷深处的湖泊。

这是莱辛巴赫瀑布。两人同时驻足,静静地凝望着目所能及的那一小片瀑布。

"我很抱歉。"莎拉说。

"我也是。"哈罗德的怒意所剩无几,他甚至不确定自己还剩下多少感觉。

"你高兴么?"她问,"找到日记你觉得开心么?"

哈罗德不假思索地给出了真心答复。

"不。"

莎拉伸手拿走了他手里的日记。他松开手指,毫无异议,也毫无怨言地给了她。她从峭壁边上后退了一步，扬起手里的日记，像一名棒球投手一样屈起手臂，挥臂把日记本远远地扔进面前的黑暗之中。他们几乎能听见日记本坠落时撞击瀑布的声音。水流一路加速，日记落入瀑布之下的深湖。

然后是一片寂静。一切都静止了。瀑布的轰鸣和两人的呼吸声融在了一起。

"谢谢你。"哈罗德说。

莎拉拉住他的手，暖暖地握住。他们站在那里，十指交缠，眺望着夜晚的星空。哈罗德竭尽全力紧紧握住她的手，莎拉回应着握紧，两人用力交握着，仿佛要把脆弱的骨头捏得粉碎一般。

第四十七章　告　别
Farewell

> 因此,读者朋友们,还是与福尔摩斯先生道别吧!
> 对各位给予我的信任本人不胜感激,
> 希冀我的微薄之礼可令诸位心满意足,
> 因为小说的梦幻世界乃是世上最佳消愁解忧之途。
> ——亚瑟·柯南·道尔爵士
> 《新探案》序言

一九〇一年八月十一日

工人们很疲惫。他们干了一天活,八月的暑热令人汗流浃背,海军蓝制服的腋下湿成一片。两天前,他们完成了从马里波恩站到贝克街的二十英尺长主电缆的架设。一根铜管嵌入另一根中央,再涂上棕色的蜡,就组成了又粗又重的主电缆。电缆外面套着沉重的铁罩,工人们每架起一长段,颈部的重压都让他们疼得直哼哼。昨天有更多的工人来帮过忙,把相邻路灯间的电缆抬过街灯灯柱和两层楼的屋顶。在马里波恩铺设电网整整动用了十二个工人,他们进度缓慢地继续向西边的帕丁顿进发。今天,这里只剩下了两个工人,他们负责取下贝克街边灯柱上的煤气灯,换成电灯泡。傍晚的太阳正缓缓落入蒙太古广场高高的建筑物之间,这两个汗流浃背、疲惫不堪的男人轮流爬上梯子去扭开煤油灯顶端的螺丝。当其中一个人爬到顶端时,另一个站在梯子低处的横档儿上,稳住梯子。灯柱已经接入了新布置好的电网,所以他们只要把插座接上阳极和阴极，换上灯泡就好。电线一直在他们汗湿的手里打滑。当他们在制服上揩掉手里的汗水时，海军蓝的制服上面便留下一道道五指状、混杂着尘土和蜡油的痕迹。他们越来越疲倦。

在加了好几个小时班以后，他们终于在太阳落山后到达最后一个街灯。那盏街灯在伊戈尔街和公园间的那个拐角上。这一回，轮到两人中个子较矮的那个在下面稳住梯子。高的那个爬上八级梯磴，伸手去够街灯。他只花了几分钟便更新了设备，等他爬下来的时候，贝克街上每一盏街灯都已经接入了电网。

把梯子和工具收回宽阔的马车里之后，两人走向马里波恩站去接通电路。他们把贝克街的线路接入系统，然后从车站下方的变压室出来，一路往回走，去检验他们的工作成果。

当他们走过那个转角，上万伏特的电力从九英里之外的德特福德发电站一路传来，通过这座城市地下的弗伦蒂电缆，抵达贝克街亮堂的街道。那景象颇为壮观，虽说两人已经在伦敦电力供应公司工作了好几年，但第一次见到一条完全只靠电灯的灼人光芒照耀的街道还是让他们惊叹不已。每一栋建筑，每一条小巷，每一处黑暗发臭的鹅卵石路都被灿烂的灯光照得干干净净。

"哇，"高个男人说，"就是这样了。"

"我也觉得。"另一个人答话。

"天啊，但是这可真亮堂啊，不是么？都看不到雾了。"

他的同伴只是点了点头表示同意。街道上的恐怖和阴郁仿佛被一扫而光，整座城市沐浴在洁白和清晰之中。但是这亮堂的街景又透着几分两人都无法言明的诡异。那么多原本掩藏着的东西在电灯光下被揭露了出来，人们一下子得到了那么多。但是，也许同时也失去了些什么。也许，两人都这么想着，但没有开口，有那么一点怀念煤气灯忽明忽暗的浪漫气息。

之前先开口的那个男人摸摸自己的口袋。

"你身上带硬币了吗？"他说。

他的朋友拍了拍口袋，听到一阵令人心安的金属撞击声。

"有几个便士，怎么了？"

第一个开口的男人指指公园。

"街角那儿有个男孩在卖报纸。我身上也有点钱。想读个故事什么的吗？"

他的同伴想了想，露出了微笑。

"好啊，我还挺想的。你有什么想读的？"

"早上新的一期《斯特兰德》出来了，上面登了《什么什么的猎犬》。一个新的福尔摩斯故事。"

"哦！好啊，我想读这个。"

他们一边走，一边从兜里摸出自己所有的硬币。两人略带羞涩地给对方展示自己的几枚零钱。他们知道这钱有点少。但飞快地算了一下之后，他们发现自己有足够的钱买两品脱苦味麦芽酒，再加一份平装的悬疑故事。

作者手记

浪漫小说作家是一批很不喜欢被现实牵绊的人。
——亚瑟·柯南·道尔爵士
出自一九一〇年五月向罗伯特·皮尔里致敬的演说

那么,到底发生了什么呢?

虽然不想让你失望,但我能给出的诚实答案只有这个:这是一个谜。

《福学家谋杀案》是一部历史小说,"小说"这个词才是重点。故事里的许多事并没有发生,许多角色也是不存在的。但既然有一些是事实,而你眼前的这个故事是由可证的事实、很可能的事实、可能的事实和显而易见的虚构组成的,我想我也许还是得做一点解释。

那我们开始吧。以下几点都是真的:

亚瑟·柯南·道尔在一九三〇年去世之后,他的财产中有一卷资料不见了。那一卷资料里——有些是书信,有些是未写完的故事,还有一册柯南·道尔的日记——它在过去七十多年里一直未被找到,并成为二十世纪福学研究中的"圣杯"。一代又一代的学者试图找到它,但是没有任何人成功。

最后，在二〇〇四年时，理查德·兰斯林·格林，世界著名的夏洛克·福尔摩斯专家，声称他发现了柯南·道尔遗失的资料。然而，格林声称柯南·道尔的一名远亲从柯南·道尔的女儿那里偷走了资料，并计划拍卖，这违背了格林和柯南·道尔的直接继承人想将资料捐献出去的初衷。格林和那位亲戚开始就资料的合法所有权争论，争论日益白热化和公开化。到了二〇〇四年三月，格林开始告诉朋友，他在担心自己的人身安全。他声称自己收到了威胁信，还被一个神秘的美国人跟踪。他告诉一位密友，有人闯进了他家里。他还要求一些访客只能在花园里跟他谈话。格林的福学界朋友为此非常担心。

三月二十七日，理查德·兰斯林·格林的尸体在他位于南肯辛顿的家中被发现。他被人用他自己的一根鞋带勒死——或是绞死了。他的姐姐普里西拉发现了尸体。验尸报告称死因不明，直到这本小说完成，案子在伦敦警方那里依然悬而未决。

全世界的福学家立即着手寻找杀害格林的凶手。各种说法迅速浮现，有些福学家认为是柯南·道尔的财产导致的家族内部长期不和愈演愈烈，最后夺走了格林的生命，也有人认为这更像是格林自杀，意图嫁祸另一方。小说里的哈罗德一角，是许多真实存在的福学家的综合体。我向你们保证，他们中随便哪个，在才智和社交能力方面都要比哈罗德杰出得多。

如果想要了解更多有关理查德·兰斯林·格林之死的细节，我推荐阅读大卫·格兰的《神秘境况》(《纽约客》，二〇〇四年十二月十三日)，或者另一篇较短的由莎拉·莱尔撰写的《盒中奇案》(《纽约时报》，二〇〇四年五月十九日)。

小说中提到的以贝克街小分队及其衍生协会为代表的现代福学家团体、会议和礼节等描写,我都尽我所能地力求精确。小分队的会议是不对外开放的,因而我参考了一些公开报道和访谈,一窥他们的神秘世界。特别要感谢世界级福学家兼《夏洛克·福尔摩斯最新注释集》主编莱斯利·克林格尔,感谢他的大力支持和帮助。同时还要感谢sherlockian.net 网站的创始者克里斯·雷德蒙德。他给我讲了小分队漫长而有趣的历史,他的网站也提供了本书所涉内容之外的无价的福学资源。他们在福学研究上的学识比我渊博许多,书中如有任何错误均属我自己的失误。

在十九、二十世纪之交这条情节线上,所有关于亚瑟·柯南·道尔生平的信息都是真实的。写柯南·道尔的优秀传记很多,不过我要重点推荐丹尼尔·斯待肖的《讲故事的人》。斯待肖同时还编著了《亚瑟·柯南·道尔:书信中的人生》,这是一部柯南·道尔个人书信的杰出选集。此外,朱利安·巴恩斯的小说《亚瑟与乔治》描绘了一幅美轮美奂、细致而精确的柯南·道尔调查真实案件的图景。柯南·道尔曾协助苏格兰场调查了不少案件;彼得·科斯特洛所著的《夏洛克·福尔摩斯的真实世界》就展示了许多柯南·道尔参与调查的案件。他在《福学家谋杀案》中调查的案子是虚构的,不过也源于一系列真实案件,尤其是那桩声名狼藉的"浴缸中的新娘"连环谋杀案,不过这件案子柯南·道尔并未亲身参与过。

不过,亚瑟·柯南·道尔的故事里的确有一处重大虚构:愤怒的妇女参政论团体在一九〇〇年的时候并没有给他寄过邮包炸弹。这件事发生在一九一一年。哈罗德·L. 史密斯所著的《英国妇女参政运动:1866—1928》为关于国家妇女参政社团联盟及其领导者米莉森特·福西特的内容提供了绝佳的素材。

书中对布拉姆·斯托克的描述也力求准确，主要参照了芭芭拉·贝尔福德所写的《布拉姆·斯托克和德古拉伯爵其人》一书，这是一部极为精彩的传记。虽然奥斯卡·王尔德在书中算不上重要角色，但他对柯南·道尔和斯托克的影响都不可忽视。理查德·艾尔曼的《奥斯卡·王尔德》一书，这二十多年来在众多王尔德传记中一直堪称权威之作。

书中所有的地点都是真实的。如果方便的话，我强烈推荐你去瑞士看看夏洛克·福尔摩斯博物馆。可以在那些椅子和煤气灯，还有从柯南·道尔的旧书房里取来的汽水制造机之间徜徉一阵。谁知道你会在那儿找到些什么呢？

GPM

二〇一〇年

致谢

将最为深切的谢意献给——

阅读了前期草稿的好友们,他们对小说的见解的价值远胜失踪的日记:爱丽丝·布恩,凯特·克罗宁-福尔曼,阿曼达·陶布,丽贝卡·怀特,珍妮特·西尔弗,理查德·西格勒,海伦·艾斯特布鲁克,莱斯利·克林格,萨拉·麦克弗森,以及乔纳森·麦克莱恩。

出版界的专业人士——这一行里最好的——他们的创造力和才智将这本书变得更棒,远远超出我的想象:珍妮佛·乔,尼基·卡斯尔,乔纳森·卡普,科林·谢泼德,卡里·戈德斯坦,莫林·萨格登,多萝西娅·哈利迪,汤姆·德拉姆,凡妮莎·乔伊斯,以及迈克斯·格罗斯曼。

在我深感难以为继之时鼓励我继续写作的亲爱的人们:莉莉·宾斯,安·舒斯特,阿维纳什·卡尔纳尼,马特·华莱尔特,托尼·欧诺克,克里斯汀·瓦纳多,以及"方格暗影"。

我的家人。你们所有人。

另外,还要特别感谢本·爱波斯坦,他是我认识的最优秀的作家,而最初正是因为他,我才开始写作小说。